난중일기

우리 고전 다시 읽기

난중일기

이순신 지음
구인환(서울대 명예교수) 엮음

좋은 책 좋은 독자를 만드는 —
㈜신원문화사

머리말

수천년 동안 한 민족이 국가의 체제를 갖추어 연면한 역사와 전통을 계속해 왔다는 것은 인류 역사를 살펴봐도 그렇게 흔한 일이 아니다. 그리고 그 민족이 고유한 문자를 가지고 후세에 길이 전할 문헌을 남겼다는 것은 더욱 흔한 일이 아닐 것이다.

이러한 면에서 볼 때 우리 한민족은 세계 어느 나라와 비교해도 손색없고, 자랑스러운 역사와 전통을 이어왔다. 우리 한민족은 5천 여 년의 기나긴 역사를 통하여 수많은 외세의 침략을 받아 백척간두의 국난을 겪으면서도 우리의 역사, 한민족 고유의 전통을 면면히 이어온 슬기로운 조상이 있었다. 이러한 까닭으로 오늘날 빛나는 민족의 문화 유산을 이어받은 것이다.

고전 문학(古典文學)이란 실용성을 잃고도 여전히 존재할 만한 값어치가 있고, 시대와 사회는 변해도 항상 시대를 초월하여 혈연의 외침으로 우리의 공감대를 울려 주기에 충분한 문화적 유산이다. 그러므로 오늘을 사는 우리들은 조상의 얼이 담긴 옛

문헌을 잘 간직하여 먼 후손들에게까지 길이 이어주어야 할 사명감을 가져야 할 것이다.

고전 문학, 특히 국문학(國文學)을 규정하는 기준이 국어요, 나라 글자라면 우리 민족의 생활 감정을 표현한 국문 작품이야말로 진정한 국문학이 된다 할 것이다.

그러나 우리 고유 문자의 탄생은 오랜 민족 역사에 비해 훨씬 후대에 이루어졌다. 이 까닭으로 우리 민족은 일찍부터 외국의 문자, 즉 한자가 들어와서 사용했다. 이처럼 우리 선조들이 고유 문자가 없음을 한탄할 때에, 세종조에 와서 마침 인재를 얻어 훈민정음이 창제되었다. 하지만 여전히 한자가 독보적인 행세를 하여 이 땅에 화려한 꽃을 피웠다. 따라서 표현한 문자는 다를지언정 한자로 된 작품도 역시 우리 민족의 생활 감정을 나타낸 우리의 문학 작품이다. 이러한 귀결로 국·한문 작품을 '고전 문학'으로 묶어 함께 싣기로 했다.

우리 글이 창제된 이후에도 우리 선조들의 손으로 쓰여진 서책이 수만 권에 달한다. 그 가운데에서 국문학상 뛰어난 몇몇 작품을 선정하는 것은 물론 산재해 있는 문헌의 자료를 수집하기 위해 숨어 간직되어 있는 작품을 찾아내는 것도 여간 어려운 일이 아니었다. 그럼에도 이만한 성과를 거두고 이만한 고전 문학 작품을 추리는 것은 현재를 삼는 우리의 당연한 책임이자 의무이다. 다만 한정된 지면과 미처 찾아내지 못한 더 많은 작품이 실리지 못한 것이 아쉬울 따름이다.

엮은이 씀

차례

난중일기

임 진 년

1월 1일

맑다. 새벽에 아우 여필과 조카 봉, 아들 회가 와서 이야기하다. 다만 어머니를 떠나 남쪽에서 두 번이나 설을 세니 간절한 회포를 이길 길이 없다. 병마사의 군관 이경신이 병마사의 편지와 설 선물과 장전(長箭)[1]과 편전(片箭)[2] 등 여러 가지 물건을 바치다.

1월 2일

맑다. 나라의 제삿날[3]이라 공무를 보지 않다. 김인보와 함께 이야기하다.

---

1) 싸움에 쓰는 긴 화살.
2) 총통(銃筒)에 넣어서 쏘는, 하나로 된 화전(火箭).
3) 명종 인순왕후 심씨의 제사를 말함.

1월 3일

맑다. 동헌에 나가 별방군을 점검하고 각 고을과 포구에 공문을 발송하다.

1월 4일

맑다. 동헌에 나가 공무를 보다.

1월 5일

맑다. 동헌에 나가 공무를 보다.

1월 6일

맑다. 동헌에 나가 공무를 보다.

1월 7일

아침에는 맑았다 늦게부터 비와 눈이 번갈아 종일 내리다. 조카 봉이 아산으로 가다. 남원에서 전문(箋文)[1]을 받들고 갈 남원의 유생(儒生)이 들어오다.

1월 8일

맑다. 객사에 나갔다가 동헌에서 공무를 보다.

1월 9일

맑다. 아침밥을 일찍 먹은 다음, 객사(客舍) 동헌에 나가 전문

---

1) 임금께 바칠 일종의 글월.

(箋文)을 봉해 발송하다.

1월 10일

종일 비가 내리다. 방답[2]에 새로 부임한 첨사로 이순신이 들어오다.

1월 11일

종일 가랑비가 내리다. 늦게야 동헌에 나가 공무를 보다. 이봉수가 선생원[3]에 돌 뜨는 곳을 가보고 와서 보고하기를, "이미 큰 돌 열 일곱 개에 구멍을 뚫었다"고 한다. 서문 밖 해자(垓字)[4]가 네 발쯤 무너지다. 심사립과 이야기하다.

1월 12일

궂은 비가 개이지 않다. 식사한 뒤에 객사 동헌에 나가다. 본영 및 각 포구의 진무(鎭撫)[5] 중 월등한 자들이 모여 활쏘기를 시합하다.

1월 13일

아침에 흐리다. 동헌(東軒)[6]에 나가 공무를 보다.

---

2) 전남 여천군 돌산면.
3) 전남 여천군 율촌면 성생원.
4) 성 주위를 파서 물을 채운 곳.
5) 난리를 일으킨 백성들을 진정시키고 어루만져 달래는 것.
6) 지방 관아에서 감사 · 병사 · 수사 · 수령 등이 공사(公事)를 처리하던 곳.

1월 14일

맑다. 동헌에 나가 공무를 보고 난 뒤에 활을 쏘다.

1월 15일

흐렸으나 비는 오지 않다. 새벽에 망궐례(望闕禮)[1]를 하다.

1월 16일

맑다. 동헌에 나가 공무를 보다. 각 고을의 벼슬아치와 색리(色吏)[2] 등이 인사하러 오다. 방답의 병선을 맡은 군관들과 색리들이 병선을 수리하지 않았기 때문에 곤장을 때리다. 우후(虞侯)[3] · 가수(假守)[4] 역시 점검하지 않아 이 지경에까지 된 것이니 해괴하기 짝이 없다. 공무를 허술하게 여기고, 제 몸만 살찌러 들어 이와 같이 돌보지 않으니, 앞날의 일을 알 만하다. 성 밑에 사는 박몽세는 석수(石手)인데, 선생원 채석장에 가서 이웃집 개에게까지 피해를 입혔으므로 곤장 여든 대를 치다.

1월 17일

맑다. 춥기가 한겨울 같다. 아침에 순찰사와 남원의 반자(半刺)[5]에게 편지를 보내다. 저녁에 쇠사슬 박을 돌을 실어 오는 일로, 배 네 척을 선생원에 보냈는데, 김효성이 거느리고 가다.

---

1) 음력 초하루와 보름에 각 지방의 원이 임금을 상징한 궐패에 절을 하는 의식.
2) 고을의 아전.
3) 지방 병마사영이나 수영에 첨사 아래에 있는 무관.
4) 임시 직원.
5) 아전의 별칭.
6) 고흥군 점암면 여호리.

1월 18일

맑다. 동헌에 나가 공무를 보다. 여도[6]의 제 일 호 선이 돌아가다. 우등계문(優等啓聞)[7]과 대가단자(代加單子)[8]를 순찰사 영(營)으로 봉해 보내다.

1월 19일

맑다. 동헌에서 공무를 본 뒤 각 군대를 점검하다.

1월 20일

맑으나 바람이 세게 불다. 동헌에 나가 공무를 보다.

1월 21일

맑다. 동헌에 나가 공무를 보다. 감목관(監牧官)[9]이 와서 자다.

1월 22일

맑다. 아침에 광양 현감이 와서 인사하다.

1월 23일

맑다. 둘째 형 요신의 제삿날이라 공무를 보지 않다. 사복시(司僕寺)[10]에서 받아 와 기르던 말을 올려 보내다.

---

7) 계문은 관찰사 · 어사 · 절도사의 제1등급자에 대한 상진문(上秦文).

8) 대가(代加)는 진급 예정자가 경우에 따라 그 직위를 친족에게 세습시키는 일. 따라서 대가단자는 교대자의 명단.

9) 목장의 감독관.

10) 궁중에서 필요한 말에 관한 일을 맡아보는 관청.

1월 24일

맑다. 만형 희신의 제삿날이라 공무를 보지 않다. 순찰사의 답장을 보니 고부 군수 이숭고를 유임시켜 달라는 장계(狀啓)[1]를 올린 것 때문에 물의를 일으켜 사직서를 냈다고 한다.

1월 25일

맑다. 동헌에 나가 공무를 본 뒤 활을 쏘다.

1월 26일

맑다. 동헌에 나가 공무를 본 뒤 흥양 현감과 순천 부사가 와서 이야기하다.

1월 27일

맑다. 오후에 광양 현감이 오다.

1월 28일

맑다. 동헌에 나가 공무를 보다.

1월 29일

맑다. 동헌에 나가 공무를 보다.

1월 30일

흐리나 비는 오지 않고 첫여름같이 따뜻하다. 동헌에 나가 공

---

1) 감사 또는 지방에 파견된 관원이 임금에게 글로 보고하는 것. 또는, 그 보고.

무를 본 뒤 활을 쏘다.

2월 1일

새벽에 망궐례를 행하다. 가랑비가 잠깐 뿌리다가 늦게야 개다. 선창(船艙)[2]으로 나가 쓸 만한 널빤지를 고르는데, 때마침 방천(防川) 속에 피라미 떼가 밀려 들어왔기로, 그물을 쳐서 이천 마리를 잡다. 참으로 장쾌하다. 그 길로 전선 위에 앉아서 술을 마시며 우후 이몽구와 함께 새봄의 경치를 바라보다.

2월 2일

맑다. 동헌에서 공무를 보다. 쇠사슬을 건너 매는 데 필요한 크고 작은 돌 팔십 여 개를 실어 오다. 활 아홉 순(巡)[3]을 쏘다.

2월 3일

맑다. 새벽에 우후가 각 포구의 부정 사실을 조사하는 일로 배를 타고 나가다. 공무를 마친 뒤 활을 쏘다. 탐라 사람이 자녀 여섯 식구를 거느리고 도망쳐 나와 금오도[4]에 머물다가 방답 경비선(警備船)에 잡혔다고 심부름꾼을 보냈기로 문초(問招)를 하고 승평[5]으로 압송하고 공문을 발송하다. 저녁에 화대석(火袋石) 네 개를 실어 올리다.

---

2) 배를 대고 짐을 부리는 곳.
3) 활쏘기에서 활 다섯 대를 계속해 쏘는 일.
4) 여천군 남면.
5) 순천.

2월 4일

맑다. 동헌에 나가 공무를 본 뒤에 북쪽 봉우리의 신호대(信號臺) 쌓는 곳에 오르니, 쌓은 곳이 매우 좋아 무너질 염려가 없으므로 이봉수의 애썼음을 알겠다. 종일 구경하다가 저녁에야 내려와 해자 구덩이를 순시하다.

2월 5일

맑다. 동헌에 나가 공무를 본 뒤 활 열 여덟 순을 쏘다.

2월 6일

종일 바람이 세게 불다. 동헌에 나가 공무를 보다. 순찰사에게서 편지가 두 번이나 오다.

2월 7일

맑다가 바람이 세게 불다. 동헌에 나가 공무를 보다. 발포 만호가 부임하였다는 공문이 오다.

2월 8일

맑다가 바람이 세게 불다. 동헌에 나가 공무를 보다. 이 날 거북함에 쓸 돛베 스물 아홉 필을 받다. 정오에 활을 쏘는데, 조이립과 변존서가 자웅을 다투다가 조이립이 이기지 못하다. 우후가 방답에서 돌아와 방답 첨사가 방비에 온 정성을 다하더라고 매우 칭찬하다. 동헌 뜰에 돌기둥 화대를 세우다.

2월 9일

맑다. 새벽에 쇠사슬을 꿸 긴 나무를 베는 일로 이원룡에게 군사를 거느리게 하여 두산도[1]로 보내다.

2월 10일

가랑비, 개었다가 흐렸다가 하다. 동헌에 나가 공무를 보다. 김인문이 순찰 사영에서 돌아왔다. 순찰사의 편지를 보니, 통역관들이 뇌물을 많이 받고 명나라에 무고(誣告)하여 군사를 청하기까지 하였을 뿐 아니라 명나라에서 우리나라와 일본 사이에 무슨 다른 뜻이 있는가 의심하게까지 하였으니, 그 흉칙함을 무엇이라 말할 수 없다. 통역관들이 이미 잡혔다고는 하지만, 해괴하고 분통함을 참을 수 없다.

2월 11일

맑다. 식사를 한 뒤에 나가 배 위에서 새로 뽑은 군사들을 점검하다.

2월 12일

맑고 바람도 잘다. 식사를 한 뒤에 동헌에 나가 공무를 보고서 해운대[2]로 자리를 옮겨 활을 쏘았다. 침렵치(沈獵雉)[3]를 보는데 너무 조용하다. 나중에 군관들도 모두 일어나 춤을 추고 조이립이 시를 읊다. 저녁이 되어서야 돌아오다.

---

1) 돌산도.
2) 여수시 동북쪽에 있는 작은 섬.
3) 무사 놀이의 일종.

2월 13일

맑다. 전라 우수사의 군관이 왔기로 화살대 큰 것 · 중치 백 개와 쇠 오십 근을 보내다.

2월 14일

맑다. 아산 어머니께 문안차 나장(羅將)[1] 두 명을 내어 보내다.

2월 15일

비바람이 매우 불다. 동헌에 나가 공무를 보다. 새로 쌓은 해자 구덩이가 많이 무너져 석수들에게 벌을 주고 다시 쌓게 하다.

2월 16일

맑다. 동헌에 나가 공무를 본 뒤 활 여섯 순을 쏘다. 신구번(新舊番)의 군사를 점검하다.

2월 17일

맑다. 나라 제삿날[2]이라 공무를 보지 않다.

2월 18일

흐리다.

---

1) 고을이나 병마사 · 수사의 영문에 있는 사령.

2) 세종의 제사를 말함.

2월 19일

맑다. 순찰하러 떠나 백야곶[3]의 감독관이 있는 곳에 이르니, 승평 부사 권준이 그 아우를 데리고 와서 기다리다. 기생도 왔다. 비가 온 뒤라 산의 꽃이 활짝 피어 경치가 멋져 형언하기 어렵다. 저물어서야 이목구미[4]에 이르러 배를 타고 여도[5]에 이르니 영주[6] 현감 배흥립과 여도 권관 황옥천이 나와 맞다. 방비를 검열하는데, 흥양 현감은 내일 제사가 있다고 먼저 가다.

2월 20일

맑다. 아침에 모든 방비와 전선을 점검해 보니, 모두 새로 만들었고 무기도 완비되었다. 늦게야 떠나서 영주에 이르니 좌우의 산의 꽃과 들가의 봄 풀이 한 폭의 그림 같다. 옛날에 영주가 있다더니 역시 이와 같은 경치였던가!

2월 21일

맑다. 공무를 본 뒤에 주인(主人)[7]이 자리를 베풀어 활을 쏘다. 조방장 정걸도 와서 보고 능성 현감 황숙도도 와서 함께 술에 취하다. 배수립도 나와 함께 술잔을 나누며 즐기다가 밤이 깊어서야 헤어지다. 신홍헌으로 하여금 술을 걸러 지난날에 심부름하던 삼반하인(三班下人)[8]들에게 나누어 먹이도록 하다.

---

3) 여천군 화양면 백야도.
4) 여천군 화양면 이목리.
5) 고흥군 점암면 여호리.
6) 고흥.
7) 감영과 고을의 연락을 취하는 영저리.
8) 군노 · 사령 · 급창 등.

2월 22일

아침에 공무를 본 뒤에 녹도로 갔다. 황숙도도 같이 갔다. 먼저 흥양 전선소에 이르러 배와 집기류을 몸소 점검하다. 그 길로 녹도로 가서 곧장 봉우리 위에 새로 쌓은 문다락으로 올라가 보니, 경치의 아름다움이 이 근방에서는 으뜸이다. 만호의 애쓴 흔적이 손닿지 않은 곳이 없다. 흥양 현감 배흥립과 능성 현감 황숙도 및 만호와 함께 취하도록 마시고 겸해 대포 쏘는 것도 보다. 촛불을 밝혀 이슥해서야 헤어지다.

2월 23일

흐리다. 늦게야 배를 타고 발포로 가는데, 맞바람이 세게 불어 배가 갈 수가 없다. 간신히 성머리에까지 이르러 배에서 내려 말을 타다. 비가 몹시 쏟아져 일행 모두가 꽃비에 흠뻑 젖은 채로 발포로 들어가니, 해는 벌써 저물다.

2월 24일

가랑비가 온 산에 내려 지척을 헤아리지 못하겠다. 비를 무릅쓰고 길을 떠나 마북산[1] 아래의 사량에 이르러 배를 타고 노질을 재촉하여 사도[2]에 이르니, 흥양 현감이 먼저 와 있다. 전선(戰船)을 점검하고 나니, 날이 저물어 그대로 눌러 잤다.

2월 25일

흐리다. 여러 가지 전쟁 방비에 탈난 곳이 많으므로 군관과

---

1) 《시경》에 있는 말로, 누가 까마귀의 암컷과 수컷을 구별할 수 있으라는 뜻.

2) 고흥군 점암면 금사리.

색리들에게 벌을 주고, 첨사를 잡아들이고 교수(敎授)[3]를 내어 보내다. 이 곳의 방비가 다섯 포구 가운데 최하인데도 순찰사가 포상하라고 장계를 올렸기 때문에 죄상을 조사조차 하지 못하니 우습다. 맞바람이 세게 불어 출항할 수가 없어서 그대로 자다.

2월 26일

아침 일찍 출항하여 개이도[4]에 이르니, 여도진의 배와 방답진의 마중하는 배가 나와서 기다리다. 날이 저물어서야 방답에 이르러 공사례를 마치고서 무기를 점검하다. 장전과 편전은 하나도 쓸 만한 것이 없어 고민이다. 전선은 좀 온전한 편이니 기쁘다.

2월 27일

흐리다. 아침에 점검을 마친 뒤에 북쪽 봉우리에 올라가 지형을 살펴보니, 깎아지른 외딴 섬인지라 사면에서 적의 공격을 받을 수 있고, 성과 해자 또한 매우 엉성하니 무척 근심이 된다. 첨사가 애쓰기는 하나, 미처 시설을 하지 못하니 어찌하랴. 저녁 나절에야 배를 타고 경도[5]에 이르니, 여필과 조이립이 군관·우후 들이 술을 싣고 마중을 나왔다. 이들과 함께 마시고 즐기다 해가 넘어간 뒤에야 관청으로 돌아오다.

---

3) 고을 수령 아래 벼슬아치.
4) 여천군 화정면 개도.
5) 여수시 경호동 대경호도.

2월 28일

흐렸으나 비는 오지 않다. 동헌에 나가 공무를 본 뒤에 활을 쏘다.

2월 29일

맑으나 바람이 세게 불다. 동헌에 나가 공무를 보다. 순찰사의 공문이 왔는데, 중위장을 순천 부사로 고쳐 임명하자고 하니 한심하다.

3월 1일

망궐례를 하다. 식사를 한 뒤에 별방군과 정규군, 하번군(下番軍)을 점검하고서 놓아 보내다. 공무를 마친 뒤에 활 열 순을 쏘다.

3월 2일

흐리고 바람이 불다. 나라 제삿날[1]이라 공무를 보지 않다. 승군(僧軍)[2] 백 명이 돌을 줍다.

3월 3일

저녁내 비가 오다. 오늘은 삼짇날 명절이건만 비가 이렇게 내리니 답청(踏青)[3]도 하지 못하겠다. 조이립 · 우후 · 군관 등과 동헌에서 이야기하며 술을 마시다.

---

1) 중종 장경왕후 윤 씨 제사를 말함.

2) 승려들로 조직된 군대.

3) 봄에 파릇파릇한 풀을 밟으면서 거니는 것.

3월 4일

맑다. 아침에 조이립을 배웅하고 객사 대청에 나가 공무를 본 뒤에 서문 밖 해자와 성을 더 쌓는 곳을 순시하다. 승군들이 돌 줍는 것을 성실히 하지 않으므로 책임자를 잡아다가 곤장을 치다. 아산에 문안 갔던 나장이 돌아오다. 어머니께서 편안하시다 하니 다행이다.

3월 5일

맑다. 동헌에 나가 공무를 보다. 군관들은 활을 쏘다. 저물 녘에 서울 갔던 진무가 돌아오다. 좌의정 유성룡의 편지와 《증손전 수방략(增損戰守方略)》이라는 책을 가지고 왔다. 이 책을 보니 수전 · 육전 · 화공전 등 모든 싸움의 전술을 낱낱이 설명하는데, 참으로 훌륭한 책이다.

3월 6일

맑다. 아침밥을 먹고 난 뒤 출근하여 군기물(軍記物)을 점검하는데, 활 · 갑옷 · 투구 · 전통(箭筒) · 환도(環刀) 등이 깨지고 헐어진 것이 많아 색리 · 궁장 · 감고 등을 문책하다.

3월 7일

맑다. 동헌에 나가 공무를 보고 난 뒤에 활을 쏘다.

3월 8일

종일 비가 내리다.

3월 9일

종일 비가 내리다. 동헌에 나가 공무를 보다.

3월 10일

맑으나 바람이 불다. 동헌에 나가 공무를 보고 난 뒤에 활을 쏘다.

3월 11일

맑다.

3월 12일

맑다. 식사한 뒤에 배 있는 곳으로 나가 경강[1]의 배를 점검하다. 다시 배를 타고 소포[2]로 나가는데 때마침 샛바람이 세게 불고 격군(格軍)[3]도 없어 도로 돌아오다. 곧바로 동헌에 나가 공무를 본 뒤에 활 열 순을 쏘다.

3월 13일

아침에 흐리다. 순찰사에게서 편지가 오다.

3월 14일

종일 많은 비가 내리다. 이른 아침에 순찰사 이광을 만나러 순천으로 가는데, 비가 몹시 퍼부어서 길 앞을 하나도 분간할

---

1) 여수시 봉산동.
2) 여수시 종화동 종포.
3) 보조 사공.

수가 없다. 간신히 선생원에 이르러 말에게 꼴[4]을 먹이고서 다시 해농창평[5]에 이르니, 길바닥에 물이 석 자나 되도록 괴었다. 겨우 순천부에 이르렀다. 저녁에 순찰사와 격조를 터놓고 이야기하다.

3월 15일

흐리며 가랑비 오다가 저녁 나절에 맑다. 다락 위에 앉아서 활을 쏘고, 군관들에게는 편을 갈라 활을 쏘게 하다.

3월 16일

맑다. 순천 부사가 환선정에 술자리를 베풀고 겸해 활도 쏘다.

3월 17일

맑다. 새벽에 순찰사에게 작별을 고하고 선생원에 이르러 말에게 꼴을 먹인 뒤에 본영으로 돌아오다.

3월 18일

맑다. 동헌에 나가 공무를 보다.

3월 19일

맑다. 동헌에 나가 공무를 보다.

---

4) 마소에 먹이는 풀. 목초.

5) 순천시 해룡면.

3월 20일

비가 몹시 쏟아지다. 저녁 나절에 동헌에 나가 공무를 보고 각 관방의 회계를 밝히다. 순천 관내를 수색하는 일이 제 날짜에 미치지 못하기 때문에 대장 · 색리 · 도훈도 등을 문책하다. 사도 첨사 김완에게도 만날 일로 공문을 보냈는데, 혼자서 수색한다고 하다. 또 한나절 동안 내나로도 · 외나로도[1]와 대평두 · 소평두 섬을 다 수색하고 그날로 돌아왔다고 하니, 이 일은 너무도 엉터리이다. 이를 바로잡으려는 일로 흥양과 사도 첨사에게 공문을 보내다. 몸이 몹시 불편하여 일찍 들어오다.

3월 21일

맑다. 몸이 불편하여 아침내 누워 앓다가 저녁 나절에 동헌에 나가 공무를 보다.

3월 22일

맑다. 성 북쪽 봉우리 아래에 도랑을 파내는 일로 우후 및 군관 열 명을 나누어 보내다. 식사한 뒤에 동헌에 나가 공무를 보다.

3월 23일

아침에 흐리고 저녁 나절에는 맑다. 아침밥을 먹은 뒤에 동헌에 나가 공무를 보다. 보성에서 올 널빤지가 아직 들여오지 않았기 때문에 색리에게 다시 공문을 보내어 독촉하다. 순천에서

---

1) 고흥군 봉래면.

심부름꾼을 보내 온 소국진에게 곤장 여든 대를 치다. 순찰사가 편지를 보냈는데 보니, "발포 권관은 군사를 거느릴 만한 재목이 되지 못하기로 갈아치워야 하겠다"고 하므로 아직 갈지 말고 그대로 유임하여 방비에 종사하게 해 달라고 답장을 보내다.

3월 24일

나라 제삿날[2]이라 공무를 보지 않다. 우후가 수색하고 아무 탈 없이 돌아오다. 순찰사와 도사(都事)의 답장을 송희립이 아울러 가져왔다. 순찰사의 편지 가운데, "영남 관찰사 김수의 편지에 '대마도주 종의지가 공문을 보냈는데, 벌써 대마도 배 한 척을 귀국[3]에 보냈는데, 만일 도착하지 않았다면 풍랑에 깨졌을 것이라' 고 하더라는 것이다. 그 말이 매우 음흉하다. 동래에서 서쪽으로 바라보이는 바다인데 그럴 리가 만무하며, 말을 이렇게 거짓으로 꾸며대니, 그 간사함을 능히 헤아리기가 어렵다"고 하였다.

3월 25일

맑으나 바람이 세게 불다. 동헌에 나가 공무를 본 뒤에 활 열 순을 쏘다. 경상 병마사가 평산포에 도착하지 않고 곧장 남해로 간다고 하였다. 나는 그를 만나지 못한 것을 한스럽다는 뜻으로 답장을 보내다. 새로 쌓은 성을 순시해 보니, 남쪽이 아홉 발이나 무너지다.

---

2) 세종 소헌왕후 심씨 제사.
3) 조선을 말함.

3월 26일

맑다. 우후와 송희립이 남해로 가다. 늦게야 출근하여 동헌에 나가 공무를 본 뒤에 활 열다섯 순을 쏘다.

3월 27일

맑고 바람조차 없다. 일찍 아침밥을 먹은 뒤 배를 타고 소포[1]에 이르러 쇠사슬을 가로질러 건너 매는 것을 감독하며, 종일 나무 기둥 세우는 것을 보고 겸해 거북함에서 대포 쏘는 것을 시험하다.

3월 28일

맑다. 동헌에 나가 공무를 보다. 활 열 순을 쏘았는데, 다섯 순은 모조리 다 맞고, 두 순은 네 번 맞고, 세 순은 세 번 맞다.

3월 29일

맑다. 나라 제삿날[2]이라 공무를 보지 않다. 아산 고향으로 문안 보냈던 나장이 돌아왔다. 어머니께서 편안하시다니 참으로 다행이다.

4월 1일

흐리다. 새벽에 망궐례를 하다. 공무를 본 뒤에 활 열 다섯 순을 쏘다. 별조방을 점검하다.

---

1) 여수시 종화동 종포.

2) 세조 정희왕후 윤씨 제사를 말함.

4월 2일

맑다. 식사를 하고 나니 몸이 몹시 불편하더니 점점 더 아파 온종일 밤새도록 신음하다.

4월 3일

맑다. 기운이 어지럽고 밤새도록 고통스럽다.

4월 4일

맑다. 아침에야 비로소 겨우 통증이 가라앉다.

4월 5일

맑다가 저녁 나절에 비가 조금 내리다. 동헌에 나가 공무를 보다.

4월 6일

맑다. 진해루로 나가 공무를 본 뒤에 군관을 시켜 활을 쏘게 하다. 아우 여필을 배웅하다.

4월 7일

나라 제삿날[3]이라 공무를 보지 않다. 낮 열 시경에 비변사에서 비밀 공문이 왔는데, 영남 관찰사와 우병마사의 장계에 의한 것이었다.

---

3) 중종 문정왕후 윤씨 제사를 말함.

4월 8일

흐리되 비는 오지 않다. 아침에 어머니께 보낼 물건을 쌌다. 저녁 나절에 여필이 떠나가고 객창에 홀로 앉았으니 숱한 회포가 어리어 온다.

4월 9일

아침에 흐리더니 저녁 나절에야 맑다. 동헌에 나가 공무를 보다. 방응원이 방비처에 갈 공문에 관인(官印)을 찍어서 보내다. 군관들이 활을 쏘다. 광양 현감 어영담이 수색에 대한 일로 배를 타고 왔다가 저물어서 돌아가다.

4월 10일

맑다. 식사를 한 뒤 동헌에 나가 공무를 보다. 활 열 순을 쏘다.

4월 11일

아침에 흐리더니 늦게야 맑다. 공무를 본 뒤에 활을 쏘다. 순찰사 이광의 편지와 별록(別錄)[1]을 순찰사의 군관 남한이 가져오다. 비로소 베로 돛을 만들다.

4월 12일

맑다. 식사를 한 뒤에 배를 타고 거북함의 지 · 현자포(地玄字砲)를 쏘아 보다. 순찰사의 군관 남한이 살펴보고 가다. 정오에

---

1) 따로 만든 기록.

동헌으로 나가 활 열 순을 쏘다. 관청으로 올라갈 때 노대석을 살펴보다.

4월 13일

맑다. 동헌에 나가 공무를 본 뒤에 활 열 다섯 순을 쏘다.

4월 14일

맑다. 동헌에 나가 공무를 본 뒤에 활 열 순을 쏘다.

4월 15일

맑다. 나라 제삿날[2]이라 공무를 보지 않다. 순찰사에게 보내는 답장과 별록을 써서 역졸을 시켜 달려 보내다. 해질 무렵에 영남 우수사 원균의 통첩에, "왜선 구십 여 척이 와서 부산 앞 절영도[3]에 정박하다"고 한다. 이와 동시에 경상 좌수사 박홍의 공문이 왔는데, "왜적 삼백 오십 여 척이 이미 부산포 건너편에 이미 도착하다"고 한다. 그래서 즉시 장계를 올리고 겸해 순찰사 이광·병마사 최원·우수사 이억기에게도 공문을 보내다. 영남 관찰사 김수의 공문도 왔는데, 역시 같은 내용이다.

4월 16일

밤 열 시쯤에 영남 우수사 원균의 공문이 왔는데, "부산진이 이미 함락되었다"고 한다. 분하고 원통함을 이길 수가 없다. 즉시로 장계를 올리고, 삼도(三道)에 공문을 보내다.

---

2) 성종 공혜왕후 한씨의 제사를 말함.

3) 영도.

4월 17일

흐리고 비 오더니 저녁 나절에 맑다. 영남 우병마사 김성일에게서 공문이 오다. "왜적이 부산을 함락시킨 뒤에 그대로 머물면서 물러가지 않는다"고 한다. 저녁 나절에 활 다섯 순을 쏘다. 잉번(仍番) 수군과 분부(奔赴) 수군이 잇달아 방비처로 모이다.

4월 18일

아침에 흐리다. 아침에 동헌에 나가 공무를 보는데, 순찰사 이광의 공문이 왔다. "발포 권관은 이미 파직되었으니, 대리(假將)를 정해 보내라"고 하였다. 그래서 군관 나대용을 이날로 바로 정해 보내다. 낮 두 시쯤에 영남 우수사의 공문이 왔다. "동래도 함락되고, 양산의 조영규 · 울산의 이언함 두 군수도 조방장으로서 성으로 들어갔다가 모두 패하다"고 한다. 정말로 분해 말할 수 없다. 병마사 이각과 수사 박홍이 군사를 이끌고 동래 뒤쪽까지 이르렀다가 그만 즉시 회군한다고 하니 더욱 가슴 아프다. 저녁에 순천의 군사를 거느리고 온 병방이 석보창[1]에 머물러 있으면서 군사들을 거느리고 오지 않았다. 그래서 잡아 가두다.

4월 19일

맑다. 아침에 품방(品防)에 해자 파는 일로 군관을 정해 보내고, 아침밥을 먹은 뒤에 동문 위로 나가 품방 역사(役事)[2]를 손

1) 여천군 쌍봉면 봉계리 석창.

2) 토목 · 건축 등의 공사.

수 독려하다. 오후에 상격대(上隔臺)를 순시하다. 이날 상격대 칠백 명을 만나 보고 역사하는 일에 동원하다.

4월 20일

맑다. 동헌에 나가 공무를 보다. 영남 관찰사 김수의 공문이 오다. "많은 적들이 휘몰아 쳐들어오니 이를 막아 낼 수가 없고 승리한 기세가 마치 무인지경을 드는 것과 같다"고 하면서, 내게 전선을 정비해 와서 후원해 주기를 바란다고 조정에 장계하였다"고 하다.

4월 21일

맑다. 성 위에 군사를 진열하여 세우는 일로 활터에 앉아서 명령을 내리다. 오후에 순천 부사 권준이 달려와서 약속을 듣고 가다.

4월 22일

새벽에 정찰도 하고 부정 사실도 조사할 일로 군관을 내어 보내다. 배응록은 절갑도[3]로 가고, 송일성은 금오도[4]로 가다. 또 이경복 · 송한련 · 김인문 등으로 하여금 두산도[5]의 적대목(敵臺木)을 실어 내리는 일로 각각 군인 오십 명씩을 데리고 가게 하고 나머지 군인들은 품방에서 역사하게 하다.

---

3) 고흥군 금산면 거금도.
4) 여천군 남면 금오도.
5) 여천군 돌산도.

4월 26일

이 달 이십 일 좌부 승지 민준의 서장이 오다. "물길을 따라 적선을 요격하여 적들로 하여금 뒤를 돌아보게 하는 것이 가장 좋은 방책이다. 그래서 경상도 순변사 이일이 내려갈 때, 이미 일러 보냈는데, 다만 군사상 진퇴하는 것은 반드시 기회를 보아 시행해야만 그르침이 없다. 따라서 마땅히 먼저 적선의 많고 적음과 지나가는 섬 사이에 적병이 있나 없나를 살펴본 뒤에 나아감이 좋을 것이다. 그러나 이같이 신중을 기하는 것이 매우 좋은 방책이지만, 만일 형세가 유리한데도 시행해야 할 것을 시행하지 않으면 기회를 크게 놓치는 바, 조정은 멀리서 지휘할 수 없으니 도내에 있는 주장의 판단에 맡길 따름이다. 본도는 이미 이 뜻을 알렸으니 경상도에는 공문을 보내어 서로 의논하고 기회를 보아 조치하도록 하라"고 하였다. 그러나 나는 일개의 주장으로서 마음대로 처리하기 어려우므로 겸관찰사 이광 · 방어사 곽영 · 병마 절도사 최원 등에게도 분부한 사연을 낱낱이 알렸으며, 경상도 순변사 이일과 겸관찰사 김수 · 우수사 원균 등에게는 "그 도의 물길 사정과 두 도의 수군이 모처에 모이기로 약속하는 내용과 더불어 적선의 많고 적음과 현재 정박해 있는 곳과 그 밖의 대책에 응할 여러 가지 기밀을 모두 급히 회답해 달라"고 통고하고 각 관포에도 "전쟁 기구와 여러 가지 비품을 다시 철저히 정비하여 명령을 기다리라"고 공문을 돌리다.

4월 27일

이 달 이십 삼 일 좌부승지의 서장이 새벽 네 시쯤에 선전관 조명이 가져왔다. "왜적들이 이미 부산과 동래를 함락하고 또

밀양에 들어왔다는데, 이제 경상도 우수사 원균의 장계를 보았더니, '각 포구의 수군을 이끌고 바다로 나가 군사의 위세를 뽐내고 적선을 엄습할 계획이다'고 하니, 이는 가장 좋은 기회이므로 마땅히 그 뒤를 따라 나가야 할 것이다. 그대가 원균과 합세하여 적선을 쳐부순다면 적을 평정시킬 것조차도 없을 것이다. 그러므로 선전관을 급히 보내어 이르노니, 그대는 각 포구의 병선들을 거느리고 급히 출전하여 기회를 놓치지 말도록 하라. 그러나 천 리 밖에 있으므로 혹시 뜻밖의 일이 있을 것 같으면 그대의 판단대로 하고 너무 명령에 거리끼지는 말라'고 하였다. 이 말대로라면, 왜적들은 침입한 지 오래되어 반드시 지쳐서 사기가 떨어지고 가진 전비품(戰備品)[1]도 거의 없어졌을 것이니, 왜적들을 꼭 이때에 막아내야 하며 다만 앞뒤 적선의 척수가 오백여 척 이상이라 하므로 우리의 위세를 엄하게 갖추어 엄습할 모습을 보여서 적으로 하여금 겁내고 떨도록 해야 하겠다. 그래서 수군에 소속된 방답·사도·여도·발포·녹도 등 다섯 개 진포의 전선만으로는 세력이 약하기 때문에 수군이 편성되어 있는 순천·광양·낙안·흥양·보성 등 다섯 개 고을에도 아울러 방략에 의하여 거느리고 갈 예정으로 처음에는 경상도로 출전하면 해로를 지나는 "본영 앞바다로 일제히 도착하라"고 급히 통고하다. 그러나 출전할 기일이 급한 데다 수군의 여러 장수 중에 보성 및 녹도 등지는 사흘이나 걸리는 먼 거리에 있기 때문에 통고해서 불러모은다 해도 그곳 수군은 쉽게 모일 수 없으므로 반드시 기일을 지키지 못할 것 같으므로, 그 밖

1) 전쟁하는 데 쓰이는 물건.

의 여러 장수들만이라도 모두 이달 이십 구 일 본영 앞바다에 모이게 하여 거듭 약속을 밝힌 뒤에 즉시 경상도로 출전하기로 하다. 그러나 풍세(風勢)의 순역을 미리 생각하여 어려워지면 형편에 따라서 빨리 출전하려고 하는 바, 경상도 순변사 이일 · 겸관찰사 김수 · 우수사 등에게도 공문을 보내어 약속하였음을 장계 올리다.

4월 29일

정오에 경상 우수사 원균의 회답 공문이 왔다. "적산 오백여 척이 부산 · 김해 · 양산 · 명지도 등지에 정박하고, 제 마음대로 상륙하여 연해변의 각 관포와 병영 및 수영을 거의 다 점령하였으며, 봉홧불이 끊어졌으니 매우 통분(痛憤)[1]하다. 본도[2]의 수군을 뽑아 적선을 추격하여 열 척을 쳐부수었으나, 나날이 병마사를 끌어들인 적세는 더욱 성해져서 적은 많은 데다 우리는 적기 때문에 적을 맞아 싸울 수 없어서 본영[3]도 이미 함락되었다. 귀도[4]의 군사와 전선을 남김없이 뽑아 당포 앞바다로 급히 나와야 하겠다"는 내용이었다. 그래서 소속 수군으로, 중위장에 방답 첨사 이순신, 좌부장에 낙안 군수 신호, 전부장에 흥양 현감 배흥립, 중부장에 광양 현감 어영담, 유군장에 발포 가장 · 영군관 · 훈련원 봉사 나대용, 우부장에 보성 군수 김득광, 후부장에 녹도 만호 정운, 좌척후장에 여도 권관 김인영, 우척후장

---

1) 원통하고 분함.
2) 경상 우도.
3) 경상우수영.
4) 전라 좌도.

에 사도 첨사 김완, 한후장에 영군관 · 급제 최대성, 참퇴장에 영군관 · 급제 배응록, 돌격장에 영군관 이언량 등을 모두 배치하고 거듭 약속을 명확히 하다. 선봉장은 우수사 원균과 약속할 때 그 도의 변장으로 임명할 계획이며, 본영은 우후 이몽구를 유진장으로 임명하고, 방답 · 사도 · 여도 · 녹도 · 발포 등의 다섯 개 포구에는 담력과 꾀가 있는 이를 임명하여 엄중히 훈계해서 보내다. 나는 수군의 여러 장수들을 거느리고 사월 삼십 일 새벽 네 시에 출전할 예정으로 경상 우도 남해현 미조항과 상주포 · 곡포 · 평산포 등 네 개 진영이 이미 거듭 들어왔으므로 그 현령 · 첨사 · 만호 등이 "당일 군사와 병선을 정비하여 길 중간까지 나와서 대기하라"고 새벽에 공문을 만들어 사람을 달려 보내다. 낮 두 시경 본영의 진무이고 순천 수군인 이언호가 급히 돌아와서 보고하다. "남해현 성안의 관청 건물과 여염집들은 거의 비었고, 집안에서 밥 짓는 연기마저 별로 나지 않으며, 창고의 문은 이미 열려 곡물은 흩어진 채로 있고 무기고의 병기마저 모두 없어지고 비어 있는데, 마침 무기고의 행랑채에 한 사람이 있기에 그 이유를 물어 보니, '적의 세력이 급박해지자 온 성안의 사졸들이 소문만 듣고 달아났으며, 현령과 첨사도 따라 도망해 간 곳을 알 수 없다' 고 대답하므로, 돌아오다가 또 한 사람을 보았는데, 쌀 섬을 진채 장전을 가지고 남문 밖에서 달려나오다가 장전의 일부를 소인에게 주는 것이다"고 하였다. 그래서 그 장전을 살펴보니, 곡포(曲浦)라고 새긴 것이 분명하며, '성을 비우고 달아났다' 는 말이 그럴 듯하다. 그러나 하인들이 보고하는 말을 그대로 믿기 어려워서 군관 송한련에게 "이 말이 사실과 같다면 적의 군량을 쌓아 주는 격이 되고, 점점 본도[1]로 침입하여 오래 머물며 물러가지 않을 것이므로 그 창고와 무기고 등을 불살라 없애라"고 전령(傳令)하여 급히 달려 보내다. 대체로 보아 흉악한 적의 세력이 커져 부대를 나누어 도적질을 하는데, 한 부대는 육지 안으로 향해 먼 곳까지 석권하고, 한 부대는 연해안으로 향해 닥치는 대로 함락하고 있으나, 육지나 바다의 여러 장수들이 한 사람도 막아 싸우지 못해 벌써 적의 소굴이 되었고, 바다의 진영으로서도 남은 것이라고는 오직 우수영과 남해의 평산포 등 네 개의 진영뿐이지만, 이제 들으니 우수영마저도 함락되었고, 남해의 온 섬들은 벌써 무인지경이 되었다고 하는 바, 우수영은 내가 지키는 진영과 가깝고, 남해는 북소리와 나팔 소리가 서로 들리고 앉은 사람의 모양마저 똑똑히 세어 볼 수 있는 가까운 곳이다. 그러므로 본도로 침범해 올 시기가 곧 이르렀으니 매우 한심할 뿐 아니라, 본도 내의 육지와 연해안 각 고을과 변두리의 성을 방어함에 있어서 새로 뽑은 조방군 등 정예의 사졸은 모두 육전으로 나가고 변두리에 남은 진보에는 병기를 가진 사람조차 너무 적어 다만 맨손으로 모인 수군을 거느리므로 그 세력이 매우 약해 달리 방어할 대책이 없다. 뿐만 아니라 수군의 중위장이며 순천 부사인 권준도 바다로 나가 사변에 대비하다가 관찰사의 전령으로 전주로 달려갔다. 더구나 오랫동안 임지에 있던 자들은 뜬소문만 듣고서도 가족을 데리고 짐을 지고 길가에 잇달았으며, 혹은 밤을 이용해서 도망하고 혹은 틈을 타서 이사하는데, 본영의 수졸과 본고장 사람들 사이에도 또한 이와 같은 무리들이 있으므로

1) 전라 좌도.

그 길목에 포망장(捕亡將)[2]을 보내어 도망자 두 명을 찾아내어 우선 목을 베어 군중에 알려 군사들의 공포심을 진정시켰거니와 "경상도를 구원하러 출전하라"는 분부가 이와 같이 틀림없을 뿐 아니라 나도 그 소식을 듣고 분노가 가슴에 서리고 쓰라림이 뼈 속에 사무쳐 한번 적의 소굴을 무찔러 나라를 위해 몸을 바치려는 마음이 자나깨나 간절하여 수군을 거느리고 우수사와 함께 합력해서 무찔러 적의 무리를 섬멸할 것을 기약하였다. 그런데 남해에 첨입된 평산포 등 네 개 진영의 진장과 현령 등이 왜적들의 얼굴을 보지 않고 먼저 도피하였으므로, 나는 남의 도의 군사이니 그 도의 물길이 험하고 평탄한 것도 알 수 없고 물길을 인도할 배도 없으며, 또 작전을 상의할 장수도 없는데, 경솔하게 행동한다는 것은 천만뜻밖의 실패도 없지 않을 것이다. 소속 전함을 모두 합해 봐야 서른 척 미만으로서 세력이 매우 고약하기 때문에 겸관찰사 이광도 이미 이 실정을 알고 본도 우수사 이억기에게 명령하여 "소속 수군을 신의 뒤를 따라서 힘을 모아 구원하도록 하라"고 하였다. 그래서 일이 매우 급하더라도 반드시 구원선이 다 도착되는 것을 기다려서 약속한 연후에 발선하여 바로 경상도로 출전해야 하겠다. 흉하고 더러운 무리들이 벌써 새재를 넘어 서울을 육박해서 본도의 겸관찰사가 홀로 분발하여 많은 군사를 거느리고 곧 서울로 향하여 왕실을 보호할 계획이라 하는 바, 이 말을 듣고 흐르는 눈물을 가누지 못하고 칼을 어루만지며 혀를 차면서 탄식하고, 또 여러 장수를 거느리고 서울로 달려가 먼저 육지 안으로 들어간 적을

2) 도망자를 잡는 장수.

없애고자 하니, 국경을 지키는 신하의 몸으로서 함부로 하기 어려워 부질없이 답답한 채 통분함을 참고 스스로 녹이며 엎드려 조정의 명령을 기다리다. 내 어리석은 생각으로는 오늘날 적의 세력이 이와 같이 왕성해서 우리를 업신여기는 것은 모두 해전으로 막아 내지 못하고 적을 마음대로 상륙하게 하였기 때문이다. 그런데 경상도 연해안 고을은 깊은 도랑과 높은 성으로 든든한 곳이 많은데, 성을 지키던 비겁한 군졸들이 소문만 듣고 간담이 떨려 모두 도망갈 생각만 품었기 때문에 적들이 포위하면 반드시 함락되어 온전한 성이라고는 하나도 없다. 지난번 부산 및 동래의 연해안 여러 장수들만 하더라도 배들을 잘 정비하여 바다에 가득 진을 치고 엄습할 위세를 보이면서 정세를 보아 전선을 알맞게 병법대로 진퇴하여 적을 육지로 기어오르지 못하도록 하였더라면 나라를 욕되게 한 환란이 반드시 이렇게까지는 되지 않았을 것이다. 생각이 이에 미치니 통분함을 더 참을 수 없다. 이제 한번 죽을 것을 기약하고 곧 범의 굴로 바로 들어가 요망한 적을 소탕해서 나라의 수치를 만에 하나라도 씻으려 하는 바, 성공하고 하지 않고, 잘 되고 못 되고는 내 미리 생각할 바가 아니리라.

4월 30일

낮 두 시경에 전날 쓴 일을 장계로 써 올리다.

5월 1일

수군이 모두 앞바다에 모였다. 이 날은 흐리되 비는 오지 않고 마파람만 세게 불었다. 진해루에 앉아서 방답 첨사 이순신 ·

흥양 현감 배흥립 · 녹도 만호 정운 등을 불러들이니, 모두 분해제 한 몸을 잊어버리는 모습이 실로 의사(義士)[1]들이라 할 만하다.

5월 2일

맑다. 겸삼도 순변사의 공문과 우수사의 공문이 도착하다. 송한련이 남해에서 돌아와서 하는 말이, "남해 현령 기효근 · 미조항 첨사 김승룡 · 상주포 · 곡포 · 평산포 만호 김축 등이 하나같이 왜적의 소식을 듣고는 함부로 달아났고, 군기물 등도 흩어 없어져 남은 것이 거의 없다"고 한다. 놀랍고도 놀랄 일이다. 오정 때에 배를 타고 바다로 나가 진을 치고, 여러 장수들과 약속을 하니, 모두 기꺼이 나가 싸울 뜻을 가졌으나, 낙안 군수 신호만은 피하려는 뜻을 가진 것 같으니 한탄스럽다. 그러나 군법이 있으니, 비록 물러나 피하려 한들 그게 될 법한 일인가. 저녁에 방답의 첩입선(疊入船)[2] 세 척이 돌아와 앞바다에 정박하다. 비변사에서 세 어른의 명령이 내려왔다. 창평 현령이 부임하였다는 공문을 와서 바치다. 저녁에 군호를 용호(龍虎)라 하고, 복병을 수산(水山)이라 하다.

5월 3일

가랑비가 아침내 내리다. 경상 우수사의 회답 편지가 새벽에 오다. 오후에 광양과 흥양 현감을 불러 함께 이야기하던 중 모두 분한 마음을 나타내다. 전라 우수사가 수군을 끌고 와서 같

---

1) 나라를 위해 무력으로써 항거하다가 의롭게 죽은 사람.

2) 첩입된 지역을 왕래, 연락하는 배.

이 약속하고서 방답의 판옥선이 첩입군을 싣고 오는 것을 우수사가 온다고 기뻐하였으나, 군관을 보내어 알아보다. 그러나 그것은 방답의 배였다. 실망하였다. 그러나 조금 뒤에 녹도 만호가 보자고 하기에 불러들여 물었더니, 우수사는 오지 않고 왜적은 점점 서울 가까이 다가가니 통분한 마음을 이길 길 없거니와 만약 기회를 늦추다가는 후회해도 소용없다는 것이었다. 이 때문에 곧 중위장 이순신을 불러 내일 새벽에 떠날 것을 약속하고 장계를 고치다. 이 날 여도 수군 황옥천이 왜적의 소리를 듣고 달아나다. 자기 집에서 잡아 와서 목을 베어 군중 앞에 높이 매달다.

5월 4일

맑다. 먼동이 틀 때에 출항하다. 곧바로 미조항[1] 앞바다에 이르러 다시 약속하다. 우척후 · 우부장 · 중부장 · 후부장 등은 오른편에서 개이도[2]로 들어가서 찾아 치게 하고 나머지 대장선들은 아울러 평산포 · 곡포 · 상주포 · 미조항을 지나갔다.

5월 29일

맑다. 우수사 이억기가 오지 않으므로, 홀로 여러 장수들을 거느리고 새벽에 출항하여 곧장 노량에 이르니, 경상 우수사 원균은 미리 약속한 곳에 와서 만나 그와 함께 상의하다. 왜적이 머물러 있는 곳을 물으니, "왜적들은 지금 사천 선창에 있다"고 한다. 바로 거기로 가 보았더니 왜놈들은 벌써 뭍으로 올라가서

---

1) 남해군 미조면 미조리.
2) 여천군 화정면 개도.

산 위에 진을 치고 배는 그 산 아래에 줄지어 매어 놓고 항전하는 태세가 견고하였다. 나는 장수들을 독려하여 일제히 달려들며 화살을 비 퍼붓듯이 쏘고, 각종 총포를 우레 같이 쏘아 대니, 적들이 무서워서 물러나는데, 화살을 맞은 자를 헤아릴 수 없을 정도이고, 왜적의 머리를 벤 것만도 많지만, 이 싸움에 군관 나대용이 탄환에 맞았고, 나도 왼쪽 어깨 위에 탄환을 맞아 등을 관통하였으나, 중상은 아니었다.

6월 1일

맑다. 사량도[3] 뒷바다에서 진을 치고 밤을 지내다.

6월 2일

맑다. 아침에 떠나 곧장 당포 앞 선창에 이르니, 적선 이십 여 척이 줄지어 머물러 있다. 둘러싸고 싸우는데, 적선 중에 큰 배 한 척은 우리나라 판옥선만한 크기다. 배 위에 다락이 있는데, 높이가 두 길은 되겠고, 그 누각 위에는 왜장이 버티고 우뚝 앉아 끄덕도 하지 않았다. 또 편전과 승자총통으로 비 오듯 마구 쏘아 대니, 적장이 화살을 맞고 떨어졌다. 그러자 왜적들은 한꺼번에 놀라 흩어졌다. 여러 장졸이 일제히 모여들어 쏘아 대니, 화살에 맞아 거꾸러지는 자가 부지기수다. 모조리 섬멸하고 한 놈도 남겨 두지 않았다. 얼마 뒤에 왜놈의 큰 배 스물여 척이 부산에서부터 깔려 들어오다가 우리 군사들을 바라보고서는 개도[4]로 뺑소니치며 들어가 버렸다.

---

3) 통영시 사량면 금평리.

4) 통영시 산양면 추도. 싸리섬.

6월 3일

맑다. 아침에 다시 여러 장수들을 격려해서 개도를 협공하였으나, 이미 달아나 사방에는 한 놈도 없다. 고성 등지로 가고자 하나, 아군의 형세가 외롭고 약하기 때문에 울분을 참으면서 머물러 밤을 지내다.

6월 4일

맑다. 우수사 이억기가 오기를 기다리면서, 어슬렁거리며 형세를 관망하고 대책을 결정짓지 못하고 있는데, 정오가 되니 우수사가 여러 장수들을 거느리고 돛을 올리고서 왔다. 진중의 장병들이 기뻐서 날뛰었다. 군사를 합치고 약속을 거듭한 뒤에 착포량[1]에서 밤을 지냈다.

6월 5일

아침에 출항하여 고성 땅 당항포에 이르니, 왜놈의 배 한 척이 판옥선과 같이 큰데, 배 위에 누각이 높고 그 위에 적장이 앉아서, 중선 열두 척과 소선 스무 척을 거느렸다. 한꺼번에 쳐서 깨뜨리니, 활을 맞은 자가 부지기수요, 왜장의 모가지도 일곱 급(級)[2]이나 베었다. 나머지 왜놈들은 뭍으로 내려가 즉시로 달아났는데, 나머지 수는 얼마 되지 않았다. 우리 군사의 기세가 크게 떨치다.

---

1) 통영시 당동 착량.

2) 지난날, 전쟁에서 칼로 벤 적군의 머리 수를 세던 단위.

6월 6일

맑다. 적선의 동정을 살피며, 거기서 그대로 자다.

6월 7일

맑다. 아침에 출항하여 영등 앞바다에 이르니, 적선이 율포에 있다고 한다. 복병선으로 하여금 탐지하게 하더니, 적선 다섯 척이 먼저 우리 군사가 오는 것을 알고 남쪽 넓은 바다로 달아나는데, 여러 우리나라 배가 일제히 쫓아가 사도 첨사 김완이 한 척을 온전히 잡고, 우후도 한 척을 온전히 잡고, 녹도 만호 정운도 한 척을 온전히 잡으니, 모두 왜적의 머리가 서른 여섯 개이다.

6월 8일

맑다. 우수사 이억기와 함께 의논하면서 바다 가운데서 머물러 지내다.

6월 9일

맑다. 곧장 천성 · 가덕에 이르니, 왜적이 하나도 없다. 두세 번 수색하고 나서, 군사를 돌려 당포로 돌아와 밤을 지내다. 새벽도 되기 전에 배를 출항하여 미조항 앞바다에 이르러 우수사 이억기와 이야기하다.

6월 10일

맑다.

7월 4일

떼를 지어 출몰하는 적을 맞이하여 낱낱이 무찌르고자 서로 공문을 돌려서 약속하며 배를 정비하고, 경상도의 적세를 탐문하였는데, "가덕 · 거제 등지에 왜선이 혹 십 여 척, 혹은 삼십 여 척이 떼를 지어 출몰한다"고 할 뿐 아니라, 본도 금산[1] 지경에도 적세가 크게 뻗친 바, 수륙으로 나누어 침범한 적들이 곳곳에서 불길같이 일어나건만, 한 번도 적을 맞아 싸운 적이 없어서 깊이 침범하였으므로 처음에 본도 우수사와 모이기로 약속한 오늘 저녁때에 약속한 그 장소에 도착하다.

7월 5일

서로 약속하다.

7월 6일

함대를 거느리고 일시에 출항하여 곤양과 남해의 경계인 노량에 도착하니, 경상 우수사가 파손된 것을 수리한 전선 일곱 척을 거느리고 그곳에 머물고 있었다. 그래서 바다 가운데서 같이 만나 재차 약속하고 진주 땅 창신도에 이르자, 날이 저물어 밤을 지내다.

7월 7일

샛바람이 세게 불어 항해하기 어려웠다. 고성 땅 당포에 이르자, 날이 저물기로 나무를 하고 물을 긷고 있을 때, 피난해서

---

1) 나주시 금성동.

산으로 올랐던 그 섬의 목동 김천손이 우리 함대를 바라보고는 급히 달려와서 말하였다. "적의 대 · 중 · 소선을 합해 칠십 여 척이 오늘 낮 두 시쯤 영등포 앞바다에서 거제와 고성의 경계인 견내량에 이르러 머무르고 있다"고 하므로 다시금 여러 장수들에게 신칙(申飭)하다.

7월 8일

이른 아침에 적선이 머물러 있는 곳〔견내량〕으로 항해하다. 한바다에 이르러 바라보니, 왜의 대선 한 척과 중선 한 척이 선봉으로 나와서 우리 함대를 몰래 보고서는 도로 진치고 있는 곳으로 들어갔다. 그래서 뒤쫓아 들어가니, 대선 서른 여섯 척과 중선 스물 네 척, 소선 열 세 척이 대열을 벌려서 정박하고 있었다. 그런데 견내량의 지형이 매우 좁고, 암초가 많아서 판옥전선은 서로 부딪치게 될 것 같아서 싸움하기가 곤란하다. 그리고 왜적은 만약 형세가 불리해지면 기슭을 타고 뭍으로 올라갈 것이므로 한산도 바다 가운데로 유인하여 모조리 잡을 계획을 세웠다. 한산도는 사방으로 헤엄쳐 나갈 길이 없고, 적이 비록 뭍으로 오르더라도 틀림없이 굶어 죽게 될 것이므로 먼저 판옥선 대여섯 척으로 먼저 나온 적을 뒤쫓아서 엄습할 기세를 보이게 하자, 적선들이 일시에 돛을 올려서 쫓아 나오므로 우리 배는 거짓으로 물러나면서 돌아 나오자 왜적들도 따라 나왔다. 그때야 여러 장수들에게 명령하여 학익진(鶴翼陣)[2]을 펼쳐 일시에 진격해서 각각 지자 · 현자 · 승자 등의 총통들을 쏘아서 먼저

2) 학이 날개를 편 듯이 치는 진.

두세 척을 깨뜨리자, 여러 배의 왜적들은 사기가 꺾여 물러나므로 여러 장수와 군사와 관리들이 승리한 기세로 흥분하며, 앞다투어 돌진하면서 화살과 화전을 잇달아 쏘아 대니, 그 형세가 마치 바람 같고 우레 같아, 적의 배를 불태우고 적을 사살하기를 일시에 다 해치웠다. 순천 부사 권준이 제 몸을 잊고 돌진하여 먼저 왜의 층각 대선 한 척을 쳐부수어 바다 가운데서 온전히 잡아 왜장을 비롯해서 머리 열 급을 베고 우리나라 남자 한 명을 산 채로 빼앗았다. 광양 현감 어영담도 먼저 돌진하여 왜의 층각 대선 한 척을 쳐부수어 바다 가운데서 온전히 잡아 왜장을 쏘아 맞혀서 내 배로 묶어 왔는데, 문초하기 전에 화살을 맞은 것이 중상이고 말이 통하지 않으므로 즉시 목을 베었으며, 다른 왜적을 비롯해서 머리 열 두 급을 베고, 우리나라 사람 한 명을 산 채로 빼앗았다. 사도 첨사 김완은 왜 대선 한 척을 쳐부수어 바다 가운데서 온전히 잡아 왜장을 비롯해서 머리 열여섯 급을 베었고, 현양 현감 배흥립이 왜 대선 한 척을 쳐부수어 바다 가운데서 온전히 잡아 머리 여덟 급을 베고 또 많이 익사시켰다. 방답 첨사 이순신은 왜 대선 한 척을 쳐부수어 바다 가운데서 온전히 잡아 머리 네 급을 베었는데, 다만 사살하기에만 힘쓰고 머리를 베는 일에는 힘쓰지 않았을 뿐 아니라 또 두 척을 쫓아가서 쳐부수어 일시에 불태웠다. 좌돌격장 급제 이기남은 왜 대선 한 척을 쳐부수어 바다 가운데서 잡아 머리 일곱 급을 베었으며, 좌별도장 본영 군관 전 만호 윤사공과 가안책 등은 층각선 두 척을 바다 가운데서 온전히 잡아 머리 여섯 급을 베었다. 낙안 군수 신호는 왜 대선 한 척을 쳐부수어 바다 가운데서 온전히 잡아 머리 일곱 급을 베었으며, 녹도 만호 정운은 층각 대선 두 척을 총통으로 뚫자 여러 전선이 협공하여 불태우고 머리 세 급을 베고 우리나라 사람 두 명을 산 채로 빼앗았다. 여도 권관 김인영은 왜 대선 한 척을 쳐부수어 바다 가운데서 온전히 잡아 머리 세 급을 베었고, 발포 만호 황정록은 층각선 한 척을 쳐부수자 여러 전선이 협공하여 힘을 모아 불태우고 머리 두 급을 베었다. 우별도장 전 만호 송응민은 머리 두 급을 베었고, 흥양 통장 전 현감 최천보는 머리 세 급을 베었고, 참퇴장 전 첨사 이응화는 머리 한 급을 베었고, 우돌격장 급제 박이량은 머리 한 급을 베었고, 내가 타고 있는 배에서 머리 다섯 급을 베었고, 유군일령장 손윤문은 왜의 소선 두 척에 총을 쏘고 산 위에까지 추격하였으며, 오령장 전 봉사 최도전은 우리나라 소년 세 명을 산 채로 빼앗았다. 그 나머지의 왜 대선 스무 척, 중선 열 일곱 척, 소선 다섯 척 등은 좌도와 우도의 여러 장수들이 힘을 모아 부수고 불태우니 화살을 맞고 물에 빠져 죽은 자는 그 수를 헤아릴 수가 없다. 그리고 왜놈 사백여 명은 형세가 몹시 불리하고 힘이 다 되었는지 스스로 도망가기 어려운 줄 알고, 한산도에서 배를 버리고 뭍으로 올라갔으며, 그 나머지 대선 한 척 · 중선 일곱 척 · 소선 여섯 척 등은 접전할 때 뒤에 처져 있다가 멀리서 배를 불태우며 목을 베어 죽이는 꼴을 바라보고는 노를 재촉하여 도망갔으나, 종일 접전한 탓으로 장수와 군사들이 피곤하고 날도 땅거미가 져 어둑어둑하므로 끝까지 추격할 수 없어서 견내량 내항에서 진을 치고 밤을 지내다.

7월 9일

가덕으로 향하려는데, “안골포에 왜선 사십여 척이 정박해 있다"고 탐망군이 보고하다. 즉시 본도 우수사 및 경상 우수사와 함께 적을 토멸(討滅)할 계책을 상의한 바, 이 날은 날이 이미 저물고 맞바람이 세게 불어 항해하여 앞으로 나갈 수 없으므로 거제 땅 온천도[1]에서 밤을 지내다.

7월 10일

새벽에 출항하여 "본도 우수사는 안골포 밖의 가덕 변두리에 진치고 있다가, 우리가 만일 접전하면 복병을 남겨 두고 급히 달려 오라"고 약속하고, 나는 함대를 이끌고 학익진을 형성하여 먼저 진격하고, 경상 우수사는 내 뒤를 따르게 해서 안골포에 이르러 선창을 바라보니, 왜 대선 스물 한 척 · 중선 열 다섯 척 · 소선 여섯 척이 머물고 있었다. 그중 삼 층으로 방이 마련된 대선 한 척과 이 층으로 된 대선 두 척이 포구에 서 밖을 향하여 물에 떠 있었고, 나머지는 고기 비늘처럼 줄지어 정박하고 있었다. 그런데 포구의 지세가 좁고 얕아서 조수가 물러나면 뭍이 드러날 것이고 판옥대선으로는 쉽게 드나들 수가 없으므로 여러 번 유인해 내려고 하였으나 그들의 선운선(先運船)[2] 쉰 아홉 척을 한산도 바다 가운데로 유인해서 남김없이 불태우고 목베었기 때문에 형세가 궁해지면 뭍으로 내려갈 계획으로 험한 곳에 배를 매어 둔 채 두려워 겁내어 나오지 않았다. 그래서 할 수 없이 여러 장수들에게 명령하여 서로 교대로 드나들면서 천자 · 지자 · 현자 총통과 여러 총통뿐 아니라 장전과 편전 등을 쏘아 맞히고 있을 적에, 본도 우수사가 장수를 정해 복병을 시

1) 거제도 하청면 칠천도.

2) 사람 · 물건 등을 실어 나르는 배.

켜 둔 뒤 급히 달려와서 협공하니, 군세가 더욱 강해져서 삼 층 방 대선과 이 층 방 대선을 타고 있던 왜적들은 거의 다 사상하였다. 그런데 왜적들은 사상한 자를 낱낱이 끌어내어 소선으로 실어 내고, 다른 배의 왜적들을 소선에 옮겨 실어 층각 대선으로 모아들였다. 이렇게 종일 해서 그 배들을 거의 다 깨부수자, 살아남은 왜적들은 모두 뭍으로 올라갔는데, 뭍으로 간 왜적들은 다 사로잡지 못하다. 그러나 그곳 백성들이 산골에 잠복해 있는 자가 무척 많은데, 그 배들을 모조리 불태워 궁지에 몰린 도적이 되게 한다면, 잠복해 있는 그 백성들이 오히려 비참한 살육을 면하지 못할 것이다. 그래서 잠깐 일 리쯤 물러나와 밤을 지내다.

7월 11일

새벽에 다시 돌아와 포위해 보았으나, 왜적들이 허둥지둥 당황하여 닻줄을 끊고 밤을 틈타 도망갔으므로 전일 싸움하던 곳을 탐색해 보니, 전사한 왜적들을 열두 곳에 모아 놓고 불태웠는데, 거의 타다 남은 뼈다귀와 손발들이 흩어져 있고, 그 포구 안팎에는 흘린 피가 땅바닥에 가득하여 곳곳이 붉은 빛인 것으로 보아도 알 수 있듯이 도적들의 사상자를 이루 헤아릴 수가 없었다. 낮 열 시쯤 양산강과 김해 포구 및 감동 포구를 모두 수색하였으나 왜적의 그림자는 전혀 없다. 그래서 가덕 바깥에서부터 동래 몰운대에 이르기까지 배를 늘여 세워 진을 치게 하고, 군대의 위세를 엄하게 보이게 한 다음 "적의 많고 적음을 탐망해서 보고하라"고 가덕도 응봉과 김해의 금단곶 연대 등지로 탐망군을 정해 보냈는데, 밤 여덟 시쯤에 그 탐망군인 경상 우수영 수군 허수광이 와서 보고하다. "연대에서 탐망하려고 올라갈 때, 산봉우리 아래 작은 암자에 한 늙은 중이 있기에 같이 연대로 올라가서 양산과 김해의 두 강의 으슥한 곳과 그 두 고을 쪽을 바라보니, 적선이 나뉘어 정박해 있는 수는 거의 백 여 척쯤 되는데, 그 늙은 중에게 적선의 동정을 물었더니, 대답하는 말이 '날마다 오십 여 척이 떼를 지어 드나들며, 십 일 일 본토에서 그 강으로 들어왔다가 어제 안골포 접전 때, 포 쏘는 소리를 듣고는 간밤에 거의 다 도망가고 다만 백 여 척이 남아 있는 것이다"고 하였다. 왜놈들은 너무 두려워서 도망친 꼴을 짐작할 수 있겠다. 저물 녘에 천성보로 나아가서 잠깐 머물면서 적에게 우리들이 오랫동안 있을 것이라고 의심하게 하고, 밤을 이용해서 군사를 돌리다.

7월 12일

낮 열 시쯤에 한산도에 이르니, 이곳에 하륙하던 왜적들이 연일 굶어서 걸음을 잘 걷지 못한 채 피곤하여 바닷가에서 졸고 있었다. 거제도의 군사와 백성들이 이미 머리를 세 급을 베었고, 그 나머지 사백 여 명의 왜적은 탈출해도 도망갈 길이 없는 초롱 속의 새와 같았다. 나와 본도 우수사는 다른 도에 주둔하는 군사로서 군량이 벌써 떨어졌을 뿐 아니라 "금산의 적세가 크게 성해 이미 전주에 도착하다"는 기별이 잇달아 도착하므로 그 섬에 상륙한 적들은 거제도의 군사와 백성들이 합력해서 목을 베고 그 급수를 통고하도록 그 도의 우수사와 약속하다.

7월 13일

본영으로 돌아왔다. 여러 사람의 문초 내용이 비록 낱낱이 믿을 만한 것이 못 된다 하더라도 "세 개의 부대로 나누어 배를 정비하여 전라도로 향한다"는 말만은 믿을 만한 근거가 있는 것 같다. 이들 중에, 첫째 부대의 왜선 세 척은 거제도 견내량에 와서 머물고 있다가 이미 섬멸되었고, 둘째 부대의 왜선 마흔두 척은 안골포 선창에 벌여 진치고 있었으나, 역시 우리에게 패해 무수한 사상자를 내고 밤에 도망하였으니, 다시 그 무리를 데리고 와서 병력을 합세하여 바로 몰아 침범해 오면, 마침내는 우리가 앞뒤로 적을 받게 될 것이므로 병력이 분산되고 형세가 약한 것이 극히 염려스럽다. 그래서 "군대를 정비해서 창을 베개로 삼아 변을 기다려 다시 통고하는 즉시로 수군을 거느리고 달려 오라"고 본도 우수사 이억기와 약속하고 진을 파하였으며, 포로가 되었다가 도로 잡혀 온 사람은 각각 그 빼앗은 관원에게 명하여, "구휼하고 편히 있게 하였다가 사변이 평정된 뒤에 고향으로 돌려보내라"고 알아듣도록 타일렀다.

7월 15일

여러 장수와 군사 및 관리들이 제 몸을 돌아보지 않고 처음부터 끝까지 여전하여 여러 번 승첩을 하였다만 조정이 멀리 떨어져 있고 길이 막혔는데, 군사들의 공훈 등급을 만약 조정의 명령을 기다려 받은 뒤에 결정한다면, 군사들의 심정을 감동하게 할 수 없으므로, 우선 공로를 참작해서 일 · 이 · 삼 등으로 별지에 기록하였으며, 당초의 약속과 같이 비록 왜적의 머리를 베지 않았다 하더라도 죽을힘을 다해 싸운 사람들은 내가 본 것으로 등급을 나누어 결정하고서 함께 기록하다. 이 내용을 장계하다.

7월 16일

본영과 본도 소속 각 진포의 군량은 원 수량이 넉넉하지 못하였는데, 세 번이나 적을 무찌르느라고 해상에서 여러 날을 보내게 되어 많은 전선의 군졸들이 굶주리므로 원 군량은 벌써 다 나누어주었다. 적은 물러가지 않으므로 잇달아 바다로 내려가 출전해야 하고 군량은 달리 변통하여 마련할 길이 없어 순천부에 두었던 군량 오백여 섬을 본영과 첩입한 방답진에, 흥양 군량 사백여 섬을 여도 · 사도 · 발포 · 녹도 등의 네 개 포구에는 백 섬씩을 먼저 옮겨다가 뜻밖의 일에 대비하도록 하고, 도 순찰사에게 공문을 보내다. 이 내용을 장계하다.

8월 24일

맑다. 아침밥은 객사 동헌에서 충청 수사 정걸과 같이 먹고 곧 침벽정으로 옮겼다. 우수사와 점심을 같이 먹었는데, 정 조방장도 함께 먹었다. 오후 네 시쯤에 배를 출항하여 노질을 재촉해서 노량 뒷바다에 이르러 정박하다. 한밤 열 두 시에 달빛을 타고 배를 몰아, 사천 땅 모자랑포에 이르니 벌써 날이 새었다. 새벽 안개가 사방에 끼어서 지척을 분간하기 어렵다.

8월 25일

맑다. 오전 여덟 시쯤에 안개가 걷혔다. 삼천포 앞바다에 이르니 평산포 만호가 공장(公狀)[1]을 바쳤다. 당포 가까이에 이르러 경상 우수사 원균과 만나 배를 매어 놓고 이야기하다. 오후 네 시쯤에 당포에 정박하여 밤을 지내다. 자정에 잠깐 비가 오다.

8월 26일

맑다. 견내량에 이르러 배를 멈추고서 우수사와 더불어 이야기하다. 순천 부사 권준도 오다. 저녁에 배를 옮겨 각호사[2] 앞바다에서 밤을 지냈다.

8월 27일

맑다. 영남 수사 원균과 같이 의논하고, 배를 옮겨 거제 칠내도에 이르렀다. 웅천 현감 이종인이 와서 말하는데, "왜적의 머리 서른 다섯 개를 베었다"고 한다. 저물 무렵 제포와 서원포를 건너니, 밤이 벌써 열 시쯤이 되어 자려는데, 하늬바람이 차갑게 부니 나그네의 회포가 어지럽다. 이날 밤 꿈자리도 많이 어지럽다.

8월 28일

맑다. 새벽에 앉아 꿈을 생각해 보니, 처음에는 나쁜 것 같았으나 도리어 좋다. 가덕에 이르렀다.

9월 1일

닭이 울자 출항하다. 낮 여덟 시에 몰운대를 지날 무렵 샛바

1) 수령이나 찰방이 감사 · 병마사 · 수사 등에게 공식으로 만날 때에 내는 관직명을 적은 편지.

2) 거제시 사등면.

람이 갑자기 일고 파도가 크게 일어 간신히 배를 저어 화준구미에 이르러 왜 대선 다섯 척을 만나고, 다대포 앞바다에 이르러 왜 대선 여덟 척, 서평포 앞바다에 이르러 왜 대선 아홉 척, 절영도에 이르러서는 왜 대선 두 척을 각각 만났는데, 모두 줄지어 정박하고 있었으므로 삼도의 수사가 거느린 여러 장수와 조방장 정걸 등이 힘을 합해 남김없이 깨어 부수고, 배 안에 쌓인 왜놈의 물건과 전쟁 기구도 끌어내지 못하게 해서 모두 불태웠으나, 왜놈들은 우리의 위세를 바라보며 산으로 올라갔기 때문에 머리를 베지는 못하다. 그리고 절영도 안팎을 모조리 수색하였으나, 적의 종적이 없으므로 즉시 소선을 부산 앞바다로 급히 보내어 적선을 자세히 알아보게 하였더니, "대개 오백여 척이 선창 동쪽 산기슭의 언덕 아래 줄지어 대었으며, 선봉 왜 대선 네 척이 초량 목으로 마주 나오고 있다"고 하므로 원균 및 이억기 등과 약속하기를, "우리 군사의 위세로써 만일 지금 공격하지 않고 군사를 돌이킨다면 반드시 적이 우리를 멸시하는 마음이 생길 것이다"고 말하고 독전기를 휘두르며 진격하다. 우부장 녹도 만호 정운 · 귀선 돌격장 군관 이언량 · 전 부장 방답 첨사 이순신 · 중위장 순천 부사 권준 · 좌부장 낙안 군수 신호 등이 먼저 곧바로 돌진하여 선봉 왜 대선 네 척을 깨부수니, 적도들이 헤엄쳐 뭍으로 오르므로 뒤에 있던 여러 배들은 곧 이때를 이용해서 승리한 깃발을 올리고 북을 치면서 장사진(長蛇陣)[1]으로 돌진하다. 이때 부산성 동쪽 한 산에서 오 리쯤 되는 언덕 밑 세 곳에 둔박한 왜선이 모두 사백 칠십여 척이었는데, 우리

1) 한 줄로 길게 벌인 군대의 진.

의 위세를 바라보고 두려워서 감히 나오지 못하고 있으므로 여러 전선이 곧장 그 앞으로 돌진하자, 배 안과 성안 · 산 위 · 굴속에 있던 적들이 총통과 활을 갖고 거의 다 산으로 올라 여섯 곳에 나누어 머물며 내려다보면서 철환과 화살을 빗발과 우레처럼 쏘았다. 그런데 편전을 쏘는 것은 우리나라 사람들과 같았으며, 혹 대철환을 쏘기도 하는데, 크기가 모과만 하며, 혹 수마석을 쏘기도 하는데, 크기가 주발 덩이만한 것이 우리 배에 많이 떨어지곤 하다. 그러나 여러 장수들은 한층 더 분개하여 죽음을 무릅쓰고 다투어 돌진하면서, 천자 · 지자 총통에다 장군전 · 피령전 · 장전과 편 전 · 철환 등을 일시에 일제히 쏘며, 하루종일 교전하니 적의 기세는 크게 꺾였다. 그래서 적선 백여 척을 삼도의 여러 장수들이 힘을 모아 쳐부순 뒤에 화살을 맞아 죽은 왜적으로써 토굴 속에 끌려 들어간 놈은 그 수를 헤아릴 수 없었으나, 배를 쳐부수는 것이 급해 머리를 벨 수는 없었다. 여러 전선의 용사들을 뽑아 뭍으로 내려서 모조리 섬멸하려고 하였으나, 무릇 성 안팎의 일곱, 여덟 곳에 진치고 있는 왜적들이 있을 뿐 아니라 말을 타고 용맹을 보이는 놈도 많은지라, 말도 없는 외로운 군사를 가벼이 뭍으로 내리게 한다는 것은 빈틈없는 계획이 아니며, 날도 저물었는데, 적의 소굴에 머물러 있다가는 앞뒤로 적을 맞게 될 환란이 염려되어 하는 수 없이 여러 장수들을 거느리고 배를 돌려 한밤중에 가덕도를 돌아와서 밤을 지내다. 그런데 양산과 김해에 정박한 왜선이 혹은 말하기를 "점차 본도로 돌아간다"고 한다마는, 몇 달 이내로 세력이 날로 외로워짐을 스스로 알고 모두 부산으로 모이는 일이 없지는 않을 것이다. 부산성 안의 관사는 모두 철거하고 흙을 쌓아서 집을 만들어 이미 소굴을 만든 것이 백여 호 이상이나 되며, 성밖의 동서쪽 산기슭에 여염집이 즐비하게 있는 것도 거의 삼백 여 호이며, 이것이 모두 왜놈들이 스스로 지은 집인데, 그중의 큰 집은 층계와 희게 단장한 벽이 마치 절간과도 비슷한 바, 그 소행을 따져 보면 매우 분통하다.

9월 2일

다시 돌진하여 그 소굴을 불태우고, 그 배들을 모조리 깨부수려고 하였는데, 위로 올라간 적들이 여러 곳에 널리 가득 차 있으므로 그들의 귀로를 차단한다면, 궁지에 빠진 도적들의 반격이 있을 것이 염려되어 하는 수 없이 수륙으로 함께 진격해야만 섬멸할 수 있을 것이며, 더구나 풍랑이 거슬러 전선이 서로 부딪쳐서 파손된 곳이 많이 있으므로 전선을 수리하면서 군량을 넉넉히 준비하고, 육전(陸戰)에서 크게 물러나오는 날을 기다려 경상 감사 등과 수륙으로 함께 진격하여 남김없이 섬멸해야 하기 때문에 진을 파하고 본영으로 돌아오다.

9월 10일

원균은 그 뒤 적선이 많이 온다고 잘못 듣고서 포위한 적을 풀고 가 버렸기 때문에 뭍으로 올라간 왜인들이 "벌목해서 뗏목을 만들어 타고 모두 거제로 건너가 버렸다"고 하는 바, 솥안에 든 고기가 마침내 빠져나간 것 같아 매우 통분하다. 이 내용을 갖추어서 장계하다.

9월 11일

녹도 만호 정운은 맡은 직책에 정성을 다하였고, 담략이 있어서 서로 의논할 만한 사람이다. 사변이 일어난 이래 의기를 격발하여 나라를 위해 제 몸을 잊고 조금도 마음을 놓지 않고 변방을 지키는 일에 힘쓰기를 오히려 전보다 더욱 더하므로 믿을 사람은 오직 정운 등 두세 사람이다. 세 번 승첩을 할 때 언제나 선봉에 섰고, 이번에 부산포 해전에서도 몸을 던져 죽음을 잊고 먼저 적의 소굴에 돌입하였으며, 하루 종일 교전하면서도 어찌나 힘을 다해 쏘았던지 적들이 감히 움직이지 못한 바 이는 정운의 힘이 컸다. 그런데 그날 돌아올 무렵에 철환을 맞아 죽었지만, 그 늠름한 기운과 맑은 혼령이 쓸쓸히 아주 없어져서 뒷세상에 아주 알려지지 못할까 애통하다. 이대원의 사당이 아직도 그 포구에 있으므로 같은 제단에 초혼하여 함께 제사를 지내어 한편으로는 의로운 혼령을 위로하고, 한편으로는 남을 경계해야겠다. 방답 첨사 이순신은 변방 수비에 온갖 힘을 다하고, 사변이 일어난 뒤에는 더욱 부지런히 힘써 네 번이나 적을 무찌를 적에 반드시 앞장을 서서 분격하였으며, 당항포 접전을 할 때에는 왜장을 쏘아 목을 벤 공로가 월등하다. 뿐만 아니라 사살하는 데만 전력하고 목 베는 일에는 힘쓰지 않았으므로 그 연유를 들어 별도로 장계하였는데, 이번 포상의 글 중에 이순신의 이름만 들어 있지 않으니 해괴하다. 여러 장수들 중에서도 권준 · 이순신 · 어영담 · 배흥립 · 정운 등은 달리 믿는 바가 있어 서로 같이 죽기를 약속하고서 모든 일을 같이 의논하고 계획을 세우기도 하였는데, 권준을 비롯한 여러 장수들은 모두 당상으로 승진되었으나, 오직 이순신만이 임금의 은혜를 입지 못하였으므로 이에 조정에서 포상하는 명령을 내리기를 엎드려 기다린다. 이 내용을 사실대로 잘 아뢰어 달라는 장계를 올리다.

9월 12일

당항포 승첩 계본을 받들고 올라간 전생서(典牲署)[1] 이봉수가 가지고 내려온 우부 승지 이국의 서장 내용에, "전쟁이 일어난 이래 여러 장수들이 한결같이 패퇴하였는데, 이번 당항포 싸움에서 비로소 대승리를 하였으므로, 특히 경을 자헌대부로 승진시키니, 끝까지 스스로 힘써 하라" 하신 것과, "경의 장계를 보니, 각 목장의 말들을 몰아내어 길들이고 먹여서 육전에 쓰도록 해 달라고 건의하였는데, 경이 그 수를 급히 몰아내어 장수와 군사들에게 나누어주고 그 성공을 기다려서 그대로 영구히 주도록 하라" 하신 분부의 서장 등을 본영에서 받다.

9월 18일

"행재소에서 쓸 종이를 넉넉하게 올려 보내라"고 하였으나, 계본을 받들고 가는 사람이 고생스럽게 길로 무거운 짐을 가지고 갈 수 없으므로 우선 장지(狀紙) 열 권을 올려 보냄을 써 올리다.

9월 25일

순천에 사는 전 훈련원 봉사 정사준은 사변이 일어난 뒤에 상제의 몸으로 기복된 사람인데, 충성심을 분발하였으므로 경상

---

1) 궁중의 제사에 쓸 짐승을 기르는 일을 맡아보는 종6품의 주부(主簿).

도와 접경한 요충지인 광양현 전탄의 복병장으로 정해 보낸 뒤, 무릇 매복하여 적을 막는 일에 있어서 기특한 계책을 마련하여 적들로 하여금 감히 경계선에 근접하지 못하게 하였는데, 정사준은 순천부의 외로운 선비이며, 전 훈련원 봉사였던 이의남 등과 약속하고 각각 의연곡(義捐穀)[2]을 모아서 모두 한 배에 싣고 행재소로 향하다. 비변사의 공문에 "화살대를 넉넉하게 올려 보내라"고 하였으나, 부산 승첩 계본을 받들고 가는 사람이 육로로 올라가야 하는 먼 길에 가져가기 어려운 형편이어서 올려 보내지 못하는데, 비로소 이번에 정사준 등이 올라갈 때에 장편 죽전과 종이 등의 물품을 함께 봉해 같은 배에 함께 싣고 물건의 목록은 따로 적어 올렸다. 순천 부사 권준과 낙안 군수 신호 · 광양 현감 어영담 · 흥양 현감 배흥립 등도 수군 위부장으로서 본영 앞바다에 진을 치고 사변에 대비하면서 각각 공문으로 보고한 내용에, "연해변 각 고을의 관원들이 사변이 있을 것을 염려해서 군량을 원 수량 이외에 별도로 쌓아 두었는데, 국운이 불행해서 임금께서 서쪽으로 몽진하신 지 벌써 여섯 달이 되어 많은 장수와 군사들의 양식을 계속 지급하기 어려울 것이다. 그래서 신하된 자의 정의에 통곡함을 이기지 못해 위에 별도로 쌓아 둔 군량 등 물품을 각각 배에 싣고 자원해 들어온 사람에게 맡겨 주어 올려 보내려 하나, 수령들로서는 진달할 길이 없으니, 이 실정을 낱낱이 열거하여 함께 장계하도록 공문을 보낸다"고 하였다. 그런데 권준은 원 수량 이외에 군량 백 섬과 다른 잡물을 함께 정사준 등이 의연곡을 싣고 가는 배에 같이 실

2) 사회적 공익을 위해 내놓는 곡식.

어 우선 올려 보내다. 신호 · 어영담 · 배흥립 등이 올려 보내는 군량과 군기 등 물건은 각각 그들의 배에 싣고 각 고을에서 자원해 들어온 사람들에게 맡겨 올려 보내므로 물목을 만들어 주어 올려 보냄을 차례로 아뢰다.

10월 30일

아래 의주에서 보내 온 글은 꿈도 아닌 정이 아닌가. 펴 보기를 두 번 세 번 한 것은, 종이에 간절한 정이 가득하기에, 실상 나의 친구 위서의 마음에서 나온 것이거니와, 정성을 다하기 때문이다. 알지는 못하나, 요사이 노장의 건강은 어떠하오. 멀리서 호소해 마지않는다. 이 사람은 용졸한 재주로 난국을 당해 오랑캐가 두 번 움직이니, 이에 이 전쟁 사이에 근심한 자뿐인데, 다행히 별장 최균 · 강 두 분의 힘을 입어 크게 웅천의 도적을 이기고, 또 바다에 뜬 두목을 잡았다. 어찌 마음이 크게 패한 것이 아니겠는가. 그러나 밤낮으로 빌고 원하는 것은 우리 임금의 수레를 서울에 돌아오시게 하는 것뿐이다. 남은 것은 군무가 어지럽고 매우 바쁘므로 다 갖추지 못한다.

12월 10일

흉한 적들이 여러 도에 널리 가득 차 있고, 오직 이 곳 호남만이 다행히 하늘의 도움에 힘입어 다소 보완하여 한 나라의 근본을 이루고 있으니, 임금에게 충성하고 나라를 회복하는 일을 다 이 도에서 마련해야 하는데, 지난 육 · 칠월 사이에 육만의 군마와 허다한 군량을 모두 서울 등지에서 잃어버리고, 병마사가 거느렸던 사만의 군사들도 또한 입을 것과 먹을 것이 없어서 얼고

주려서 다 없어졌는데, 이제 순찰사가 또 정예 군사를 거느리고 북상하며 다섯 의병장도 서로 이어 군사를 일으켜 멀리 출전하므로 이 뒤부터는 온 지방의 소동이 공사간의 재물을 다 없애고, 비록 늙고 허약한 백성은 있다 해도 병기와 군량을 운반할 무렵에는 채찍질이 빈번해서 구덩이에 넘어지는 자가 많이 있다. 더구나 소모사가 내려와서 내륙과 연해안을 분별하지 않은 채 소집할 군사의 수만을 결정하여 심하게 독촉하므로, 각 고을에서는 그 수를 충당하기 어려워서 변방을 지키는 수졸을 많이 빼내어 갈 뿐 아니라, 체찰사의 종사관이 각 고을을 분담하고 검색하여 남아 있는 장정을 재촉해서 징발하고, 변방의 진포에 있는 군기를 또한 많이 다른 곳으로 실어 가며, 복수장 고종후 등이 또 따라 일어나서 내시의 종을 남김없이 뽑아 내는데, 소모관(召募官)[1]이 방금 내려와서 번갈아 수색하는 일이 거의 쉬는 날이 없으므로 백성들의 근심하고 원망하는 소리가 귀에서 떠나지 않으니, 국가가 부흥되어야 할 시기에 바라는 바, 실망이 커서 한 모퉁이에 있는 외로운 신하로서는 북쪽을 바라보고 통탄하며, 마음은 죽고 형태만 남아 있다. 지난해 분부한 서장에 "각 고을에서 도망한 군사들이 있어도 사변이 평정될 때까지 친족이나 이웃에게 대충 징발하는 것을 일체 면하라"고 하다. 무릇 신하된 자로서 눈물을 흘리며 감격하지 않은 자가 없다. 그러나 이같이 위태롭고 어려운 날을 당해 수졸 한 명은 무던히 평시의 백 명에 적합한 것인데, 한번 "대충 징발하지 말라"는 명령을 듣고서는 모두 다 면제될 꾀를 품기 때문에 지난

1) 조선 시대에 의병을 모집하던 임시 관직.

달에는 열 명이나 유방군을 보내던 고을이 이번 달에는 겨우 세네 명을 보내고 있으며, 어제 열 명이 있던 유방군이 오늘 네다섯 명이므로 몇 달 내에 수자리[1]를 지키는 일이 날로 비어 진포의 장수들이 속수무책인 바, 배를 타고 적을 토멸함에 무엇을 힘입어 제어할 것이며, 성을 지켜 항전함에 누구를 의지해야 할까. 만일 전례를 지켜 책임 수량을 채운다면 분부를 어기게 될 것이며, 분부를 준수한다면 수자리를 지킬 사람이 없을 것이므로, 이 두 가지 중에 편한 방법을 참작해서 처리하도록 하는 의견을 체찰사에게 보고하였던 바, 회답 공문에, "친족에게 대충 징발하는 폐단은 백성을 괴롭히는 것 중에 가장 심한 것이므로 임금의 분부대로 단연히 준수해야 함은 말할 것도 없거니와 보고한 의견도 또한 일리가 있는 것이니, 적을 방어하고 백성을 어루만지는데, 양편이 다 좋은 일이다"는 것이다. 그래서 각 고을 관원들에게 "사람이 죽고 자손이 끊어진 호구를 도목장에서 뽑아 없애 버리도록 하라"고 통고하다. 대체로 보아 변방에서 한 번 실패하면, 그 해독이 중앙에까지 미치는 실례는 이미 경험한 일이다. 하물며 본도에 분산된 방위군의 수는 경상도와 같지 않고, 매번 방비에 임하는 군사가 큰 진이 많아야 삼백 이십여 명을 넘지 못하고 작은 보에는 백 오십여 명도 차지 못하는데, 그중에서 도망하거나 죽은 지 오래된 채 정리되지 않은 자가 십중팔구이며, 현재 일하고 있는 자로는 태반이 늙고 쇠약한 사람이므로 만일 친족에게 대충 징발하는 것을 전적으로 면제한다면 성을 지키고 배를 운행하는데, 아무런 조처가 없을 것이

1) 국경을 지키는 임무.

므로 지극히 민망할 뿐 아니라, 이번에 도착된 것으로 비변사에서 분부를 받고서 보내 온 공문 내용에, "근래에 와서 적을 토멸하는 데는 해전을 당할 만한 것이 없으니, 전선의 수를 넉넉하게 더 만들도록 하라"고 한 바, 전선은 비변사의 공문이 도착하기 전에 이미 본영과 여러 진포에 명령해서 많은 수를 더 만들도록 하였다. 그러나 한 척의 전선에 사부와 격군을 아울러서 백 삼십 여 명의 군사를 충당할 방법이 없어서 더욱 민망하니, 위의 '친족에게 징발하는 일들'을 사변이 평정될 때까지 전과 같이 시행하되, 조금씩 좋고 나쁜 점을 가려내어 백성의 원성을 풀어 주는 것이 지금으로서는 가장 당연한 급선무이다. 그러니 조정에서는 다시 헤아려 생각하고, 우선 '친족에게 대충 징발하지 말라'고 한 명령을 중지하여 길이 남쪽 변방을 회복하는 기초가 온전해지도록 해야겠다. 수군으로 방비에 임하는 수가 저같이 너무 적은데, 방비 임무에 결석하여 죄를 지은 무리들이 혹은 소모군에 붙으며, 혹은 다투어 의병으로 붙어서 어느 쪽이든지 소속되는 바, 지금 같이 봄철의 방비가 매우 급한 때에 방어하는 군사를 다른 곳으로 소속을 옮겨 변방을 충실하게 할 뜻은 없으므로 일체 다른 곳으로 옮기지 말도록 각별히 널리 백성들에게 분부를 내리도록 해야겠다. 겨울 석 달 동안에 사색 제방군(四色除防軍)은 평시에는 그대로 있다가 전적으로 사변이 일어날 때 쓰이는 보충군이거니와 이런 큰 사변을 당해서는 정규군도 많지 않은 데다가 사색 군졸마저 면제하면 더욱 방비할 길이 없다. 해상으로 출전한 틈에 전선을 보수하고 병비를 조련하는 일들이 전혀 수졸들의 책임이므로 사색 제방군 등을 육군과 함께 방위 임무에서 면제하지 말고 남김없이 방위에 임하도록 각 진포에 아울러 검칙하였으며, 순찰사에게도 공문을 보냈음을 갖추어 아뢰다.

계 사 년

2월 1일

종일 비가 내리다. 발포 만호 황정록 · 여도 권관 김인영 · 순천 부사 권준이 와서 모이다. 발포 진무 최이가 두 번이나 군법(軍法)을 어겼으므로 군률로써 처벌하다.

2월 2일

늦게야 개다. 녹도 가장 · 사도 첨사 김완 · 흥양 현감 배흥립 등의 배가 오다. 낙안 군수 신호도 오다.

2월 3일

맑다. 여러 장수들이 거의 다 모였는데, 보성 군수 김득광이 미처 오지 못하다. 동쪽 상방으로 나가 앉아 순천 부사 · 낙안 군수 · 광양 현감과 한참 동안 의논하다. 이날 경상도에서 옮겨 온 공문에 포로가 되었다가 돌아온 김호걸과 나장 김수남 등이 명부에 올린 수군 팔십여 명이 도망갔다고 하며, 뇌물을 많이 받고 잡아오지 않았다고 하므로, 군관 이봉수·정사립 등을 몰래 파견하여 칠십 명을 찾아서 잡아다가 각 배에 나누어주고, 김호걸·김수남 등을 그날로 처형하다. 오후 여덟 시쯤부터 비바람이 세게 불어 각 배들을 간신히 구호하다.

2월 4일

늦게야 개다. 성 동쪽이 아홉 발[1]이나 무너졌다. 객사 동헌에 나가 공무를 보다. 오후 여섯 시쯤부터 비가 많이 쏟아지더니 밤새도록 그치지 않고 바람조차 몹시 사납게 불어 각 배들을 간신히 구호하다.

2월 5일

비가 억수같이 내리다가 늦게야 개다. 경칩날이라 둑제(纛祭)[2]를 지내다. 아침밥을 먹은 뒤 대청으로 나가 공무를 보다. 보성 군수 김득광은 이슥한 밤에 육지를 거쳐 달려오다. 뜰 아래에 붙잡아 놓고 기일을 어긴 죄를 문초하며 그 대장(代將)[3]에게 따졌다. 그랬더니 순찰사 등이 명나라 군사에게 음식을 이바지[4]하는 차사원으로서 강진·해남 등지의 고을로 왔기 때문이라고 하였다. 이는 역시 공무이므로 그 대장과 도훈도 및 아전들을 처벌하다. 저녁에 이언형이 작별을 고하다.

---

1) 길이를 잴 때, 두 팔을 펴서 벌린 길이.
2) 대장기에 대한 제사.
3) 대신 출전(出戰)한 장수.
4) 힘들여 음식 같은 것을 보내 주는 것.

2월 6일

아침에 흐리다가 저녁 나절에야 개다. 밤 세 시에 첫 나발을 불고 동틀 무렵에 둘째 나발과 세 번째 나발을 불었다. 배를 풀고 돛을 올렸으나, 정오 때에 맞바람이 불어 저물어서야 사량에 이르러 머무르다.

2월 7일

맑다. 새벽에 떠나 곧장 견내량에 이르니, 경상우수사 원균이 이미 먼저 와 있었다. 그와 함께 서로 이야기하다. 기숙흠도 와서 보고, 이영남 · 이여염도 오다.

2월 8일

맑다. 아침에 영남 우수사가 내 배에 와서, 전라우수사의 기약 어긴 잘못을 몹시 탓하고는 지금 먼저 떠나자고 한다. 나는 애써 말리며 "좀더 기다려 봅시다. 오늘 안으로 도착할 겁니다"고 언약을 하였더니, 과연 정오에 돛을 달고 와서 모이니, 바라보는 사람마다 기뻐 날뛰지 않는 이가 없었다. 온 것을 보니 거느리고 온 것이 마흔 척 미만이었다. 바로 그날 오후 네 시쯤에 출항하여 초저녁에 온천도[5]에 이르렀다. 본영에 편지를 보내다.

2월 9일

첫 나발을 불고 둘째 나발을 불고 나서 다시 날씨를 보니 비

5) 칠천도.

가 많이 내릴 것 같았다. 그래서 출항하지 않았다. 종일 많은 비가 내렸다. 그대로 머물러 출항하지 않았다.

2월 10일

아침에 흐리다가 저녁 나절에 개다. 오전 여섯 시에 출항하여 곧장 웅천 웅포에 이르니, 적선이 줄지어 정박하는데, 두 번이나 유인하였으나, 진작부터 우리 수군을 겁내어 나올 듯하다가도 돌아가므로 끝내 잡아 없애지 못하였다. 참으로 분하다. 밤 열 시쯤에 도로 영등포 뒤의 소진포[1]에 이르러 배를 대고서 밤을 지내다.

2월 11일

흐리다. 군사를 쉬게 하고 그대로 머무르다.

2월 12일

아침에는 흐리다가 저녁 나절에는 개다. 삼도의 군사가 일제히 새벽에 출항하여 곧장 웅천 · 웅포에 이르니, 왜적들은 어제와 같다. 나아갔다 물러갔다 하며 유인하지만 끝내 바다로 나오지 않았다. 두 번이나 뒤쫓았으나, 잡아 섬멸하지 못하니, 어찌할꼬! 너무도 분하다. 이 날 저녁에 도사가 우후에게 공문을 보내다. 그것은 명나라 장수에게 줄 군용 물품을 배정한 것이라고 한다. 저녁에 칠천도에 이르자, 비가 많이 쏟아지더니, 밤새도록 그치지 않았다.

---

1) 장목면 송진포.

2월 13일

비가 창대같이 내리다. 오후 여덟 시쯤에야 비가 그쳤다. 적토벌에 관하여 의논할 일로 순천 부사 권준 · 광양 현감 어영담 · 방답 첨사를 불러 이야기하였다. 정담수가 와서 보다. 활장이와 화살장이 대방 · 옥지 등이 돌아가다.

2월 14일

맑다. 증조부의 제삿날이다. 이른 아침에 본영 탐후선이 오다. 아침밥을 먹은 뒤에 삼도의 군사들을 모아 약속할 적에 영남 수사 원균은 병으로 모이지 않고, 전라 좌우도의 장수들만이 모여 약속하는데, 다만 우후가 술에 취해 마구 지껄이며 떠드니, 그 기막힌 꼴을 어찌 다 말하랴. 어란포 만호 정담수 · 남도포 만호 강응표 역시 그러하다. 이렇게 큰 적을 맞아 무찌르는 일로 모이는 자리에 만취되어 이렇게까지 되니, 그 인물됨이야 더욱 말로 나타낼 수가 없다. 통분함을 이길 길이 없다. 저녁에 헤어져서 진 친 곳으로 오다. 가덕 첨사 전응린이 와서 보다.

2월 15일

아침에 맑더니 저녁에 비가 내리다. 날씨는 따뜻하고 바람도 잤다. 과녁을 걸고 활을 쏘다. 순천 부사 · 광양 현감이 오다. 사량 만호 · 소비포 권관 · 영등포 만호 우치적도 같이 오다. 이날 순찰사 이광의 공문이 왔는데, 명나라에서 또 수군을 보내니 미리 알아서 처리하라는 것이다. 또 순찰사 영의 아전이 보낸 공문에는 명나라 군사가 이월 일 일에 들어가 왜적들이 모두 섬멸되었다고 한다. 해질 녘에 원균이 와서 보다.

2월 16일

맑다. 늦은 아침에 바람이 세게 불다. 소문에 영의정 정철이 사은사(謝恩使)가 되어 북경에 간다고 하다. 그래서 노비 단자(奴婢單子)를 정원명에게로 부치면서 그것을 가져다가 행차하는 일행에게 전하라고 일러 보내다. 오후에 우수사 이억기가 와서 보고 함께 밥을 먹고서 가다. 순천 부사 · 방답 첨사도 와서 보다. 밤 열 시쯤에 신환과 김대복이 교서(教書) 두 장과 부찰사의 공문을 가져왔는데 보니, 명나라 군사들이 바로 송도를 치고, 이 달 육 일에는 마땅히 서울에 있는 왜적을 함몰시키겠다고 한다.

2월 17일

흐리되 비는 오지 않다. 종일 샛바람이 불었다. 새벽에 일제히 이영남 · 허정은 · 정담수 · 강응표 등이 와서 보다. 오후에 우수사 이억기에게 가서 보다. 새로 온 진도 군수 성언길을 보다. 우수사와 함께 영남 우수사 원균의 배에 갔다가 선전관(宣傳官)[1]이 임금님의 유지(諭旨)[2]를 가지고 왔다는 소문을 듣고, 저물어 돌아갈 즈음에 길에서 선전관이 왔다는 말을 듣고, 노를 바삐 저어 진으로 돌아올 때에 선전 표신을 만났으므로 배 위로 맞아들여 임금의 유지를 받들고 보니, "급히 적의 퇴로를 끊고 도망하는 적을 몰살하라"는 것이었다. 즉시 받았다는 답서를 써 부치고 나니, 밤이 벌써 두 시가 넘다.

---

1) 조선 시대 때, 선전관청에 딸린 무관 벼슬.

2) 임금이 신하에게 내리는 글.

2월 18일

맑다. 이른 아침에 행군하여 웅천에 이르니, 적의 형세는 여전하다. 사도 첨사 김완을 복병장으로 임명하여 여도 만호 · 녹도 가장 · 좌우 별도장 · 좌우 돌격장 · 광양 이선 · 흥양 대장 · 방답 이선 등을 거느리고 송도[2]에 복병하게 하고, 모든 배들로 하여금 유인하게 하니, 과연 적선 열여 척이 뒤따라 나왔다. 경상도 복병선 다섯 척이 재빨리 나가 쫓을 때, 나머지 복병선들이 일제히 적선들을 에워싸고 여러 무기를 쏘아 대니, 왜적의 죽은 자의 수효를 알 수 없다. 적의 기세가 크게 꺾여 다시는 나와서 항거하지 않는다. 날이 저물어 사화랑[3]으로 돌아오다.

2월 19일

맑다. 하늬바람이 세게 불어 배를 띄울 수가 없어서 그대로 머무르고 출항하지 않았다. 남해 현령에게 붓과 먹을 보내다. 저녁에 남해 현령이 와서 인사를 나누었으며, 고여우와 이효가도 와서 인사를 하다. 그대로 사화랑에 있었다.

2월 20일

맑다. 새벽에 출항하자 샛바람이 약간 불더니, 적과 교전할 때에는 바람이 세게 불어 배들이 서로 부딪치고 깨어질 지경이다. 거의 배를 감당할 수조차 없다. 곧 호각을 불게 하고 지휘기를 올려 싸움을 중지시키니, 여러 배들이 다행히도 크게 다치지는 않았다. 그러나 흥양의 한 척, 방답의 한 척, 순천의 한

---

2) 진해시 웅천2동.

3) 진해시 웅천2동.

척, 본영의 한 척이 서로 들이받아 깨졌다. 날이 저물기 전에 소진포로 돌아와 물을 긷고 밤을 지내다. 이날 사슴 떼가 동서로 달아났는데, 순천 부사 권준이 노루 한 마리를 잡아 보내다.

2월 21일

흐리고 바람이 세게 불다. 이영남 · 이여염이 와서 보다. 우수사 원균과 순천 부사 · 광양 현감도 와서 보다. 저녁에 비가 내리더니 자정이 되어서야 그치다.

2월 22일

새벽에 구름이 검더니 샛바람이 세게 불다. 적을 무찌르는 일이 급하므로 출항하여 사화랑에 이르러 바람이 멎기를 기다렸다. 이윽고 바람이 멎는 듯하므로 재촉하여 웅천에 이르러 삼혜와 의능 두 승장과 의병 성응지를 제포[1]로 보내어 곧 상륙을 하는 체 하게 하고, 우도의 여러 장수들의 배들은 변변치 않은 배들을 골라서 동쪽으로 보내어 이들도 상륙하는 체 하게 하더니, 왜적들이 당황하여 갈팡질팡하였다. 이 틈을 타서 모든 배를 몰아 일시에 무찔렀더니, 적들은 세력이 뿔뿔이 흩어져 약해져서 거의 섬멸하였는데, 발포의 두 배와 가리포의 두 배가 명령을 하지도 않았는데도 돌입하다가 그만 얕은 곳에 좌초하여, 적에게 습격을 받은 것은 참으로 통분하여 가슴이 정말로 찢어질 것 같다. 조금 있으니, 진도의 지휘선 한 척도 적에게 포위되어 거의 구하지 못하게 될 즈음에 우후가 곧장 달려가 구해 냈다. 경

---

1) 진해시 웅천2동.

상 좌위장과 우부장은 보고도 못 본 체 하고 끝내 구하지 않았으니, 그 괘씸함을 이루 표현할 길이 없다. 참으로 통분(痛忿)하다. 이것을 경상도 우수사에게 물었다. 한심하기만 하다. 오늘의 통분함을 어찌 다 말하랴. 모두 경상 우수사 원균의 탓이다. 돛을 달고 소진포로 돌아와서 잤다. 아산에서 뇌와 분의 편지가 웅천 진중에 왔고, 어머니 편지도 오다.

2월 23일

흐렸으나 비는 오지 않다. 아침에 우수사가 와서 보다. 식사를 한 뒤에 원균 수사가 오고, 천부사 · 광양 현감 · 가덕 첨사 · 방답 첨사도 오다. 이른 아침에는 소비포 권관 · 영등포 만호 · 와량 첨사 등이 와서 보다. 경상 우수사 원균의 하는 그 음흉함을 이를 길이 없다. 최천보가 양화진[2]에서 와서 명나라 군사들의 소식을 자세히 전하고, 또 조도 어사의 편지와 공문을 전하다. 그날 밤으로 돌아가다.

2월 24일

맑다. 새벽에 아산 · 온양 편지와 집안 편지를 아울러 써서 보내다. 아침에 출항하여 영등포 앞바다에 이르니, 비가 몹시 퍼부어 곧장 다다를 수 없으므로 배를 돌려 칠천량으로 돌아오다. 비가 그치자, 우수사 이억기 영감 · 순천 부사 · 가리포 첨사 · 진도 군수 성언길과 노는 계집을 빼놓고서, 조용히 이야기하다. 초저녁에 배 만드는 기구를 들여보내는 일로 패자(牌字)[3]와 홍

2) 고흥군 영남면 양화리.
3) 계급이 높은 사람이 낮은 사람에게 보내는 글.

양에 갈 공문을 써 보내다. 양식에 쓸 쌀 아흔 되를 자염(煮鹽)[1]과 바꾸어 보내다.

2월 25일

맑다. 풍세(風勢)가 불순하므로 그대로 칠천량에 머무르다.

2월 26일

바람이 세게 불다. 종일 머무르다.

2월 27일

맑으나 바람이 세게 불다. 우수사 이억기와 함께 이야기하다.

2월 28일

맑으며 바람조차 없다. 새벽에 출항하여 가덕에 이르니, 웅천의 적들은 기가 죽어 대항할 생각조차 하지 못하고 있다. 우리 배가 바로 김해강 아랫쪽 독 사이 목[2]으로 향하는데, 우부장이 변고를 알리므로, 여러 배들이 돛을 달고 급히 달려가 작은 섬을 에워싸고 보니, 경상 수사 원균의 군관의 배와 가덕 첨사의 사후선(伺候船)[3] 등 두 척이 섬에서 들락날락하는데, 그 짓거리가 황당하다. 두 배를 잡아매어 경상 수사 원균에게 보냈던 바, 원균이 크게 성을 냈다고 한다. 알고 보니, 그 본뜻은 군관을 보내어 어부들의 목을 찾고 있었던 까닭이다. 초저녁에 아들 염

---

1) 바닷물을 졸여서 소금을 만드는 것.
2) 부산시 강서구 명지동.
3) 수영에 딸린, 적의 형편 · 지형 등을 정찰하고 탐색하는 군선(軍船).

이 오다. 사화랑에서 자다.

2월 29일

흐리다. 바람이 몹시 불까 염려되어 배를 칠천량으로 옮기다. 우수사 이억기가 와서 보다. 순천 부사 · 광양 현감도 오다. 경상 우수사 원균이 와서 보다.

2월 30일

종일 비가 내리다. 봉창 아래에 웅크리고 앉아 있다.

3월 1일

잠깐 맑다가 저녁에 비가 옴. 방답 첨사 이순신이 오다. 순천 부사 권준은 병으로 오지 못하다.

3월 2일

온종일 비가 오다. 배의 봉창 아래에 웅크리고 앉았으니, 온갖 회포가 가슴에 치밀어 올라 마음이 어지럽다. 이응화를 불러 한참 동안 이야기하다가 그대로 순천의 배로 보내어 병세를 살펴보게 하다. 이영남 · 이여염이 와서 원균의 비리를 들으니, 더욱더 한탄할 따름이다. 이영남이 왜놈의 작은 칼을 두고 갔다. 그때 이영남에게서 들었는데, 강진의 두 사람이 살아 왔는데, 고성으로 붙들려 가서 문초를 받고 왔다고 한다.

3월 3일

아침에 비가 오다. 오늘은 답청하는 날인데, 흉악한 적들이 물러가지 않아, 군사를 거느리고 바다에 떠 있으며, 명나라 군사들이 서울에 들어왔는지 아닌지조차 듣지 못하니 민망하기 이를 데 없다. 종일 비가 내리다.

3월 4일

맑아지다. 우수사 이억기가 와서 종일 이야기하다. 원균 영감도 오다. 순천 부사가 병이 몹시 아프다고 한다. 소문에 들으니, 명나라 장수 이여송이 북로(北路)[1] 쪽으로 간 왜적들이 설한령을 넘었다는 말을 듣고는 송도까지 왔다가 서관[2]으로 되돌아갔다는 기별이 오다. 통분함을 이길 길 없다.

3월 5일

맑다. 바람기가 매우 사납다. 순천 부사 권준이 병으로 도로 돌아간다기에 아침에 몸소 배웅하여 보내다. 탐후선이 오다. 내일로 적을 치자고 약속하다.

3월 6일

맑다. 새벽에 출항하여 웅천에 이르니, 적도들은 바쁘게 뭍으로 도망쳐 산중턱에 진을 쳤으므로, 관군이 철환(鐵丸)과 편전(片箭)을 비 오듯 마구 쏘니, 죽는 자가 무척 많았다. 포로가 되었던 사천에 사는 여인 한 명을 빼앗아 오다. 칠천량에서 자다.

---

1) 함경도.

2) 평안도.

3월 7일

맑다. 우수사 이억기와 이야기하다. 초저녁에 출항하여 걸망포[3]에 이르니, 날은 이미 새다.

3월 8일

맑다. 한산도로 돌아와 아침밥을 먹고 나니, 광양 현감 어영담 · 낙안 군수 · 방답 첨사 이순신 등이 오다. 방답 첨사와 광양 현감은 술과 안주를 많이 준비해 오고, 우수사 이억기도 오고, 어란 만호 정담수도 소고기로 만든 음식 몇 가지를 보내 오다. 저녁에 비가 내리다.

3월 9일

궂은비가 종일 내리다. 원식이 와서 보다.

3월 10일

맑다. 사량으로 가는 낙안 사람이 행재소(行在所)[4]에서 와서 전하는 말하기를, "명나라 군사들이 진작 송도까지 왔지만, 연일 비가 와서 길이 질므로, 행군하기가 어려워 날이 개기를 기다려서 서울로 들어가기로 약속하다"고 한다. 이 말을 듣고는 그 기쁨을 이길 길 없다. 첨사 이홍명이 와서 보다.

3월 11일

맑다. 아침밥을 먹은 뒤에 원균 수사와 이억기 수사도 오다.

---

3) 통영시 산양면 신전리 신전포.
4) 임금이 피난 가 계신 곳.

같이 이야기하고 술도 마시다. 원균 수사는 몹시 취해 동헌으로 돌아갔다. 본영의 탐후선이 오다. 돼지 세 마리를 잡아오다.

3월 12일

맑다. 아침에 각 고을에 공문을 써 보내다. 본영의 병방 이응춘이 공문을 마감하고 갔다. 아들 염과 나대용 · 덕민 · 김인문 등이 본영으로 돌아갔다. 식사한 뒤에 우수사 이억기의 사첫방에서 바둑을 두다. 광양 현감이 술을 가져오다. 한밤에 비가 내리다.

3월 13일

비가 많이 오다가 늦은 아침에야 개다. 우수사 이억기와 첨사 이홍명이 바둑을 두다.

3월 14일

맑다. 각 배를 출항시켜 배 만들 재목을 싣고 나서 오다.

3월 15일

맑다. 우수사가 이곳에 오다. 여러 장수들이 관덕정에서 활을 쏘는데, 우리편의 장수들이 이긴 것이 예순 여섯 푼이다. 그래서 우수사가 떡과 술을 장만하여 오다. 저물 무렵부터 비가 많이 쏟아지더니 밤새도록 퍼붓다.

3월 16일

저녁 나절에야 맑다. 여러 장수들이 또 활을 쏘다. 우리 편 여러 장수들이 서른 푼 남짓 이기다. 원균 영감도 오다. 많이 취해 돌아가다. 낙안은 아침에 왔기에 고부로 가는 편지를 주어 보내다.

3월 17일

맑으며 종일 센바람이 불다. 우수사와 함께 활을 쏘다. 모양이 형편없으니 우습다. 신경황이 와서 전하기를 임금의 유지(宥旨)를 받들고 선전관인 채진 · 안세걸이 본영(本營)에 왔다고 한다. 곧 도로 돌려보내다.

3월 18일

맑다. 바람이 세게 불어 사람이 출입조차 하지 못하다. 소비포 권관과 아침밥을 먹다. 우수사와 같이 장기를 두었는데 이겼다. 남해 현령 기효근도 오다. 저녁에 돼지 한 마리를 잡아오다. 밤 열 시에 비가 내리다.

3월 19일

비가 내리다. 우수사와 함께 이야기하다.

3월 20일

맑다. 우수사와 같이 이야기하다. 오후에 소문을 들으니, 선전관이 임금의 유지를 가지고 온다고 한다.

3월 21일

맑다.

3월 22일

맑다.

5월 1일

맑다. 새벽에 망궐례를 하다.

5월 2일

맑다. 선전관 이춘영이 임금의 유지를 가지고 오다. "적의 퇴로를 차단하고, 적을 섬멸하라"는 것이었다. 이날 보성 군수 김득광 · 발포 만호 황정록 두 장수가 와서 모이고, 나머지 여러 장수들은 정한 기일을 물렸기 때문에 모이지 못하다.

5월 3일

맑다. 우수사 이억기가 수군을 거느리고 왔는데, 수군들이 많이 뒤떨어져 한탄할 일이다. 선전관 이춘영이 돌아가고, 이순일도 오다.

35월 4일

맑다. 오늘이 어머니 생신이건만 이런 적을 토벌하는 일 때문에 가서 축수(祝壽)[1]의 잔을 올리지 못하니, 평생 한이 되겠다. 우수사 및 군관들과 함께 진해루에서 활을 쏘다.

---

1) 오래 살기를 비는 것.

5월 5일

맑다. 선전관 이순일이 영남에서 돌아오다. 아침밥을 대접하다. 명나라에서 내게 은청금자광록대부[2]를 주었다고 한다. 아마 잘못 들은 것이리라. 저녁 나절에 우수사 · 순천 · 광양 · 낙안의 영감들과 함께 같이 앉아 술을 마시며 이야기하다. 또 군관들을 편을 갈라 활을 쏘게 하다.

5월 6일

흐린 뒤에 비가 내리다. 아침에 친척 신정과 조카 봉이 게바우개[3]에서 오다. 저녁 나절에 퍼붓듯 내리는 비가 온종일 그치지 않다. 내와 개울물이 넘쳐흘러 농민들에게 희망을 주니 참으로 다행이다. 저녁 내내 친척 신 씨와 같이 이야기하다.

5월 7일

흐리되 비는 오지 않다. 우수사 이억기와 함께 아침밥을 먹고 진해루로 옮겨 앉아 공무를 돈 뒤에 배를 타고 떠나려는데, 발포의 도망간 수군을 처형하다. 순천의 이방(吏房)[4]에게는 입대에 관한 일을 태만히 한 죄를 처형하지 못하고 그만두었다. 미조항에 이르자, 샛바람이 세게 불어 파도가 산과도 같아 간신히 이르러 대고 자다.

---

2) 명나라의 직품.

3) 해포.

4) 조선 시대에 인사(人事) · 비서(書) 등의 사무를 맡아보던, 승정원과 각 지방 관아의 육방(六房)의 하나.

5월 8일

흐리되 비는 오지 않다. 새벽에 출항하여 사량 바다 가운데에 이르니, 만호 이여염이 나오므로 우수사가 있는 곳을 물었더니, 지금 창신도[1]에 있다고 하며, 군사들이 모이지 않아 미처 배를 타지 못하였다고 하다. 곧바로 당포에 이르니, 이영남이 와서 보고, 수사 원균의 망령된 짓이 많음을 자세히 말하다.

5월 9일

흐리다. 아침에 출항하여 걸망포에 이르니, 바람이 불순하다. 수사 이억기 · 가리포 첨사 구사직과 한 자리에 앉아서 이야기하며 의논하다. 저녁에 수사 원균이 배 두 척을 거느리고 오다.

5월 10일

흐리되 비는 오지 않다. 아침에 출항하여 견내량에 이르러 저녁 나절에 작은 마루 위로 올라가 앉았다. 홍양[2]의 군사를 점검하다. 기약한 날짜를 어긴 여러 장수들의 죄를 처벌하다. 우수사 · 가리포 첨사도 모여 같이 이야기하다. 조금 뒤에 선전관 고세충이 임금의 유지를 받들고 와서 전하였는데 보니, "부산으로 후퇴하여 돌아가는 왜적을 무찌르라"는 것이었다. 부찰사의 군관 민종의가 공문을 가지고 왔다. 저녁에 영남 우후 이의득 · 이영남이 와서 보다. 앉아서 이야기하다가 밤이 깊어서야 헤어져 돌아가다.

---

1) 남해군 창선도.

2) 고흥.

5월 11일

맑다. 선전관이 돌아가다. 저녁 나절에 우수사의 진중으로 갔더니, 이홍명과 가리포 첨사도 오다. 바둑을 두기도 하다. 순천부사가 또 오고, 광양 현감이 이어서 오다. 가리포 첨사가 술과 고기를 내었다. 조금 있다가 영등포[3]로 적정을 탐지하러 갔던 사람들이 돌아와 보고하여 말하기를, "가덕도 앞바다에 적선이 무려 이백 여 척이나 머물면서 드나들며, 웅천에는 어제와 같다"고 한다. 선전관이 돌아갈 때 임금의 유지를 집행하는 데 관하여 도원수 · 체찰사에게 삼도의 공문을 한 서류로 만들어, 그것을 가지고 가는 사람도 함께 떠나 보내다. 이날 남해 현감도 와서 보다.

5월 12일

맑다. 본영 탐후선이 들어오다. 그 편에 순찰사의 공문과 시랑 송응창이 패문을 가지고 오다. 사복시(司僕寺)[4]의 말 다섯 필을 중국에 보내려고 올려 보내라는 공문도 오다. 그래서 병방 진무를 띄워 보내다. 저녁 나절에 영남에서 온 선전관 성문개가 와서 보다. 피난중에 계신 임금의 사정을 자세히 전하였다. 통곡함을 가누지 못하다. 새로 만든 정철 총통을 비변사(備邊司)로 보내면서 흑각궁 · 과녁 · 화살을 넉넉하게 보내다. 성문개는 순변사 이일의 사위라고 한 때문이다. 저녁에 이영남 · 윤동구가 와서 보다. 고성 현령 조응도도 와서 보다. 이날 새벽에 좌 · 우도 체탐인을 정해 영등포 등지로 보내다.

---

3) 거제시 장목면 구영리.

4) 고려 · 조선 시대, 궁중의 말과 가마에 관한 일을 맡아보던 관청.

5월 13일

맑다. 식사를 하고 나서 작은 산봉우리에 과녁을 쳐 메달아 놓고, 순천 부사 · 광양 현감 · 방답 첨사 · 사도 첨사 및 우후 · 발포 만호가 편을 갈라 활을 쏘아 자웅을 겨루다가 날이 저물어 배로 내려오다. 밤에 소문에 영남 우수사에게 선전관 도언량이 와 있다고 한다. 이 날 저녁 달빛은 배에 가득 차고, 홀로 앉아 이리 뒤척 저리 뒤척이니 온갖 근심이 가슴을 치민다. 자려 해도 잠을 이루지 못하다가 닭이 울 때에야 풋잠이 들다.

5월 14일

맑다. 선전관 박진종과 선전관 영산령 복윤이 임금의 유지를 받들고 오다. 그들에게서 명나라 군사들의 하는 짓을 들으니 참으로 통탄할 일이다. 나는 우수사 이억기의 배에 옮겨 타고 선전관과 이야기하며, 술을 두어 순 배 돌리자, 영남 우수사 원균이 나타나서 술을 함부로 마시고 못 할 말이 없으니, 배 안의 모든 장병들이 분개하지 않는 이가 없다. 그럴 듯이 속이는 것을 말할 수 없다. 영산 영감이 취해 엎어져 인사불성(人事不省)이 되었으니 우습다. 이날 저녁에 두 선전관이 돌아가다.

5월 15일

맑다. 아침에 낙안 군수 신호가 와서 보다. 조금 뒤에 윤동구가 그의 대장이 장계한 초본(抄本)[1]을 가지고 와서 보이는데, 그럴 듯이 속이는 것이라 말할 수 없다. 순천 부사 · 광양 현감

---

1) 원본에서 필요한 부분을 뽑아서 베낀 문서.

이 와서 보다. 늦은 아침에 조카 해와 아들 울이 봉사 윤제현과 함께 오다. 마침 정오에 활을 쏘는 곳에 이르러 순천 · 광양 · 사도 · 방답 등과 자웅을 겨루는데, 나도 쏘다. 저녁에 배로 돌아와 봉사 윤제현과 자세히 이야기하다.

5월 16일

맑다. 아침에 적량 만호 고여우 · 감목관 이효가 · 이응화 · 강응표 등이 와서 보다. 각 고을에 공문과 솟장〔所志〕을 써 보내다. 조카 해와 아들 회가 돌아가다. 몸이 몹시 불편하여 베개를 베고 신음하다가, 명나라 장수가 중도에서 늦추며, 머무르는 것은 무슨 교묘한 술책이 없지 않을 것이라는 말을 들으니, 나라를 위하여 걱정이 많은 중에 일일이 이러하니, 더욱 더 한심스러워 눈물이 쏟아졌다. 점심을 먹을 때 윤동구에게서 서울의 숙모가 양주의 천천[2]으로 피난을 갔다가 거기에서 작고하셨다는 말을 듣고 통곡함을 참지 못하다. 언제부터 세상사가 이토록 가혹한가! 장사 지내는 일은 누가 맡아서 지내는지! 대진이 먼저 세상을 떠났다는 말을 들으니 더 애통하다.

5월 17일

맑다. 새벽에 바람이 세게 불다. 아침에 순천 부사 · 광양 현감 · 보성 군수 · 발포 만호 및 이응화가 와서 보다. 변존서가 병으로 돌아가다. 영남 수사 원균이 군관을 보내어 진양의 보고서를 가지고 와서 보았더니, 제독 이여송은 지금 충주에 있다 하

2) 양주군 회천읍 회천.

고, 적도(賊徒)들은 사방으로 흩어져 분탕질하며 약탈을 일삼고 있다고 한다. 통분하고도 통분하다. 종일 바람이 세게 부니, 마음이 어지럽다. 고성 현령이 군관을 보내어 문안하고, 추로수(秋露水)[1]와 소고기 요리한 꼬치와 꿀통을 가져 왔다고 한다. 복중(服中)[2]이라 받자니 미안하고, 그렇다고 해서 정으로 보낸 것을 의리상 돌려보낼 수도 없으므로 군관들에게 주었다. 몸이 몹시 불편하여 일찍 선실로 들어가다.

5월 18일

맑다. 이른 아침에 몸이 무척 불편하여 위장약 네 알을 먹다. 아침밥을 먹은 뒤에 우수사와 가리포 첨사가 와서 보다. 조금 있다가 시원하게 설사가 나오니 좀 편안해진다. 종 목년이 게바우개[3]에서 왔는데, 어머니께서 평안하시다고 한다. 곧 답장을 써 돌려보내며 미역 다섯 동을 함께 보내다. 이날 접반사(接伴使)에게 적세에 관한 공문을 삼도에 한 서류로 만들어 보내다. 전주 부윤 권율이 공문을 보냈는데, 지금 겸순찰사 절제사를 맡게 되었다고 하면서 도장은 찍지 않았으니 까닭을 모르겠다. 방답 첨사가 와서 보다. 대금산과 영등포 등지의 척후병(斥候兵)이 돌아와 보고하기를, 왜적들이 나타나기는 하지만 그리 큰 음흉한 꾀는 없다고 하다. 새로 협선 두 척을 만드는데 못이 없다고 한다.

---

1) 약술 이름.

2) 기년복(朞年服) 이하의 복을 입는 동안.

3) 아산시 염치읍 해암리 해포.

5월 19일

맑다. 아침밥을 봉사 윤제현과 같이 먹는데, 여러 장수들이 몹시 권하고, 몸이 불편해도 억지로 입맛을 내게 하니 더욱 더 비통하다. 순찰사의 공문에는 명나라 장수의 패문(牌文)에 의하여 부산 바다 어귀는 벌써 끊어 막았다고 한다. 곧 공문을 받았다는 확인서를 써 보내고 또 공무에 관한 보고를 써서 보성 사람이 지니고 가게 하다. 순천 부사가 소고기 등 일곱 가지를 보내 오다. 방답 첨사 및 이홍명이 와서 보고 기숙흠도 와서 보다. 영등포 척후병이 와서 다른 변고는 없다고 하다.

5월 20일

맑다. 새벽에 대금산 척후병이 와서 보고하는데, 역시 영등포의 척후병과 같았다. 저녁 나절에 순천 부사가 오고 소비포 권관도 오다. 오후에 척후병이 와서 보고하여 말하기를, 왜선은 보이지 않는다고 한다. 그래서 본영 군관 등에게 왜놈의 물건을 실어 올 일에 관한 편지를 썼다. 흥양 사람이 지니고 가게 일러서 보내다.

5월 21일

새벽에 출항하여 거제 유자도[4] 가운데 바다에 이르니, 대금산 척후병이 와서 왜적의 출몰이 여전하다고 한다. 우수사와 같이 저녁 내내 이야기하다. 이홍명도 오다. 오후 두 시쯤에 비가 오다. 농민이 바라던 것을 조금이나마 생기가 돌게 하다. 이영

---

4) 통영시 한산면 유자도. 한산도와 서좌도 사이.

남이 와서 보다. 수사 원균이 거짓 내용으로 공문을 보내어 대군을 동요하게 하다. 군중에서조차 속임이 이러하니, 그 흉측함을 말할 수 없다. 마침내 밤에 미친 듯이 비바람이 일었다. 먼동이 틀 무렵 거제도 선창에 배를 대니 곧 이십 이 일이다.

5월 22일

비가 내리다. 사람들이 바라던 차에 아주 흡족하게 오다. 늦은 아침에 나대용이 본영에서 명나라 시랑인 송응창의 패문을 가지고 왔는데, 파견원과 본도 도사 행(行)[1] 상호군 선전관 한 사람이 먼저 기별을 가지고 오다. 그것은 송시랑이 파견한 사람이 전선을 시찰하러 온다고 한다. 곧 우후로 하여금 영접하도록 내보내고, 오후에 칠천량으로 옮겨 대다. 나대용으로 하여금 문안하는 일로 내어 보내다. 저녁에 방답이 와서 명나라 사람 접대할 일을 말하다. 영남 우수사의 군관 김준계가 와서 저희 장수의 뜻을 전하다. 비가 종일 그치지 않는다. 흥양 군관 이호가 죽었다고 들었다.

5월 23일

새벽에 흐리고 비는 오지 않더니, 저녁 나절에 비가 오락가락하다. 우수사가 오고 이홍명도 오다. 영남 우병사의 군관이 와서 적의 소식을 전하다. 본도[2]의 병마사 선거이의 편지 및 공문이 왔는데, "창원에 있는 적을 치고 싶으나, 적의 형세가 거세기 때문에 경솔히 나아갈 수 없다"고 한다. 저녁에 아들 회가

---

1) 낮은 직책으로 높은 품계를 맡은 경우에, 관직 앞에 붙여 일컫는 말.

2) 전라도.

와서, "명나라 관원이 영문에 와서 배를 타고 떠나온다"고 전하다. 어둘 무렵 영남 수사 원균도 명나라 관원을 접대하는 일로 와서 의논하다.

5월 24일

비가 오락가락하다. 아침에 거제 앞 칠천량 바다 어귀로 진을 옮기다. 나대용이 명나라 관원을 사량 뒷바다에서 발견하고 먼저 와서 전하되, "명나라 관원과 통역관 표헌과 선전관 목광흠이 함께 온다"고 하다. 오후 두 시쯤에 명나라 관원 양보가 진문에 이르므로, 우별도위 이설을 배웅하고 마중하게 하여 배로 안내하여 오니 매우 기뻐하는 기색이다. 우리 배로 청해 오르게 하고, 황제의 은혜를 재삼 사례하며 마주 앉기를 청하니 굳이 사양하였다. 그는 앉지 않고 선 채로 한 시간이 지나도록 이야기하며 수군이 장하다고 매우 칭찬하였다. 예물 명단을 올리니, 처음에는 굳이 사양하는 듯하더니, 마침내 받고는 매우 기뻐하며 두 번 세 번 감사하다고 한다. 선전관이 표신을 평상에 놓은 뒤에 조용히 이야기하다. 아들 회가 밤에 본영으로 돌아가다.

5월 25일

맑다. 명나라 관원과 선전관은 숙취로 술이 깨지 않다. 아침에 통역관 표헌을 다시 청해 맞아들여 명나라 장수가 하는 일을 물었더니, 명나라 장수의 뜻이 무엇인지 알 수가 없다. 다만 "왜적을 쫓아 보내려고만 할 따름이다"고만 하였다. 또 말하기를, 송시랑이 수군이 허실을 알고자 하여, 자기가 데리고 온 군중탐정〔夜不守〕 양보를 보낸 것인데, 수군의 위세가 이렇게도

장하니 기쁘기 한이 없다고 하다. 늦게야 명나라 관원이 본영으로 돌아갔다. 그래서 증명서를 준 것도 있다. 오정에 거제현 앞 유자도 앞 바다 가운데에 진을 옮기고서 우수사 이억기와 작전을 토의하였다. 광양 현감이 오고, 최천보 · 이홍명이 와서 바둑을 두고 헤어졌다. 저녁에 조붕이 와서 보고 이야기하고 보내다. 초저녁이 지나서 영남에서 오는 명나라 사람 두 명과 우도 관찰사의 영리(營吏)[1] 한 사람과, 접반사 군관 한 사람이 진문(陣門)[2]에 이르렀으나, 밤이 깊어 들이지 않다.

5월 26일

비가 내리다. 아침에 명나라 사람을 만나 보니, 절강성의 포수 왕경득인데, 문자는 좀 안다. 한참 동안이나 이야기하지만 알아들을 수가 없으니 답답하다. 순천 부사가 집에다 노루 고기를 차려 놓았다. 광양 현감도 오다. 우수사 영감이 와서 함께 이야기하다. 가리포는 불렀으나 오지 않다. 비가 저녁내 그치지 않고 밤새도록 퍼부었다. 밤 열 시쯤부터 바람이 세게 불어 각 배가 가만히 있지 못하다. 처음에는 우수사의 배와 맞부딪치는 것을 겨우 구해 놓았더니, 또 발포 만호 황정록이 탄 배와 맞부딪쳐 거의 부서질 뻔하다가 겨우 면하고, 내 군관 송한련이 탄 협선(挾船)은 발포 배에 부딪쳐 많이 다쳤다고 한다. 늦은 아침에 영남 우수사 원균이 와서 보고는 돌아갔다. 순변사 이빈이 공문을 보냈는데, 허튼소리가 많으니 가소롭다.

---

1) 조선 시대, 감영 · 군영 · 수영에 딸려 있던 이서(吏胥).

2) 진영(陣營)의 출입문.

5월 27일

비바람에 부딪친 까닭에 진을 유자도로 옮기다. 협선 세 척이 간 곳이 없더니, 저녁 나절이 되자 돌아오다. 순천 부사와 광양 현감이 와서 노루 고기를 차려 놓다. 영남 병마사 최경회의 답장이 오고, 그걸 보니 수사 원균은 경략 송응창이 보낸 화전을 혼자서 쓰려고 꾀를 냈다. 우습고도 우습다. 전라 병마사 선거이의 편지도 왔는데, "창원의 적들은 오늘 토벌하려 하다가 비가 오고 개이지 않아 아직 나가 치지 못하다"고 하다.

5월 28일

종일 비가 내리다. 순천 부사와 이홍명이 와서 이야기하다. 광양 사람이 장계를 가지고 오다. 독운 어사 임발영을 위에서도 몹시 좋지 않게 여겨 아울러 조사하여 처벌하라는 명령을 내렸고, 수군으로 한 가족을 징발하는 일에 대해서도 전에 내린 명령대로 하라고 한다. 비변사에서 공문이 오다. 광양 현감은 그대로 유임시킨다는 것이었다. 승정원의 관보를 가져왔기에 이를 대강 보았더니 얼마나 통분한지 알 수가 없다. 의병 용호장 성응지에게 그 배를 바꿔 달 수 있도록 명령서를 써서 본영으로 내보내다.

5월 29일

비가 내리다. 방답 첨사와 영등포 만호 우치적이 와서 보다. 공문을 만들어 접반사 김수 · 도원수 김명원 · 순변사 이빈 · 순찰사 권율 · 병마사 선거이 · 방어사 이복남 등에게 보내다. 밤 열 시에 변유헌과 이수 등이 오다.

5월 30일

종일 비가 내리다. 오후 네 시쯤에 잠깐 개다가 도로 비가 오다. 아침에 봉사 윤제현 · 변유헌에게 왜적에 관한 일을 물었다. 이홍명이 와서 보다. 수사 원균은 경략 송응창이 보낸 화전을 혼자만 쓰려고 꾀하다가 병사의 공문에 나누어 보내라고 하니까, 그는 공문도 내려고 하지 않고 무리한 말만 자꾸 지껄였다고 한다. 우습다. 명나라의 고관이 보낸 화공(火攻) 무기인 화전 천 오백 삼십 개를 나누어 보내지 않고 독차지하여 쓰려고 하다니 그 꾀부리는 꼴을 말로 할 수 없다. 저녁에 조붕이 와서 이야기하다. 남해 현령 기효근의 배가 내 배 곁에 대였는데, 그 배 안에 어린 계집을 태우고 남이 알까 봐 두려워한다. 가소롭다. 이 나라가 위급한 때를 맞았는데도 미인을 태우고 놀아나니 그 마음 씀씀이야 무엇이라고 말로 표현할 수 없다. 그러나 그 대장 원균 수사부터 역시 그러하니 어찌하랴! 봉사 윤제현이 일이 있어 본영으로 돌아갔다. 군량미 열네 섬을 실어 오다.

6월 1일

아침에 탐후선이 들어오다. 어머니 편지도 왔는데, 평안하시다고 한다. 다행이다. 아들의 편지와 조카 봉의 편지가 한꺼번에 오다. 명나라 관원 양보가 왜놈의 물건을 보고 기뻐 날뛰었다고 한다. 왜놈의 말안장 하나를 가지고 갔다고 한다. 순천 부사 · 광양 현감이 와서 보다. 탐후선이 왜놈의 물건을 가져오다. 충청 수사 정걸 영감이 오다. 나대용 · 김인문 · 방응원과 조카 봉도 오다. 그 편에 어머니가 평안하심을 알았다. 다행이다. 충청 수사 정걸 영감과 함께 조용히 이야기하다. 저녁밥을 대접하는데, 그 편에 들으니, 황정욱 · 이영이 강가로 나가서 같이 이야기한다고 한다. 그 한심스러움을 이기지 못하겠다. 이날은 맑았다.

6월 2일

맑다. 아침에 본영의 공문을 적어 보내다. 온양의 강용수가 진에 와서 명함을 드리고 나서 와 보고서 먼저 경상도 본영으로 갔다. 판옥선(板屋船)과 군관 송두남 · 이경조 · 정사립 등이 본영으로 돌아갔다. 아침을 먹고 나서 순찰사 군관이 공문을 가지고 오다. 적의 정세를 알아서 돌아가는데, 우수사와 상의하여 답해 보내다. 강용수도 오다. 양식 다섯 말을 주어 보내다. 원훈이 같이 왔다고 한다. 정 영감도 배에 와서 같이 이야기하다. 가리포 첨사 우경과 같이 한 시간이나 이야기하다. 저녁에 송아지를 잡아서 나누어 먹다.

6월 3일

새벽에 맑더니 저녁 나절에 비가 많이 오다. 지휘선에 연기를 그을리려고 좌별선에 옮겨 탔다. 막 활쏘기를 하려는데, 비가 많이 오다. 온 배에 비가 새지 않는 곳이 없어 앉을 만한 마른 곳이 없다. 한심하다. 평산포 만호 · 소비포 권관 · 방답 첨사가 함께 와서 보다. 저물 무렵에 순찰사 권율 · 순변사 이빈 · 병사 선거이 · 방어사 이복남 등의 답장이 왔는데, 딱한 사정이 많았다. 각 도의 군마(軍馬)가 많아야 오천 마리를 넘지 못한다고 하고, 양식도 거의 다 떨어졌다고 한다. 왜적들의 발악이 날로 더해 가는 이때에 일마다 이와 같으니 어찌하랴! 초저녁에 상선으로 돌아와 잠자리에 들다. 비가 밤새도록 내리다.

6월 4일

종일 비가 내리니 긴 밤이었다. 아침밥을 먹기 전에 순천 부사 권이 오다. 식사한 뒤에는 충청 수사 정걸 영감과 이홍명·광양 현감 어영담이 와서 종일 군사에 관하여 이야기하다.

6월 5일

종일 비가 내리다. 비가 억수로 쏟아져서 사람들이 감히 배 밖으로 머리를 내밀기가 어려웠다. 오후에 우수사가 왔다가 날이 저물어서 돌아갔다. 저물 무렵 바람이 몹시 세차게 불어 각 배들을 간신히 구호하다. 이홍명이 오다. 저녁에 밥을 먹은 뒤에 돌아갔다. 경상 수사가 웅천의 적도들이 혹감동포[1]로 들어올 수도 있으니 들어가 치자고 공문을 보내다. 그 음흉한 꾀가 가소롭다.

6월 6일

비가 오락가락하다. 순천 부사가 와서 보다. 보성 군수 김득광은 갈리고, 김의검이 되었다고 한다. 충청 수사가 배에 와서 이야기하다. 이홍명이 오고 방답 첨사도 왔다가 곧 돌아갔다. 저녁에 본영 탐후인이 와서 어머니께서 편안하시다고 한다. 소문에 흥양 현감의 말이 낙안에 이르러 죽었다고 한다. 몹시 놀랄 따름이다.

---

1) 부산시 북구 구포동.

6월 7일

흐리되 비는 오지 않다. 순천 부사·광양 현감이 오다. 우수사·충청 수사도 오다. 이승명도 와서 종일 서로 이야기하다. 저녁에 본도[2] 우수사의 우후 이정충이 와서 보다. 서울의 소식을 낱낱이 전한다. 몹시 가증스럽고 한탄스러움이 그지없다.

6월 8일

잠깐 맑다가 바람이 불고 온화하지 않다. 아침에 영남 수사의 우후가 군관을 보내어 산 전복을 선사하다. 그래서 구슬 서른 개를 대신 보내다. 군관 나대용이 병으로 본영에 돌아갔다. 병선 진무 유충서도 병으로 사임하고 육지로 가다. 광양 현감이 오고 소비포 권관도 오다. 광양 현감은 소고기를 내어 같이 먹었다. 탐후선이 들어오다. 각 고을의 색리 열한 명을 처벌하다. 옥과의 향소는 전년부터 군사를 다스리는 일에 많이 부지런하지 못해 결원이 거의 수백 명에 이르렀는데도 매양 속여 허위 보고를 하다. 그래서 오늘은 사형에 처해 목을 높이 메달아 보였다. 모진 바람이 그치지 않는다. 마음이 괴롭고 어지럽다.

6월 9일

맑다. 수십 일이나 괴롭히던 비가 비로소 개이니, 진중의 장병들이 기뻐하지 않는 이가 없다. 순천 부사·광양 현감이 와서 집노루 고기를 차려 놓았다. 몸이 몹시 불편하여 종일 배에 누웠다. 접반관의 공문이 왔는데, 제독 이여송이 충주에 이르렀다

---

2) 전라도.

고 한다. 지방의 의병인 성응지가 돌아올 때 본영의 군량미 쉰 섬을 실어 오다.

6월 10일

맑다. 우수사 이억기와 가리포 첨사가 이곳에 와서 작전 계획을 세부적으로 의논하다. 순천 부사도 오다. 뜸 스무 닢을 짰다. 저녁에 영등포 척후병이 와서 보고하는 내용에, "웅천의 적선 네 척이 일본으로 돌아갔고, 또 김해 어귀에 적선 백 오십여 척이 나타났는데, 열 아홉 척은 본토로 돌아가고, 그 나머지는 부산으로 갔다"고 하다. 새벽 두 시쯤에 온 수사 원균의 편지에, "내일 새벽에 나아가 싸우자"고 한다. 그 하는 흉계(凶計)와 시기하는 꼴을 말로서는 더는 못하겠다. 그래서 밤이 되어도 답장을 보내지 않았다. 네 고을의 군량에 대한 공문을 만들어 보내다.

6월 11일

잠깐 비가 내리다가 개다. 아침에 적을 쳐부수자는 공문을 작성하여 영남 우수사 원균에게 보냈더니, 술에 취해 정신이 없더라고 한다. 이를 핑계삼아 대답이 없었다. 정오에 충청 수사의 배에 갔더니, 충청 수사는 내 배에 와서 앉아 있었다. 잠깐 이야기하다가 헤어졌다. 그 길로 우수사의 배에 갔더니, 가리포 첨사 · 진도 군수 · 해남 현감 등이 우수사와 같이 술자리를 베풀었다. 나도 몇 잔 마시고서 돌아오다. 탐후인이 와서 고목을 바치고 갔다.

6월 12일

잠깐 비가 내리다 개다. 아침에 흰 머리카락 여남은 올을 뽑았다. 그런데 흰 머리칼인들 어떠랴만 다만 위로 늙으신 어머니가 계시기 때문이다. 종일 홀로 앉아 있는데, 사량 만호가 와서 보고는 돌아가다. 밤 열 시쯤에 변존서와 김양간이 들어오다. 행궁(行宮)[1]의 기별을 들으니, 동궁(光海君)께서 평안하지 않다고 하니, 그지없이 걱정된다. 정승 유성룡의 편지와 지사 윤우신의 편지도 오다. 소문에 종 갓동 · 종 철매 등이 병으로 죽었다 하니 불쌍하다. 중 해당도 오다. 밤에 명나라 군인 다섯 명이 들어왔다고 수사 원균의 군관이 와서 전하고 가다.

6월 13일

맑다. 저녁 나절에 잠깐 비 내리다가 그치다. 명나라 사람 왕경과 이요가 와서 수군의 상황을 살피다. 소문에 들으니, 제독 이여송이 나가 치지 않아서 명나라 조정에서 문책을 한다고 한다. 그들과 조용히 이야기하는 가운데 느껴지는 게 많았다. 저녁에 진을 거제도 세포[2]로 옮겨 머무르다.

6월 14일

비가 잠깐 내리다 개다. 아침밥을 먹은 뒤에 낙안이 와서 보다. 가리포 첨사를 청해 같이 아침밥을 먹다. 순천 부사 · 광양 현감이 오다. 광양 현감은 노루 고기를 차려 냈다. 전운사 박충간의 공문과 편지가 오다. 경상 좌수사의 공문과 그 도 우수사

---

1) 임금이 거둥할 때 머무는 별궁으로, 여기서는 전주의 광해군 숙소.

2) 거제시 사등면 성포리.

의 공문이 오다. 저물 녘에 비바람이 세게 치더니 곧 그치다.

6월 15일

비가 잠깐 오다 개다. 우수사 이억기 · 충청 수사 정걸 · 순천 부사 권준 · 낙안 군수 신호 · 방답 첨사 이순신이 불러 와서 철맞이 음식을 먹으며 놀다가 저물어서야 헤어지다.

6월 16일

잠깐 비가 내리다. 저녁 나절에 낙안 군수를 통하여 진해의 고목(告目)을 얻어 보니, 함안에 있는 각 도의 대장들이, '왜놈들이 황산동으로 나가 진을 쳤다'는 소문을 듣고 모두 물러나, 진양과 의령을 지킨다고 하니, 참으로 놀라운 일이다. 순천 부사 · 광양 현감이 오다. 초저녁쯤에 영등포의 척후병이 와서 보고한 내용에, "김해 · 부산에 있던 적선 무려 오백여 척이 안골포 · 제포 등지로 들어왔다"고 한다. 다 믿을 수는 없지만, 적도들이 세력을 모아서 옮겨 다니며 침범할 계획도 없지 않을 것이다. 그래서 우수사 이억기와 충청 수사 정걸에게 공문을 보내다. 밤 열 시쯤에 대금산 척후병이 와서 보고하는 것에도 마찬가지여서, 송희립을 경상 우수사 원균에게 가서 의논하게 하니, "내일 새벽에 군사를 거느리고 오겠다"는 것이다. 적의 꾀란 무척 헤아리기 어렵다.

6월 17일

비가 내리다가 개이다가 하다. 이른 아침에 경상 우수사 원균 · 전라 우수사 이억기 · 충청 수사 정걸 등이 와서 의논하는데,

'함안에 있던 여러 장수들이 진주로 물러가 지킨다'는 말이 과연 사실이었다. 식사를 한 뒤에 경수 이억기 영감의 배에 가서 앉을 자리를 고치게 하여 우수사의 배에서 종일토록 이야기하다. 조붕이 창원에서 와서 '적의 세력이 엄청나게 대단하다'고 하다.

6월 18일

비가 내리다가 개이다가 하다. 아침에 탐후선이 들어오다. 닷새만에 여기 이르렀다. 옳지 않은 일이다. 그래서 곤장을 쳐서 보내다. 오후에 경상 우수사 원균의 배로 가서 같이 앉아 군사일을 의논하고 오다. 연거푸 한 잔 한 잔 마신 것이 몹시 취해 돌아오다. 부안 · 용인이 와서 그 어머니가 갇혔다가 도로 풀려 나왔다고 한다.

6월 19일

비가 내리다가 개이다 하다. 바람이 세차게 불며 그치지 않다. 진을 오양역[1] 앞으로 옮겼으나, 바람에 배를 고정할 수가 없으므로, 다시 고성 역포[2]로 옮기다. 봉과 변유헌 두 조카를 본영으로 보내어 어머니의 안부를 알아 오게 하다. 왜놈의 물건과 명나라 장수의 선물 및 기름 등을 아울러 본영으로 보내다. 각 도에 공문을 보내다.

---

1) 거제시 사등면 오량리.

2) 통영시 용남면.

6월 20일

흐리며 바람이 세게 불다. 제삿날이라 종일 혼자 앉아 있었다. 저녁에 방답 · 순천 부사 · 광양 현감이 와서 보고 조붕이 그의 조카 조응도와 함께 와서 보다. 이날 배 만들 재목을 운반해 오는 일로 그대로 역포에서 자다. 밤이 되니 바람이 잤다.

6월 21일

맑다. 새벽에 진을 한산도 망항포로 옮기다. 점심을 먹을 때 원연이 오다. 우수사도 청해서 같이 앉아 술을 몇 잔 마시고 헤어지다. 아침에 아들 회가 들어오다. 그 편에 어머니께서 편안하시다는 소식을 들으니 다행이다.

6월 22일

맑다. 전선(戰船)에 자귀질[1]을 시작하는데, 자귀장이 이백 열네 명이다. 물건 나르는 사람은 본영에서 일흔 두 명, 방답에서 서른 다섯 명, 사도에서 스물 다섯 명, 녹도에서 열 다섯 명, 발포에서 열 두 명, 여도에서 열 다섯 명, 순천에서 열 명, 낙안에서 다섯 명, 흥양 · 보성에서 각 열 명이었다. 방답에서는 처음에 열 다섯 명을 보냈기에 군관과 아전을 처벌하였는데, 그 정상이 몹시 간교하였다. 제 이 호 지휘선의 급수군 손걸을 본영으로 돌려보냈던 바, 못된 짓을 많이 하고 돌아다니다가 갇혔다기에 붙잡아 오라고 하였더니, 이미 들어와서 현신하였으므로, 제 마음대로 드나든 죄를 다스리고, 우후의 군관 유경남도 처벌

---

1) 자귀로 나무를 깎는 일.

하였다. 오후에 가리포 첨사가 오고 적량의 고여우와 이효가도 오다. 저녁에 소비포 이영남이 와서 보다. 초저녁에 영등포 척후병이 와서 보고하기를, '별다른 소식은 없지만 적선 두 척이 온천[2]으로 들어가는 것을 보고 왔다'고 한다.

6월 23일

맑다. 이른 아침에 자귀장이들을 점호하였더니 한 명도 결근이 없었다고 한다. 새 배에 쓸 밑판을 만드는 것을 마치다.

6월 24일

비가 내리다. 식사를 한 뒤에 비가 많이 오고 바람이 세게 불더니 저녁까지 그치지 않다. 저녁에 영등포 척후병이 와서 보고하였다. "적선 오백여 척이 이십 삼 일 밤중에 소진포[3]로 모여 들어갔는데, 그 선봉대는 칠천량에 이르렀다"는 것이다. 초저녁에 또 대금산 정찰군과 영등포 정찰군이 와서 보고하는 것도 마찬가지다.

6월 25일

종일 비가 많이 오다. 우수사 이억기와 함께 같이 앉아서 적을 칠 일을 의논하는데, 가리포 첨사도 오다. 경상 우수사 원균도 와서 함께 상의하다. 소문에 "진양에는 성이 포위되었는데도 감히 아무도 나가 싸우지 못한다"고 한다. 연일 비가 내려서 적도들이 물에 막혀 날뛰지 못하는 것을 보면 하늘이 호남 지방

2) 칠천량.

3) 거제시 장목면 송진포.

을 잘 돕고 있는 것이다. 다행이다. 낙안에 군량 백 서른 섬 아홉 말을 나누어주고, 순천 부사 권준이 군량 이백 섬을 가져 와서 바치고서 벼를 찧어 쌀을 만들었다고 한다.

6월 26일

비가 많이 오고 마파람이 세게 불다. 복병선이 와서 변고를 보고하여 말하기를, "왜적의 중선 · 소선 각 한 척이 오양역 앞까지 이르렀다" 한다. 호각을 불어 닻을 올리고 모두 적도[1]로 가서 진을 쳤다. 순천이 군량 백 쉰 섬 아홉 말을 받아들여 의능의 배에 실었다. 저녁에 김붕만이 진양의 적정을 살피고 와서 보고하기를, "적도들이 동문 밖에서 무수히 진을 합쳤는데, 연일 비가 많이 와서 물에 막혀 있고, 독하게 날뛰며 싸우고 있으나 큰물이 적의 진을 침몰시키려 한다면 군량을 대주고 구원병을 이어 줄 길도 없으니, 대군을 합쳐 쳐들어가기만 한다면 한꺼번에 섬멸할 수 있다"고 한다. 그런데 이미 양식이 끊어졌고, 우리 군사는 편히 앉아서 고달픈 적을 맞이하는 것이니, 그 형세가 마땅히 백승(百勝)할 수 있는 것이다. 하늘이 또한 도와주고 있으니, 비록 수로에 있는 적이 오백 내지 육백 척을 합해 오더라도 우리 군사를 당해 낼 수는 없을 것이다.

6월 27일

잠깐 비가 내리다 개이다 하다. 오정 때에 적선 두 척이 견내량에 나타났다고 한다. 그래서 온 진이 출항하여 나가 보니 이

---

1) 통영시 화도.

미 달아나고 없었다. 그래서 불을도[2] 바깥 바다에 진을 쳤다. 아침에 순천 부사 · 광양 현감을 불러 와서 군사 문제를 토의하다. 충청 수사가 그 군관을 시켜 홍양 군량이 떨어졌으니 세 섬을 꾸어 달라고 하기에 꾸어 주었을 따름이다. 강진의 배가 적과 싸우고 있다는 것을 들었기 때문이다.

6월 28일

잠깐 비가 내리다 개이다 하다. 어제 저녁에 강진의 척후선이 왜적과 싸운다는 소식을 들었다. 그래서 온 수군이 출항하여 견내량에 이르니, 왜적들은 우리 군사들을 바라보고 놀라 황급히 달아났다. 역풍과 역조류를 받아 들어올 수가 없어 그대로 머물러 밤을 지내고 새벽 두 시쯤에 불을도에 도착하다. 이 날이 곧 명종의 제삿날이기 때문이다. 종 봉손 · 애수 등이 들어와 분산(墳山)[3] 소식을 자세히 물어서 알게 되니 참으로 다행이다. 원 수사와 우수사와 같이 와서 군사일을 의논하다.

6월 29일

맑다. 하늬바람이 잠깐 불더니 청명하게 개였다. 순천 부사 · 광양 현감이 와서 보다. 어란 만호 정담수 · 소비포 권관 이영남 등도 와서 보다. 종 봉손 등이 아산으로 가는데 홍 · 이 두 선비와 윤선각 명문에게 편지를 써서 보내다. 진양이 함락되었다. 황명보 · 최경회 · 서례원 · 김천일 · 이종인 · 김준민이 전사하였다고 한다.

---

2) 통영시 적도 · 화도.
3) 무덤이 있는 선산.

7월 1일

맑다. 인종의 제삿날이다. 밤 기운이 몹시 서늘하여 잠을 이루지 못하다. 나라를 생각하는 마음이 조금도 놓이지 않아 홀로 봉창 아래에 앉아 있으니, 온갖 생각이 다 일어난다. 선전관이 내려왔다고 들었는데, 초저녁에 임금의 유지를 가지고 오다.

7월 2일

맑다. 날이 늦어서야 우수사 이억기가 와서 배를 타고 선전관 유형을 함께 대접하였다. 점심을 먹고 나서 헤어져 돌아가다. 해질 무렵에 김득룡이 와서 진양이 불리하다고 전하다. 놀라고 염려됨을 이길 길 없다. 그러나 그럴 리 만무하다. 이건 반드시 어떤 미친 것이 잘못 전한 말일 것이다. 초저녁에 원연 · 원식이 와서 군사에 관한 극단적인 말을 하니, 참으로 우습다.

7월 3일

맑다. 적선 몇 척이 견내량을 넘어오고, 한편으로는 뭍으로도 나오고 있으니 통분하다. 우리 배들이 바다로 나가 이들을 쫓으니, 적들은 도망쳐 도로 물러나와 자다.

7월 4일

맑다. 흉악한 적 수만여 명이 죽 벌여 서서 기세를 올리니 참으로 통분하다. 저녁에 걸망포로 물러나 진을 치고 자다.

7월 5일

맑다. 새벽에 척후병이 와서 보고하는 내용에, “적선 십여 척이 견내량을 넘어온다"고 한다. 그래서 여러 배들이 한꺼번에 출항하여 견내량에 이르니, 적선은 허겁지겁 달아났다. 거제 땅 적도에는 말만 있고 사람은 없으므로 싣고 오다. 저녁 나절에 변존서가 본영으로 갔다. 또 진양이 함락되었다는 보고가 광양에서 오다. 두치의 복병한 곳에서 성응지와 이승서가 보낸 것이다. 저녁에 도로 걸망포에 이르러 진을 치고 밤을 지내다.

7월 6일

맑다. 아침에 방답 첨사 이순신이 와서 보고, 소비포 권관 이영남도 와서 보다. 한산도에서 배를 끌고 오는 일로 중위장이 여러 장수를 데리고 나가다. 공방 곽언수가 행재소에서 들어왔는데, 도승지 심희수와 지사 윤자신과 좌의정 윤두수의 답장도 왔고, 윤기헌도 안부를 보내어 왔고, 승정원 소식도 아울러 오다. 이들을 보니, 탄식할 일들만 많다. 홍양 현감이 군량을 싣고 오다.

7월 7일

맑다. 순천 부사 · 가리포 첨사 · 광양 현감이 와서 보고는 군사일을 의논하다. 각각 가볍고 날랜 배 열 다섯 척을 뽑아 견내량 등지로 가서 탐색하러 위장이 거느리고 나갔더니, 왜적의 종적이 없다고 한다. 거제에서 사로잡혔던 한 사람을 얻어 와서 왜적의 소행을 꼼꼼히 물으니, "흉적들이 우리 수군의 위세를 보고 달아나려고 하였다"고 하고, "진양이 이미 함락되었으니, 전라도까지 넘을 것이다"라고 하다. 이 말은 속인 것이다. 우수사 이억기가 내 배로 왔기에 같이 이야기하다.

7월 8일

맑다. 남해로 왕래하는 사람 조붕이, "적이 광양을 친다" 하여 "광양 사람들이 고을 관청과 창고를 불질렀다"고 한다. 해괴함을 이길 길 없다. 순천 부사 권준 · 광양 현감 어영담을 곧 보내려고 하다가, 길 가다가 들은 소문을 믿을 수 없으므로 이들을 머무르게 하고, 사도 군관 김붕만에게 알아 오도록 보내다.

7월 9일

맑다. 남해 현령이 또 와서 전하기를, "광양 · 순천이 이미 다 타 버렸다"고 하다. 그래서 광양 현감 어영담 · 순천 부사 권준과 송희립 · 김득룡 · 정사립 등을 떠나 보내 놓고, 이설은 어제 먼저 보내다. 듣자 하니, 뼈 속까지 아파 와 말을 못 하겠다. 우수사 이억기 및 경상 우수사 원균과 함께 일을 논의하다. 이 날 밤바다에 달은 밝고, 잔물결 하나 일지 않네. 물과 하늘이 한 빛인데, 서늘한 바람이 건듯 불구나. 홀로 뱃전에 앉았으니, 온갖 근심이 가슴을 치민다. 밤 한 시에 본영 탐후선이 들어와서 적정을 알리는데, "실은 왜적들이 아니고, 영남 피난민들이 왜놈 옷으로 가장하고 광양으로 마구 들어가서 여염집을 불질렀다"고 하다. 그러니 이건 기쁘고 다행한 일이 아닐 수 없다. 진양이 함락되었다는 것도 헛소리라고 하였다. 그러나 진양의 일만은 이럴 리 만무하다. 닭이 벌써 운다.

7월 10일

맑다. 김붕만이 두치에서 와서 하는 말이, "광양의 왜적들은 사실이다"고 하다. 다만, 왜적 백여 명이 도탄에서 건너와 이미 광양을 침범하였다고 한다. 놈들의 한 짓을 보면 총통도 한발 쏜 일이 없다"고 한다. 왜놈이 포를 한 발도 쏘지 않을 리가 전혀 없다. 경상 우수사와 본도 우수사가 오다. 원연도 오다. 저녁에 오수가 거제의 가삼도[1]에서 와서 하는 말이, "적선이 안팎에서도 보이지 않는다"고 한다. 또 말하기를, "사로잡혔다가 도망쳐 나온 사람이 말하기를, 적도들이 무수히 창원 등지로 가더라"고 한다. 그러나 남들이 하는 말이라 믿을 것이 못 된다. 초저녁에 한산도 끝에 있는 세포로 진을 옮겼다.

7월 11일

맑다. 아침에 이상록은 명령을 어긴 일로 먼저 나가고, 여러 장수들은 전령 내릴 일로 나갔다가 돌아와서 보고하여 말하기를, "적선 열 여 척이 견내량에서 내려온다"고 하므로, 닻을 올려 바다로 나가니, 적선 대여섯 척이 벌써 진 앞에 이르기에, 그대로 추격하니 달아나 재빨리 도로 넘어가 버렸다. 오후 네 시쯤에 걸망포로 돌아와서 물을 길었다. 사도 첨사 김완이 되돌아와서 하는 말이, "두치 나루의 적의 일은 헛소문이요, 광양 사람들이 왜놈 옷으로 갈아입고 저희들끼리 서로 장난한 짓이다"고 하니, 순천과 낙안은 벌써 결딴났다고 한다. 이토록 통분함을 이길 길 없다. 저물 무렵 오수성이 광양에서 와서 보고하는데, "광양의 적변은 모두 진주와 그 고을 사람들이 흉계를 짜낸 것이었다. 고을의 곳간은 쓸쓸하고 마을은 텅 비어 종일 돌아다녀 봐야 한 사람도 만나지 못한다고 한다. 순천이 가장 심

1) 가조도.

하고, 낙안이 그 다음 간다"고 하다. 새벽에 우수사의 배로 갔더니 수사 원균과 직장 원연 등이 벌써 먼저 와 있었다. 군사 일을 의논하다가 헤어지다.

7월 12일

맑다. 식사하기도 전에 울과 송두남과 오수성이 돌아가다. 저녁 나절에 가리포 첨사·낙안을 청해 와서 일을 의논하고 같이 점심을 먹고 나서 돌아가다. 가리포의 군량 진무가 와서 전하는 말이, "사량 앞바다에 와서 묵을 때, 왜적들이 우리나라 옷으로 변장하고, 우리나라의 작은 배를 타고 마구 들어와 포를 쏘며, 약탈한다"고 하다. 그래서 곧장 각각 가볍고 날랜 배 세 척을 합해 아홉 척을 보내어 달려가 잡아오도록 단단히 명령하여 보내다. 또 각각 배 세 척씩을 정해 착량으로 보내어 요새를 방어하고 오라고 하다. 고목이 오다. 광양 일은 헛소문이라고 하다.

7월 13일

맑다. 저녁 나절에 본영 탐후선이 들어와서, "광양·두치 등에는 적의 꼬라지가 없다"고 하다. 흥양 현감이 들어오고 우수사 영감도 들어오다. 순천 거북함의 격군으로서 경상도 사람인 종 태수가 달아나다가 잡혀 사형에 처하다. 저녁 나절에 가리포 첨사가 와서 보고 흥양 현감 배흥립이 들어와서, 두치의 잘못된 거짓 보고와 장흥 부사 류희선의 겁내던 일을 전하다. 또 말하기를, 그 고을[1] 창고의 곡식을 남김없이 나누어주고, 게포에 휜

1) 고흥군 남양면.

콩과 중간 콩을 아울러 마흔 되를 보냈다고 한다. 또 행주대첩을 전하다. 초저녁에 우수사가 청하기에 그의 배로 가 보았더니, 가리포 영감이 몇 가지 먹음직한 음식물을 차려 놓았다. 밤 세 시나 되어서야 헤어지다.

7월 14일

맑더니 저녁 나절에 비가 조금 내리다. 진을 한산도 둘포[2]로 옮겼다. 비는 땅의 먼지를 적실 뿐이다. 몸이 몹시 불편하여 온종일 신음하다. 순천 부사 권준이 들어와서 본부의 일을 말로 나타내지 못하였다. 같이 점심을 먹고 그대로 머물렀다. 진을 한산도 둘포로 옮기다.

7월 15일

맑게 개다. 저녁 나절에 사량의 수색선 · 여도 만호 김인영 · 순천의 김대복이 들어오다. 가을 기운이 바다로 들어오니, 나그네 회포가 어지럽고. 홀로 봉창 아래에 앉았으니, 마음이 몹시도 번거롭네. 달이 뱃전을 비치니, 정신이 맑아져 잠 못 이루는데, 어느덧 닭이 우는구나.

7월 16일

아침에 맑다가 저녁 나절에 구름이 낌. 저녁에 소나기가 와서 농사에 흡족하다. 몸이 몹시 불편하다.

---

2) 통영시 한산면 두억리 개미목.

7월 17일

비가 내리다. 몸이 대단히 불편하다. 광양 현감 어영담이 오다.

7월 18일

맑다. 몸이 불편하여 앉았다 누웠다 하다. 정사립이 돌아오다. 우수사 이억기가 와서 보다. 신경황이 두치에서 와서 적의 헛소문임을 전하다.

7월 19일

맑다. 이경복이 병마사에게 갈 편지를 가지고 나가다. 순천 부사와 이영남이 와서, "진주 · 하동 · 사천 · 고성 등지의 적들이 이미 도망가고 없다"고 전하다. 저녁에 진주에서 피살된 장병들의 명부를 광양 현감 어영담이 보내 왔는데, 이를 보니, 참으로 비참하고 통탄함을 이길 길이 없다.

7월 20일

맑다. 탐후선이 본영에서 들어왔는데, 병마사의 편지 및 공문과 명나라 장수의 통첩이 오다. 그 통첩의 사연을 보니, 참으로 괴상하다. 두치의 적이 명나라 군사에게 몰리어 달아났다고 하니, 터무니없는 거짓말이다. 명나라 사람들이 이와 같으니 다른 사람들이야 말해 본들 무엇하랴! 통탄할 일이다. 충청 수사 정걸 · 순천 부사 권준 · 방답 첨사 이순신 · 광양 현감 어영담 · 발포 만호 황정록 · 남해 현령 기효근 등이 와서 보다. 조카 이해와 윤소인이 본영으로 돌아가다.

7월 21일

계유, 맑다.

경상 우수사[1]와 충청 수사 정걸이 함께 와서 적을 토벌하는 일을 의논하는데, 원 수사의 하는 말은 극히 흉측하고 말할 수 없는 흉계이다. 이렇게 하고서도 일을 같이 하고 있으니, 뒷걱정이 없을까? 그의 아우 원연도 뒤따라 와서 군량을 얻어서 갔다. 저녁에 흥양도 오다. 땅거미가 질 때에 돌아오다. 초저녁에 오수 등이 거제 망보는 곳에서 와서 보고하기를, "영등포의 적선이 아직도 머물면서 제 마음대로 횡포를 부린다"고 하다.

7월 22일

맑다. 오수가 사로잡혔다가 도망쳐 온 사람을 싣고 올 일로 나가다. 아들 울이 들어와서 어머니께서 평안하시다고 자세히 말한다. 아들 염의 병이 차도가 있다.

7월 23일

맑다. 울이 돌아가다. 충청 수사 정걸을 불러 와서 점심을 같이 먹다.

7월 24일

맑다. 순천 부사 · 광양 현감 · 흥양 현감이 오다. 저녁에 방답 첨사와 이응화가 와서 보다. 초저녁에 오수가 되돌아와서 "적이 물러갔다"고 하는데, 장문포[2] 적들은 여전하다. 아들 울이

1) 원균을 말함.

2) 거제시 장목면 장목리.

본영에 들어갔다고 한다.

7월 25일

맑다. 우수사 이억기와 이야기하다. 조봉이 체찰사의 공문이 영남 수사 원균에게 왔는데, 문책하는 말이 많더라고 한다.

7월 26일

맑다. 순천 부사 · 광양 현감 · 방답 첨사가 오다. 우수사도 같이 이야기하고, 가리포 첨사도 오다.

7월 27일

맑다. 우수사의 우후 이정충이 본영에서 와서 우도의 사정을 전하는데, 놀랄 만한 일들이 많았다. 체찰사에게 갈 편지와 공문을 쓰다. 경상 우수사의 영리가 체찰사에게 갈 서류 초안을 가지고 와서 보고하다.

7월 28일

맑다. 아침에 체찰사에게 가는 편지를 고치다. 경상 우수사 원균 및 충청 수사 정걸과 본도 우수사 이억기가 함께 와서 약속하다. 그러니 수사 원균의 나쁜 마음과 간악한 속임수는 아주 형편없다. 정여흥이 공문과 편지를 가지고 체찰사 앞으로 갔다. 순천 부사 · 광양 현감이 와서 보고 곧 돌아갔다. 사도 첨사 김완이 복병하였을 때 잡은 보자기[1] 열 명이 왜놈 옷으로 변장하

---

1) 해산물을 채취하는 사람.

고 하는 짓거리가 매우 꼼꼼하다 하여 잡아다가 추궁을 하니, "경상 우수사 원균이 시킨 일이다"고 한다. 곤장만 쳐서 놓아주다.

7월 29일

맑다. 새벽 꿈에 사내아이를 얻었다. 사로잡혔던 사내아이를 얻을 꿈이다. 순천 부사 · 광양 현감 · 사도 첨사 · 흥양 현감 · 방답 첨사를 불러 와서 이야기하다. 흥양 현감은 학질을 앓아서 곧 돌아가고, 남은 사람들은 조용히 앉아 있다가 방답 첨사는 복병할 일로 돌아갔다. 본영 탐후인이 와서 아들 염의 병이 차도가 없다고 하니 몹시 걱정이다. 저녁에 보성 군수 김득광 · 소비포 권관 이영남 · 낙안 군수 신호가 들어왔다고 하다.

8월 1일

맑다. 새벽 꿈에 큰 대궐에 이르렀다. 모양이 마치 서울과 같았다. 기이한 일이 많았다. 영의정이 와서 인사를 하기에 나도 답례를 하였다. 임금님의 파천(播遷)[2]하신 일을 이야기하다가 눈물을 뿌리며 탄식하는데, 적의 형세는 이미 끝났다고 하면서 서로 의논할 때 좌우 사람들이 무수히 구름같이 모여드는 것을 보고 깨니, 무슨 징조가 있을지 모르겠다.

8월 2일

맑다. 아침밥을 먹은 뒤에 마음이 답답하여 닻을 올려 포구로

---

2) 임금이 도성을 떠나 다른 곳으로 피난하는 것.

나가니 충청 수사 정걸이 따라 나오고, 순천 부사 · 광양 현감이 와서 보다. 소비포 권관 이영남도 오다. 저녁에 진쳤던 곳에 되돌아오다. 이홍명이 와서 같이 저녁을 먹다. 저물 녘에 우수사 이억기가 배에 와서 하는 말이, "방답 첨사 이순신이 부모를 뵈러 가겠다"고 간절히 청하나, 여러 장수들이 보낼 수 없다고 하므로 이에 답하였다. 또 우수사 원균이 망령된 말을 하며 내게 도리에 어긋난 짓을 많이 하더라고 말하는데, 모두가 망령된 짓이니, 어찌 관계하랴! 아침에 염의 병도 어떠한지 모르겠고, 또 적을 소탕하는 일이 남아 있어 마음속을 파먹으니 몸도 괴로워 밖으로 나가 바람을 쐬었는데, 탐후선이 들어와서 아들 염이 아픈 데가 곪아서 종기가 되었는데, 침으로 쨌더니 고름이 흘러나와, 며칠만 늦었더라면 고치기 어려울 뻔하다고 한다. 큰일 날 뻔하다. 지금은 조금 생기가 났다 하니 다행이다. 의사 정종의 은혜가 매우 크다.

8월 3일

맑다. 이경복 · 양응원과 영리 강기경 등이 들어오다. 염에게 침으로 종기를 쨌던 일을 전하는데, 무척 놀랐다. 며칠만 더 늦었더라면 구할 수 없었다고 전하다.

8월 4일

맑다. 순천 부사 · 광양 현감이 와서 보고는 돌아가다. 저녁에 도원수의 군관 이완이 삼도에 퍼져 있는 적의 형세를 보고하지 않은 군관 · 색리를 잡아다가 심문하려고 진에 이르니, 같잖은 웃음이 나온다.

8월 5일

맑다. 조붕 · 이홍명 · 우수사 이억기 및 우후가 와서 밤이 깊어서야 돌아갔다. 소비포 권관 이영남도 밤에 돌아갔다. 이완이 술에 취해 내 배에서 머물렀다. 소고기를 얻어다가 각 배에 나누어 보내다. 아산에서 이레가 밤에 오다.

8월 6일

맑다. 아침에 이완은 같은 때에 송한련 · 여여충과 함께 도원수에게로 가다. 식사를 한 뒤에 순천 부사 · 광양 현감 · 보성 군수 · 발포 만호 · 이응화 등이 와서 보다. 저녁에 경상 우수사 원균이 오고, 우수사 경수 이억기 · 충청 수사 정걸도 와서 의논을 하고 있는 동안에 우수사 원균이 하는 말은 걸핏하면 모순된 이야기를 하니, 우습고도 우습다. 저녁에 비가 잠깐 내리더니 그치다.

8월 7일

아침에 맑더니 해질 녘에 비가 내리다. 이 비로 하여 농사에 많이 흡족하겠다. 가리포 첨사가 오다. 소비포와 이효가도 와서 보다. 당포 만호 하종해가 작은 배를 찾아 갈려고 왔으므로 주어 보내라고 사량 만호 이여염에게 일러주었다. 가리포 영감은 곧 같이 점심을 먹고서 가다. 저녁에 경상 우수사의 군관 박치공이 와서 전하는데, "적선들이 물러갔다"고 한다. 그러나 원균 수사와 그의 군관은 항상 헛소문만 내기를 좋아하니 믿을 수가 없다.

8월 8일

맑다. 식사를 한 뒤에 순천 부사 · 광양 현감 · 방답 첨사 · 흥양 현감 등을 블러 들여 복병 등에 관한 일을 같이 논의하다. 충청 수사의 전선 두 척이 들어왔는데, 한 척은 쓸 수 없다고 한다. 김덕인이 충청도의 군관으로 오다. 본도 순찰사의 군사 두 명이 공문을 가져오다. 적의 형세를 알려고 우수사가 으슥한 포구로 가서 수사 원균을 만났다고 하니 우습다.

8월 9일

맑다. 아침에 아들 회가 들어와서 어머니께서는 편안하시고, 염은 병이 조금 나아졌다고 하니 기쁘고 다행이다. 점심을 먹고 나서 우수사 이억기의 배에 이르니, 충청 수사 정걸도 오다. 영남 수사 원균은, "복병군을 한꺼번에 보내어 복병시키기로 약속하다 하여 먼저 보냈다"고 하다. 해괴한 일이다.

8월 10일

맑다. 아침에 방답의 탐후선이 들어와서 임금님의 유지와 비변사의 공문과 감사의 편지를 가지고 오다. 해남 현감 위대기가 방답 첨사 이순신과 같이 오다. 순천 부사 · 광양 현감도 오다. 우수사 이억기 영감이 청하므로 그의 배로 갔더니, 해남 현감이 술자리를 베풀다. 그러나 몸이 불편하여 간신히 앉아서 이야기하다가 돌아오다.

8월 11일

늦게 소나기가 쏟아지고 바람이 몹시 불더니만, 오후에 비는 그쳤으나 바람은 그치지 않다. 몸이 몹시 불편하여 온종일 앉았다 누웠다 하다. 여도 만호에게 격군을 잡아올 일로 사흘 기한으로 갔다 오라고 일러 보내다.

8월 12일

몸이 몹시 불편하여 종일 누워서 신음하다. 원기가 허약하여 땀이 덧없이 흘러 옷을 적시는데도 억지로 일어나 앉았다. 저녁나절에 비가 내리다가 개기도 하다. 순천 부사가 와서 보다. 우수사가 와서 보다. 방답 첨사 이순신도 오다. 종일 장기를 두다. 몸이 불편하다. 가리포 첨사도 오다. 본영 탐후선이 들어와서 어머니께서 평안하시다고 한다.

8월 13일

본영에서 온 공문에 결재하여 보내다. 몸이 몹시 불편하여 홀로 봉창 아래에 앉았으니, 온갖 회포가 다 일어난다. 이경복에게 장계를 지니고 가라고 내어 보내다. 경의 어미에게 노자를 문서에 넣어 보내다. 송두남이 군량미 삼백 섬과 콩 삼백 섬을 실어 오다.

8월 14일

맑다. 방답 첨사 이순신이 제사 음식을 갖추어 오다. 우수사 이억기와 충청 수사 정걸과 순천 부사 권준도 함께 오다.

8월 15일

맑다. 오늘은 한가위 날이다. 우수사 이억기 · 충청 수사 정걸 및 순천 부사 권준 · 광양 현감 어영담 · 낙안 군수 신호 · 방답 첨사 이순신 · 사도 첨사 김완 · 흥양 현감 배흥립 · 녹도 만호 송여종 · 이응화 · 이홍명 · 좌우도 영감 등이 모두 모여 이야기하다. 저녁에 아들 회가 본영으로 가다.

8월 16일

맑다. 광양 현감 어영담이 제사 음식을 갖추어 오다. 우수사 이억기 · 충청 수사 정걸 · 순천 부사 권준 · 방답 첨사 이순신도 오다. 가리포 첨사 구사직 · 이응화가 함께 오다. 아침에 들으니, 제만춘이 일본에서 어제 나왔다고 한다.

8월 17일

맑다. 지휘선을 연기로 그을리고, 좌별 도선에 옮겨 타다. 저녁 나절에 우수사 이억기의 배로 가니, 충청 수사 정걸도 오다. 제만춘을 불러서 문초하니, 분하고 분한 사연들이 많이 있다. 종일 의논하고 나서 헤어졌다. 초저녁이 되기 전에 돌아와 지휘선에 타다. 이 날 밤 달빛은 대낮 같고 물결은 비단결 같다. 회포를 견디기 어렵다. 새로 만든 배로 내려오다. 제만춘을 공초(供招)[1]해 보니 분한 사연들이 많이 있다.

8월 18일

맑다. 우수사 이억기 · 충청 수사 정걸과 함께 이야기하다. 순천 부사 · 광양 현감도 와서 보다. 조붕이 와서 하는 말이, "경

1) 죄인이 범죄 사실을 진술하는 일.

상 우수사의 군관 박치공이 장계를 가지고 조정으로 갔다"고 하다.

8월 19일

맑다. 아침 식사를 한 뒤에 원균 수사가 있는 곳으로 가서 내 배에 옮겨 타라고 청하다. 우수사 이억기 · 충청 수사 정걸도 오다. 원연도 함께 이야기하다. 말하는 가운데서 수사 원균이 음흉하고 도리에 어긋난 일이 많고, 그 하는 짓이 그럴 듯하게 속이니 이루 말할 수 없다. 원균 수사의 형제가 옮겨간 뒤에 천천히 노를 저어 진으로 돌아오다. 우수사 · 정수사와 같이 앉아 자세히 이야기하다.

8월 20일

아침 식사를 한 뒤에 순천 부사 · 광양 현감 · 흥양 현감이 오다. 이응화도 오다. 송희립을 순찰사에게 문안하게 하다. 또 제만춘을 문초한 공문을 가지고 가게 하다. 방답 첨사와 사도 첨사로 하여금 돌산도 근처에 이사하여 사는 자들로서 작당하여 남의 재물을 약탈한 자들을 좌 · 우 두 패로 나누어 잡아오라고 내어 보내다. 저녁에 적량 만호 고여우가 오다. 밤이 깊어서야 가다.

8월 21일

맑다.

8월 22일

맑다.

8월 23일

맑다. 윤간과 조카 뇌 · 해가 와서 어머니께서는 평안하시다고 전한다. 울은 학질을 앓는다는 소식도 듣다.

8월 24일

맑다. 조카 해가 돌아가다.

8월 25일

맑다. 꿈에 적의 모양이 있었다. 그래서 새벽에 각 도의 대장에게 알려서 바깥 바다로 나가 진을 치게 하였다. 해질 무렵에 한산도 안쪽 바다로 돌아오다.

8월 26일

맑다가 비 오다 하다. 경상 우수사 원균이 오다. 조금 있으니 우수사 이억기 영감과 충청 수사 정걸 영감도 같이 모이다. 순천 부사 · 광양 현감 · 가리포 첨사는 곧 돌아가다. 홍양 현감도 오다. 제사 음식을 대접하는데, 경상 우수사 원균이 술을 먹겠다고 하기에 조금 주었더니, 잔뜩 취해 망발하며 음흉하고도 도리에 어긋난 말을 하는 것이 해괴하기도 하다. 낙안 군수 신호가 보내온, 풍신수길이 명나라 황제에게 상서(上書)한 초본과 명나라 사람이 고을에 와서 적은 것들을 보니, 통분함을 이길 길이 없다.

8월 27일

맑다.

8월 28일

맑다. 경상 우수사 원균이 오다. 음흉하고 간사한 말을 많이 내뱉으니 몹시도 해괴하다.

8월 29일

맑다. 아우 여필과 아들 울 · 변존서가 한꺼번에 오다.

8월 30일

맑다. 경상 우수사 원균이 와서 영등포로 가자고 독촉하다. 참으로 음흉하다고 할 만하다. 그가 거느린 스물 다섯 척의 배는 모두 다 내어 보내고, 다만 열 여덟 척을 가지고 이런 말을 내니, 그 마음 쓰고 행사하는 것이 다 이따위다.

9월 1일

맑다. 공문을 만들어 도원수와 순변사에게 보내다. 여필 · 변존서 · 조카 이뇌 등이 돌아가다. 우수사 이억기 · 충청 수사 정걸과 함께 이야기하다.

9월 2일

맑다. 장계의 초안을 잡아서 내려 주다. 경상 우후 이의득 · 이여염 등이 와서 보다. 저물 녘에 이영남이 와서 보고 전하기를, 병마사 선거이가 곤양에서 공로를 세웠다고 한 것과 남해 현령 기효근이 체찰사(體察使)에게 꾸중을 들었는데 공손하지 못하다는 이유로 불려 간 것이라고 말하다. 우습다. 기효근의 형편없는 짓이야 이미 알고 있는 터이다.

9월 3일

맑다. 아침에 조카 봉이 들어와서 어머니께서 평안하시다고 한다. 또 본영의 소식도 듣다. 장계를 올리려고 초안을 만들었다. 순찰사 이정암의 편지가 왔는데, "무릇 군사인 일가족 등이 하는 일이라 일체 침해하지 말라"고 하였다. 이는 새로 부임하여 사정을 잘못 알고 하는 일이다.

9월 4일

맑다. 폐단되는 것을 진술하는 것과 총통을 올려 보내는 것과 제만춘을 불러서 문초한 사연을 올려 보내는 것 등 세 통의 장계를 봉해 올리는데, 이경복이 지니고 갔다. 정승 유성룡 · 참판 윤자신 · 지사 윤우신 · 도승지 심희수 · 지사 이일 · 안습지 · 윤기헌에게는 편지를 쓰고, 전복을 정표(情表)로 보내다. 조카 봉과 윤간이 함께 돌아가다.

9월 5일

맑다. 식사를 한 뒤에 충청 수사 정걸의 배 곁에다 배를 대어 놓고서 종일 이야기하다. 광양 현감 · 흥양 현감 및 우후 이몽구가 와서 보고서 돌아가다.

9월 6일

맑다. 새벽에 배 만들 재목을 운반할 일로 여러 배를 내어 보내다. 식사를 한 뒤에 우수사 이억기의 배로 가서 종일 이야기하고 거기서 원균의 흉측한 일을 듣다. 또 정담수가 밑도 끝도 없이 말을 만들어 낸다는 말을 들으니 우습기만 하다. 바둑을 두고 나서 물러갔다. 그만두도록 할 배의 재목을 여러 배로 끌고 오다.

9월 7일

맑다. 아침에 재목을 받아들였다. 아침에 방답 첨사가 와서 보다. 순찰사 이정암에게 폐단을 진술하는 공문과 군대 개편하는 일에 대한 공문을 만들어 보내다. 종일 홀로 앉아 있으니 마음이 편하지 않다. 저녁때가 되니 탐후선이 오기를 몹시 기다려지는데도 오지 않았다. 해가 저무니 기분이 언짢고 가슴이 답답하여 창문을 열고 잤다. 바람을 많이 쐬어 머리가 무겁고 아프니 걱정스럽다.

9월 8일

맑다. 바람이 어지러이 불었다. 새벽에 송희립 등을 당포 산으로 내보내어 사슴을 잡아오게 하다. 우수사 이억기가 충청 수사 정걸과 함께 오다.

9월 9일

맑다. 식사를 한 뒤에 모여서 산마루에 올라가서 활 세 순을 쏘다. 우수사 이억기 · 충청 수사 정걸 및 여러 장수들이 모였는데, 광양 현감은 아프다고 참가하지 않았다. 저녁때에 비가 내리다.

9월 10일

맑다. 공문을 적어 탐후선에 보내다. 저녁 나절에 우수사의 배에 이르러 방답 첨사와 함께 술을 마시고 헤어지다. 체찰사의 비밀 편지가 오다. 보성 군수 김득광도 왔다가 가다.

9월 11일

맑다. 충청 수사 정걸이 술을 마련하여 와서 보다. 우수사 이억기도 오고, 낙안 군수 · 방답 첨사도 자리를 같이 하다. 홍양 현감이 휴가를 받아 갔다. 서몽남에게도 휴가를 주었다. 함께 나갔다.

9월 12일

맑다. 식사를 한 뒤에 소비포 권관 이영남 · 유충신 · 여도 만호 김인영 등을 불러 함께 술을 먹다. 발포 만호 황정록이 돌아오다.

9월 13일

맑다. 종 한경 · 돌쇠 · 해돌이 및 자모종이 돌아오다. 저녁에 종 금이 · 해돌이 등이 돌아갔다. 양정언도 같이 돌아갔다. 그러나 저녁에 비바람이 세게 일더니 밤새도록 그치지 않았다. 어떻게 갔을지 궁금하다.

9월 14일

종일 비가 내리고 바람도 세게 불다. 홀로 봉창 아래에 앉았으니, 온갖 생각이 다 일어난다. 순천 부사가 돌아오다.

갑 오 년

1월 1일

비가 퍼붓듯이 내리다. 어머니를 모시고 같이 한 살을 더하니, 난리중에서도 다행한 일이다. 저녁 나절에 군사 훈련과 전쟁 준비하는 일로 본영으로 돌아오는데, 비가 그치지 않다. 사과(司果)[1] 신 씨에게 문안하다.

1월 2일

비는 그쳤으나 흐리다. 나라 제삿날[2]이라 공무를 보지 않다. 사과 신을 청해 같이 이야기하다. 첨지 배경남도 오다.

1월 3일

맑다. 동헌에 나가 공무를 보다. 해질 무렵에 관사로 돌아와

1) 오위(五衛)의 종6품 군사직 벼슬.

2) 명종 인순왕후 심 씨의 제사를 말함.

서 조카들과 이야기하다.

1월 4일

맑다. 동헌에 나가 공무를 보고, 공문을 써 보내다. 저녁에 사과 신·첨지 배와 같이 이야기하다. 남홍점이 본영에 이르렀기에 그 가족이 달아나 숨어 지냈는지를 묻다.

1월 5일

비가 내리다. 사과 신이 와서 이야기하다.

1월 6일

비가 내리다. 동헌에 나가 남평의 도병방을 처형하다. 저녁내내 공무를 보며 공문을 써서 내려 주다.

1월 7일

비가 내리다. 동헌에 앉아 공무를 보고, 공문을 적어 보내다. 저녁에 남의길이 들어와서 마주 앉아 이야기하다. 밤이 깊어서야 헤어지다.

1월 8일

맑다. 동헌 방에 앉아서 배 첨지·남의길과 종일 이야기하다. 저녁 나절에 공무를 보았으며, 남원의 도병방을 처형하다.

1월 9일

맑다. 아침에 남의길과 이야기하다.

1월 10일

맑다. 아침에 남의길을 맞이하여 이야기하다가 피난하던 때의 일과 그때 길바닥에서 고생하던 상황을 죄다 들으니, 개탄스러움을 이기지 못하겠다.

1월 11일

흐리되 비는 오지 않다. 아침에 어머니를 뵐려고 배를 타고 바람 따라 바로 곰내[1]에 대었다. 남의길 · 윤사행 · 조카 분이 함께 가서, 어머니 앞에 가서 뵈니 어머니는 아직 주무시며 일어나지 않으셨다. 화가 나서 소리내는 바람에 놀라 깨어 일어나셨다. 기력은 약하고 숨이 금방 넘어갈 듯 깔딱거려, 죽을 때가 가까워진 것 같아 감추는 눈물이 절로 내렸다. 말씀하시는 데는 착오가 없으셨다. 적을 토벌하는 일이 급해 오래 머물 수가 없었다. 이 날 저녁에 손수약의 아내가 죽었다는 부음을 듣다.

1월 12일

맑다. 아침 식사를 한 뒤에 어머니께 하직을 고하니, "잘 가거라. 부디 나라의 치욕을 크게 씻어야 한다"고 두 번 세 번 타이르시며, 조금도 떠나는 뜻이 싫어 탄식하지 않으셨다. 선창에 돌아오니, 몸이 좀 불편한 것 같다. 바로 뒷방으로 들어가다.

1월 13일

맑으나 바람이 세게 불다. 몸이 너무 불편하여 자리에 누워서

---

1) 웅천.

땀을 내다. 종 팽수 · 평세 등이 와서 보다.

1월 14일

흐리며 바람이 세게 불다. 아침에 조카 뇌의 편지를 보니, 아산의 산소에 설날 제사를 지낼 적에, 군호로 불러모은 무리가 무려 이백 여 명이 산을 에워싸고 음식을 달라고 오르내렸다고 하니, 놀랍고도 놀랍다. 저녁 나절에 동헌에 나가 장계를 봉함(封緘)[2]하고, 승장 의능에게 천민의 신분을 면해 준다는 공문을 봉해 올리다.

1월 15일

맑다. 이른 아침에 남의길과 조카들과 함께 있다가 동헌으로 나가다. 남의길은 영광으로 가고자 하다. 종 진을 찾아내는 공문을 만들다. 동궁(東宮)[3]의 명령이 있었는데, 군사를 거느리고 가서 적을 토벌하라는 것이었다.

1월 16일

맑다. 아침에 남의길을 불러 와서 잔치를 벌려 작별하다. 나도 몹시 취하다. 저녁 나절에 동헌에 나가다. 황득중이 들어오다. 소문에 "문학 유몽인이 암행어사로 흥양현에 들어왔다"고 하며, 잡문서가 그의 손에 들어갔다고 한다. 저물 무렵 방답과 배 첨지가 와서 이야기하다.

---

2) 편지를 봉투에 넣고 봉하는 것.

3) 광해군을 말함.

1월 17일

새벽에 눈이 오고 저녁 나절에 비가 오다. 이른 아침에 배에 올라 아우 여필과 여러 조카와 아들 등을 배웅하다. 다만 조카 분과 아들 울을 배로 데리고 떠나다. 오늘 장계를 띄워 보내다. 오후 네 시쯤에 와두[1]에 이르니, 역풍에 물이 빠져 배를 운행할 수가 없다. 닻을 내리고 잠시 쉬었다가 오후 여섯 시쯤에 다시 닻을 올려 노량에 이르다. 여도 만호 김인영 · 순천의 이함 · 우후 이몽구도 와서 자다.

1월 18일

맑다. 새벽에 떠날 때는 샛바람이 세게 일다. 창신도[2]에 이르니, 바람이 순하게 불어, 돛을 올려 사량에 이르니까, 바람이 도로 샛바람이 세게 불다. 다만, 사량 만호 이여염과 수사의 군관 전윤이 와서 보다. 전윤이 말하기를 "수군을 거창으로 붙잡아 왔다고 하며, 원수 권율이 중간에서 해치려 한다"고 한다. 우습다. 옛부터 공을 시기하는 것이 이 같은 것이니, 무엇을 한탄하랴! 그대로 자다.

1월 19일

흐리다가 저녁 나절에 개이고 바람이 세게 불더니 해질 무렵에는 더 거세졌다. 아침에 출항하여 당포 바깥 바다에 이르러, 바람을 따라 돛을 반쯤만 올려도 바람이 세찬 까닭에 순식간에 한산도에 도착하였다. 활터 정자에 올라앉아 여러 장수와 더불

---

1) 노량 땅.
2) 남해군 창선도.

어 이야기하다. 저녁에 경상 우수사 원균이 오다. 소비포 권관 이영남에게서 영남의 여러 배의 사부 및 격군이 거의 다 굶어 죽겠다는 말을 들으니, 참혹하여 차마 들을 수가 없었다. 수사 원균 · 공연수 · 이극성이 곁눈질해 두었던 여자를 몽땅 몰래 관계하였다고 한다.

1월 20일

맑으나 바람이 세게 불다. 추위가 살을 도려내는 듯해 여러 배에서 옷 없는 사람들이 거북이처럼 웅크리고 추위에 떠는 소리는 차마 듣지 못하겠다. 군량미(軍糧米)조차 오지 않으니 더욱 민망스럽다. 낙안 군수 · 우수 사우후가 와서 보고, 저녁 나절에 소비포 권관 · 웅천 현감 · 진해 현감도 오다. 진해는 명령을 거부하여 머뭇거리며 오지 않았으므로 죄를 주려고 한다. 그래서 만나지 않았다. 바람기가 자는 듯하였으나 순천이 들어올 것이 염려되다. 병들어 죽은 자들을 거두어 장사 지낼 차사원으로 녹도 만호를 정해 보내다.

1월 21일

맑다. 아침에 본영의 격군 칠백 사십 이 명에게 술을 먹이다. 광양 현감 어영담이 들어오다. 저녁에 녹도 만호 송여종이 와서 보고하는데, "병들어 죽은 시체가 이백 십 사 명을 거두어서 묻었다"고 한다. 사로잡혔다가 도망쳐 나온 두 명이 경상 우수사 원균의 진영에서 와서 여러 가지 적의 상황을 상세히 말하기는 하였으나 믿을 수가 없다.

1월 22일

맑다. 날씨가 따뜻하고 바람도 없다. 활터 정자에 올라앉아 진해 현감으로 하여금 교서에 숙배례(肅拜禮)를 행하게 하다. 활을 종일 쏘다. 녹도 만호가 병들어 죽은 시체 이백 십 칠 명을 거두어 묻었다고 하다.

1월 23일

맑다. 낙안 군수가 아뢰고 나가다. 흥양의 전선 두 척이 들어오다. 최천보 · 류황 · 류충신 · 정량 등이 들어오다. 저녁 나절에 순천 부사가 들어오다.

1월 24일

맑고 따뜻하다. 아침에 산역(山役)[1]하는 일로 자귀장이(耳匠) 사십 이 명을 송덕일이 거느리고 가다. 영남 우수사 원균이 군관을 보내어 보고하기를, "경상 좌도에 있는 왜적 삼백여 명을 목베어 죽였다"고 한다. 정말 기쁜 일이다. 평의지[2]가 지 금 웅천에 있다고 하는데, 밝혀지지는 않았다. 류황을 불러서 암행어사가 붙잡아 간 것을 물었더니, 문서가 멋대로 꾸며졌다고 하였다. 놀랍다. 또 격군의 일을 들으니, 고을 아전들의 간악한 짓은 이루 말할 수 없었다. 전령을 내려 모집한 의병 백 사십 사 명을 붙잡아 오라고 하고, 또 현감에게 독촉하여 전령을 보내게 하다.

---

1) 시체를 묻거나 이장하는 일.

2) 대마도주 종의지를 말함.

1월 25일

흐리다가 저녁 나절에 개다. 송두남 · 이상록 등이 새로 만든 배를 돌아오게 하려고 사부와 격군 백 삼십 이 명을 거느리고 가다. 아침에 우수사 우후 이정충이 와서 여기서 같이 아침밥을 먹고서 저녁 나절까지 활을 쏘다. 우수사 우후가 여도 만호 김인영과 활쏘기 시합을 하는데, 여도 만호가 칠 푼을 이겼다. 나는 활을 열 순을 쏘고 다른 사람들은 모두 스무 순을 쏘다. 저녁에 종 허산이 술병을 훔치다가 붙잡혔기에 곤장을 치다.

1월 26일

맑다. 아침에 활터 정자로 올라가서 활 열 순을 쏘다. 순천 부사 권준이 기일을 어긴 죄를 논하다. 오후에 사로잡혔다가 도망해 온 진주 여자 한 명, 고성 여자 한 명, 서울 사람 두 명을 데려오다. 서울 사람은 정창연과 김명원의 종이라고 한다. 또 왜놈 하나가 스스로 와서 항복하였다고 해서 보고하다.

1월 27일

맑다. 새벽에 배 만들 목재를 끌어 올 일로 우후 이몽구가 나가다. 새벽에 변유헌과 이경복이 들어왔다고 보고하다. 아침에 충청 수사의 답장이 오다. 어머니 편지와 아우 여필의 편지가 왔는데, "어머니께서 평안하시다"고 한다. 다행이다. 다만, 동문 밖 해운대[3] 옆에 횃불을 든 강도가 들었고 미평에 횃불을 든 강도(强盜)들이 나타났다고 한다. 놀랍고 놀랄 일이다. 저녁 나

1) 여수시 동북쪽에 있음.

절에 미조항 첨사 · 순천 부사가 같이 오다. 숫장과 그 밖의 공문을 써 보내다. 스스로 항복해 온 왜놈을 잡아왔기에 문초하다. 수사 원균의 군관 양밀이 제주 판관의 편지와 마장 · 해 산물 · 귤 · 유자를 가지고 와서 즉시 어머니께 보내다. 저녁에 녹도의 복병(伏兵)[1]한 곳에 왜적 다섯 명이 함부로 다니면서 포를 쏠 적에 한 놈을 쏘아 목을 베고 나머지는 화살을 맞고 도망을 가 버렸다. 저물 무렵에 소비포가 오다. 우후의 배가 재목(材木)[2]을 싣고 오다.

1월 28일

맑다. 아침에 우후가 와서 보다. 종사관에게 낱낱이 공문을 조회하여 써서 강진 영리에게 주어 보내다. 저녁 나절에 원식이 서울로 올라간다고 왔기에 술을 먹여서 보내다. 아침에 경상 우후 이의득이 보고하기를, "명나라 제독 유정이 군사를 돌려 이 달 이십 오 · 이십 육 일 사이에 올라간다"고 하며, "위무사(慰撫士)[3] 홍문 교리 권협이 도내를 순시한 뒤에 수군영으로 온다"고 하며, "화적 이산겸 등을 잡아다 가두고, 아산 · 온양 등지에서 함부로 다니는 도적 떼 구십여 명을 잡아서 목을 베었다"고 한다. 또, "익호장 김덕령이 가까운 시일에 들어올 것이다"고 하다. 저물 무렵에 비가 오더니 밤새도록 내려 쓸쓸하다. 전선을 만들기 시작하다.

1) 적을 기습하기 위해 요긴한 길목에 군사를 숨기는 것.
2) 건축 · 기구 등을 만드는 데 재료가 되는 나무.
3) 장병을 위로하러 파견된 관리.

1월 29일

비가 종일 내리고 밤새도록 옴. 새벽에 각 배들이 아무 탈이 없다고 한다. 몸이 불편하여 저녁에 누워서 신음하다. 바람이 세게 불고 파도가 거세어 배를 안정하게 매어 둘 수가 없으니, 마음이 몹시도 괴롭다. 미조항 첨사 김승룡이 배를 꾸밀 일로 돌아가다.

1월 30일

흐리고 바람이 세게 불다. 저녁 나절에는 개이고 바람도 조금 잠잠하다. 순천 부사 및 우수사 우후 · 강진 현감 류해가 오다. 미조항 첨사가 와서 아뢰고 돌아가다. 그래서 평산포의 도망군 세 명을 잡아와서 그 편에 딸려 보내다. 내 몸이 몹시 불편하여 종일 땀을 흘리다. 군관과 여러 장수들은 활을 쏘다.

2월 1일

맑다. 느지막이 활터 정자로 올라가 공무를 보고 공문을 써 보내다. 청주의 겸 사복 이상이 임금의 유지를 가지고 오다. 그 내용에 경상 감사 한효순의 장계에 "좌도의 적들이 모여서 거제로 들어가서 앞으로 전라 땅으로 침범하려 하니, 경은 삼도의 수군을 합해 적을 섬멸하라"는 것이었다. 오후에 우수 사위 우후 이정충을 불러 활을 쏘다. 초저녁에 사도 첨사 김완이 전선 세 척을 거느리고 진에 이르렀다. 이경복 · 노윤발 · 윤백년 등이 도망군을 싣고 뭍으로 옮겨가는 배 여덟 척을 붙잡아 오다. 저녁에 가랑비가 내리더니 얼마 가지 않아 그치다.

2월 2일

맑다. 아침에 도망군을 실어 내던 사람들의 죄를 처벌하다. 사도 첨사가 와서 전하기를 낙안이 파면되었다고 한다. 느지막이 활터 정자로 올라갔다. 동궁에게 올린 달본(達本)[1]의 회답이 내려오다. 각 관포에 공문을 써 보내다. 활 열 순을 쏘다. 바람이 잔잔하지 못하다. 사도 첨사가 기한에 미치지 않았으므로 허물을 따지다.

2월 3일

맑다. 새벽 꿈에 눈 하나가 먼 말을 보았다. 무슨 조짐인지 모르겠다. 식사를 한 뒤에 활터 정자에 올라서 활을 쏘다. 광풍이 세게 일었다. 우조 방장 어영담이 왔는데, 역적들의 소식을 들으니 걱정되며 통분함을 이길 길이 없다. 우우후가 빚진 물건을 여러 장수에게 보내다. 원식 · 원전이 와서 상경한다고 보고하다. 면천(免賤)[2] 공문 한 장을, 원식이 남해에게 쇠붙이를 바치고서, 받아 갔다. 날이 저물어 막사로 내려오다.

2월 4일

맑고, 바람이 세게 불다. 아침밥을 먹은 뒤에 순천 부사 · 우조 방장을 불러 와서 이야기하다. 저녁 나절에 본영 전선 · 거북함이 들어오다. 조카 봉과 이설 · 이언량 · 이상록 등이 강돌천을 데리고 오다. 동궁의 달본을 가지고 내려오다. 우찬성 정탁의 편지도 오다. 각 관포에 공문을 써 보내다. 순천에서 와서

---

1) 왕세자가 섭정할 때, 판서 · 병사 · 감사 · 제조가 올리는 문서.
2) 천민의 신분을 벗고 평민이 되는 것.

보고하기를, 무군사(撫軍司)의 공문에 따른 순찰사의 공문에는 진중에서 시험을 보게 하는 장달을 올린 것이 몹시 나쁘니까 그 허물을 캐물어야 한다고 하다. 참으로 우습다. 조카 봉이 오는 편에 "어머니께서 평안하시다"는 소식을 들으니 기쁘고도 다행이다.

2월 5일

맑다. 꿈에 좋은 말을 타고 바위가 첩첩인 산마루로 올라가니 아름다운 산봉우리가 동서로 뻗쳐 있고, 산마루 위에는 평평한 곳이 있기로 거기에 자리잡으려다가 깨다. 무슨 징조인지 도무지 모르겠다. 또 어떤 미인이 홀로 앉아 손짓을 하는데, 나는 소매를 뿌리치고 응하지 않았으니 우습다. 아침에 군기시에서 받아 온 흑 각궁(角弓)[3] 백 장을 낱낱이 헤아려 서명하고 화피(樺皮)[4] 여든아홉 장도 셈하여 서명하다. 발포 만호 황정록 · 우수사의 우후가 와서 보고, 같이 식사하다. 저녁 나절에 활터 정자로 올라가서, 순창과 광주 색리들의 죄를 벌주다. 우조 방장 및 우우후 · 여도 만호 등은 활을 쏘다. 원수 권율의 회답 공문이 왔는데, 유격 심유경이 벌써 화친을 결정하였다고 한다. 그러나 간사한 꾀와 교묘한 계책을 헤아릴 수 없다. 전에도 놈들의 꾀에 빠졌는데 또한 이처럼 빠지려 드니 한탄스럽기 이를 데 없다. 저녁에 날씨가 찌는 것 같아서 마치 초여름 같다. 밤 아홉 시에 비가 내리다.

---

3) 쇠뿔 · 양뿔 따위로 장식한 활.

4) 활 만드는 데 쓰는 벚나무 껍질.

2월 6일

비가 내렸다 오후에 맑게 갬. 순천 부사 · 조방장 · 웅천 현감 · 사도 첨사가 와서 보다. 어둘 무렵 흥양에서 김방제가 오다. 누르고 향기로운 것〔유자〕을 삼십 개 가져 왔는데 새로 캔 것 같다.

2월 7일

맑은데 하늬바람이 세게 불다. 아침에 우조 방장이 와서 보고 부지휘선에 타고 싶다고 하다. 어머니와 홍군우 · 이숙도 · 강인중 등에게 문안 편지를 조카 분이 가는 편에 부쳤다. 조카 봉은 분과 같이 떠나는데 봉은 나주로 가고 분은 온양으로 갔다. 마음이 섭섭하다. 각 배에 솟장 이백여 장을 처리하여 나누어주다. 고성 현령 조응도가 보고에, "적선 오십여 척이 춘원포[1)]에 이르렀다"고 한다. 삼천포 권관과 가배량 권관 제만춘이 와서 서울 소식을 말하다. 이경복을 격군 붙잡아 올 일로 내보내다. 오늘 군대를 개편하고, 격군을 각 배에 옮겨 태우다. 방답 첨사에게 죄인을 잡아오라고 전령하다. 낙안 군수의 편지가 왔는데, 새 군수 김준계가 내려온다고 하므로 그에게도 붙잡아 오라고 전령하다. 보성의 전선 두 척이 들어오다. 소비포 권관 이영남이 와서 보다.

2월 8일

맑다. 샛바람이 세게 불고 날씨는 몹시 추워 무척 걱정된다.

---

1) 고성군 광도면 예승리 끄승개.

봉과 분 등이 배를 타고 떠났으니 밤새도록 잠이 오지 않다. 아침에 순천 부사가 와서 말하기를, "고성 땅 소소포[2]에 적선 오십여 척이 들어오다"고 하다. 그래서 곧 제만춘을 불러 지형이 편리한지를 물었다. 저녁 나절에 활터 정자로 올라가 공무를 보고 공문을 써 보내다. 경상 우병사의 군관이 편지를 가져 와서 저희 장수 방지기[3]를 면천하는 일을 말하다. 진주에 피난해 있는 전좌랑 이유함이 와서 이야기하고서 저녁에 돌아오다. 바다에 달이 밝아 잠이 오지 않다. 순천 부사와 우조 방장이 와서 이야기하다가 밤 열 시쯤에 헤어지다. 변존서가 당포에 가서 꿩 일곱 마리를 사냥해 오다.

2월 9일

맑다. 새벽에 우후가 배 두세 척을 거느리고 소비포 뒤쪽에 띠풀을 베러 나가다. 아침에 고성 현령이 오다. 돼지 머리도 가져오다. 그 편에 당항포에 적선이 드나들었는지를 물었다. 또 백성들이 굶어서 서로 잡아먹는다고 하니, 앞으로 어찌하면 살 수 있을 것인지도 물었다. 저녁 나절에 활터 정자로 올라가 활 열 순을 쏘다. 이유함이 오다가 돌아가겠다고 하므로, 그의 자(字)를 물으니, 여실(汝實)이라 하다. 순천 부사 · 우조 방장 · 우후 · 사도 첨사 · 여도 만호 · 녹도 만호 · 강진 현감 · 사천 현감 · 하동 현감 · 소비포 권관도 오다. 저물 무렵에 보성 군수가 들어오다. 무군사의 편지를 가져 왔는데, 시위할 긴 창 수십 자루를 만들어 보내라는 것이다. 이날 동궁이 문책하는 데 대한 답

2) 마암면 두호리.
3) 관청의 심부름꾼의 하나.

을 써 보내다.

2월 10일

가랑비와 센바람이 종일 그치지 않다. 오후에 조방장과 순천 부사가 와서 저녁때까지 이야기하며 적을 토벌할 일을 논의하다.

2월 11일

맑다. 아침에 미조항 첨사 김승룡이 오다. 술 석 잔을 권하고서 보내다. 종사관의 공문 세 통을 써 보내다. 식사를 한 뒤에 활터 정자로 올라가니, 경상 우수사 원균이 와서 보다. 술 열 잔을 마시니 취해 미친 말을 많이 하다. 우습다. 우조 방장도 오다. 같이 취하다. 저물어서 활 세 순을 쏘다.

2월 12일

맑다. 이른 아침에 본영 탐후선이 들어왔는데, 조카 분의 편지에 선전관 송경령이 수군을 살펴볼 일로 들어온다는 것이다. 오전 열 시쯤에 적도[1]로 진을 옮기다. 오후 두 시쯤에 선전관 송경령이 진에 도착하다. 임금의 유지 두 통과 비밀 문서 한 통을 가지고 왔는데, 한 통에는 "명나라 군사 십만 명과 은 삼백 냥이 온다"고 하였고, 한 통에는 "흉적들의 뜻이 호남 지방에 있으니, 힘을 다해 지키며, 형세를 보아 무찌르라"고 하였으며, 비밀 문서에는 "일 년이 지나도록 해상에서 근로하는 것을 임

---

1) 거제시 둔덕면.

금님께서 잊지 못하니, 공로를 세운 장병들이 아직도 상을 받지 못한 자가 있거든 적어 올리라"는 것이 적혀 있었다. 또 그에게서 서울에서 여러 가지 소식과 역적들의 일을 들었다. 영의정 유성룡의 편지도 오다. 임금님께서 밤낮으로 근심하며 분주하시다니 감개무량하다.

2월 13일

맑고 따뜻하다. 아침에 영의정에게 회답 편지를 쓰다. 식사를 한 뒤에 선전관 송경령을 불러 다시 이야기하다. 저녁 나절에 작별을 하고서는 종일 배에 머물렀다. 오후 네 시쯤에 소비포 만호 이영남·사량 만호 이여염·영등포 만호 우치적이 오다. 오후 여섯 시쯤에 첫 나발을 불자 출항하여 한산도로 돌아올 때, 경상 우수사의 군관 제홍록이 삼봉[2]에서 와서 말하기를, 적선 여덟 척이 들어와 춘원포에 정박하였으므로, 들이칠 만하다고 한다. 그래서 곧 나대용을 경상 우수사 원균에게 보내어 상의하게 하면서 전하게 한 말은, "작은 이익을 보고 들이치다가 큰 이익을 이루지 못할 우려가 있으니, 아직 가만히 두었다가 다시 적선이 많이 나오는 것을 보고 기회를 엿보아서 무찔러야 한다"는 것이었다. 미조항 첨사·순천 부사·조방장이 오다가 밤이 깊어서야 돌아가다. 박영남·송덕일이 되돌아가다.

2월 14일

맑고 따뜻하며 바람도 잔잔하다. 경상도의 남해·하동·사천

2) 고성군 삼산면 삼봉리.

· 고성 등지에는 송희립 · 변존서 · 류황 · 노윤발 등을, 우도에는 변유헌 · 나대용 등을 점검하여 내어 보내다. 본영 군량미 스무 섬을 실어 오다. 정종 · 배춘복도 오다. 방답 첨사와 첨지 배경남이 오다. 장언춘을 천민(賤民)에서 면하게 하는 공문을 만들어 주다. 흥양 현감이 들어오다.

2월 15일

맑다. 새벽에 거북함 두 척과 보성의 배 한 척을 멍에나무〔駕木〕 치는 곳으로 가서 초저녁에 실어 오게 하다. 아침밥을 먹은 뒤에 활 터 정자로 올라가서 좌조 방장의 늦게 온 죄를 신문하다. 흥양배의 부정을 조사해 보니, 허술한 일이 많았다. 또 순천 부사 · 우조 방장 · 우수사의 우후 · 발포 만호 · 여도 만호 · 강진 현감 등이 함께 와서 활을 쏘다. 날이 저물 때에 순찰사 이정암의 공문 내용에, "조도 어사 박홍로의 계본에서 순천 · 광양 · 두치 등지에 복병을 두고 파수(把守)를 보게 해 달라는 주문을 바친 바, 수군과 수령을 아울러 이동시키는 일이 합당하지 않다는 대답이 내려오다"는 공문이 내려오다.

2월 16일

맑다. 아침에 흥양 현감 · 순천 부사가 오다. 흥양이 암행 어사 유몽인의 비밀 장계 초안을 가져왔는데, 임실 현감 이몽상 · 무장 현감 이충길 · 영암 군수 김성헌 · 낙안 군수 신호를 파면하고, 순천에는 탐관오리의 우두머리의 죄를 따지고, 나머지 담양 부사 · 진원 현감 · 나주 목사 · 장성 부사 · 창평 현령 등 수령의 악행은 덮어 주고 포상하도록 상신(上申)[1]한다. 임금을 속임이 여기까지 이르니, 나랏일이 이러고서야 매사가 잘 될 수가 없다. 우러러 탄식할 뿐이다. 또 그 가운데에는 수군 가족에 대한 징발과 네 장정 속에서 두 장정이 전쟁에 나가야 한다는 일을 심히 비난하였으니, 암행어사 류몽인은 나라의 위급함은 생각하지도 않고, 쓸데없이 눈앞의 임시방편의 일에만 힘쓰고 있다. 남쪽 지방의 종적 없는 말만 듣고서 나라를 그르치는 교활하고 간사한 말이 악무목에 대한 진회의 짓거리와 다를 바가 없다. 나라를 위해 심히 통탄할 일이다. 저녁 나절에 활터 정자로 올라가 순천 부사 · 흥양 현감 · 우조 방장 · 우수사 우후 · 사도 첨사 · 발포 만호 · 여도 만호 · 녹도 만호 · 강진 현감 · 광양 현감 등과 활 열두 순을 쏘다. 순천 감목관이 진에 오다가 돌아가다. 우수사가 당포에 이르렀다고 한다.

2월 17일

맑다. 따뜻하기가 초여름 같다. 아침에 지휘선에 연기 그을리는 일 때문에 아침에 활터 정자로 올라가 각 처에 공문을 써 보내다. 오전 열 시쯤에 우수사가 들어오다. 우두머리 군관 정홍수와 도 훈도(訓導)[2]를 군령으로 곤장 구십 대를 치다. 이홍명 및 임희진의 손자도 오다. 대로총통(竹銃筒)을 만들어 왔기에 시험으로 쏘아 보니, 소리는 비슷한데, 별로 쓰일 데가 없다. 우습다. 우수사가 거느린 전선이 다만 스무 척이니, 더욱 한스럽다. 순천 부사 · 우조 방장이 와서 활 다섯 순을 쏘다.

---

1) 윗사람이나 관청 등에 일에 대한 의견 · 사정 등을 말이나 글로 여쭈는 것.
2) 조선 시대, 전의감 · 관상감 · 사역원 등에 둔 종9품 벼슬.

2월 18일

맑다. 아침에 배 첨지가 오다. 가리포 이응표가 오다. 식사를 한 뒤에 활터 정자로 올라가 해남 현감 위대기에게 명령을 거역한 죄를 벌주다. 우도의 여러 장수들이 와서 알현한 뒤에 활 두 순을 쏘다. 오후에 우수사가 오다. 때마침 수사 원균이 와서 심하게 취하기 때문에 한두 번밖에 못 하다. 초저녁에 가랑비가 내리더니 밤새도록 오다.

2월 19일

가랑비가 종일 옴. 날씨가 찌는 듯하다. 활터 정자에 올라가 혼자 앉아 있는데, 우조 방장과 순천 부사가 오고 이홍명도 오다. 조금 있다가 손충갑이 왔다고 보고하기에 불러들여 그 왜적을 토벌하던 일을 물었더니, 감개함을 이길 길이 없다. 종일 이야기하다. 저물어서 숙소로 내려오다. 변존서가 본영으로 가다.

2월 20일

안개 같은 이슬비가 걷히지 않다. 몸이 불편하여 종일 나가지 않았다. 우조 방장과 첨지 배경남이 와서 이야기하다. 울이 우수사 영감의 배에 갔다가 몹시 취해서 돌아오다.

2월 21일

맑고 따뜻하다. 몸이 몹시 불편하여 종일 신음하다. 순천 부사와 우조 방장 어영담 영감이 와서, 견내량에 복병한 곳을 가서 살펴보았더라고 보고하다. 청주 의병장 이봉이 순변사에게 가서 육지의 사정을 자세히 일러 주고서 우 영감은 청주 영감의 아제이다. 해질 녘에 돌아가다. 오후 여섯 시쯤에 벽방의 척후장(諸漢國)이 와서 구화역[1] 앞바다에 왜선 여덟 척이 와서 대었다고 한다. 그래서 배에서 내려 삼도에 전령하기를, 진격할 약속을 내리고서 원균의 군관 제홍록의 보고가 오기를 기다리다.

2월 22일

밤 한 시가 막 넘자 제홍록이 와서 말하는데, "왜선 열 척은 구화역에 이르렀고, 여섯 척은 춘원포에 이르렀다"고 하다. 또 이미 날이 새어 미처 따라 잡지 못하다고 하므로, 다시 정찰하라고 명령하고서 보내다.

2월 28일

맑다. 아침에 활터 정자로 올라가 종사관 정경달과 종일 이야기하다. 장흥 부사 황세득이 들어오다. 우수사를 처벌하다.

2월 29일

맑다. 아침에 종사관과 같이 식사를 하고, 또 전별의 술을 마시며 종일 이야기하다. 장흥 부사도 함께 하다. 벽방의 척후장 제한국의 긴급 보고 내용에, "적선 열 여섯 척이 소소포로 들어오다"고 하므로 각 도에 전령하여 알리도록 하다.

3월 1일

맑다. 망궐례를 드렸다. 활터 정자로 곧바로 올라가 검모포

---

1) 통영시 광도면 노산리.

만호에게 캐묻고서 만호에게 곤장을 치고, 도 훈도를 처형하다. 종사관 정경달이 돌아오다. 막 어둘 녘에 출항하려 할 때, 벽방 척후장 제한국이 보고하기를, "왜선이 이미 도망가 버렸다"고 한다. 그래서 그만두었다. 초저녁에 장흥의 이 호 선이 실수로 불을 내어 다 타 버리다.

3월 2일

맑다. 아침에 방답·순천·우조 방장이 오다. 저녁 나절에 활터 정자로 올라가 좌조 방장·우조 방장·순천 부사·방답 첨사와 활을 쏘다. 이 날 저녁에 장흥이 와서 이야기하다. 초저녁에 강진의 모종으로 쌓아 둔 곳에 실수로 불을 내어 모두 다 타 버리다.

3월 3일

맑다. 아침에 전문(箋文)[1]을 절해 보내고 곧 활터 정자에 앉았다. 경상 우후 이의득이 와서 말하기를, "수군이 많이 잡아오지 못하다고 그의 수사 원균에게서 매를 맞고, 발바닥까지 맞을 뻔하다"고 하니, 참으로 놀라운 일이다. 저녁 나절에 순천 부사·좌조 방장·우조 방장·방답 첨사·가리포 첨사·좌수사 우후·우수사 우후 등과 함께 활을 쏘다. 오후 여섯 시쯤에 벽방 척후장 제한국이 보고한 내용에, "왜선 여섯 척이 오리량[2]·당항포 등지에 정박해 있다"고 한다. 그래서 곧 배를 소집시키라고 전령하고, 대군을 흉도 앞바다에 진을 치고 정예선 서른 척

1) 명절 하례로 임금께 올리는 글월.
2) 마산시 합포구 구산면 고리량.

을 우조 방장 어영담이 거느리고 적을 무찌르도록 하다. 초저녁에 배를 움직여 지도에 이르렀다가 새벽 두 시쯤에 출항하다.

3월 4일

맑다. 밤 두 시쯤에 출항하다. 진해 앞바다에 이르러 왜선 여섯 척을 뒤쫓아 잡아 불태워 버렸고, 돝섬[3]에서 두 척을 불태워 버렸다. 또 소소강에 열 네 척이 들어왔다고 하므로, 조방장과 경상 우수사 원균에게 나가 토벌하도록 전령(傳令)하다. 고성 땅 아잠포[4]에서 진을 치고 밤을 지내다.

3월 5일

맑다. 겸 사복 윤붕을 당항포로 보내어 적선을 쳐부수고 불태웠는지를 탐문하게 하였더니, 우조 방장 어영담이 긴급 보고한 내용에 "적들이 우리 군사들의 위엄을 겁내어 밤을 틈타서 도망하므로 빈 배 열 일곱 척을 모조리 불태워 버렸다"고 한다. 경상우 수사 원균의 보고도 같은 내용이었다. 우수사가 와서 볼 적에 비가 많이 퍼붓고 바람도 몹시 불었다. 바로 자기 배로 돌아가다. 이 날 아침 순변사에게서도 토벌을 독려하는 공문이 오다. 우조 방장과 순천 · 방답 · 배 첨사도 와서 서로 이야기하는 동안에 경상 우수사 원균이 배에 이르자, 여러 장수들은 각각 돌아가다. 저녁에 광양의 새 배가 들어오다.

3) 마산시 합포구 구산면 저도.
4) 고성군 동해면 당거리.

3월 6일

맑다. 새벽에 망군(望軍)이 보니, 적선 마흔 척 남짓이 청슬[1]로 건넜다고 하다. 당항포 왜선 스물 한 척은 모조리 불태워 버렸다고 긴급 보고를 하다. 저녁 나절에 거제로 향하는 데 맞바람이 거슬러 불어 간신히 흉도에 도착하니, 남해 현감이 보고하되, "명나라 군사 두 명과 왜놈 여덟 명이 패문을 가지고 왔기에 그 패문과 명나라 군사 두 명을 보낸다"고 한다. 그 패문을 가져다 보니, 명나라 도사부(都司府) 담종인이 적을 치지 말라"는 것이다. 나는 몸이 몹시 괴로워서 앉고 눕기조차 불편하다. 저녁에 우수사 이억기와 함께 명나라 군사를 만나 보고서 보내다.

3월 7일

맑다. 몸이 극도로 불편하여 꼼짝하기조차 어렵다. 그래서 아랫사람으로 하여금 패문을 지으라고 하였더니 지어 놓은 글이 꼴이 아니다. 경상 우수사 원균이 손의갑으로 하여금 작성하는데도 그것마저 못마땅하다. 나는 병을 무릅쓰고 억지로 일어나 앉아 글을 짓고, 정사립에게 이를 쓰게 하여 보내다. 오후 두 시쯤에 출항하여 밤 열 시쯤 한산도 진중에 이르다.

3월 8일

맑다. 병세는 별로 차도가 없다. 기운이 더욱 축이 나서 종일 아프다.

---

1) 거제시 사등면 지석리.

3월 9일

맑다. 기운이 좀 나은 듯 하므로 따뜻한 방으로 옮겨 누웠다. 아프기는 해도 다른 증세는 없다.

3월 10일

맑다. 병세는 차츰 나아지는 것 같은데, 열기는 치올라 그저 찬 것만 마시고 싶은 생각뿐이다. 저녁에 비가 내리더니 밤새도록 그치지 않다.

3월 11일

종일 큰비가 내리다. 어둘 무렵에는 개였다. 병세가 아주 많이 나아졌고 열 또한 내리니 참으로 다행이다.

3월 12일

맑으나 바람이 세게 불다. 몸이 매우 불편하다. 영의정에게 편지를 쓰다. 장계를 정서(淨書)[2]하는 일을 마쳤다는 말을 듣다.

3월 13일

맑다. 아침에 장계를 봉해 올리다. 몸은 차츰 나아지는 것 같으나, 기력이 매우 고달프다. 그대로 회와 송두남을 내어 보내다. 오후에 원균 수사가 오다. 그의 잘못된 일을 말하다. 그래서 장계를 도로 가져 와서 원사진과 이응원 등 거짓으로 왜인

---

2) 초(草) 잡았던 글을 깨끗이 옮겨 쓰는 것.

노릇한 놈을 목잘라 바친 일을 고쳐서 보내다.

3월 14일

비가 내리다. 몸은 나은 듯하지만, 머리가 무겁고 기분이 좋지 않다. 저녁에 광양 현감 송전 · 강진 현감 류해 · 첨지 배경남 같이 가다. 소문에 "충청 수사 구사직이 이미 신장에 왔다"고 한다. 종일 몸이 불편하다.

3월 15일

비는 그쳤으나, 바람이 세게 불다. 미조항 첨사가 돌아가다. 종일 신음하다.

3월 16일

맑다. 몸이 매우 불편하다. 우수사가 와서 보다. 충청 수사가 전선 아홉 척을 거느리고 진에 이르다.

3월 17일

맑다. 몸이 회복되지 않는다. 변유헌은 본영으로 돌아가고 순천도 돌아가다. 해남 현감 위대기는 새 현감과 교대하는 일로 나가고, 황득중 등은 복병에 관한 일로 거제도로 갔다. 탐후선이 들어오다.

3월 18일

맑다. 몸이 몹시 불쾌하다. 남해 현감 기효근 · 보성 군수 김득광 · 소비포 권관 이영남 · 적량 첨사 고여우가 와서 보다. 기효근은 파종 때문에 돌아가다. 보성 군수는 말을 하려 하다가 사정을 말하지 않고 돌아가다. 낙안 유위장과 향소(鄕所) 등을 잡아 가두다.

3월 19일

맑다. 몸이 불편하여 종일 신음하다.

3월 20일

맑다. 몸이 불편하다.

3월 21일

맑다. 몸이 불편하다. 명단을 작성하는 관리로 여도 만호 김인영 · 남도 포만호 강응표 · 소비포 권관 이영남을 뽑아 담당시키다.

3월 22일

맑다. 몸이 약간 나아진 것 같다. 원수의 공문이 왔는데, "명나라 지휘 담종인의 자문[1]과 왜장의 서계(書契)[2]를 조파총이 가지고 간다"고 하다.

3월 23일

맑다. 기운이 여전히 불쾌하다. 방답 첨사 이순신 · 흥양 현감 배흥립 · 조방장 어영담이 와서 보다. 견내량이 미역 쉰 세 동을

1) 중국과 왕래하던 문서.
2) 일본과 왕래하던 문서.

캐어 왔다. 발포 만호 황정록도 와서 보다.

3월 24일

맑다. 몸이 조금 나아진 것 같다. 미역 예순 동을 캐 오다. 정사립이 왜놈의 머리를 베어 가지고 오다.

3월 25일

맑다. 흥양 현감과 보성 군수가 나갔다. 포로가 되었던 아이로, 왜의 진중에서 명나라 장수 담종인의 패문을 가지고 왔던 자를 흥양으로 보내다. 저녁 나절에 활터 정자에 올라갔는데 몸이 몹시 불편하여 일찍 숙소로 내려오다. 저녁에 아우 여필 · 아들 회 · 변존서 · 신경황이 와서 어머니 안부를 자세히 듣다. 다만 선산이 모두 산불에 탔는데, 아무도 끄지 못하다고 한다. 몹시 가슴 아프다.

3월 26일

맑다. 따뜻하기가 여름 날씨 같다. 조방장 · 방답 첨사가 와서 오다. 발포 만호가 휴가를 받아 돌아가다. 저녁 나절에 마량 첨사 · 사량 만호 · 사도 첨사 · 소비포가 아울러 와서 보다. 경상 우후 이의득 · 영등포 만호 우치적도 오다가 창신도로 돌아가겠다고 하다.

3월 27일

흐리되 비는 오지 않다. 우수사가 와서 보다. 몸이 좀 나은 것 같다. 초저녁에 비가 오다. 봉이 저녁에 몸이 몹시 불편하다고 하다.

3월 28일

종일 비가 내리다. 조카 봉의 병세가 더 악화되다. 몹시도 걱정된다.

3월 29일

맑다. 탐후선이 들어와서 어머니께서 편안하시다고 하였다. 웅천 현감 · 하동 현감 · 소비포 권관 등이 와서 보다. 장흥 부사 · 방답 첨사도 와서 보다. 저녁에 여필과 봉이 같이 돌아가다. 봉은 중병이 들어 돌아갔으니 밤새도록 걱정으로 새웠다. 어두워서 방충서와 조서방의 사위 김함이 오다.

3월 30일

맑다. 식사를 한 뒤에 활터 정자로 올라가 충청 군관 · 도 훈도를 처벌하고 아울러 낙안 유위장 · 도병방 등을 처벌하다. 저녁 나절에 삼가 현감 고상안이 와서 보다. 저녁에야 숙소로 내려오다.

4월 1일

맑다. 매일 먹는 밥인데도 밥을 먹지 못하다. 장흥 부사 황세득 · 진도 군수 김만수 · 녹도 만호 송여종이 여제(厲祭)[1]를 지내려고 아뢰고 돌아가다. 충청 수사가 와서 보다.

---

1) 악질병에 걸려 죽은 귀신에게 지내는 제사.

4월 2일

맑다. 아침밥을 먹은 뒤에 활터 정자로 올라가다. 삼가 현감과 충청 수사와 같이 종일 이야기하다. 조카 해가 들어오다.

4월 3일

맑다. 오늘 여제를 지내다. 삼도의 군사들에게 술 천여 든 동이를 먹이다. 우수사와 충청 수사도 같이 앉아 군사들에게 먹이다. 날이 저물어서야 숙소로 내려오다.

4월 4일

흐렸다가 어둘 녘에 비가 옴. 아침에 원수의 군관 송홍득과 변홍달이 새로 급제한 홍패를 가지고 오다. 경상 우병사의 군관 박창령의 아들 박의영이 와서 그의 장수의 안부를 전하다. 식사를 한 뒤에 삼가 현감이 오다. 저녁 나절에 활터 정자로 올라가니 장흥 부사가 술과 음식을 가지고 와서 종일 오순도순 이야기하다.

4월 5일

흐리다. 새벽에 최천보가 죽다.

4월 6일

맑다. 별시(別試)[1]를 보는 시험 장소를 개설하다. 시험관은 나와 우수사 이억기 · 충청 수사 구사직이요, 감독관은 장흥 부

---

1) 나라에 경사가 있을 때나 병년(丙年)마다 보이던 문무 시험.

사 황세득 · 고성 현령 조응도 · 삼가 현감 고상안 · 웅천 현감 이운룡을 시험을 감독하게 하다.

4월 7일

맑다. 일찍 모여 시험을 받다.

4월 8일

맑다. 몸이 불편한 채 시험장으로 올라가다.

4월 9일

맑다. 시험을 마치고 방을 내어 붙이다. 큰비가 오다. 조방장 어영담이 세상을 떠나다. 통탄함을 무엇으로 말할 수 있으랴!

4월 10일

흐리다. 순무 어사(巡撫御史)[2] 서성이 진에 온다는 기별이 먼저 오다.

4월 11일

맑다. 순무 어사가 들어온다고 한다. 그래서 문안하는 배를 내어 보내다.

4월 12일

맑다. 순무 어사 서성이 내 배에 와서 이야기하다. 우수사 이

2) 각지의 군대와 백성을 순찰하려고 파견되는 중앙 관리.

억기 · 경상 수사 원균 · 충청 수사 구사직이 함께 오다. 술이 세 순 배 돌자, 경상 수사 원균은 짐짓 술에 취한 척하고 미친 듯이 날뛰며, 억지 소리를 해대니, 순무 어사도 무척 괴이쩍어 하다. 삼가 현감이 돌아가다.

4월 13일

맑다. 순무 어사가 전쟁 연습하는 것을 보고 싶어한다. 그래서 죽도[1] 바다 가운데로 나가서 연습하다. 선전관 원사표 · 금오랑 김제남이 충청 수사 구사직을 잡아갈 일로 오다.

4월 14일

맑다. 김제남과 함께 자세한 말을 하다. 저녁 나절에 순무 어사의 배로 가서 군사 기밀을 자세히 의논하다. 잠시 후에 우수사가 오고, 순천 부사 · 방답 첨사 · 사도 첨사도 아울러 오다. 나는 하직하고 배로 돌아오다.

4월 15일

맑다. 충청 수사 구사직이 선전관 원사표 · 금오랑 김제남 · 우수사 이억기와 함께 오다. 충청 수사 우경 구사직과 작별하다.

4월 16일

맑다. 아침밥을 먹은 뒤에 활터 정자로 올라가다. 밀려 쌓인

---

1) 통영시 한산면.

공문을 처리하여 보내다. 경상 수사 원균의 군관 고경운과 도훈도 및 변고(變故)[2]에 대비하는 색리 · 영리를 잡아다가, 지휘에 응하지 않고 적변도 빨리 보고하지 않은 죄로 곤장을 치다. 저녁에 송두남이 서울에서 내려오다. 장계에 따라 낱낱이 하교한 대로 시행하다.

4월 17일

맑다. 저녁 나절에 활터 정자로 올라가서 공문을 처리하여 보내다. 우수사가 와서 보다. 거제 현령 안위가 급히 와서 보고한 내용에, "왜선 백여 척이 일본에서 처음 나와서 절영도로 향한다"고 한다. 저물 무렵에 거제에 살다가 사로잡혔던 남녀 열 여섯 명이 도망하여 돌아오다.

4월 18일

맑다. 새벽에 도망쳐 돌아온 사람이 있는 곳에 가서 적정을 자세히 물으니, 대마도 평의지는 웅천땅 입암[3]에 있고, 소서행장은 웅포에 있다고 한다. 충청도 신임 수사 이순신 · 순천 부사 및 우수사 우후 이정충이 오다. 저녁 나절에 거제 현령 안위도 오다. 저녁에 비가 내리더니 밤새도록 세차게 오다.

4월 19일

비가 내리다. 첨지 김경로가 원수부에서 와서 적을 토벌할 대책을 논의하고서 그대로 한 배에서 자다.

---

2) 재앙이나 사고.
3) 진해시 웅천동 제덕리.

4월 20일

종일 가랑비가 걷히지 않다. 우수사 · 충청 수사 · 장흥 부사 · 마량 첨사 강응표가 와서 바둑을 두고, 군사에 관한 일도 의논하다.

4월 21일

비가 오락가락하다. 혼자 봉창 아래 앉아 있어도 저녁내 아무도 오지 않았다. 방답 첨사가 충청 수사로 되어 중기(重記)를 수정하는 일로 아뢰고 돌아가다. 저녁에 김성숙과 곤양의 이광악이 와서 보다. 저물 녘에 흥양이 들어오다. 본영 탐후선도 왔는데, 어머니께서 평안하시다고 한다. 참으로 다행이다.

4월 22일

맑다. 바람이 시원하여 가을 날씨 같다. 첨지 김경로가 다시 돌아오다. 장계를 봉하고, 또 조총을 동궁에게 줄 긴 창과 더불어 봉해 올리다. 장흥 부사가 오다. 저녁에 흥양 현감도 오다.

4월 23일

맑다. 아침에 순천 부사 권준 · 흥양 현감 배흥립이 오다. 저녁 나절에 곤양 군수 이광악이 술을 가지고 오다. 장흥 부사도 오다. 임치 첨사 홍견도 같이 오다. 곤양이 몹시 취해 미친 소리를 마구 해대니 우습다. 나도 잠깐 취하다.

4월 24일

맑다. 아침에 서울 편지를 쓰다. 저녁 나절에 영암 군수 박홍장 · 마량 첨사 강응표가 와서 보다. 순천 부사가 아뢰고 돌아가다. 각 항목의 장계를 봉해 보내다. 경상 우수사가 있는 곳에 순찰사 종사관이 왔다고 한다.

4월 25일

맑다. 꼭두새벽부터 몸이 불편하여 종일 괴로워하다. 아침에 보성 군수가 와서 보다. 밤새도록 앉아서 앓다.

4월 26일

맑다. 통증이 극히 심해 거의 인사불성이 되었다. 곤양 군수가 아뢰고 돌아가다.

4월 27일

맑다. 통증이 잠깐 덜하다. 숙소로 내려가다.

4월 28일

맑다. 기력과 아픈 증세가 많이 덜하다. 경상 수사 원균과 좌랑 이유함이 와서 보다. 울이 들어오다.

4월 29일

맑다. 기운이 상쾌해진 것 같다. 아들 면이 들어오다. 곧 고을의 종 네 명과 관의 종이 들어오다. 오늘 우도에서 삼도의 군사들에게 술을 먹이다.

5월 1일

맑다. 아침밥을 먹은 뒤에 활터 정자의 방에 올라가니 날씨가 무척 맑고 시원하다. 종일 땀이 비 오듯이 흐르더니, 좀 나아진 것 같다. 아침에 아들 면과 집안 계집 종 넷, 관 계집 종 네 명이 병을 간호하러 들어오다. 덕이만 남겨 두고 나머지는 내일 돌려보내라고 하다.

5월 2일

맑다. 새벽에 회는 계집 종 등과 더불어 어머니 생신에 상을 차려 드릴 일로 돌아가다. 우수사 이억기 · 홍양 현감 배흥립 · 사도 첨사 김완 · 소근 첨사 박윤이 와서 보다. 몸이 차츰 나아지다.

5월 3일

맑다. 홍양 현감이 휴가를 얻어 돌아가다. 저녁 나절에 장흥 부사와 발포 만호가 와서 보다. 군량 명세서와 이름이 안 적히지 않은 사령장 삼백여 장과 임금의 유지 두 통이 내려오다.

5월 4일

거센 바람이 세게 불고 비가 많이 내리는데 종일 그치지 않다. 밤새도록 더 심하게 내리다. 경상 우수사의 군관이 와서 고하기를, "왜적 세 명이 중선을 타고 추도[1]에 온 것을 만나 잡아 오다"고 하다. 이를 추문(推問)[2]한 뒤에 압송할 일로 일러 보내

1) 통영시 산양면.

2) 어떤 죄를 문초하는 것

다. 저녁에 공대원에게 물으니, 왜적들이 바람을 따라 배를 몰고 일본으로 향하다가, 바다 한가운데서 회오리바람을 만나 배를 조종할 수가 없어 떠다니다가 이 섬에 닿은 것이라고 한다. 그러나 간사한 사람의 말이니 믿을 수 없다. 이설 · 이상록이 돌아가다. 본영 탐후선이 들어오다.

5월 5일

비바람이 세게 불다. 지붕이 세 겹이나 말리어 조각조각 높이 날려 가고, 빗발은 삼대 같이 내려 몸을 가누지 못하다. 우습다. 사도 첨사가 와서 문안하고 돌아가다. 큰 비바람이 오후 두 시쯤에야 조금 멈추다. 발포 만호 황정록이 떡을 만들어 보내오다. 탐후선이 들어오다. 어머니가 평안하심을 알았으니, 참으로 다행이다.

5월 6일

흐렸다가 저녁 나절에 개다. 사도 · 보성 · 낙안 · 소근 등이 와서 보다. 오후에 경상 수사 원균이 왜놈 세 명을 잡아왔기에 문초해 보니, 이랬다저랬다 만 번이나 속이므로 수사 원균으로 하여금 목을 베고 보고하게 하다. 우수사도 오다. 술을 세 순배 돌렸다가 상을 물리고 돌아가다.

5월 7일

맑다. 기운이 편안한 것 같다. 침 열 여섯 군데를 맞다.

5월 8일

맑다. 원수의 군관 변응각이 원수의 공문과 장계 초본과 임금의 유지를 가지고 오다. "수군을 거제로 진격시켜 적이 무서워 도망가도록 하라"는 것이었다. 경상 수사와 전라 우수사를 불어 의논하다. 충청 수사가 들이오다. 밤에 큰비가 오다.

5월 9일

종일 비가 내리다. 홀로 빈 정자에 앉았으니 온갖 생각이 가슴에 치밀어 마음이 어지럽다. 어찌 다 말할 수 있으랴. 정신이 아득하여 술에 취한 듯, 꿈속인 듯 멍청한 것도 같고 미친 것 같기도 하다.

5월 10일

비가 내리다. 새벽에 일어나 창문을 열고 멀리 바라보니, 우리의 많은 배들이 바다에 가득 차 있다. 적이 비록 쳐들어온다 해도 섬멸할 만하다. 저녁 나절에 우우후 이정충과 충청 수사 이순신이 와서 두 사람이 장기를 두다. 원수의 군관 변응각도 같이 점심을 먹다. 보성 군수 김득광이 저물 무렵에 오다. 비가 종일 걷히지 않다. 아들 회가 바다로 나간 것이 걱정된다. 소비포 권관이 약품을 보내 오다.

5월 11일

비가 저녁때까지 내리다. 삼월부터 밀려 쌓인 공문을 낱낱이 적어서 내려 주다. 저녁에 낙안 군수 김준계가 와서 이야기하다. 큰비가 퍼붓듯이 내려 밤낮으로 그치지 않다.

5월 12일

큰비가 종일 내리다가 저녁이 되서야 조금 그치다. 우수사 이억기가 와서 보다.

5월 13일

맑다. 이 날 검모포 만호의 보고에, "경상 우수사 소속의 보자기들이 격군을 싣고 도망가다가 현장에서 붙들렸는데, 많은 보자기들이 원 수사가 있는 곳에 숨어 있었다고 한다. 그래서 사복들을 보내어 잡아오게 하였더니, 원균 수사가 도리어 사복(司僕)들을 묶어서 가두었다고 한다. 그래서 군관 노윤발을 보내어 이를 풀어 주게 하다. 밤 열 시쯤에 비가 오다.

5월 14일

종일 비가 내리다. 충청 수사 이순신 · 낙안 군수 김준계 · 임치 현감 홍견 · 목포 만호 전희광 등이 와서 보다. 영리(營吏)에게 시켜 종정도(鐘鼎圖)[1)]를 그리다.

5월 15일

종일 비가 내리다. 아전에게 시켜 종정도를 그리다.

5월 16일

흐리고 가랑비가 내리다. 저녁에는 큰비가 밤새도록 내려 지붕이 새어서 마른 데가 없다. 각 배의 사람들이 거처가 매우 괴

---

1) 벼슬 이름을 품계와 종별을 따라 그려 놓고 윷놀이하듯이 말을 쓰는 놀이.

로울 것이 염려된다. 곤양 군수 이광악이 편지를 보내고 겸해 사명당 유정이 진진 안으로 왕래하면서 문답한 초기(草記)[1]를 보내 왔기로 보니, 분통함을 이길 길이 없다.

5월 17일

비가 퍼붓듯이 내리다. 바다의 안개가 캄캄하여 눈앞을 분간할 수 없는데, 저녁내 그치지 않다.

5월 18일

종일 비가 내리다. 미조항 첨사 김승룡이 와서 보다. 저녁에 상주포 권관이 와서 보다. 저녁에 보성 현감이 돌아가다.

5월 19일

맑다. 장마비가 잠깐 걷히다. 마음이 몹시 상쾌하다. 아들 회와 면과 계집 종 등이 돌아가다. 그때 바람이 순탄하지 않았다. 이 날 송희립과 회가 같이 착량에 가서 노루를 잡을 적에 비바람이 몹시 일고 구름과 안개가 사방에 자욱하다. 초저녁에 돌아왔는데도 활짝 걷히지 않다.

5월 20일

비가 오고 또 거센 바람이 조금 그치다. 웅천 현감 이운룡과 소비포 권관 이영남이 와서 보다. 온종일 홀로 앉았으니, 온갖 생각이 가슴을 치민다. 호남의 관찰사들이 나라를 저버리는 것

---

1) 각 관청에서 업무상 그다지 대수롭지 않은 일을 사실만 간단히 적어 올리던 글.

에 더 많이 유감스럽다.

5월 21일

비가 내리다. 웅천 현감 · 소비포 권관이 와서 종정도를 하다. 거제 장문포에서 적에게 사로잡혔던 변사안이 도망쳐 와서 하는 말이, 적의 형세는 그리 대단하지 않다고 한다. 센바람이 밤낮으로 불다.

5월 22일

비가 오고 바람이 세게 불다. 오는 이십 구 일이 장모의 제삿날이다. 아들 회와 면을 내보내다. 계집종들도 내보내다. 순찰사에게 편지를 써서 보내다. 또 순변사에게도 편지를 써 보내다. 황득중 · 박주하 · 오수 등은 격군을 잡아 올 일로 내보내다.

5월 23일

비가 내리다. 웅천 현감 · 소비포 권관이 오다. 저녁 나절에 해남 현감 위대기가 와서 술과 안주를 바치므로, 충청 수사 이순신을 청해 오다. 밤 열 시쯤에 헤어지다.

5월 24일

잠시 맑다가 저녁에 비가 내리다. 웅천 · 소비포가 와서 종정도를 놀았다. 해남도 오다. 오후에 우수사와 충청 수사가 와서 종일 이야기하다. 구사직에 대한 장계를 가져갔던 진무가 들어오다. 조카 해가 들어오다.

5월 25일

비가 내리다. 충청 수사가 와서 이야기하고서 돌아가다. 소비포도 오다가 밤이 깊어서야 돌아가다. 비가 조금도 그치지 않으니, 전쟁하는 군사들의 마음이야 오죽 답답하랴. 조카 해가 돌아가다.

5월 26일

걷히기도 하고 비 오기도 하다. 마루에 앉았는데 서쪽 벽이 무너져 있었다. 바라지 창으로 들어오는 바람을 다시 쐬니 기분을 맑게 하여 무척 좋다. 과녁판을 정자 앞으로 옮겨 놓다. 오늘 이인원과 토병 스물 세 명을 본영으로 보내어 보리를 거두어들이라고 일러 보내다.

5월 27일

맑다가 비가 오기도 하다. 사도 첨사가 충청 수사 · 발포 만호 · 여도 만호 · 녹도 만호와 함께 활을 쏘다. 이날 소비포 권관이 누워서 앓았다고 한다.

5월 28일

잠깐 개다. 사도첨사 · 여도 만호가 와서 활을 쏘겠다고 여쭈다. 그래서 우수사 · 충청 수사를 청해 와서 활을 쏘고, 취해 종일토록 이야기하다가 헤어지다. 광양 사 호 선의 부정 사실을 조사하다.

5월 29일

아침에 비 오다가 저녁 나절에 개다. 장모의 제삿날이라 공무를 보지 않다. 저녁에 진도 군수 김만수가 아뢰고 돌아가다. 웅천 현감 이운룡 · 거제 현령 안위 · 적량 첨사 고여우가 와서 보고 돌아가다. 저물 녘에 정사립이 보고하는데, "남해 사람이 배를 가지고 와서 순천 격군을 싣고 간다"고 한다. 그래서 잡아서 가두다.

5월 30일

흐리되 비는 오지 않다. 아침에 왜놈들과 도망가자고 꾄 광양 일 호선 군사와 경상도 보자기 세 명을 처벌하다. 경상 우후가 와서 보다. 충청 수사가 오다.

6월 1일

맑다. 아침에 첨사 배경남과 같이 밥을 먹었다. 충청 수사가 와서 이야기하다. 저녁 나절에 활을 쏘다.

6월 2일

맑다. 아침에 배 첨사 배경남과 같이 밥을 먹다. 충청 수사도 오다. 저녁 나절에 우수사 이억기의 진으로 갔더니, 강진 현감 류해가 술을 바치다. 활 두 순을 쏘다. 경상 수사 원균도 오다. 나는 곧 몸이 불편하여 돌아가 누워서 충청 수사와 첨사 문길 배경남이 내기 장기 두는 것을 구경하다.

6월 3일

초복이다. 아침에 맑더니 오후에 소나기가 퍼부어 종일 밤까지 그치지 않았다. 바닷물 빛조차 흐리니, 근래에 드문 일이다. 충청 수사 · 첨사 배경남이 와서 바둑을 두다.

6월 4일

맑다. 충청 수사 · 미조항 첨사와 웅천 현감이 와서 보기에 종정도를 놀게 하다. 저녁에 겸 사복이 임금의 유지를 가지고 오다. 그 사연에 이르기를, "수군의 여러 장수들과 경주의 여러 장수들이 서로 협력하지 않으니, 다음부터는 전날의 버릇을 버려라"는 것이다. 통탄하기 그지없다. 이는 원균이 술에 취해 망발한 때문이다.

6월 5일

맑다. 충청 수사가 와서 이야기하다. 사도 첨사 · 여도 만호 · 녹도 만호가 함께 와서 활을 쏘다. 밤 열 시쯤에 급창(及唱)[1] 김산과 그 처자 등 세 명이 유행병으로 죽었다. 세 해나 눈앞에 두고 미덥게 부리던 사람인데, 하루 저녁에 죽어 가다니, 참으로 슬프다. 무밭을 갈았다. 송희립 · 낙안 군수 · 흥양 현감 · 보성 군수가 군량을 독촉할 일로 나가다.

6월 6일

맑다. 충청 수사 · 여도 만호와 함께 활 열 다섯 순을 쏘다. 경

---

1) 관청의 심부름하는 종.

상 우후가 와서 보다. 소나기가 오다.

6월 7일

맑다. 충청 수사 · 첨사 배경남이 와서 이야기하다. 남해 군관과 색리 등의 죄를 처벌하다. 송덕일이 돌아와서 말하기를, 임금의 유지가 들어온다고 한다. 오늘 무 씨 두 되 오 홉을 부침하다.

6월 8일

맑다. 우우후가 오다. 충청 수사와 다 함께 활 스무 순을 쏘다. 저녁에 종 한경이 들어오다. 어머니께서 평안하심을 알았다. 참으로 기쁘고도 다행이다. 미조항 첨사가 아뢰고 돌아가다. 회령포 만호 민정붕이 진에 오다. 전공(戰功)에 따라 포상하는 교지도 오다.

6월 9일

맑다. 충청 수사 · 우우후가 와서 활을 쏘다. 우수사가 와서 같이 이야기하다. 밤이 깊은데 피리 소리 가득한 바다, 거문고를 타며 장수를 기리는 소리를 들으며 조용히 이야기하다가 헤어지다.

6월 10일

맑다. 활 다섯 순을 쏘다.

6월 11일

맑으며, 더위가 쇠라도 녹일 것 같다. 아침에 아들 울이 본영으로 가다. 작별하는 회포가 씁쓸하다. 홀로 빈집에 앉았으니 마음을 걷잡을 수 없다. 저녁 나절에 바람이 몹시 사나워지며 걱정이 더욱 무거워지다. 충청 수사가 와서 활을 쏘고 그대로 같이 저녁밥을 먹다. 달빛 아래 같이 이야기할 때 옥 피리 소리가 처량하다. 앉아서 오래도록 있다가 헤어지다.

6월 12일

바람이 세게 불었으나, 비는 오지 않다. 가뭄이 너무 심하다. 농사의 근심이 더욱 염려스럽다. 이날 어둘 무렵에 본영의 배 격군 일곱 놈이 도망가다.

6월 13일

바람이 몹시 불고 더위는 찌는 듯하다.

6월 14일

더위와 가뭄이 너무 심하다. 바다의 섬도 찌는 듯하다. 농사일이 아주 걱정된다. 충청 수사 · 사도 첨사 · 여도 만호 · 녹도 만호와 함께 활 스무 순을 쏘다. 충청 수사가 가장 잘 맞혔다. 이날 경상 수사는 활꾼을 거느리고 우수사가 있는 곳으로 오다가 크게 지고 돌아갔다고 한다.

6월 15일

맑더니 오후에 비가 내리다. 신경황이 영의정 유성룡의 편지를 가지고 들어오다. 나라를 근심함이 이보다 더한 이가 없을 것이다. 지사 윤우신이 죽었다니, 애석할 따름이다. 순천 부사·보성 군수가 달려와 보고하는데, "명나라 총병관 장홍유가 호선(號船)을 타고 백여 명을 거느리고 바닷길을 거쳐 벌써 진도 벽파정[1]에 이르렀다"고 한다. 날짜로 짚어 보면 오늘이나 내일에 이를 것이지만, 바람이 맞불어 마음대로 배를 부리지 못한 것이 닷새째이다. 이날 밤 소나기가 흡족하게 내렸다. 어찌 하늘이 백성을 살리려는 게 아니겠는가. 아들의 편지가 왔는데, 잘 돌아갔다고 하다. 또 아내의 편지에는 면이 더위를 먹어 심하게 앓았다고 하다. 괴롭고 답답하다.

6월 16일

아침에 비 오다가 저녁에 개다. 충청 수사와 함께 활을 쏘다.

6월 17일

맑다. 저녁 나절에 우수사·충청 수사가 와서 조용히 이야기하다. 탐후선이 들어왔는데, 어머니께서 평안하시다고 하나, 면은 많이 아프다고 하다. 몹시 걱정된다.

6월 18일

맑다. 아침에 원수의 군관 조추년이 전령을 가지고 오다. "원수가 두치[2]에 이르러 광양 현감 송전이 수군 중에 복병을 뽑을 적에 사사로운 정을 썼다"는 말을 들었다. 그래서 군관을 보내

---

1) 진도군 고군면 벽파리.
2) 하동읍 두곡리.

어 그 까닭을 물으니, 놀라운 일이다. 원수가 그 서처남 조대항의 말을 듣고 이렇게도 사사로이 행하니 통탄스럽기 그지없다. 이 날 경상 우수사가 청하는데 가지 않다.

6월 19일

맑다. 원수의 군관과 배응록이 원수가 있는 곳으로 돌아가다. 변존서 · 윤사공 · 하천수 등이 들어오다. 충청 수사가 와 보고서 그 어머니 병환 때문에 곧 그의 사처(私處)[1]로 돌아가다.

6월 20일

맑다. 충청 수사가 와 보고 활을 쏘다. 박치공이 와서 말하고 서울로 가다. 마량 첨사도 오다. 저녁에 영등포 만호는 본포[2]에 물러나 있었던 죄를 다스렸다. 탐후선 이인원이 들어오다.

6월 21일

맑다. 충청 수사가 와서 활을 쏘다. 마량 첨사가 와서 보다. 명나라 장수 장홍유가 바닷길로 벌써 벽파정에 이르렀다고 한 것은 잘못 전한 것이라고 하다.

6월 22일

맑다. 할머님의 제삿날이라 나가지 않다. 오늘 불꽃과 같은 삼복 더위가 전보다 더해 큰 섬이 찌는 듯해 사람이 견디기가 여간 어렵지 않다. 저녁에 몸이 몹시 불편하여 식사를 두 끼나

---

1) 사사로 거처하는 곳.

2) 영등포.

먹지 않았다. 초저녁에 소나기가 내리다.

6월 23일

맑더니 저녁 나절에 소나기가 오다. 순천 부사 · 충청 수사 · 우우후 · 가리포 첨사가 아울러 와서 보다. 우후 이몽구가 군량을 독촉하는 일로 나갔다가 견내량에서 왜놈을 사로잡았다. 왜적의 동태를 캐묻고, 또 무엇을 잘하는지 물었더니, 염초 굽는 일과 총 쏘기를 다 잘한다고 하다.

6월 24일

맑다. 순천 부사 · 충청 수사가 와서 활 스무 순을 쏘다.

6월 25일

맑다. 충청 수사와 함께 활 열 순을 쏘다. 이여염도 와서 활을 쏘다. 종사관 정경달을 모시는 아전이 편지를 가지고 들어왔는데, 조도 어사의 말이 몹시 놀라다. 부채를 봉해 보내다.

6월 26일

맑다. 충청 수사 · 순천 부사 · 사도 첨사 · 여도 만호 · 고성 현령 등이 활을 쏘다. 일찍 김양간에게 단옷날의 진상물을 봉해 올리다. 마량 · 영등포가 여기 오다가 곧 돌아가다.

6월 27일

맑다. 활 열 다섯 순을 쏘다.

6월 28일

맑다. 더위가 찌는 듯하다. 나라 제삿날[1]이라 종일 혼자 앉아 있다. 진무성이 벽방산의 망을 보는 곳의 부정 사실을 조사하고 와서 적선은 없더라고 보고하다.

6월 29일

맑다. 순천 부사가 술과 음식을 가지고 오다. 우수사·충청 수사와 같이 와서 활을 쏘다. 윤동구의 아버지가 와서 보다. 울이 들어와서 어머니께서 평안하시다고 하다.

7월 1일

맑다. 배응록이 원수에게서 들어오다. 원수가 뉘우치는 말을 하고서 보냈다는 것이다. 우습다. 이날이 나라 제삿날[2]이라서 홀로 종일 앉았다. 저녁에 충청 수사가 여기 와서 서로 이야기하다.

7월 2일

맑다. 늦더위가 찌는 듯하다. 이 날 순천의 원을 보좌하는 아전과 색리·광양의 색리 등의 죄를 다스렸다. 좌도 사수들의 활쏘기를 시험하고, 적의 장물을 나누어주다. 저녁 나절에 순천 부사·충청 수사와 함께 활을 쏘다. 배 첨지가 휴가를 받아 가다. 노윤발에게 흥양 군관 이심과 병선 색리·괄군 색리 등을 붙잡아 올 일로 전령을 주어 내보내다.

---

1) 명종 제사를 말함.

2) 인종 제사를 말함.

7월 3일

맑다. 충청 수사 · 순천 부사가 활을 쏘다. 웅천 현감 이운룡이 휴가를 신고하고 미조항으로 돌아가다. 음란한 계집을 처벌하다. 각 배에서 여러 번 양식을 훔친 사람들을 처형하다. 저녁에 새로 지은 다락으로 나가 보다.

7월 4일

맑다. 충청 수사가 와서 같이 아침밥을 먹은 뒤에 마량 첨사 · 소비포 권관도 와서 같이 점심을 먹다. 왜적 다섯 명과 도망병 한 명을 아울러 처형하다. 충청 수사와 함께 활 열 순을 쏘다. 옥과의 계원 유사 조응복에게 참봉의 직첩을 주어 보내다.

7월 5일

맑다. 새벽에 탐후선이 들어와서 어머니께서 평안하심을 알았다. 참으로 다행이다. 심약(審藥)[3]이 내려왔는데, 매우 용렬하니 한심스럽다. 우수사 · 충청 수사가 같이 오다. 여도 만호는 술을 가져와 같이 마시다. 활 열 순을 쏘다. 너무 취해서 수루에 올랐다가 밤이 깊어서야 헤어지다.

7월 6일

종일 궂은비 오다. 몸이 불편하여 공무를 보지 않다. 큰 도둑 세 놈을 최귀석이 잡아오다. 또 박춘양 등을 보내어 그 괴수를 잡아 왼쪽 귀를 잘라서 오다. 아침에 정원명 등을 격군을 정비

---

3) 궁중에 바치는 약재를 감시하기 위해 각 도에 파견하는 종9품의 벼슬인데, 전의감 혜민서의 의원 중에서 뽑음.

하지 않은 일로 이를 잡아 가두다. 저녁에 보성 군수가 들어온다고 하다. 어머니께서 평안하시다는 소식을 듣다. 밤 열 한 시쯤에 소나기가 퍼붓다. 빗발이 삼대 같아 새지 않는 곳이 없었다. 촛불을 밝히고 홀로 앉았으니, 온갖 근심이 치밀었다. 이영남이 와서 보다.

7월 7일

저녁에 비가 뿌리다. 충청 수사는 그 어머니의 병환이 심하다고 아뢰고 한데 모이지 못하다. 우수사는 순천 부사 · 사도 첨사 · 가리포 첨사 · 발포 만호 · 녹도 만호 등이 함께 활을 쏘다. 이영남이 배를 거느리고 올 일로 곤양으로 간다고 아뢰고 돌아가다. 사로잡혔다가 돌아온 고성 보인(保人)을 문초하다. 보성이 오다.

7월 8일

흐리되 비는 오지 않다. 종일 바람이 세게 불었다. 몸이 곤해 장수들을 보지 않았다. 각 고을에 공문을 적어 보내다. 오후에 충청 수사에게 가서 보다. 저녁에 고성 사람으로 사로잡혔다가 도망해 온 사람을 직접 문초하다. 광양의 송전이 그의 지휘관인 병사의 편지를 이곳에 가지고 오다. 낙안과 충청 우후가 온다고 한다.

7월 9일

바람이 세게 불다. 아침에 충청 우후 원유남이 교서에 숙배하다. 저녁 나절에 순천 · 낙안 · 보성의 군관과 색리들이 격군을 소홀히 하고 또 기일을 어긴 죄를 처벌하다. 가리포·임치·소근포·마량 첨사 및 고성 현령이 아울러 오다. 낙안의 군량 벼 이백 섬을 받아서 나누다.

7월 10일

아침에 맑다가 저녁에 비가 조금 내리다. 아침에 낙안의 겨냥 벼 찧은 것과 광양 벼 백 섬을 되었다. 신홍헌이 들어오다. 저녁 나절에 송전과 군관이 활 열 다섯 순을 쏘다. 아침에 아들 면의 병이 중태에 빠졌다는 말을 들었다. 또 피를 토하는 증세까지 있다고 하므로, 울과 심약 신경황·정사립·배응록을 아울러 내보내다.

7월 11일

궂은비가 내리다. 바람이 세게 불고 종일 그치지 않았다. 울이 가는 길이 고되고 힘들 것이 많이 염려되고, 또 면의 병이 어떠한지 궁금하다. 장계를 손수 초잡아 고쳐 주었다. 경상 순무 서성의 공문이 왔는데, 원 수사가 불평을 많이 하였다는 것이다. 오후에 군관들에게 화살을 쏘게 하다. 봉학도 같이 활을 쏘다. 윤언침이 점고(點考)[1]를 받으러 왔기에 점심을 먹여 도로 보내다. 저물 무렵에 비바람이 몹시 치더니 밤 내내 계속 되었다. 충청 수사가 와서 보다.

1) 명부에 하나하나 점을 찍어 가며 사람의 수효를 조사하는 것.

7월 12일

맑다. 아침에 소근 첨사가 와서 보고 화살 쉰 네 개를 만들어 바치다. 공문을 적어서 나누어주다. 충청 수사는 순천 · 사도 · 발포 · 충청 우후와 아울러 와서 활을 쏘다. 저녁에 탐후선이 들어왔기에 어머니의 평안하심은 알았으나, 면의 병세는 중해 몹시도 애타지만 어찌하랴. 영의정 유성룡이 죽었다는 부고가 순변사가 있는 곳에 왔다고 한다. 이는 유 정승을 미워하는 자들이 반드시 말을 만들어 비방하는 말일 것이다. 이런 통분함을 이길 수 없다. 이날 어둘 무렵에 마음이 몹시도 어지럽다. 홀로 빈집에 앉았으니, 마음을 제대로 건잡을 수 없다. 염려가 더욱 답답하여 밤이 깊어 가도 잠들지 못하다. 유 정승이 만약 어찌 되었다면 나랏일을 어찌하랴! 어찌하랴!

7월 13일

비가 내리다. 홀로 앉아 아들 면의 병세가 어떨까 하고 글자를 짚어 점을 쳐 보았더니, 임금을 만나 보는 것과 같다는 괘가 나오다. 아주 좋았다. 다시 짚으니, 밤에 등불을 얻은 것과 같다는 괘가 나왔다. 두 괘가 다 좋았다. 마음이 좀 놓인다. 또 유 정승의 점을 치니, 바다에서 배를 얻은 것과 같은 괘가 나오다. 다시 점치니, 의심하다가 기쁨을 얻은 것과 같다는 괘가 나오다. 무척 좋았다. 저녁내 비가 내리는데, 홀로 앉아 있는 마음을 가눌 길 없다. 저녁 나절에 송전이 돌아가는데, 소금 한 휘[1]를 주어 보내다. 오후에 마량 첨사와 순천이 와서 보고 어두워

---

1) 곡식을 되는 그릇의 하나. 20말 또는 15말이 듦.

서 되돌아가다. 비가 올 것인가 개일 것인가를 점쳤더니, 점은 뱀이 독을 뿜어 내는 것과 같은 괘가 나오다. 앞으로 비가 많이 내릴 것이니, 농사일이 염려된다. 밤에 비가 퍼붓듯이 내리다. 초저녁에 발포 탐후선이 편지를 받아 가지고 돌아가다.

7월 14일

비가 내리다. 어제 저녁부터 빗발이 삼대 같았다. 지붕이 새어 마른 곳이 없다. 간신히 밤을 지냈다. 점괘를 얻은 그대로이니 참으로 묘하다. 충청 수사와 순천 부사를 청해 와서 장기를 두게 하고 구경하며 시간을 보내다. 그러나 근심이 뱃속에 있으니, 어찌 조금인들 편안하랴! 함께 점심을 먹고 저녁에 수루 위로 걸어 나가 몇 바퀴나 어슬렁거리다가 돌아오다. 탐후선이 오지 않으니 그 까닭을 모르겠다. 자정에 비가 또 내리다.

7월 15일

비가 내리고, 저녁 나절에 갬. 조카 해 · 종 경이 들어와서 아들 면의 병이 차도가 있다는 소식을 자세히 들으니 기쁘기 그지없다. 조카 분의 편지에, 또 아산 고향의 선산이 아무 탈이 없고, 가묘도 편안하며, 어머니께서도 편안하시다는 걸 알게 되었으니 다행이다. 이홍종이 환자하는 일로 매를 맞다가 숨졌다고 하다. 놀랍다. 그 삼촌인 충청 수사 이순신이 처음 이를 듣고서 비통한 나머지 그 어머니도 듣고 병세가 더욱 위중해졌다고 한다. 활 열여 순을 쏜 뒤에 수루에 올라가서 이리저리 거닐 적에, 박주사리가 급히 와서 명나라 장수의 배가 이미 본영 앞에 이르러 이리로 온다고 하다. 그래서 곧 삼도에 전령하여 진을 죽도[1]로 옮기다. 밤을 지내다.

7월 16일

흐리고 바람이 차갑다. 늦은 아침부터 큰비가 내리더니 종일 퍼붓듯이 오다. 경상 수사 원균 · 충청 수사 · 우수사가 모두 와서 보다. 소비포가 소의 다리 등을 보내 오다. 명나라 장수가 삼천진[2]에 이르러 머물러 묵는다고 한다. 여도 만호가 먼저 오다. 저녁에 본진으로 돌아오다.

7월 17일

맑다. 새벽에 포구로 나가 진을 치다. 오전 열 시쯤에 명나라 장수 장홍유가 병호선(兵號船) 다섯 척을 거느리고 돛을 달고 들어와서 곧장 영문에 이르러서는 육지에 내려서 이야기하자고 청하다. 그래서 나는 여러 수사들과 함께 활터 정자에 올라가서 올라오기를 청하더니, 파총이 배에서 내려 곧 오다. 이들과 같이 앉아서 먼저 바닷길 만리 먼 길을 어렵다 않으시고 여기까지 오신 데 대하여 감사함을 비길 길이 없다고 하였더니, 대답하기를, 작년 칠월 절강에서 배를 타고 요동에 이르니, 요동 사람들이 말하기를, 바닷길에는 돌섬과 암초가 많고, 앞으로 강화가 이루어질 것이니 갈 필요가 없다고 억지로 말리는데도 그대로 요동에 머물면서 시랑(侍郞) 손광과 총병(總兵) 양문에게 보고하고, 올 삼월초에 출항하여 들어왔으니, 수고라고 할 것이 있는가 하다. 나는 차를 마시라고 청하고 또 술잔을 권하니 감개

1) 통영시 한산면.
2) 사천시 삼천포.

무량하다. 또 적의 형세를 이야기하느라고 밤이 깊은 줄도 몰랐다. 조용히 이야기하다가 헤어지다.

7월 18일

맑다. 다락 위로 올라가자고 청해 점심을 먹은 뒤에 나가 앉아 술을 서너 차례 권하다. 대체로 내년 봄에 배를 거느리고 곧장 제주에 이르러, 공히 우리 수군과 합세하여 으스대면서 추악한 적들을 무찌르자고 성의 있게 이야기하다. 초저녁에 헤어지다.

7월 19일

맑다. 아침에 환영 예물 단자를 올리니, 감사하다면서 주시는 물건이 매우 풍성하다. 충청 수사도 드렸다. 저녁 나절에 우수사가 예물을 주는데 몇몇은 나와 같다. 점심을 먹은 뒤에 경상원 수사가 혼자서 술 한 잔을 올리는데, 상은 무척 어지럽건만 한 가지라도 아래쪽 힘쓸 것이 없다. 우습고 우습다. 또 자(字)와 호(別號)를 물으니, 써서 주는데, 자는 중문(仲文)이요, 호(軒號)는 수천(秀川)이라고 하다. 촛불을 밝히고 다시 이야기하다가 헤어지다. 비가 많이 올 듯하여 배로 내려가 자다.

7월 20일

맑다. 아침에 통역관이 와서 전해 말하기를, 명나라 장수 장홍유가 남원에 있는 총병 유정이 있는 곳에는 가지 않고 곧장 돌아가라고 하다. 나는 명나라 장수에게 간절히 말을 전하기를, "처음에 장홍유가 남원으로 온다는 소식이 이미 총병관 유정에게 전해졌으니, 만약 가지 않는다면, 그 중간에 남의 말들이 있을 것이므로, 바라건대 가서 만나보고 돌아가는 것이 좋겠다"고 하였다. 그러자 파총이 나의 말을 전해 듣고, 과연 옳다고 하며, "내 말을 타고 혼자 가서 만나 본 뒤에 군산으로 가서 배를 타겠다"고 하였다는 것이다. 아침 식사를 하고서 파총이 내 배로 내려와서 조용히 이야기하고, 이별의 잔을 권하다. 파총이 일곱 잔을 마신 뒤 홋줄을 풀고 함께 포구 밖으로 나가 두 번 세 번 애달픈 뜻으로 송별하였다. 그리고 경수 이억기 · 충청 수사 · 순천 부사 · 발포 만호 · 사도 첨사와 같이 사인암으로 올라가 취하며 이야기하고서 돌아오다.

7월 21일

맑다. 아침에 원수에게 명나라 장수와의 문답 내용을 공문을 만들어 내보내다. 저녁 나절에 마량 첨사 · 소비포 첨사가 와서 보다. 발포 만호가 복병 내보내는 일로 와서 아뢰고 가다. 저녁에 수루로 올라 있는데, 순천 부사가 와서 이야기하다. 오후에 흥양의 군량선이 들어오다. 그래서 색리와 배 주인에게 발바닥을 호되게 때리다. 저녁에 소비포가 와서 보고는 하는 말이, 기한에 대지 못하였다고 해서 수사 원균에게 곤장 서른 대를 맞았다고 한다. 몹시 해괴한 일이다. 저녁 나절에 우수사가 군량 스무 섬을 꾸어 가다.

7월 22일

맑다. 아침에 장계 초고를 수정하다. 임치 첨사와 목포 만호가 와서 보다. 저녁 나절에 사량 만호와 영등포 만호가 와서 보다. 오후에 충청 수사 · 순천 부사 · 충청 우후 · 이영남이 함께 활을 쏘다. 저물 무렵 수루에 올라가 밤이 되어 앉아 있다가 돌아오다.

7월 23일

맑다. 충청 수사가 우수사 · 가리포 첨사와 같이 와서 보다. 활을 쏘다. 조카 해가 돌아가다. 목년이 들어오다.

7월 24일

맑다. 여러 가지 장계를 직접 봉하다. 영의정 유성룡과 병판 심충겸 · 판서 윤근수 앞으로 보내다. 저녁에 활 일곱 순을 쏘다.

7월 25일

맑다. 아침에 하천수에게 장계를 지니게 하여 내보내다. 아침 식사를 하고서 충청 수사 · 순천 부사 등과 함께 우수사에게로 가서 활 열 순을 쏘다. 몹시 취해 돌아왔는데 밤새도록 토하다.

7월 26일

맑다. 각 고을에 공문을 써 보내다. 밥을 먹은 뒤에 수루 위로 옮겨 앉다. 순천과 충청 수사가 와서 보다. 저녁 나절에 녹도 만호가 도망병 여덟 명을 잡아오다. 그래서 그중 주모자 세 명을 처형하고 그 나머지는 곤장을 치다. 저녁에 탐후선이 들어오다. 아들들의 편지를 보니, 어머니께서 편안하시고 면의 병도 나아진다고 한다. 허 씨 댁이 병이 점점 더해졌다고 한다. 걱정이다. 유홍과 윤근수가 세상을 떠나고 윤돈이 종사관으로 내려온다고 한다. 신천기도 들어오다. 어둘 무렵 신제운이 와서 보다. 노윤발이 홍양의 색리와 감관을 붙잡아 들어오다.

7월 27일

흐리고 바람이 불다. 밤 꿈에 머리를 풀고 곡을 하다. 이 조짐은 매우 좋은 것이라고 한다. 이날 충청 수사 · 순천 부사와 함께 수루 위에서 활을 쏘다. 충청 수사가 과하주[1]를 가지고 오다. 나는 몸이 불편하여 조금 마시다. 역시 좋아지지 않다.

7월 28일

맑다. 홍양 색리들의 죄를 다스리다. 신제운이 주부의 직첩을 받고서 가다. 저녁 나절에 수루에 올라가 벽 바르는 일을 감독하다. 의능이 와서 그 일을 맡아보다. 저물 무렵에 숙소로 내려오다.

7월 29일

종일 가랑비가 오다. 바람기는 없다. 순천 부사와 충청 수사가 바둑을 두는데, 구경하다. 몸이 몹시 불편하다. 낙안 군수도 와서 같이 하다. 이 날 밤 신음하는데 아침까지 하다.

8월 1일

비가 오고 바람이 세게 불다. 몸이 몹시 불편하다. 수루의 방

---

1) 여름을 지내도 시어지지 않는 약주.

으로 옮겨 앉았다가 곧 뒷동 헌방으로 돌아오다. 저녁에 낙안 군수 김준계가 강집을 데려다가 군량을 독촉하는 일로 군율에 따라 문초하고 내어 보내다. 비가 종일 내리더니 밤까지 오다.

8월 2일

비가 퍼붓듯이 내리다. 초하루 한밤중에 꿈을 꾸었는데, 부안 사람[2)]이 아들을 낳았다. 달수를 따져 보니 낳을 달이 아니었다. 그래서 꿈이지만 내쫓아 버렸다. 몸이 나은 것 같다. 저녁 나절에 수루 위로 옮겨 앉아 충청 수사 · 순천 부사 및 마량 첨사와 함께 이야기하며 새로 빚은 술을 몇 잔 마셨다. 비가 종일 내리다. 송희립이 와서 아뢰기를, 흥양의 훈도도 작은 배를 타고 도망갔다고 한다.

8월 3일

아침에는 흐렸으나 저물 녘에야 개다. 충청 수사와 함께 활 세네 순을 쏘다. 수루의 방을 도배하다.

8월 4일

아침에 비가 뿌리다가 저녁 나절에 개다. 충청 수사 및 순천 부사 · 발포 만호 등이 와서 활을 쏘다. 수루의 방의 도배를 마치다. 경상 수사의 군관과 색리들이 명나라 장수를 접대할 때에 여자들에게 떡과 음식물을 머리에 이고 오게 한 죄를 처벌하다. 화살장이 박옥래가 와서 대를 가져가다. 이종호가 흥양에 안수

2) 여기서 부안 사람은 이순신의 첩을 말함.

지 등을 잡아오려고 가다.

8월 5일

아침에 흐리다. 밥을 먹은 뒤에 충청 수사 · 순천 부사와 같이 활을 쏘다. 오후에 경상 수사 원균에게로 갔더니, 우수사가 이미 먼저 와 있었다. 서로 이야기하다가 한 시간쯤이나 지나서 돌아오다. 이날 웅천 현감 · 소비포 권관 · 영등포 만호 및 윤동구 등이 선봉장으로서 여기에 오다.

8월 6일

아침에 맑다가 저물 녘에 비가 내리다. 충청 수사와 함께 활 열 순을 쏘다. 저녁에 장흥 부사가 들어오다. 보성 군수가 나가다. 탐후선이 들어오다. 어머니께서는 편안하시고 아들 면은 차츰 나아진다고 한다. 고성 현령과 사도 첨사 · 적도 만호가 아울러 오다가 가다. 이날 밤 수루의 방에서 자다.

8월 7일

종일 비가 내리다.

8월 8일

종일 비가 내리다. 조방장 정응운이 들어오다.

8월 9일

비가 내리다. 우수사 및 조방장 정응운 · 충청 수사 · 순천 부사 · 사도 첨사가 같이 이야기하다.

8월 10일

종일 비가 내리다. 충청 수사 및 순천 부사가 와서 이야기하다. 이날 장계 초고를 수정하다.

8월 11일

종일 비가 많이 내리다. 이날 밤, 바람이 미친 듯이 불고 폭우가 쏟아지다. 지붕이 세 겹이나 벗겨져 삼대같이 비가 샜다. 밤새도록 앉아서 새벽을 맞다. 양 창문은 모두 바람에 깨져 모두 다 젖다.

8월 12일

흐리되 비는 오지 않다. 저녁 나절에 충청 수사 및 순천 부사와 함께 활을 쏘다. 웅천 현감 · 소비포 권관도 와서 활을 쏘다. 아침에 원수의 군관 심준이 여기 오다. 그 전령에, 군사 약속을 직접 만나서 논의하자고 하므로 오는 십 칠 일에 사천으로 나가 기다리겠다고 한다.

8월 13일

맑다. 아침에 심준과 노윤발이 돌아가다. 오전 열 시쯤에 배에서 내려 여러 장수들을 거느리고 견내량으로 가서, 별도로 날랜 장수들을 뽑아 춘원포[1] 등지로 가서, 적을 엿보아 무찌르게 할 일을 사도 첨사에게 내리고 여러 장수들에게 사람을 보내고 그대로 머물러 자다. 달빛은 비단결 같고 바람 없어 잔잔하여

---

1) 통영시 광도면 끄승개.

해를 시켜 피리를 불게 하다. 밤이 깊어서야 그만두다.

8월 14일

아침에 흐리다가 저물 녘에 비가 오다. 사도 첨사 · 소비포 권관 · 웅천 현감 등이 달려 와서 보고한 내용에, "왜선 한 척이 춘원포에 정박해 있으므로 불의에 엄습하였더니, 왜놈들은 배를 버리고 도망쳐 달아나기에, 우리나라 남녀 열 다섯 명을 빼앗아 돌아오고, 적의 배도 빼앗아 왔다"고 한다. 오후 두 시쯤에 진으로 돌아오다.

8월 15일

맑다. 식사를 한 뒤에 출항하여, 경상 수사 원균과 함께 월명포[1)]에 이르러 자다.

8월 16일

맑다. 새벽에 출항하여 소비포에 이르러 정박하다. 아침밥을 먹은 뒤에 돛을 올려서 사천 선창[2)]에 이르니, 기직남이 곤양 군수 이광악과 함께 와 있었다. 그대로 머물러 자다.

8월 17일

흐리다가 저물 무렵에 비가 오다. 원수가 오정에 사천에 이르러 군관을 보내어 이야기하자고 하다. 그래서 곤양의 말을 타고 원수가 머물고 있는 사천 현감 기직남이 맞아 주는 곳으로 나아

1) 통영시 산양면 수월리.
2) 사천시 용현면 선진리.

가다. 교서에 숙배한 뒤에 공사간의 예를 마치고, 그대로 함께 이야기하니 오해가 많이 풀리는 빛이다. 원균 수사를 몹시 책망하니, 원 수사는 머리를 들지 못하였다. 우습다. 술을 가지고 마시자고 청하다. 여덟 순을 돌리니 원수가 몹시 취해 상을 물리고 헤어져 숙소로 돌아오니, 박종남과 윤담이 와서 보다.

8월 18일

흐리되 비는 오지 않다. 식사를 한 뒤에 원수가 청하므로 나아가 이야기하다. 또 조촐한 술잔치를 벌였는데, 잔뜩 취해 아뢰고 돌아오다. 경상 수사 원균은 취해 일어나지도 못하고 드러누워 오지 않았다. 그래서 나만 곤양 군수 이광악 · 거제 현령 안위 · 소비포 권관 이영남 등과 함께 배를 돌려 삼천포 앞에 이르러 자다.

8월 19일

맑다. 저녁에 잠깐 비가 오다. 새벽에 사량[3] 뒷쪽에 이르니, 원균 수사는 아직 오지 않았다. 칡을 예순 동이나 캐니, 원균 수사가 그제야 오다. 늦게 출항하여 당포[4]에 이르러 자다.

8월 20일

맑다. 느지막이 출항하여 진[5]에 이르렀다. 우수사 이억기와 조방장 정응운이 와서 보고는 정응운은 곧 돌아가다. 우수사 및

---

3) 통영시 사량면.
4) 통영시 산양면 삼덕리.
5) 한산도.

장흥 부사 · 사도 첨사 · 가리포 첨사 · 충청 우후와 함께 활을 쏘다. 저녁에 피리를 불고 노래하다. 밤이 깊어서 헤어지다. 미안한 일이 많았다. 충청 수사는 그 어머니의 병환이 위중하여 홍양으로 곧장 도로 돌아가다.

8월 21일

맑다. 외가의 제삿날이라 공무를 보지 않다. 곤양 군수 · 사도 첨사 · 마량 첨사 · 남도 만호 · 영등포 만호 · 회령포 만호 · 소비포 권관가 아울러 오다. 양정언이 와서 보다.

8월 22일

맑다. 나라 제삿날[1]이라 공무를 보지 않다. 경상 우우후가 와서 보다. 낙안 군수 · 사도 첨사도 오다가 가다. 저녁에 곤양 군수 · 거제 현령 · 소비포 권관 · 영등포 만호가 와서 이야기하고 밤이 깊어서 돌아가다.

8월 23일

맑다. 아침에 공문 초안을 잡다. 밥을 먹은 뒤에 활터 정자로 옮겨 앉다. 공문을 적어 보내다. 그대로 활을 쏘다. 바람이 몹시 험악하게 불었다. 장흥 부사 · 녹도 만호가 같이 오다. 저물 무렵에 곤양 군수과 웅천 현감 · 영등포 만호 · 거제 현령 · 소비포 권관도 오다. 초저녁에 헤어져 돌아가다.

---

1) 성종 정현왕후 윤 씨 제사를 말함.

8월 24일

맑다. 각 고을에 수군을 징발하는 일로 박언춘·김륜·신경황을 내어 보내다. 조방장 정응운이 돌아가다. 저물 무렵에 소비포가 와서 보다.

8월 25일

맑다. 아침에 곤양 군수·소비포 권관을 불러 와서 같이 아침밥을 먹다. 사도 첨사가 휴가를 받아 가다. 구월 칠 일에 돌아오도록 일러 보내다. 현덕린이 제 집으로 돌아가다. 신천기도 곡식을 바칠 일로 돌아가다. 저녁 나절에 흥양이 돌아오다. 활터 정자로 내려가 활 여섯 순을 쏘다. 정원명이 들어왔다고 한다.

8월 26일

맑다. 아침에 각 고을과 포구에 공문을 써 보내다. 흥양 보자기 막동이란 자가 장흥의 군사 삼십 명을 몰래 그의 배에 싣고 도망간 죄로 처형하여 효수(梟首)[2]하다. 저녁 나절에 내려가 활터 정자에 앉아서 활을 쏘다. 충청 우후도 와서 같이 쏘다.

8월 27일

맑다. 우수사는 가리포 첨사·장흥 부사·임치 첨사·우후 및 충청 우후가 와서 활을 쏘는데, 흥양 현감은 술을 바치다. 아침에 아들 울의 편지를 보니, 아내의 병이 위중하다고 하다.

---

2) 죄인의 목을 베어 높은 곳에 매다는 처형.

그래서 아들 회를 내 보내다.

8월 28일

밤 두 시쯤부터 비는 조금 오다가 바람이 세게 불다. 비는 아침 여섯 시께 개었으나, 바람은 종일 세게 불고 밤새도록 그치지 않았다. 아들 회가 잘 갔는지 아닌지 몰라서 몹시 염려된다. 진도 군수 김만수가 와서 보다. 그 편에 원수의 장계로 해서 문책하는 글이 내려 왔는데, 대체로 장계를 낸 것에 잘못 풀이한 때문이다.

8월 29일

맑으나 된바람이 세게 불다. 아침에 마량 첨사 · 소비포 권관이 와서 같이 밥을 먹다. 저녁 나절에 활터 정자로 옮겨 앉다. 공문을 적어 보내다. 도양장의 머슴 박돌이의 죄를 다스리다. 도둑 세 놈 중에 장손에게 곤장 백 대를 치고 얼굴에 도둑 자를 새겼다. 해남 현감이 들어오다. 의병장 성응지가 죽었다니 참으로 슬프다.

8월 30일

그믐날 맑고 바람조차 없다. 해남 현감 현즙이 와서 보다. 저녁 나절에 우수사 이억기 및 장흥 부사 황세득이 와서 보다. 저물 무렵 충청 우후 원유남 · 웅천 현감 이운룡 · 거제 현령 안위 · 소비포 권관 이영남도 오다. 허정은도 오다. 이날 아침 탐후선이 들어왔는데, 아내의 병이 몹시 위독하다고 하다. 벌써 죽고 사는 것이 결딴났는지 모르겠다. 나랏일이 이 지경에 이르렀으니, 다른 일은 생각이 미칠 수 없다. 그러나 아들 셋 · 딸 하나가 어떻게 살아갈꼬! 쓰리고 아프구나. 김양간이 서울에서 영의정의 편지와 병조판서 심충겸의 편지를 이 곳에 가지고 오다. 분개한 뜻이 많이 적혀 있다고 한다. 원균 수사의 하는 일이 매우 해괴하다. 나더러 머뭇거리며 앞으로 나아가지 않는다고 하니, 천년을 두고서 한탄할 일이다. 곤양 군수가 병으로 다시 돌아가는데, 보지 못하고 보냈으니 몹시 섭섭하다. 밤 열 시쯤부터 마음이 어지러워 잠을 자지 못하다.

9월 1일

맑다. 앉았다 누웠다 하면서 잠을 이루지 못해 촛불을 밝힌 채 이리저리 뒤척이기를 한참이었다. 이른 아침에 손을 씻고 고요히 앉아 아내의 병세를 점쳐 보니, 중이 환속하는 것과 같고, 다시 쳤더니, 의심이 기쁨을 얻은 것과 같다는 괘가 나오다. 아주 좋다. 또 병세가 덜해질지 어떤지를 점쳤더니, 귀양 땅에서 친척을 만난 것과 같다는 괘가 나오다. 이 역시 오늘 중에 좋은 소식을 들을 조짐이다. 순무 사서성의 공문과 장계 초고가 들어오다.

9월 2일

맑다. 아침에 웅천 현감 · 소비포 권관이 와서 같이 아침밥을 먹다. 저녁 나절에 낙안 군수가 와서 보다. 저녁에 탐후선이 들어왔는데, 아내의 병이 좀 나아졌다고 하나, 원기가 몹시 약하다고 하니 염려스럽다.

9월 3일

비가 조금 내리다. 새벽에 임금의 비밀 유지가 들어왔는데, "수군과 육군의 여러 장병이 팔짱만 끼고 서로 바라보면서 한 가지라도 계책을 세워 적을 치는 일이 없다"고 하였다. 삼 년이나 바다에 나와 있는데 그럴 리가 만무하다. 여러 장수들과 맹세하여 죽음으로써 원수를 갚을 뜻을 결심하고 나날을 보내지만, 적이 험준한 곳에 웅거(雄據)[1]해 있으니, 경솔히 나아가 칠 수도 없다. 하물며 나를 알고 적을 알아야만 백 번 싸워도 위태하지 않다고 하지 않던가! 종일 바람이 세게 불었다. 초저녁에 촛불을 밝히고 홀로 앉아 스스로 생각하니 나랏일은 어지럽건만 안으로 건질 길이 없으니, 이를 어찌하랴! 밤 열 시쯤에 홍양 현감이 내가 혼자 앉아 있음을 알고 들어와서 자정까지 이야기하고 헤어지다.

9월 4일

맑다. 아침에 홍양 현감이 와서 보다. 밥을 먹은 뒤에 소비포 권관도 오다. 저녁 나절에 경상 수사 원균이 와서 이야기하자고 하다. 그래서 활터 정자로 내려가 앉아 활을 쏘다. 원균 수사가 구 푼을 져 술이 취해서 갔다. 피리를 불게 하다가 밤이 깊어 헤어지다. 또 미안한 일이 있었다. 우습다. 여도 만호가 들어오다.

---

1) 어떤 곳에 굳세게 자리잡고 버티는 것.

9월 5일

맑다. 닭이 운 뒤에 머리가 가려워서 견딜 수 없었다. 사람을 시켜 이를 긁게 하다. 바람이 고르지 않아 나가지 않다. 충청 수사가 들어오다.

9월 6일

맑고 바람이 잔잔하다. 아침에 충청 수사 및 우후 · 마량 첨사와 같이 아침밥을 먹다. 저녁 나절에 활터 정자로 옮겨 앉아 활을 쏘다. 이날 저녁 종 효대 · 개남이 어머니의 평안하시다는 편지를 가지고 오다. 기쁘고 다행함을 어디다가 비기랴! 밤 열 시쯤에 복춘이 오다. 저물 녘에 김경로가 우도에 이르렀다는 말을 듣다.

9월 7일

맑다. 아침에 순천 부사의 편지가 왔는데, 순찰사 홍세공이 초열흘쯤에 순천에 도착한다고 하다. 좌의정 윤두수도 도착한다고 하다. 심히 불행한 일이다. 순천 부사가 진에 있을 때 거제로 사냥을 보냈던 바, 그들은 남김없이 다 잡았다는데, 그 사정을 전혀 보고하지 않은 것이 몹시 해괴하다. 그래서 편지를 보낼 때에 그것을 지적하여 보내다.

9월 8일

맑다. 장흥 부사 황세득을 헌관(獻官)[2]으로 삼고, 흥양 현감

2) 나라에서 제사를 지낼 때 임시로 임명하는 제관(祭官).

배홍립을 전사(典祀)로 삼아서 구 일 둑제를 지내려고 입재(入齋)를 시키다. 첨지 김경로가 여기 오다.

9월 9일

맑다. 저물 녘에 비가 내리다가 그치다. 여러 장수들이 활을 쏘다. 삼도가 아울러 모였는데, 원균 수사는 병으로 오지 않았다. 첨지 김경로도 같이 쏘고서 경상으로 돌아가 자다.

9월 10일

맑고 바람도 잔잔하다. 사도 첨사가 활쏘기 대회를 열었는데, 우수사도 모였다. 김경숙이 창신도로 되돌아가다.

9월 11일

맑다. 일찍이 수루 위로 나가다. 남평의 색리와 순천의 격군으로서 세 번이나 양식을 훔친 자를 처형하다. 각 고을과 포구에 공문을 처리하여 보내다. 저녁 나절에 충청 수사가 와서 보다. 소비포 권관은 달빛을 따라 본포로 돌아갔는데, 까닭은 원 수사가 몹시 모함하려는 때문이다.

9월 12일

맑다. 김암이 일찍 방에 오다. 조방장 정응운의 종놈이 돌아가는 길에 편지 답장을 써 보내다. 우수사·충청 수사가 함께 오다. 장흥 부사가 술을 내어 함께 이야기하다가 몹시 취해서 헤어지다.

9월 13일

맑고 따뜻하다. 어제 취한 술이 깨지 않아 방 밖으로 나가지 않다. 아침에 충청 우후가 와서 보다. 조도 어사 윤경립의 장계 두 통을 보니, 하나는 진도 군수를 파면해 달라는 것이고, 하나는 수륙 양군이 서로 침해하지 말며 수령들을 전쟁에 보내지 말라는 것이니, 그 뜻은 임시방편일 뿐이다. 저녁에 하천수가 장계 회답과 홍패 아흔일곱 장과 영의정 편지를 가지고 오다.

9월 14일

맑다. 홍양 현감이 술을 바치다. 우수사·충청 수사가 같이 활을 쏘다. 방답 첨사가 공사례를 하다.

9월 15일

맑다. 충청 수사와 여러 장수와 함께 일찍 망궐례를 하다. 우수사는 약속을 하고도 병을 핑계로 대니 한탄스럽다. 새로 합격한 사람들에게 홍패를 나누어주었다. 남원 도병방과 향소 등을 잡아 가두었다. 충청 우후 원유남이 본도로 돌아가다. 종 경이 들어오다.

9월 16일

맑다. 충청 수사 및 순천과 함께 이야기하다. 이날 밤 꿈에 아들을 보았는데, 경의 어미가 아들을 낳을 징조다.

9월 17일

맑고 따뜻하다. 충청 수사·순천 부사·사도 첨사가 와서 활을 쏘다. 우후 이몽구가 둔전(屯田)[1]에 마당질하는 일로 나가다. 효대 등이 나가다.

9월 18일

맑고 지나치도록 따뜻하다. 충청 수사 및 홍양 현감과 함께 종일 활을 쏘고서 헤어지다. 저물 무렵 비가 오더니 밤새도록 오다. 이수원 및 담화가 들어오다. 복춘이 들어오다. 이날 밤 이리저리 뒤척이다 잠을 이루지 못하다.

9월 19일

종일 비가 내리다. 홍양 현감 · 순천 부사가 와서 이야기하다. 해남 현감도 오다가 곧 돌아가다. 홍양 현감 · 순천 부사가 밤이 깊어서야 돌아가다.

9월 20일

새벽에 바람이 그치지 않다. 비가 잠깐 들었다. 홀로 앉아 간밤의 꿈을 기억해 보다. 꿈에 바다 가운데 외딴 섬이 달려오다가 눈앞에 와서 주춤 섰는데, 소리가 우레 같아 사방에서는 모두들 놀라 달아나고, 나만 우뚝 서서 끝내 그것을 구경하니, 참으로 장쾌하다. 이 징조는 곧 왜놈이 화친(和親)[2]을 애걸하고 스스로 멸망할 징조다. 또한 준마(駿馬)[3]를 타고 천천히 가고 있었다. 이것은 임금의 부르심을 받아 올라갈 징조다. 충청 수

---

1) 주둔병의 군량을 자급하기 위해 마련된 밭.
2) 나라 사이의 좋은 교분.
3) 썩 잘 달리는 말.

사와 홍양 현감이 오다. 거제 현령도 와서 보고 곧 돌아가다. 체찰사의 공문에 이르기를 수군에게 군량을 받아들여서 계속 대라고 하다. 잡아 가두었던 친족과 이웃을 모두 풀어 주었다고 한다.

9월 21일

맑다. 아침에 활터 정자에 나가 앉아 공문을 처리하고, 저녁 나절에 활을 쏘다. 장흥 부사 · 순천 부사 · 충청 수사가 종일 이야기하다. 어둘 무렵 여러 장수들이 뛰어넘기를 하게 하고, 사병들로 하여금 씨름을 하게 하다가 밤이 깊어서야 헤어지다.

9월 22일

아침에 활터 정자에 앉다. 우수사 · 장흥 부사 · 경상 우후가 와서 명령을 듣고서 가다. 원수의 비밀 서류가 왔는데, 이십 칠 일에는 꼭 군사들을 출동시키라는 것이다.

9월 23일

맑으나 바람이 사나움. 아침에 활터 정자에 올라가 공문을 써 보내다. 경상 수사 원균이 군사 기밀을 논의하고 가다. 낙안의 군사 열 한 명과 방답의 수군 마흔 다섯 명을 점고하다. 고성 사람들이 연명(連名)[4]으로 하소연하였다. 진주 강운의 죄를 다스렸다. 보성에서 데려온 소관 황천석을 끝까지 추궁하다. 광주에 가두었던 창평현 색리 김의동을 사형하라는 전령을 내보내

4) 두 사람 이상의 이름을 한 곳에 잇대어 쓰는 것.

다. 저녁에 충청 수사와 마량 첨사가 와서 보다. 깊은 밤이 들어서야 돌아가다. 초저녁에 복춘이 와서 사사로운 이야기를 하다가 닭이 운 뒤에야 돌아가다.

9월 24일

맑다. 종일 바람이 세게 불다. 아침에 대청에 앉아 공무를 보다. 아침 식사를 하는데 충청 수사와 같이 먹다. 오늘 더그레[1]을 나누는데, 전라 좌도는 누른 옷 아홉 벌, 전라 우도는 붉은 옷 열 벌, 경상도에는 검은 옷 네 벌이다.

9월 25일

맑다. 바람이 조금 그치다. 첨지 김경로는 군사 칠십 명을 거느리고 들어오다. 저녁에 첨지 박종남은 군사 육백 명을 거느리고 들어오다. 조붕도 와서 같이 자면서 밤에 모여 앉아 이야기하다.

9월 26일

맑다. 새벽에 곽재우 · 김덕령 등이 견내량[2]에 이르렀으므로 박춘양을 보내어 건너온 까닭을 물었더니, 수군과 합세할 일로 원수 권율이 전령하였다고 한다.

9월 27일

아침에 맑더니 저물 녘에 잠깐 비가 내리다. 아침에 출항하여

---

1) 각 영문의 군사와 마상재(馬上才)의 군대가 입는 세 자락이 난 웃옷.

2) 거제시 사등면 덕호리.

포구에 나가자 여러 배들도 일제히 출항하여 적도[3] 앞바다에 대었다. 그러니 첨지 곽재우 · 충용 김덕령 · 별장 한명련 · 주몽룡 등이 와서 약속하고 각각 원하는 곳으로 갈라 보내다. 저녁에 병사 선거이가 배에 이르렀으므로 본영의 배를 타게 하다. 저물 무렵 체찰사의 군관 이천문 · 임득의 · 이홍사 · 이충길 · 강중룡 · 최여해 · 한덕비 · 이안겸 · 박진남 등이 오다. 밤에 잠깐 비가 내리다.

9월 28일

흐리다. 새벽에 촛불을 밝히고 홀로 앉아 왜적을 치는 일로 길흉을 점쳤더니, 길한 것이 많다. 첫 점은 활이 살을 얻은 것과 같고, 다시 치니, 산이 움직이지 않는 것과 같다. 바람이 고르지 않았다. 흉도 앞바다에 진을 치고 자다.

9월 29일

맑다. 출항하여 장문포[4] 앞바다로 마구 쳐들어가니, 적의 무리는 험준한 곳에 웅거하여 나오지 않는다. 누각을 높이 양쪽 봉우리에는 진지를 쌓고서 항전하러 나오지 않는다. 선봉의 적선 두 척을 무찔렀더니, 뭍으로 내려가 도망가 버렸다. 빈 배들만 쳐부수고 불태웠다. 칠천량에서 밤을 지내다.

10월 1일

새벽에 출항하여 장문포에 이르렀다. 경상 우수사와 전라 우

---

3) 거제시 둔덕면
4) 거제시 장목면 장목리.

수사가 장문포 앞바다에 머물고 있었다. 나는 충청 수사와 및 선봉의 여러 장수들과 함께 곧장 영등포로 들어가니, 흉악한 적들은 바닷가에 배를 대어놓고 한 놈도 나와서 항전하지 않았다. 해질 무렵에 장문포 앞바다로 돌아와서, 사도의 이 호 선이 뭍에 배를 매려 할 즈음에, 적의 작은 배가 곧장 들어와 불을 던지는데, 불은 일어나지 않고 꺼졌지만, 매우 분통하다. 우수사의 군관 및 경상 우수사의 군관은 그들의 실수를 간단히 꾸짖었지만, 사도의 군관에게는 그 죄를 무겁게 따지다. 밤 열 시쯤에 칠천량으로 돌아와서 밤을 지내다.

10월 2일

맑다. 다만 선봉선 서른 척으로 하여금 장문포의 적정을 가서 보고 오게 하다.

10월 3일

맑다. 몸소 여러 장수를 거느리고 일찌감치 장문포로 가서 종일 싸우려는데, 적의 무리를 두려워 항전하러 나오지 않았다. 날이 저물어 칠천량으로 돌아와서 밤을 지내다.

10월 4일

맑다. 곽재우 · 김덕령 등과 함께 약속하고, 군사 수백 명을 뽑아 뭍에 내려, 산을 오르게 하고, 선봉을 먼저 장문포로 보내어 들락날락하면서 싸움을 걸게 하다. 저녁 나절에 중군을 거느리고 나아가 수륙이 서로 호응하니, 적의 무리는 갈팡질팡하며 기세를 잃고 동서로 바삐 달아나다. 육군은 적이 칼을 휘두르는 것을 보고는 곧 배로 내려오다. 돌아와 칠천량에 진을 치다. 선전관 이계명이 표신과 선유 교서를 가지고 오다. 안에는 임금님이 하사하신 잘[1]이 있었다.

10월 5일

종일 바람이 세게 불다. 장계 초고를 작성하다.

10월 6일

맑다. 일찍 선봉을 시켜 장문포 적의 소굴로 보냈더니 왜놈들이 패문을 써서 땅에 꽂았는데, 그 글은, "일본은 명나라와 화친을 의논할 것이니, 서로 싸울 것이 없다"는 것이다. 왜놈 한 명이 칠천도 산기슭에서 와서 투항하고자 하므로, 곤양 군수가 잡아 배에 싣고 오다. 물어 보니 영등포 왜적이었다. 흉도로 진을 옮기다.

10월 7일

맑다. 병사 선거이 · 곽재우 · 김덕령 등이 나 갔다. 띠풀 백여 든세 동을 베다.

10월 8일

맑고 바람조차 없다. 아침에 출항하여 장문포 적의 소굴에 이르니, 적들은 여전히 나오지 않았다. 군대의 위세만 보인 뒤에 흉도로 되돌아오다가 그대로 출항하여 한산도에 일제히 이르

1) 담비의 털가죽.

니, 밤은 벌써 자정이 되었다. 흉도에서 띠풀 이백예순 동을 베다.

10월 9일

맑다. 아침에 정자로 내려오니 첨지 김경로 · 첨지 박종남 · 조방장 김응함 · 조방장 한명달 · 진주 목사 배설 · 김해 부사 백사림이 아울러 와서 아뢰고 돌아가다. 김경로와 박종남은 종일 활을 쏘다. 박자윤은 마룻방에서 자고 춘복이 함께 자다. 김성숙은 배로 내려가 자다. 남해 현령 · 하동 현감 · 사천 현감 · 고성 현령이 아뢰고 돌아가다.

10월 10일

맑다. 아침에 나가 장계 초고를 수정하다. 박자윤과 곤양 군수는 그대로 머물고 떠나지 않았으며, 흥양 현감 · 보성 군수 · 장흥 부사는 아뢰고 돌아가다.

10월 11일

맑다. 아침에 몸이 불편하다. 아침에 충청 수사가 와서 보다. 공문을 처리하다. 일찍 방으로 들어가다.

10월 12일

맑다. 아침에 장계 초고를 수정하다. 저녁 나절에 우수사와 충청 수사가 여기에 오다. 경상 수사 원균이 적을 토벌한 일을 스스로 직접 장계를 올리고자 하므로 공문을 만들어 와서 주다. 비변사의 공문에 따르면, 원수가 쥐 가죽으로 만든 남바위[1]를 전라 좌도에 열 다섯 개, 전라 우도에 열 개, 경상도에 열 개, 충청도에 다섯 개를 나누어 보내다.

10월 13일

맑다. 아침에 아전(衙前)[2]을 불러 장계 초안을 작성하다. 저녁 나절에 충청 수사를 내보내다. 본도 우수사가 충청 수사를 와서 보고도 나를 보지 않고 돌아가다. 술이 몹시 취한 까닭이다. 종사관 정경달이 벌써 사천에 이르렀다고 한다. 사천 일 호선을 내어 보내다.

10월 14일

맑다. 새벽 꿈에, 왜적들이 항복하여 육혈포(六穴砲)[3] 다섯 자루를 바치고, 환도도 바치며, 말을 전하는 자는 김서신이라고 하는데, 왜놈들의 항복을 모두 받아들이기로 하다.

10월 15일

맑다. 박춘양이 장계를 가지고 나가다.

10월 16일

맑다. 순무사 서성이 해질 무렵에 이곳에 오다. 우수사 · 원균 수사와 함께 같은 이야기하다. 밤이 깊어서 헤어지다.

---

1) 귀가리개.
2) 조선 시대 때 지방 관아에 딸려 있던 하급 관원.
3) 탄알을 재는 구멍이 여섯 개 있는 권총.

10월 17일

맑다. 아침에 사람을 어사가 있는 곳으로 보냈더니, 아침을 먹은 뒤에 당도한다고 하다. 저녁 나절에 우수사가 오다. 어사도 와서 조용히 이야기하는데, 경상 수사 원균의 속이는 말을 많이 하다. 몹시도 해괴하다. 원균도 오다. 그 흉악하고도 패악(悖惡)한 꼴은 이루 다 말할 수 없다. 아침에 종사관이 들어오다.

10월 18일

맑다. 아침에 바람이 세게 불다가 저녁 나절에 그치다. 어사에게로 갔더니, 이미 원 수사에게 갔다고 한다. 그곳에 갔더니 조금 있다가 술이 나오다. 날이 저물어서 돌아오다. 종사관이 교서에 숙배례를 행하고서, 서로 인사하다.

10월 19일

바람이 고르지 않다. 대청으로 나가 앉았다가 저녁 나절에 돌아와 수루의 방으로 들어가다. 어사가 우수사한테 가서 종일 술을 마시며 이야기하였다고 한다. 아침에 종사관과 이야기하다.

10월 20일

아침에 흐리다. 저녁 나절에 순무 어사가 나가다. 작별한 뒤에 대청으로 올라앉아 있으니 우수사가 와서 아뢰고 돌아가다. 공문 작성 때문에 나갔다고 생각된다. 밤 열 시쯤에 비가 조금 내리다.

10월 21일

맑다가 조금 흐리다. 종사관 · 우후 · 발포 만호가 나가다. 투항해 온 왜놈 세 명이 원균 수사에게서 왔기로 문초하다. 영등포 만호가 왔다가 밤이 깊어서야 돌아가다. 그에게 어린아이가 있다고 한다. 데려오도록 일러 보내다. 밤에 비가 조금 내리다.

10월 22일

흐리다. 의능 · 이적이 나가다. 초저녁에 영등포 만호가 그 아이를 데리고 오다. 심부름이나 시키고자 머물러 두다.

10월 23일

맑다. 그 아이가 아프다고 한다. 종 억의 죄와 애환 · 정말동의 죄를 다스리다. 저녁에 그 아이를 본디 있던 곳으로 보내다.

10월 24일

맑다. 우우후를 불러서 활을 쏘다. 금갑도 만호도 오다.

10월 25일

맑으며 하늬바람이 세게 일다가 저녁 나절에 그치다. 몸이 불편하여 방을 나가지 않았다. 남도포 만호 강응표 · 거제 현령이 오다. 영등포 만호 조계종도 와서 한참 이야기하는 적에, 전 낙안 군수 첨지 신호가 와서, 체찰사 윤두수의 공문 · 목화 · 벙거지 및 정목(正木) 한 동을 가지고 오다. 그와 같이 이야기하다가 밤이 되어서야 물러가다. 순천 부사 권준이 잡혀갈 때에도 보러 오다. 마음이 불안하다.

10월 26일

맑다. 장인어른의 제삿날이라 공무를 보지 않다. 첨지 신호에게서 들으니, 김상용이 이랑이 되어 서울로 갈 때 남원 부내에 들어가 자면서 체찰사를 보지 않고 갔다고 한다. 시절이 이러하니 참으로 해괴하다. 체찰사가 밤에 순변사의 숙소로 갔다가 밤이 깊어서 돌아와 그의 숙소로 왔다고 한다. 체면이 이럴 수가 있는가. 놀라지 않을 수 없다. 종 한경이 본영으로 갔다. 오후 일곱 시께 비가 오더니 밤새도록 그치지 않았다.

10월 27일

아침에 비오다가 저녁 나절에 개다. 미조항 첨사 성윤문이 와서 교서에 숙배하고, 그대로 그와 함께 이야기하다가 날이 저물어 아뢰고 돌아가다.

10월 28일

맑다. 대청에 앉아서 공무를 보다. 금갑 만호 · 이진 만호가 와서 보다. 식사를 한 뒤에 우우후 · 경상 우후가 와서 목화를 받아가다. 저물 무렵에 잠자는 방에 들어가다.

10월 29일

맑다. 하늬바람이 몹시도 살을 에듯이 차갑다.

10월 30일

맑다. 적을 수색하여 토벌하라고 군사를 들여보내고 싶었으나, 경상도에는 전선이 없어서 다른 배들이 모이기를 기다리다.

자정에 아들 회가 들어오다.

11월 1일

새벽에 망궐례를 하다. 몸이 몹시 불편하여 종일 나가지 않았다.

11월 2일

맑다. 전라 좌도에서는 사도 첨사 김완을, 전라 우도에서는 우후 이정충을, 경상도에서는 미조항 첨사 성윤문을 장수로 정해 적을 수색 토벌하게 들여보내다.

11월 3일

맑다. 김천석이 비변사의 공문을 가지고 와서 투항해 온 야에몬 등 세 명을 데리고 진에 이르렀다. 수색 토벌하러 나갔다 오니 벌써 밤 열 시쯤이었다. 이영남이 와서 보다.

11월 4일

맑다. 투항해 온 왜놈들의 사정을 듣다. 전문(箋文)[1]을 가지고 갈 유생이 들어오다.

11월 5일

흐리고 가랑비가 내리다. 송한련이 대구 열 마리를 잡아오다. 순변사 이일이 그의 군관으로 하여금 투항해 온 왜놈 열 세 명

---

1) 길흉의 일이 있을 때 신하가 임금에게, 임금이 그 어버이의 수하(壽賀)에 써 올리던 사륙체의 글.

을 잡아 보내다. 밤새도록 비가 많이 내리다.

11월 6일

흐리고 따뜻하기가 봄날 같다. 이영남이 와서 보다. 이정충도 오다. 첨지 신호와 함께 이야기하다. 송희립이 사냥하러 나가다.

11월 7일

저녁 나절에 개다. 아침에 대청으로 나가다. 항복해 온 왜놈 열일곱 놈을 남해로 보내다. 저녁 나절에 금갑도 만호 · 사도 첨사 · 여도 만호 · 영등포 만호가 아울러 오다. 이날 오정 때에 첨지 신호는 원수가 되돌아와서는 수군에 머물러 있다더라고 보고하다.

11월 8일

새벽에 잠깐 비가 뿌리더니 저녁 나절에 개다. 배 만들 목재를 운반해 오다. 새벽 꿈에, 영의정이 이상한 모양을 차려 입었고, 나는 관을 벗은 채 함께 민종각의 집으로 가서 같이 이야기하다가 깨다. 이게 무슨 징조인지 모르겠다.

11월 9일

맑으나 바람이 고르지 못하다.

11월 10일

맑다. 이희남이 들어오다. 조카 뇌도 영문에 왔다고 하다.

11월 11일

동짓날이라 십일월 중임에도 새벽에 망궐례를 드린 뒤에 군사들에게 죽을 먹이다. 우우후와 정담수가 와서 보고 나서 돌아가다.

11월 12일

맑다. 일찍 대청으로 나가 순천 색리 정승서와 역자가 남원에서 폐해를 끼쳤기로 벌을 주다. 첨지 신호에게 작별의 술을 대접하다. 또 견내량에서 경계선을 넘어 고기를 잡은 사람 스물네 명을 잡아다가 곤장을 치다.

11월 13일

맑다. 바람이 차차 자니 날도 따뜻하다. 첨지 신호와 아들 회가 이희남·김숙현과 함께 본영으로 가다. 종한경도 은진 김정휘 집에 다녀오게 하다. 장계도 내보내다. 원수가 방어사의 군관으로 하여금 투항해 온 왜놈 열 네 명을 데리고 오다. 저녁에 윤련이 그 누이의 편지를 가져 왔는데, 망발이 많다. 우습다. 버리고자 하면서도 버리지 못하는 것은 까닭이 있다. 버려진 세 아이가 마침내 의지할 곳이 없게 된 때문이다. 열닷샛 날은 아버지 제삿날이라 밖으로 나가지 않았다. 밤에 달빛이 한낮같아 잠을 이루지 못하고 밤새도록 이리저리 뒤척거리다.

11월 14일

맑다. 아침에 우병사 김응서가 투항해 온 왜놈 일곱 명을 자기 군관을 시켜 데리고 오다. 그래서 곧 남해현으로 보내다. 이

함이 남해에서 오다.

11월 15일

맑고 따뜻하기가 봄날 같다. 음양의 조화가 질서를 잃은 것 같으니 그야말로 재난이다. 오늘은 아버님의 제삿날이므로 나가지 않고, 홀로 앉아 있으니, 슬픈 회포를 어찌 다 말하랴! 저물 무렵에 탐후선이 들어오다. 순천의 교생(校生)[1]이 교서의 등본(謄本)[2]을 가져오다. 또 아들 울 등의 편지에 어머니께서 평안하시다고 하니 참으로 다행이다. 상주의 사촌누이 편지와 그의 아들 윤엽이 본영에 이르렀다. 편지를 보냈는데, 그것을 읽어보니 눈물이 흐르는 것을 막을 수가 없다. 영의정의 편지도 오다.

11월 16일

맑기는 하나, 바람기가 제법 쌀쌀하다. 밥을 먹은 뒤에 대청에 앉았다. 우우후 · 여도 만호 · 회령포 만호 · 사도 첨사 · 녹도 만호 · 금갑도 만호 · 영등포 만호 · 전 어란진 만호 · 정담수 등이 와서 보고 돌아가다. 저녁 나절에는 날씨가 무척 따뜻해지다.

11월 17일

맑고 따뜻하다. 서리가 눈처럼 쌓였다. 이게 무슨 징조인지 모르겠다. 저녁 나절에 산들바람이 종일 불었다. 밤 열 시쯤에

1) 조선 시대에 향교나 서원에 다니던 생도.
2) 원본의 내용 전부를 베낀 서류.

조카 뇌와 아들 울이 들어오다. 한밤에 미친 듯이 바람에 세차게 불다.

11월 18일

맑다. 바람이 저녁내 세게 불더니 밤새도록 계속되다.

11월 19일

맑다. 바람이 세게 불며, 밤새도록 그치지 않다.

11월 20일

맑다. 아침에 바람이 잤다. 대청으로 나가다. 조금 있으니 경상 수사 원균이 와서 보고 돌아가다. 저녁 나절에 바람이 밤까지 세게 불다.

11월 21일

맑다. 아침에 바람이 잤다. 조카 뇌가 나가다. 그리고 이설이 포폄하는 장계를 가지고 가다. 종 금선 · 우년 · 이향 · 수석 · 행보 등도 나가고 김교성 · 신경황이 나갔으며 남도포 만호 · 녹도 만호가 나가다.

11월 22일

맑다. 아침에 회령포로 나가다. 날씨는 무척 따뜻하다. 우우후와 정담수가 와서 보다. 활 다섯 순을 쏘다. 왜놈의 옷감으로 무명 열 필을 가져가다.

11월 23일

맑고 따뜻하다. 흥양 군량과 순천 군량 등을 받아들이다. 저녁 나절에 이경복이 자기 첩과 함께 들어오다. 순변사 등이 비난을 받았다고 한다.

11월 24일

맑다. 따사롭기가 확실히 봄날 같다. 대청으로 나가서 공문을 적어 보내다.

11월 25일

흐리다. 새벽 꿈에, 순변사 이일과 만나 내가 많은 말을 하며, "이같이 나라가 위태하고 혼란한 날을 당하여, 몸에 무거운 책임을 지고서도 나라의 은혜에 보답하겠다는 생각은 하지 않고 뱃심 좋게 음탕한 계집을 끼고서 관사에는 들어오지 않고 성밖 여염집에 거처하면서 남의 비웃음을 받으니 대체 어쩌자는 것이요? 또 수군 각 고을과 포구에 배정된 육전의 병기를 독촉하기에만 겨를이 없으니, 이 또한 무슨 이치요?"라고 하니, 순변사가 말이 막혀 대답하지 못하다. 하품을 하며 기지개를 켜다 깨고 보니 한바탕 꿈이다. 식사를 한 뒤에 대청에 앉아 공문을 적어 주다. 조금 뒤에 우우후와 금갑도 만호가 오다. 피리를 듣다가 저물어서 돌아오다.

11월 26일

소한. 맑고 따뜻하다. 방에 앉아 있으면서 공무를 보지 않다. 이날 메주를 열 말 쑤다.

11월 27일

맑다. 밥을 먹은 뒤에 대청으로 나가 앉아 있다가 좌도 · 우도로 갈라 보낸 투항해 온 왜놈들을 모조리 와서 모으다. 그래서 총 쏘는 연습을 시키다. 우우후 · 거제 현령 · 사도 첨사 · 여도 만호가 모두 와서 보다.

11월 28일

맑다.

을 미 년

1월 1일

맑다. 촛불을 밝히고 홀로 앉아 나랏일을 생각하니 저절로 눈물이 흐른다. 또 여든이나 되신 병드신 어머니를 생각하며 뜬눈으로 밤을 새우다. 새벽에 여러 장수와 여러 색리 · 군사들이 와서 해가 바뀐 세배를 하다. 원전 · 윤언심 · 고경운 등이 와서 보다. 여러 색리와 군사들에게 술을 먹이다.

1월 2일

맑다. 나라 제삿날[1]이라 공무를 보지 않다. 장계 초고를 수정하다.

1) 명종 인순왕후 심 씨 제사를 말함.

1월 3일

맑다. 일찍 대청으로 나가 각 고을과 포구에 공문을 적어 보내다.

1월 4일

맑다. 우우후 · 거제 현령 · 금갑도 만호 · 소비포 권관 · 여도 만호 등이 와서 보다.

1월 5일

맑다. 공문을 결재하다. 조카 봉과 아들 울이 들어와서 어머니께서 평안하시다고 하니, 기쁘고 다행이다. 밤새도록 온갖 회포로 잠을 이루지 못하다.

1월 6일

맑다. 어응린과 고성 현감이 오다.

1월 7일

맑다. 흥양 현감 배흥립 · 방언순과 함께 이야기하다. 남해의 투항해 온 왜놈 야에몬 등이 와서 인사하다.

1월 8일

맑으나 바람이 세게 불다. 광양 현감 송전의 공식적인 인사를 받은 뒤에 전령에게 기한을 어긴 죄로 곤장을 치다.

1월 9일

맑다. 식사를 한 뒤에 야에몬 등을 남해로 돌려보내다.

1월 10일

순천 부사 박진이 교서에 숙배하다. 경상 수사 원균이 선창에 왔다고 하다. 불러들여 같이 이야기하다. 순천 부사 · 우우후 · 흥양 현감 · 광양 현감 · 웅천 현감 · 고성 현감 · 거제 현령도 와서 아뢰고 돌아가다.

1월 11일

우박이 내리고 샛바람이 불다. 식사를 한 뒤에 순천 부사 · 흥양 현감 · 고성 현감 · 웅천 현감 · 영등포 만호가 와서 이야기하다. 고성 현감은 새 배를 독촉하여 만드는 일로 아뢰고 돌아가다.

1월 12일

흐리고 바람이 세게 불다. 각 고을과 포구에 공문을 적어 보내다. 저녁 나절에 순천 부사가 아뢰고 돌아가다. 영남 우후 이의득이 와서 보다.

1월 13일

아침에 맑더니 저녁에 비가 내리다. 박치공이 오다.

1월 14일

맑다. 샛바람이 세게 불었다. 몸이 불편하여 누워서 끙끙 앓다. 영등포 만호 · 사천 현감 · 여도 만호가 와서 보다.

1월 15일

맑다. 우우후 이정충을 불렀더니, 이정충은 발을 헛디뎌 물에 빠져 한참이나 헤엄치는 것을 간신히 건져내다. 그를 불러서 위로하다.

1월 16일

맑다. 대청으로 나가 공무를 보다.

1월 17일

맑고 따뜻하며 바람도 없다. 대청으로 나가 공무를 보다. 우우후 · 소비포 권관 · 거제 현령 · 미조항 첨사가 아울러 와서 활을 쏘고서 헤어지다.

1월 18일

흐리다. 공문을 결재하다. 저녁 나절에 활 열 순을 쏘고서 헤어지다.

1월 19일

맑다. 대청으로 나가 공무를 보다. 옥구의 피난민 이원진이 오다. 장흥 부사 · 낙안 군수 · 발포 만호가 들어오다. 기한을 어긴 죄를 곤장을 치다. 조금 있다가 여도 전선에서 잘못으로 불을 내어, 광양 · 순천 · 녹도 전선 네 척에 불길이 번져 탔다. 통탄함을 이길 수 없다.

1월 20일

맑다. 아우 여필과 조카 해가 이응복과 함께 나가다. 아들 울은 조카 분과 함께 들어오다. 어머니께서 편안하시다고 하니 다행이다.

1월 21일

종일 가랑비가 내리다. 이경명과 함께 장기를 두다. 장흥 부사가 와서 보다. 그 편에 들으니, 순변사 이일의 처사가 극히 형편없고 나를 해치려고 무척 애쓴다고 하니, 참으로 우습기 이를 데 없다.

1월 22일

맑으나, 종일 바람이 세게 불다. 원수의 군관 이태수가 전령을 가지고 오다. 여러 장수가 왔는지 오지 않았는지를 알고 간다고 했다. 저녁 나절에 다락 위에 올라가 잘못으로 불을 낸 여러 장수들과 색리들에게 곤장을 치다. 초저녁에 금갑도 만호의 옆집에서 잘못하여 불을 내어 다 타 버리다.

1월 23일

종일 바람이 세게 불다. 장흥 부사 · 우후 · 흥양 현감이 와서 이야기하고 날이 저물어 돌아가다.

1월 24일

맑으나 바람이 세게 불다. 이원진을 배웅하다.

1월 25일

맑다. 장흥 부사 · 흥양 현감 · 우후 · 영등포 만호 · 거제 현령이 와서 보다.

1월 26일

흐리고 바람이 불다. 탐후선이 들어오다. 흥양 현감 배흥립을 잡아갈 나장(羅將)[1]이 들어왔다고 한다. 이희도 오다.

1월 27일

맑다. 춥기가 한겨울 같다. 대청에 나가, 영암 군수 · 강진 현감 등이 공식 인사를 받다.

1월 28일

맑다. 바람이 세게 불고 추워졌다. 황승헌이 들어오다.

1월 29일

흐리나 비는 오지 않다.

1월 30일

맑고 샛바람이 세게 불다. 보성 군수 안홍국이 들어오다.

2월 1일

맑고 바람이 불다. 일찍 대청으로 나가 보성 군수의 기한 어

1) 조선 시대에 군아(郡衙)의 사령.

긴 죄로 곤장을 치고, 도망치던 왜놈 두 명을 처형하다. 의금부의 나장이 와서 홍양 현감을 잡아갈 일을 전하다.

2월 2일

흐리고 바람이 세게 불다. 홍양 현감 배흥립이 잡혀가다. 대청으로 나가 공무를 보다.

2월 3일

맑다. 일찍 대청으로 나가 홍양 배에 불을 던졌다는 신덕수를 심문하였으나, 증거를 얻어내지 못해 가두다.

2월 4일

맑다. 몸이 불편하다. 장흥 부사 · 우우후가 오다. 원수부의 회답 공문과 종사관의 회답 편지도 오다. 조카 봉 · 아들 회 · 오종수가 들어오다.

2월 5일

맑다. 충청 수사가 오다. 천성보 만호 윤홍년이 교서에 숙배하다.

2월 6일

맑고 바람이 세게 불다. 장흥 부사 · 우우후 등과 함께 활을 쏘다.

2월 7일

맑다. 보성 군수가 술을 가져와 종일 이야기하다.

2월 8일

흐리다.

2월 9일

비가 내리다.

2월 10일

비가 뿌리고 바람도 세게 불다. 황숙도와 함께 종일 이야기하다.

2월 11일

비가 오더니 저녁 나절에 잠깐 개다. 황숙도 · 조카 분 · 허주 · 변존서가 돌아가다. 종일 공무를 보다. 저물 무렵에 임금의 유지가 왔는데, 둔전을 검열하라는 것이다.

2월 12일

맑으며 바람은 일지 않다. 윤엽이 들어오다. 저녁 나절에 활 열 여 순을 쏘다. 장흥 부사 · 우우후도 와서 활을 쏘다.

2월 13일

맑다. 일찍 도양의 둔전에서 벼 삼백 섬을 실어 와서 각 포구에 나누어주다. 우수사 · 진도 군수 · 무안 현감 · 함평 현감 · 남도포 만호 · 마량 첨사 · 회령포 만호 등이 들어오다.

2월 14일

맑고 따뜻하다. 식사를 한 뒤에 진도 군수 · 무안 현감 · 함평 현감이 교서에 숙배한 뒤에, 방비처에 수군을 일제히 징발해 보내지 않은 것과 전선을 만들어 오지 않은 일로 처벌하다. 영암 군수도 죄를 논하다. 조카 봉 · 해 · 분과 방응원이 아울러 나가다.

2월 15일

맑고 따뜻하다. 새벽에 망궐례를 하다. 우수사 · 가리포 첨사 · 진도 군수가 아울러 와서 참가하다. 지휘선을 연기로 그을리다.

2월 16일

맑다. 대청으로 나가니, 함평 현감 조발이 논박을 당해 돌아가려고 하므로 술을 먹여서 보내다. 조방장 신호가 진에 이르러, 교서에 숙배하고서 함께 이야기하다. 저녁에 배를 타고 바다 가운데로 옮기어 정박하다. 밤 열 시쯤에 출항하여 춘원도[1]에 이르니 날은 밝아 오는데도 경상도 수군은 와 있지 않았다.

2월 17일

맑다. 아침에 군사들에게 식사를 재촉하여 먹이고, 곧장 우수

---

1) 통영시 광도면 끄승개.

영 앞바다에 이르다. 성안에 있던 왜놈 칠백 명은 우리 배를 보고는 도망치므로, 배를 돌려 나와서, 장흥 부사 및 조방장 신호를 불러 종일 대책을 논의하고서 진으로 돌아오다. 저물 무렵에 임영 및 조방장 정응운이 들어오다.

2월 18일

맑다. 탐후선이 들어오다.

2월 19일

맑다. 아침에 대청으로 나가 공무를 보다. 거제 현령 · 무안 현감 · 평산포 만호 · 회령포 만호 및 허정은도 오다. 송한련이 와서 말하기를, 고기를 잡아 군량미를 산다고 하다.

2월 20일

맑다. 우수사 · 장흥 부사 · 조방장 신호가 와서 이야기하는데, 원균의 악하고 못된 짓을 많이 전하다. 실로 놀라운 일이다.

2월 21일

비가 조금 오다가 저녁 나절에 개다. 보성 군수 · 웅천 현감 · 우우후 · 소비포 권관 · 강진 현감 · 평산포 만호 등이 와서 보다.

2월 22일

맑다. 대청으로 나가 장계를 봉하다. 저녁 나절에 우후 · 낙안 군수 · 녹도 만호를 불러 떡을 먹다.

2월 23일

맑다. 조방장 신호 · 장흥 부사가 와서 이야기하다.

2월 24일

흐리다. 우뢰와 번개가 많이 치면서도 비는 오지 않다. 몸이 불편하다. 원전이 아뢰고 돌아가다.

2월 25일

흐리고 바람도 고르지 않다. 아들 회와 울이 들어왔기에 들으니 어머니께서 편안하시다고 한다. 장계를 받들고 온 이전이 들어오다. 조정의 소식과 영의정의 편지를 가지고 오다.

2월 26일

흐리다. 아침에 편지와 장계 열여섯 통을 봉해 정여홍에게 부치다.

2월 27일

한식. 맑다. 원균이 포구에서 수사 배설과 교대하려고 여기에 이르렀다. 교서에 숙배하라고 하더니, 불평하는 빛이 많더라고 한다. 두세 번 타일러 억지로 행하게 했다고 하니, 너무도 무식한 것이 우습기도 하다.

2월 28일

맑다. 대청으로 나가 장흥 부사 · 우우후와 함께 이야기하다. 광양 현감 · 목포 만호도 오다.

2월 29일

맑다. 고여우가 창신도로 갔다. 수사 배설이 와서 둔전 치는 일을 논의하다. 조방장 신호도 오다. 저녁에 옥포 만호 방승경 · 다경포 만호 이충성 등이 교서에 숙배하다.

2월 30일

비가 내리다. 대청으로 나가 공무를 보다.

3월 1일

맑다. 삼도에 겨울을 지낸 군사들을 모아 임금님께서 하사하신 무명을 나누어주다. 조방장 정응운이 들어오다.

3월 2일

흐리다.

3월 3일

맑다.

3월 4일

맑다. 조방장 박종남이 들어오다.

3월 5일

비가 내리다. 노대해가 오다.

3월 6일

맑다.

3월 7일

맑다. 조방장 박종남 · 조방장 신호 · 우후 이몽구 및 진 도군수 박인룡이 와서 보다.

3월 8일

맑다. 식사를 한 뒤에 대청으로 나가다. 우수사 이억기 · 경상수사 배설 · 양 조방장 박종남 · 신호 · 우후 이몽구 · 가리포 첨사 · 낙안 군수 · 보성 군수 · 광양 현감 · 녹도 만호가 아울러 모두 와서 이야기하다.

3월 9일

맑다. 저녁 나절에 대청으로 나가다. 방답의 새로 부임한 첨사 장린 · 옥포의 새로 부임한 만호 이담이 공사례의 인사를 하다. 진주의 이곤변이 와서 보고 돌아가다.

3월 10일

흐리고 가랑비가 내리다. 조방장 박종남과 함께 이야기하다. 보성 군수 안홍국이 아뢰고 돌아가다.

3월 11일

흐리고 바람이 세게 불다. 사도시(司䆃寺)[1]의 주부 조형도가 와서 전라 좌도의 왜적의 정세를 말하고, 또 투항해 온 왜놈들의 말을 전하는데, 풍신수길이 삼 년 간이나 출병해도 끝내 효과가 없으므로, 군사를 더 내어 바다를 건너 부산에 진영을 설치하려고 하는데, 삼월 십 일 일에 바다를 건너오기로 벌써 정해졌다고 한다.

3월 12일

흐리다. 조방장 박종남과 우후 이몽구가 장기를 두다.

3월 13일

흐리고 바람이 세게 불다. 아침에 자윤 박종남 영감을 불러 같이 밥을 먹다. 저녁에 식사를 한 뒤에 조형도가 와서 보고 돌아가다.

3월 14일

비는 오고 바람은 그치다. 남해 현령이 진에 이르다.

3월 15일

비가 잠깐 그치다. 식사를 한 뒤에 조형도가 아뢰고 돌아가다. 저녁 나절에 활을 쏘다.

---

1) 대궐 안의 쌀 · 간장 등을 맡은 관청.

3월 16일

비가 내리다. 사도 첨사 김완이 들어오다. 그 편에 들으니, 충청 수사 입부 이순신이 군량미 이백여 섬을 조도 어사 강첨에게 발각되어 그 때문에 잡혀 심문 당하다고 하다. 또 새로 부임한 충청 수사 이계훈은 배에서 불을 냈다고 하니, 참으로 놀랄 일이다. 동지 권준이 본영에 왔다고 하다.

3월 17일

비가 걷힐 듯하다. 아들 면 · 허주 · 박인영 등이 돌아가다. 오늘 군량을 계산하여 딱지를 붙였다. 충청 우후 원유남이 달려와 보고하는데, 수사 이계훈이 불을 내고 자신은 물에 빠져 죽었으며, 군관과 격군 백 사십 여 명이 불에 타 죽었다고 하니, 놀랍기도 하다. 저녁 나절에 우수사가 달려와 보고하기를, "견내량의 복병한 곳에서 온, 투항한 왜인 시마즈를 문초하더니, 그놈은 본시 영등에 있던 왜놈이고, 그의 장수 심안둔이 그의 아들을 대신 두고 가까운 시일 내에 본국으로 돌아갈 것이라 한다"고 하다.

3월 18일

맑다. 권언경 · 아우 여필 · 조카 봉 · 이수원 등이 들어오다. 그 편에 어머니께서 편안하시다는 말을 들으니, 천만다행이다. 우수사가 와서 이야기하다.

3월 19일

맑다. 권언경 영감과 함께 활을 쏘다.

3월 20일

비가 내리다. 식사를 한 뒤에 우수사에게로 가다가 길에서 수사 배설을 만나 배 위에서 잠깐 이야기하다. 그는 밀포의 둔전 치는 곳을 살펴볼 일로 간다고 하다. 그 길로 우수사에게로 가서, 몹시 취하고, 저물어서 돌아오다.

3월 21일

맑다. 저녁 나절에 아우 여필 · 조카 봉 · 이수원이 돌아가다. 나주 반자 원종의와 우후 이몽구가 와서 보다.

3월 22일

샛바람이 세게 불다. 날씨가 일찍 흐리다가 저녁 나절에 개다. 세 조방장과 함께 활을 쏘다. 우수사가 여기 와서 같이 쏘다. 날이 저물어 헤어져 돌아오다.

3월 23일

맑다. 아침 식사를 한 뒤에 세 조방장 및 우후와 함께 걸어서 앞산 봉우리에 오르니, 삼면으로는 바라보이는 앞이 막히지 않고, 길은 북쪽으로 트여 있다. 과녁을 세우고 자리를 닦고, 거기에 앉아 종일 돌아올 것을 잊다.

3월 24일

흐리고 바람이 없다. 공문을 결재하다. 저녁 나절에 세 조방장과 함께 활을 쏘다.

3월 25일

종일 비가 내리다. 동지 권준 · 우후 · 남도포 만호 · 나주 반자가 와서 보다. 영광 군수도 오다. 동지 권준과 장기를 두었는데 권준이 이기다. 저녁에 몸이 몹시 불편했는데 닭이 울어서야 열이 조금 내리고 땀은 흐르지 않다.

3월 26일

맑다. 영광 군수가 나가다. 저녁 나절에 조방장 신호 · 박종남과 우후와 함께 활 열다섯 순을 쏘다. 저녁에 수사 배설 · 이운룡 · 안위가 와서 새 감사(監司) 맞이할 일을 아뢰고, 사량[1]으로 가다. 밤 열 시쯤에 동쪽이 어둡다가 밝아지니, 무슨 상서로운 조짐인지 모르겠다.

3월 27일

맑다. 식사를 한 뒤에 우수사가 여기 와서 종일 활을 쏘다. 어둘 무렵 조방장 박종남에게로 가서 발포 만호 · 사도 첨사 · 녹도 만호를 불러서 같이 이야기하다가 헤어졌다. 탐후선이 들어오다. 표마와 종 금이가 들어와서 어머니께서 평안하시다고 한다.

3월 28일

맑다. 활 열 순을 쏘다. 저녁 나절에 사도 첨사가 와서 보고하기를, "각 포구의 병부를 순찰사의 공문에 따라 각 포구에 직접

---

1) 통영시 사량면.

나누어주었다"고 한다. 그 까닭을 알 수 없다.

3월 29일

맑다. 식사를 한 뒤에 두 조방장과 이운룡·조계종이 활 스물 세 순을 쏘다. 수사 배설이 순찰사에게서 오고, 미조항 첨사 성윤문도 진에 오다.

4월 1일

맑으며 바람이 세게 불다. 남원 유생 김굉이 수군에 관한 일로 진에 이르렀다고 한다. 그와 같이 이야기하다.

4월 2일

맑다. 종일 공무를 보다.

4월 3일

맑다. 세 조방장이 우수영의 진으로 가고, 나는 사도 첨사와 함께 활을 쏘다.

4월 4일

맑다. 아침에 경상 수사 배설이 활을 쏘자고 청하므로, 권·박 두 조방장과 함께 배를 같이 타고 경상 수사에게 갔더니, 전라 수사 이억기가 이미 먼저 와 있었다. 같이 활을 쏘고 종일 이야기하다가 돌아오다.

4월 5일

맑다. 선전관 이찬이 비밀 유지를 가지고 진에 이르다.

4월 6일

가랑비가 종일 내리다. 동지 권준과 같이 이야기하다.

4월 7일

맑다. 저물 무렵 바다로 내려가 어두울 때에 견내량에 이르러 자다. 선전관 이찬이 돌아가다.

4월 8일

맑으나 샛바람이 세게 불다. 왜적들이 밤에 도망갔다고 하므로 들어가 치지 않았다. 저녁 나절에 침도에 이르러, 우수사 이억기 · 경상 수사 배설과 함께 활을 쏘다. 여러 장수들도 모두 와서 참여하다. 저녁에 본진으로 돌아오다.

4월 9일

맑다. 조방장 박종남과 함께 활을 쏘다.

4월 10일

맑다. 구화역[1] 역졸이 와서 보고하기를, "적선 세 척이 또 역 앞[2]에 이르렀다"고 한다. 그래서 삼 도의 중위장들에게 각각 다섯 척씩 배를 거느리고 견내량으로 달려가 형세를 보아 무찌르

---

1) 구허역.
2) 통영시 광도면 노산리.

게 하다.

4월 11일

맑다. 우수사가 와서 보고는 그대로 활을 쏘고, 종일 이야기 하다가 돌아가다. 정여흥이 들어오다. 또 변존서의 편지를 보니 무사히 집으로 돌아간 줄을 알겠다. 기쁘다.

4월 12일

맑다. 장계의 회답 열여덟 통과 영의정 유성룡 · 우의정 정탁의 편지와 자임 이축 영감의 회답 편지가 오다. 군량을 독촉할 일로 아병(牙兵)[3] 양응원을 순천 · 광양으로, 배승련을 광주 · 나주로, 송의련을 흥양 · 보성으로, 김충의를 구례 · 곡성으로 정해 보내다. 삼도의 중위장 성윤문 · 김완 · 이응표가 견내량에서 돌아와 왜적이 물러갔다고 보고하다. 경상 수사 배설은 밀포로 나가다.

4월 13일

흐리고 비가 내리다. 세 조방장이 같이 오다. 장계와 편지 네 통을 봉해 거제 군관 편에 올려 보내다. 저녁에 고성 현령 조응도가 와서 왜적의 일을 말하고, "거제의 왜적이 웅천에 군사를 청해 야간에 습격을 하려 한다"고 말하다. 비록 믿을 만하지는 않으나, 그럴 염려가 없지도 않다.

---

3) 군사의 일종.

4월 14일

잠깐 비가 내리다. 아침에 흥양 현감이 교서에 숙배하다.

4월 15일

흐리다. 여러 가지 장계와 단오절의 진상품을 봉해 올리다.

4월 16일

종일 큰비가 오다. 비가 흡족히 오니, 올해 농사는 큰 풍년임을 점칠 수 있다.

4월 17일

맑으나 높새바람이 세게 불다. 식사를 한 뒤에 대청으로 나가, 세 조방장과 활 열 다섯 순을 쏘다. 경상 수사 배설이 여기에 왔다가 해평장의 논밭 일구는 곳으로 가다. 미조항 첨사도 와서 활을 쏘고서 가다.

4월 18일

맑다. 식사를 한 뒤에 대청으로 나가 우수사 이억기 · 경상 수사 배설 · 가리포 첨사 이응표 · 미조항 첨사 성윤문 · 웅천 현감 이운룡 · 사도 첨사 김완 · 경상 우후 이의득 · 발포 만호 황정록 등 삼도의 장수가 모두 와서 모여 활을 쏘다. 권준 · 신호 두 조방장도 같이 모이다.

4월 19일

맑다. 조방장 박종남이 적을 수색 · 토벌하는 일로 배를 타다.

4월 20일

맑다. 저녁 나절에 우수사에게로 가서 조용히 이야기하고 돌아오다. 이 영남이 장계 회답을 가지고 내려 왔는데, 남해 현령을 효시하라고 한다.

4월 21일

맑으나 바람이 세게 불다. 대청에 나가다. 활 열 순을 쏘다.

4월 22일

맑다. 오후에 미조항 첨사 성윤문 · 웅천 현감 이운룡 · 적량 만호 고여우 · 영등포 만호 조계종과 두 조방장이 아울러 오다. 그래서 정사준이 보낸 술과 고기를 같이 먹으면서, 남해 현령이 군령을 어겼으니 효시하라는 글을 보다.

4월 23일

맑다. 마파람이 세게 불어 배를 운항할 수 없으므로 다락 위에 앉아 공무를 보다.

4월 24일

맑다. 이른 아침에 아들 울 · 조카 뇌 · 완을 어머니 생신에 상을 차려 드릴 일로 내어 보내다. 오정 때에 강천석이 달려 와서 보고하기를, "도망한 왜놈 망기시로가 우거진 풀 숲 속에 엎드려 있다가 잡혀 왔고, 다른 한 놈은 물에 빠져 죽었다"고 한다. 곧 그놈을 압송해 오게 하고 삼도에 맡긴, 항복한 왜놈들을 모두 불러모아 곧 머리를 베라고 했더니, 망기시로는 조금도 두려워하는 빛이 없이 죽으러 나오다. 참으로 독한 놈이다.

4월 25일

맑고 바람도 없다. 구화역 역졸 득복이 경상 우후 이의득의 보고를 가지고 왔는데, "왜적의 대선 · 중선 · 소선을 아울러 오십 여 척이 웅천에서 나와 진해[1]로 향한다"고 했다. 그래서 오수 등을 정탐하도록 내어 보내다. 흥양 현감이 와서 보다. 사량 만호 이여염이 아뢰고 돌아가다. 아들 회 및 조카 해가 들어와서 "어머니께서 편안하시다"고 하니 다행이다.

4월 26일

맑다. 새벽에 우수사가 조방장 신호와 함께 자기 소속의 배 이십 여 척을 거느리고 탐색하러 나가다. 저녁 나절에 종지 권준 · 흥양 현감 배흥립 · 사도 첨사 김완 · 여도 만호 김인영과 함께 활 스무 순을 쏘다.

4월 27일

맑으며 바람도 없다. 몸이 불편하다. 동지 권준 · 미조항 첨사 성윤문 · 영등포 만호 조계종이 와서 같이 활 열 순을 쏘다. 한밤 자정에 우수사가 적을 수색 · 토벌하고서 진으로 돌아와서는, "아무데도 적의 자취가 없다"고 하다.

---

1) 마산시 합포구 진동면 진동리.

4월 28일

맑다. 식사를 한 뒤에 대청으로 나가 공무를 보다. 우수사·경상 수사가 와서 활을 쏘다. 송덕일이 하동 현감 성천유를 잡으러 오다.

4월 29일

밤 두 시쯤에 비가 오더니, 아침 여섯 시쯤에 깨끗이 개다. 해남 현감 최위지가 공사례를 마친 뒤에, 하동 현감에게는 두 번이나 기일에 이르지 않은 죄로 곤장 구십 대를 때렸고, 해남 현감에게는 곤장 열 대를 때리다. 미조항 첨사는 휴가를 가겠다고 아뢰다. 세 조방장과 같이 이야기하다. 노윤발이 미역을 아흔 아홉 동을 따 가지고 오다.

4월 30일

맑다. 활 열 순을 쏘다.

5월 1일

바람이 세게 불고 비가 내리다.

5월 2일

맑다. 아침에 바람이 몹시 사납게 불었다. 웅천 현감·거제 현령·영등포 만호·옥포 만호가 와서 보다. 밤 열 시쯤에 탐후선이 들어와서, "어머니께서 편안하시다"고 하며, 종사관이 벌써 본영에 이르렀다고 한다.

5월 3일

맑다. 활 열 다섯 순을 쏘다. 해남 현감이 와서 보다. 금갑도 만호는 진에 이르다.

5월 4일

맑다. 오늘이 어머니 생신이다. 몸소 나아가 잔을 드리지 못하고, 홀로 멀리 바다에 앉았으니, 회포를 어찌 다 말하랴! 저녁 나절에 활 열다섯 순을 쏘다. 해남 현감이 아뢰고 돌아가다. 아들 편지를 보니, "요동의 왕작덕이 고려 왕씨의 후예로서 군사를 일으키고자 한다"고 한다. 참으로 놀랄 일이다.

5월 5일

비가 내리다. 오후 여섯 시쯤 잠깐 개다. 활 세 순을 쏘다. 우수사 · 경상 수사와 여러 장수가 모두 모이다. 오후 다섯 시에 종사관 류공진이 들어오다. 이충일 · 최대성 · 신경황이 같이 이르다. 몸이 춥고 불편하고 아파 토하고서 자다.

5월 6일

맑으며 바람도 없다. 아침에 종사관이 교서에 숙배한 뒤에 공사례를 받고 함께 이야기하다. 저녁 나절에 활 스무 순을 쏘다.

5월 7일

맑다. 아침에 종사관 류공진 · 우후 이몽구와 함께 이야기하다.

5월 8일

흐리되 비는 오지 않다. 아침 식사를 한 뒤에 출항하여 삼도가 같이 선인암[1]으로 돌아가서 이야기하고 구경도 하며, 활도 쏘다. 오늘 방답 첨사가 들어와 아들들의 편지를 가지고 왔는데, "초나흘에 종 춘세가 잘못 불을 내어 집 열 채가 번져 타 버렸다. 다만 어머니께서 계신 집에는 불이 붙지 않았다"고 한다. 이것이야말로 다행이다. 어둡기 전에 배를 돌려 진에 이르다. 종사관과 우후는 방 붙이는 일로 뒤떨어지다.

5월 9일

맑다. 아침에 식사를 한 뒤에 종사관이 돌아가다. 우후도 같이 가다. 활 스무 순을 쏘다.

5월 10일

맑다. 활 스무 순을 쏘았는데, 많이 적중하다. 종사관 등이 영문에 이르렀다고 하다.

5월 11일

저녁 나절에 비가 뿌리다. 두치[2]의 군량, 남원 · 순창 · 옥과 등을 합해 예순 여덟 섬을 실어 오다.

5월 12일

궂은비가 그치지 않더니, 저녁에야 잠깐 개다. 대청에 나가

---

1) 통영시 한산면 하소리 하포.
2) 하동읍 두곡리.

공무를 보다. 동지 권준과 조방장 신호가 함께 오다.

5월 13일

비가 퍼붓듯이 오는데 종일 그치지 않다. 홀로 대청 가운데 앉아 있으니 온갖 회포가 끝이 없다. 배영수를 불러 거문고를 타게 하다. 또 세 조방장을 불러오게 하여 같이 이야기하다. 하루 걸릴 탐후선이 엿새나 지나도 오지 않아 어머니 안부를 알 수가 없다. 속이 타고 무척 걱정이 된다.

5월 14일

궂은비가 그치지 않고 종일 오다. 아침에 식사를 한 뒤에 대청으로 나가 공무를 보다. 사도 첨사가 와서 보고하는데, "흥양 현감이 받아 간 전선이 암초에 걸려 뒤집어졌다"고 한다. 그래서 대장(代將) 최벽과 십 호 선 장수와 도훈도를 잡아다가 곤장을 치다. 동지 권준이 오다.

5월 15일

궂은비가 그치지 않아 지척을 분간하지 못하겠다. 새벽 꿈이 어수선하다. 어머니 소식을 들은 지 이레나 되니 몹시 속이 타고 걱정이 된다. 또 조카 해가 잘 갔는지 궁금하다. 아침 식사를 한 뒤에 나가 공무를 보자니, 광양의 김두검이 복병으로 나갈 적에, 순천과 광양의 두 원에게서 이중으로 월 삯을 받은 것 때문에 벌로써 수군으로 나왔는데, 칼도 차지 않고 활도 차지 않고 나온 데다가 무척 오만하므로 곤장 칠십 대를 치다. 저녁 나절에 우수사가 술을 가지고 와서 몹시 취해 돌아가다.

5월 16일

흐리되 비는 오지 않다. 아침에 탐후선이 들어와서, 어머니께서는 편안하시다고 하고, 아내는 실수로 불을 낸 뒤로 마음이 많이 상해 담천이 더해졌다고 한다. 걱정이 된다. 비로소 조카 해 등이 잘 간 줄을 알았다. 활 스무 순을 쏘았는데, 동지 권준이 잘 맞추다.

5월 17일

맑다. 아침에 나가 본영의 각 배에 사부 · 격군의 급료 받은 사람들을 점고하다. 저녁 나절에 활 스무 순을 쏘았는데, 박 · 권 두 조방장이 잘 맞추다. 오늘 소금 굽는 가마솥 하나를 부어 만들다.

5월 18일

맑다. 충청 수사가 진에 이르렀다. 다만, 결성 현감 손안국 · 보령 현감 · 서천 만호 소희익을 거느리고 오다. 충청 수사가 교서에 숙배한 뒤에 세 조방장과 함께 같이 이야기하다. 저녁에 활 열 순을 쏘다. 거제 현령이 와서 보고 그대로 자다.

5월 19일

맑으나, 샛바람이 차게 불다. 아침 식사를 한 뒤에 권 · 박 · 신 세 조방장과 사도 · 방답 두 첨사와 함께 활 서른 순을 쏘다. 수사 선거이도 와서 같이 참여하다. 저녁에 소금 굽는 가마솥 하나를 부어 만들다.

5월 20일

비바람이 저녁 내내 오고 밤새도록 멎지 않다. 아침 식사를 한 뒤에 공무를 보다. 수사 선거이 · 조방장 권준과 같이 장기를 두다.

5월 21일

흐리다. 오늘은 꼭 본영에서 누가 올 것이겠지만 당장 어머니 안부를 몰라 답답하다. 종 옥이 · 무재를 본영으로 보내고, 전복과 밴댕이 젓갈, 물고기 알 몇 점을 어머니께 보내다. 아침에 나가 공무를 보자니, 투항해 온 왜놈들이 와서 보고하기를, "저희 같은 또래 중에 산소란 놈이 흉칙한 짓거리를 많이 하기 때문에 죽이겠다"고 한다. 그래서 왜놈을 시켜 그놈의 목을 베도록 하다. 활 스무 순을 쏘다.

5월 22일

맑고 화창하다. 동지 권준 등과 함께 활 스무 순을 쏘다. 이수원이 상경할 일로 들어오다. 비로소 어머니께서 편안하시다는 것을 알았다. 다행이다.

5월 23일

맑다. 세 조방장과 함께 활 열 다섯 순을 쏘다.

5월 24일

맑다. 아침에 이수원이 장계를 가지고 나가다. 조방장 박종남과 충청 수사 선거이를 시켜 활을 쏘게 하다. 소금 굽는 가마솥을 부어 만들다.

5월 25일

맑다가 저녁 나절에 비가 내리다. 경상 수사 · 우수사 · 충청 수사가 모여서 같이 활 아홉 순을 쏘다. 충청 수사가 술을 내어 몹시 취해 헤어지다. 경상 수사 배설에게서 김응서가 거듭해서 대간들의 혹평을 받고 있고, 원수도 거기에 끼었다는 말을 듣다.

5월 26일

저녁 나절에 개다. 홀로 대청에 앉아 있었다. 충청 수사 · 세 조방장과 함께 종일 이야기하다. 저녁에 현덕린이 들어오다.

5월 27일

맑다. 활 열 순을 쏘다. 수사 선거이와 두 조방장이 취해 돌아가다. 정철이 서울에서 진에 오다. 장계 회답 내용에, "김응서가 함부로 강화에 대해 한 말이 죄가 되었다"는 말을 많이 했다. 영의정 유성룡 · 좌의정 김응남의 편지가 오다.

5월 28일

흐리다가 마침내 저녁에 비가 많이 내리다. 끝내 밤에 바람이 세게 불어, 전선을 안정시킬 수가 없었는데, 간간이 구호하다. 식사를 한 뒤에 수사 선거이 · 세 조방장과 함께 이야기하다.

5월 29일

비바람이 그치지 않다. 사직(社稷)[1]의 위엄과 영험에 힘입어 겨우 조그마한 공로를 세웠는데, 임금의 총애를 받은 영광이 너무 커서 분에 넘친다. 장수의 직책을 띤 몸으로 티끌만한 공로도 바치지 못하여, 입으로 교서를 외우지만, 얼굴에는 군인으로서의 부끄러움이 있을 뿐이다.

6월 1일

저녁 나절에 맑다. 권 · 박 · 신 세 조방장과 웅천 현감 · 거제 현령과 함께 활 열다섯 순을 쏘다. 충청 수사 선거이는 이질(痢疾)[2]에 걸려 쏘지 않았다. 새로 번드는 영리가 들어오다.

6월 2일

종일 가랑비 내리다. 식사를 한 뒤에 대청에서 공무를 보다. 한비가 돌아가다. 어머니께 편지를 편지를 쓰다. 영리 강기경 · 조춘종 · 김경희 · 신홍언이 당직을 마치고 나오다. 오후에 가덕진 첨사 · 천성 만호 · 평산포 만호 · 적량 첨사 등이 와서 보다. 천성보 만호 윤홍년이 와서 청주의 이계의 편지와 서숙부의 편지를 전하며, 김개가 지난 삼월에 죽었다고 하다. 비통함을 이길 길이 없다. 저물 무렵에 권언경 영감이 와서 이야기하다.

---

1) 고대 중국에서, 새로 나라를 세울 때 천자와 제후가 제사를 지내던 땅의 신과 곡식의 신.

2) 뒤가 잦고 곱똥이 나오며 항문 둘레가 당기는 병으로, 급성 전염병임.

6월 3일

흐리되 비는 오지 않다. 식사를 한 뒤에 나가 공무를 보다. 각 보고 문서를 처리하고, 하달 공문을 내보내다. 느지막하게 가리포 첨사 · 남도포 만호가 오다. 권 · 신 두 조방장과 방답 첨사 · 사도 첨사 · 여도 만호 · 녹도 만호가 와서 활 열 다섯 순을 쏘다. 아침에 남해 현령이 달려와서 보고하는데, 해평군 윤두수가 남해에서 본영으로 건너온다고 한다. 그 까닭을 알 수 없으나 곧 배를 정비하고 현덕린을 본영으로 보내다. 사량만호가 와서 양식이 떨어졌다고 보고하고서 돌아가다.

6월 4일

맑다. 진주의 서생 김선명이라는 자가 계원유사(繼援有司)[3]가 되고 싶다고 여기에 왔는데, 보인(保人) 안득이라는 자가 데리고 오다. 그 말을 들어 살펴보니, 그 속을 보장하기 어려울 것 같아 아직 좀 두고 보자고 하고 공문을 만들어 주었다. 세 조방장과 사도 첨사 · 방답 첨사 · 여도 만호 · 녹도 만호가 와서 활 열다섯 순을 쏘다. 탐후선이 오지 않아 어머니의 안부를 알 수 없다. 걱정이 되고 눈물이 난다.

6월 5일

맑다. 이 조방장 등과 함께 같이 아침 식사를 하는데, 조방장 박종남은 병으로 오지 않았다. 저녁 나절에 우수사 · 웅천 현감 · 거제 현령이 와서 같이 종일 이야기하다. 오정 때부터 비가

---

3) 식량을 잇대 주는 직책 이름.

내려서 활을 쏘지 못하다. 나는 몸이 몹시 불편하여 저녁 식사도 먹지 않고 종일 쓰리고 앓다. 종 경이 들어와서 어머니께서 편안하시다고 하니 다행이다.

6월 6일

종일 비가 내리다. 몸이 몹시 불편하다. 송희립이 들어오다. 그 편에 도양장의 농사 형편을 들으니, 흥양 현감 배흥립이 무척 애를 썼기 때문에 추수가 잘 될 것이라고 하다. 계원유사 임영도 힘을 많이 쓴다고 하다. 정항이 이곳에 왔으나, 나는 몸이 불편하여 종일 앓다.

6월 7일

종일 비가 내리다. 몸이 몹시 불편하여 신음하며, 앉았다 누웠다 하다.

6월 8일

비가 내리다. 몸이 좀 나은 것 같다. 저녁 나절에 세 조방장이 와서 보고, 곤양 군수는 자기 아버지가 세상을 떠나 급히 집으로 돌아갔다고 전하다. 매우 섭섭하다.

6월 9일

맑다. 몸이 아직도 쾌하지 않는다. 답답하고 걱정된다. 조방장 신호 · 사도 첨사 · 방답 첨사가 편을 갈라서 활쏘기를 하는데, 신호 편이 이겼다. 저녁에 원수 군관 이희삼이 임금의 유지를 가지고 이곳에 왔는데, 조형도가 수군 한 사람에 양식 오 홉씩 · 물 칠 홉씩이라고 없는 것을 꾸며서 장계를 했다고 하다. 인간의 일이란 참으로 놀랍다. 천지에 어찌 이처럼 속이는 일이 있단 말인가. 저물 녘에 탐후선이 들어와서 어머니께서 이질에 걸렸다고 한다. 걱정이 되어 눈물이 난다.

6월 10일

맑다. 새벽에 탐후선을 본영으로 내어 보내다. 저녁 나절에 세 조방장 · 충청 수사 · 경상 수사가 와서 보다. 광주의 군량 서른 아홉 섬을 받다.

6월 11일

가랑비가 오고 바람이 세게 불다. 아침에 원수 군관 이희삼이 돌아가다. 저녁에 나가 공무를 보다. 광주 군량을 훔쳐 간 도둑놈을 가두다.

6월 12일

가랑비가 오고 바람 불다. 새벽에 아들 울이 들어오다. 어머니의 병환이 좀 덜하다고 한다. 그러나 연세가 아흔인지라 이런 위험한 병에 걸리셨으니, 염려가 되고 눈물이 난다.

6월 13일

흐리다. 새벽에 경상 수사 배설을 잡아오라는 명령이 내려졌다. 그 대신으로는 권준이 되었다. 남해 현령 기효근은 그대로 유임되었다고 한다. 놀라운 일이다. 저녁 나절에 경상 수사 배설에게 다녀가서 보고 돌아오다. 어두워서 탐후선이 들어오다.

금오랑이 이미 영(營) 안에 와 있다고 한다. 또 별좌(別坐)[1]의 편지를 보니, 어머니 병환이 차차 나아간다고 한다. 다행이다.

6월 14일

새벽에 큰비가 내리다. 사도 첨사가 활을 쏘자고 청해 우수사와 여러 장수들이 다 모였는데, 저녁 나절에 개었으므로 활 열두 순을 쏘다. 저녁에 금오랑이 경상 수사 배설을 잡아갈 일로 들어오다. 권준을 수사로 임명한다는 조정의 공문과 유서와 밀부(密符)[2]도 오다.

6월 15일

맑다. 새벽에 망궐례를 하다. 식사를 한 뒤에 포구로 나가 배설을 떠나 보내니 마음이 불편하다. 아들 울이 돌아가다. 오후에는 조방장 신호와 함께 활 열 순을 쏘다.

6월 16일

맑다. 나가 공무를 보다. 순천의 칠 호선의 장수 장일이 군량을 훔치다가 잡혀 왔으므로 처벌하다. 오후에 두 조방장과 미조항 첨사 등과 함께 활 일곱 순을 쏘다.

6월 17일

맑으나 바람이 종일 불다. 경상 수사 권준 · 충청 수사 선거이 · 두 조방장이 같이 활을 쏘다.

---

1) 조선 시대, 각 관아에 딸려 있던 정5품 또는 종5품의 벼슬.

2) 유수 · 감사 · 병마사 · 수사 · 방어사들이 차던 병부.

6월 18일

비가 오락가락하다. 진주의 유생 류기룡 및 하응문이 양식을 대어 달라면서 쌀 다섯 섬을 받아 가다. 저녁 나절에 조방장 박종남과 함께 활 열 다섯 순을 쏘고 헤어지다.

6월 19일

비가 내리다. 홀로 다락 위에 앉아서 몽매간에 아들 면이 윤덕종의 아들 윤운로와 같이 왔는데, 어머니의 편지를 보니 병환이 완쾌하시다고 한다. 천만다행이다. 신홍헌 등이 들어와서 보리 일흔 여섯 섬을 바치다.

6월 20일

비가 오락가락하다. 종일 다락에 앉아서 충청 수사가 말이 분명하지 않다는 말을 들었다. 저녁에 몸소 가서 보니, 중태에 이르지는 않았으나 습한 곳에 기거함으로 일어나는 뼈마디가 저리고 아픈 풍습이라는 병으로 많이 상하다. 무척 염려가 된다.

6월 21일

맑다. 몹시 덥다. 식사를 한 뒤에 나가 공무를 보다. 신홍헌이 돌아가다. 거제 현령은 또 오다. 경상 수사 권준이 보고하는데, 평산포 만호 김축이 병에 걸려 심하다고 한다. 그래서 내어 보낼 일로 적어서 보내다.

6월 22일

맑다. 할머니의 제삿날이라 공무를 보지 않다. 경상 수사가 와서 보다.

6월 23일

맑다. 두 조방장과 함께 활을 쏘다. 저녁에 배영수가 돌아가다.

6월 24일

맑다. 우도(右道)의 각 고을과 포구에 부정 사실을 조사하다. 음탕한 계집 열 두 명을 잡아다가 그 대장을 아울러 처벌하다. 저녁 나절에 침을 맞아 활을 쏘지 않았다. 허주·조카 해가 들어오다. 전마(戰馬)도 오다. 기성백의 아들 기징헌이 그의 서숙부 기경충과 함께 오다.

6월 25일

맑다. 원수의 공문이 들어오다. "세 위장(衛將)을 세 패로 갈라 보낸다"고 하고, 또 소서행장이 일본에서 와서 화친할 것을 이미 결정했다고 한다. 저녁에 조방장 박종남과 충청 수사 선거이에게로 가서 그의 병세를 보니, 이상한 일이 많았다.

6월 26일

맑다. 식사를 한 뒤에 공무를 보고 활 열다섯 순을 쏘다. 경상 수사가 와서 보다. 오늘이 권언경 영감의 생일이라고 한다. 그래서 국수를 만들어 먹고 술도 몹시 취하며 거문고도 듣고 피리도 불다가 저물어서야 헤어지다.

6월 27일

맑다. 허주 · 조카 해 · 기운로 등이 돌아가다. 나는 조방장 신호 · 거제 현령과 함께 활 열 순을 쏘다.

6월 28일

맑다. 나라 제삿날[1]이라 공무를 보지 않다.

6월 29일

맑다. 아침나절에 대청으로 나가다. 우수사가 와서 활 열 순을 쏘다.

6월 30일

맑다. 문어공이 생마(生麻)를 사들일 일로 나가다. 이상록도 돌아가다. 저녁 나절에 거제 현령 · 영등포 만호가 와서 보다. 방답 첨사 · 녹도 만호 · 조방장 신호가 활 열 두 순을 쏘다.

7월 1일

잠깐 비가 내리다. 나라 제삿날[2]이라 공무를 보지 않다. 홀로 다락 위에 기대어 나라의 돌아가는 꼴을 생각하니, 위태롭기가 마치 아침 이슬과 같다. 안으로는 정책을 결정할 만한 기둥 같은 인재가 없고, 밖으로는 나라를 바로잡을 주춧돌 같은 인물이 없으니, 모르겠다. 나라의 운명이 어떻게 되어 갈지. 마음이 괴롭고 어지러워서 종일 엎치락뒤치락하다.

---

1) 명종의 제사를 말함.
2) 인종의 제사.

7월 2일

맑다. 오늘은 돌아가신 아버지의 생신날이다. 슬픈 마음이 들어 나도 모르게 눈물이 흘렀다. 저녁 나절에 활 열 순을 쏘고, 또 철전 다섯 순 · 편전 세 순을 쏘다.

7월 3일

맑다. 아침에 충청 수사에게로 가서 문병하니 많이 나았다고 한다. 저녁 나절에 경상 수사가 이곳에 와서 서로 이야기한 뒤에 활 열 순을 쏘다. 밤 열 시쯤에 탐후선이 들어오다. 어머니께서 편안하시다고 하나 입맛이 없으시다고 한다. 몹시 걱정이다.

7월 4일

맑다. 나주 판관이 배를 거느리고 진으로 돌아오다. 이전 등이 산 일터에서 노를 만들 나무를 가지고 와서 바치다. 식사를 한 뒤에 대청으로 나가다. 미조항 첨사 · 웅천 현감이 와서 활을 쏘다. 군관들은 내기로 환각궁을 쏘았는데, 노윤발이 으뜸이었다. 저녁에 임영 · 조응복이 오다. 양정언은 휴가를 얻어 돌아가다.

7월 5일

맑다. 대청으로 나가 공무를 보다. 저녁 나절에 조방장 박종남 · 조방장 신호가 오다. 방답 첨사는 활을 쏘다. 임영은 돌아가다.

7월 6일

맑다. 정항 · 금갑도 만호 · 영등포 만호가 와서 보다. 저녁 나절에 나가 공무를 보고 활 여덟 순을 쏘다. 종 목년이 곰내에서 와서 어머니께서 편안하시다고 한다.

7월 7일

흐리되 비는 오지 않다. 경상 수사 · 두 조방장 · 충청 수사가 오다. 방답 첨사 · 사도 첨사 등을 편을 갈라 활을 쏘다. 경상 우병사에게서 임금님의 유지가 왔는데, "전쟁의 재앙이 나라에 참혹하게 만들고, 원수 놈은 나라 안에 있어 귀신도 부끄러워하고, 사람도 원통해 함이 천지에 사무쳤건만, 아직도 요망한 기운을 빨리 쓸어버리지 못하고, 원수 놈과 한 하늘을 함께 이고 있음을 끊어 버리지도 못하니 통분하다. 그러니 무릇 혈기가 있는 자로서 누가 팔을 걷고 마음을 썩히면서 원수 놈의 그 살점을 저미고 싶지 않겠는가! 그런데 경은 적과 마주 진치고 있는 일선 장수로서 조정의 명령도 없이 함부로 적과 대면하여 감히 패역(悖逆)[1]한 말을 지껄이고, 또 여러 번 사사로이 편지를 통해 적의 기세를 높이고, 적에게 애교를 부릴뿐더러, 수호 · 강화설이 명나라에까지 미쳐 부끄럽게 하고, 흔단을 열어 놓기에 조금도 거리낌이 없도다. 생각하건대 군율로 다스려도 아까울 것이 없을 것이지만, 오히려 관대히 용서하고 돈독히 타이르고 경계하도록 책망하기도 한다. 아닌 게 아니라 오히려 고집을 부리고 스스로 죄의 구렁텅이로 빠져 들어가니, 내가 보기에는 몹시

---

1) 도리에 어긋나고 불순한 것.

해괴하고 그 까닭을 알 수가 없다. 이에 비변사의 낭청 김용을 보내어 구두로 나의 뜻을 전하니, 경은 그 마음을 고쳐서 정신을 가다듬어 후회할 일을 하지 말라"는 것이었다. 이것을 보니, 놀랍고도 죄송스러움을 가눌 길이 없다. 김응서란 어떤 자이기에 스스로 회개하여 다시 힘쓴다는 말을 듣지 못했다. 만약 쓸개라도 있는 자라면 반드시 자살이라도 할 것이다.

7월 8일

맑다. 식사를 한 뒤에 나가 공무를 보다. 영등포 만호 · 조방장 박종남이 와서 보다. 우수사의 군관 배영수가 그 장수의 명령을 받고 와서 군량 스무 섬을 주고 갔다. 동래 부사 정광좌가 와서 부임하다고 아뢰다. 활 열 순을 쏘고 헤어지다. 종 목년이 돌아오다.

7월 9일

맑다. 오늘은 말복이다. 가을 기운이 서늘해지니, 회포가 많이 일어난다. 미조항 첨사가 와서 보고 갔다. 웅천 현감 · 거제 현령이 활을 쏘고 갔다. 밤 열 시쯤에 바다 위의 달빛이 다락에 가득 차니, 생각이 번거로워 다락 위를 어슬렁거리다.

7월 10일

맑다. 몸이 몹시 불편하다. 저녁 나절에 우수사를 만나 서로 이야기하다. 양식이 떨어져도 아무런 계책이 없다는 말을 많이 하다. 무척 답답하여 괴롭기만 하다. 조방장 박종남도 오다. 술 두어 잔을 마셨더니, 몹시 취하다. 밤이 깊어 다락 위에 누웠더니, 초생달 빛이 다락에 가득하여 마음을 억누를 수 없다.

7월 11일

맑다. 아침에 어머니 앞으로 편지를 쓰고, 여러 곳에도 편지를 써 보내다. 무재 · 박영이 직접 일하러 나가다. 나가 공무를 보고, 활 열 순을 쏘다.

7월 12일

맑다. 아침 식사를 한 뒤에 경상 우수사가 와서 보다. 그와 함께 활 열 순 · 철전 다섯 순을 쏘다. 해질 무렵 서로 회포를 풀고 물러가다. 가리포 첨사도 와서 같이 하다.

7월 13일

맑다. 가리포 첨사 · 우수사가 같이 와서 가리포 첨사가 술을 바치다. 활 다섯 순 · 철전 두 순을 쏘았는데, 몸이 몹시 불편하다.

7월 14일

저녁 나절에 개다. 군사들에게 휴가를 주다. 녹도 만호 송여종으로 하여금 사망한 군졸들에게 제사를 지내도록 쌀 두 섬을 주다. 이상록 · 태구련 · 공태원 등이 들어오다. 어머니께서 병이 나아 편안하시다고 한다. 이 얼마나 다행인가!

7월 15일

맑다. 저녁 나절에 대청으로 나가니, 박 · 신 두 조방장과 방답 첨사 · 여도 만호 · 녹도 만호 · 보령 현감 · 결성 현감 및 이언준 등이 활을 쏘고 술을 마시다. 경상 수사도 와서 같이 이야기하고, 그로 하여금 씨름 내기를 하다. 정항이 오다.

7월 16일

맑다. 아침에 들으니, 김대복이 병세가 몹시 위태롭다고 한다. 매우 걱정스럽다. 곧 송희립 · 류홍근을 시켜 간호하게 했으나, 무슨 병인지를 알지 못해 무척 답답하다. 저녁 나절에 나가 공무를 보다. 순천 부사 정석주 · 영광도 훈도 주문상을 처벌하다. 저녁에 원수에게 가는 공문과 병사에게 갈 공문를 초잡아 주었다. 미조항 첨사 성윤문 · 사도 첨사 김완이 휴가 신청서를 제출하므로 성 첨사에게는 열흘, 김 첨사에게는 사흘을 주어 보내다. 녹도 만호는 유임한다는 병조의 공문이 내려오다.

7월 17일

비가 내리다. 거제 현령이 달려와서 보고하는데, "거제에 있던 왜적이 벌써 철수하여 돌아갔다"고 하다. 그래서 곧 정항을 시켜 정해 보내다. 대청으로 나가 공무를 보다. 내일 출항하여 나갈 일을 전령하다.

7월 18일

맑다. 아침에 대청으로 나가, 박 · 신 두 조방장과 같이 아침 식사를 하다. 오후에 출항하여 지도[1]에 이르러 정박하고 밤을

---

1) 통영시 용남면.

지내다. 한밤 자정에 거제 현령이 와서 말하기를 장문포[2]의 왜적 소굴이 이미 텅텅 비어 버렸으며, 다만 서른 명 남짓이라고 하다. 또 사냥하는 왜놈을 만나 활을 쏘아 한 놈은 목을 베고, 한 놈은 사로잡았다고 하다. 밤 두 시쯤에 출항하여 견내량으로 돌아오다.

7월 19일

맑다. 우수사 · 경상 수사 · 충청 수사 · 두 조방장과 함께 이야기하고서 헤어지다. 오후 네 시쯤에 진으로 돌아오다. 당포 만호를 찾아서 잡아다 현신하지 않은 죄로 곤장을 치다. 김대복의 병세를 가서 보다.

7월 20일

흐리다. 두 조방장과 함께 같이 아침 식사를 하다. 느지막이 거제 현령 및 전 진해 현감 정항이 오다. 오후에 나가 공무를 보고 활 다섯 순 · 철전 네 순을 쏘다. 좌병사의 군관이 편지를 가지고 오다.

7월 21일

바람이 세게 불고 비가 내리다. 우후가 들어온다고 들었다. 식사를 한 뒤에 태구련 · 언복이 만든 환도를 충청 수사 · 두 조방장에게 각각 한 자루씩 나누어주다. 저물 무렵에 아들 울 · 회와 우후가 같은 배로 섬 밖에 이르러 아들들만 들어오다.

---

2) 거제시 장목면 장목리.

7월 22일

흐리고 바람이 세게 불다. 이충일이 그의 부친의 별세 소식을 듣고 나가다.

7월 23일

맑다. 저녁 나절에 말달리는 일로 원두구미[1]로 갔더니, 두 조방장 및 충청 수사도 오다. 저녁에 작은 배를 타고 돌아오다.

7월 24일

맑다. 나라 제삿날[2]이라 공무를 보지 않다. 충청 수사가 와서 이야기하다.

7월 25일

맑다. 충청 수사의 생일이라 음식을 마련해 오다. 우수사 · 경상 수사 및 조방장 신호 등과 함께 취해 마구 이야기하다. 저녁에 조방장 정응운이 오다.

7월 26일

맑다. 아침에 정영동 · 윤엽 · 이수원 등과 홍양 현감이 들어오다. 식사를 한 뒤에 우수사와 충청 수사도 와서 조용히 이야기하다.

---

1) 통영시 한산면 염호리 역졸포.

2) 도조의 제사.

7월 27일

맑다. 어사의 공문이 들어오다.

7월 28일

맑다. 아침 식사를 한 뒤에 배로 내려가 삼도를 모아 포구 안에 진을 치다. 오후 두 시쯤에 어사 신식이 진에 오다. 곧 대청으로 내려가 마주하여 이야기하고, 각 수사 및 세 조방장을 청해 같이 이야기하다.

7월 29일

흐리고 바람이 세게 불다. 어사 신식이 좌도 소속의 다섯 포구의 부정 사실을 조사 · 점고하다. 저녁에 이곳에 와서 조용히 이야기하다.

8월 1일

비바람이 세게 일다. 어사 신식과 같이 식사하고, 곧 배로 내려가 순천 등의 다섯 고을의 배를 점검하다. 저물어서 나는 어사가 있는 곳으로 내려가 같이 이야기하다.

8월 2일

흐리다. 우도의 전선을 점고한 뒤에 그대로 남도포 막사에서 머무르다. 나는 나가 앉아 충청 수사와 함께 이야기하다.

8월 3일

맑다. 어사는 느지막이 경상도 진으로 가서 점고(點考)하다.

저녁에 경상도 진으로 가서 같이 이야기하는데, 몸이 불편하여 곧 돌아오다.

8월 4일

비가 내리다. 어사가 이곳에 왔기에, 여러 장수를 모아 종일 이야기하고서 헤어지다.

8월 5일

흐리되 비는 오지 않다. 아침에 어사와 작별을 이야기하러 충청 수사 있는 곳에 이르러 어사를 전별(餞別)[1]하고 나니, 조방장 정응운이 아뢰고 돌아가다.

8월 6일

비가 흠뻑 쏟아지다. 수사 · 경상 수사 · 두 조방장이 모여 함께 종이 이야기하고서 헤어지다.

8월 7일

비가 내리다. 아침에 아들 울과 허주 및 현덕린 · 우후 이몽구가 같이 배를 타고 나가다. 저녁 나절에 두 조방장 · 충청 수사가 같이 이야기하다. 저녁에 표신(標信)[2]을 가진 선전관 이광후가 임금의 유지를 가지고 오다. "원수가 삼도 수군을 거느리고 바로 적의 소굴로 들어가라"는 것이었다. 그와 함께 이야기하며 밤을 새우다.

---

1) 서운하여 잔치를 베풀고 작별하는 것.

2) 궁중에 급변을 전할 때나 대궐에 드나들 때에 사용하는 문표(門標).

8월 8일

비가 내리다. 선전관이 나가다. 경상 수사 · 충청 수사 및 두 조방장과 같이 이야기하다가 같이 저녁밥을 먹었다. 날이 저물어서 저마다 돌아가다.

8월 9일

하늬바람이 세게 불다.

8월 10일

맑다. 몸이 불편한 것 같다. 홀로 다락 위에 앉았으니, 온갖 생각이 다 일어난다. 저녁 나절에 대청으로 나가 공무를 보고 난 뒤에 활 다섯 순을 쏘다. 정제와 결성 현감 손안국이 같이 배로 나가다.

8월 11일

비가 오락가락하다. 종 한경도 본영으로 가다. 배영수 · 김응겸이 활쏘기를 겨루어 김응겸이 이기다.

8월 12일

흐리다. 일찍 나가 공무를 보다. 저녁 나절에 두 조방장과 함께 활을 쏘다. 김응겸이 경상 우수사에게 갔다가 돌아올 때에 우수사 이억기에게 들러서 뵙고 활쏘기 겨루기를 했는데, 배영수가 또 졌다고 하다.

8월 13일

종일 비가 내리다. 장계 초고를 고치고 공문을 결재하다. 독수가 왔는데, 도양 장[1]의 둔전(屯田)[2] 치는 일에 이기남이 하는 짓이 괴상한 것이 많다고 하다. 그래서 우후가 달려가 부정 사실을 조사하도록 공문을 만들어 보내다.

8월 14일

종일 비가 내리다. 진해 현감 정항 및 영등포 만호 조계종이 와서 이야기하다.

8월 15일

새벽에 망궐례를 하다. 우수사 이억기 · 가리포 첨사 이응표 · 임치 현감 홍견 등 여러 장수와 함께 오다. 오늘 삼도의 사수와 본도 잡색군을 먹이고, 종일 여러 장수와 함께 같이 취하다. 오늘 밤 으스름 달빛이 다락을 비치니, 잠을 이룰 수 없어 밤새도록 휘파람 불며 시를 읊다.

8월 16일

궂은비가 걷히지 않고 종일 부슬부슬 내리다. 생각이 몹시 어지럽다. 두 조방장과 같이 이야기하다.

8월 17일

가랑비가 오고 샛바람이 불다. 새벽에 김응겸을 불러 일을 묻

1) 고흥군 도양면.
2) 주둔병의 군량을 자급하기 위해 마련된 밭.

다. 저녁 나절에 나가 공무를 보다. 두 조방장과 함께 이야기하고 활 열 순을 쏘다.

8월 18일

궂은비가 걷히지 않다. 신 · 박 두 조방장이 와서 같이 이야기하다.

8월 19일

날씨가 활짝 개다. 두 조방장 및 방답 첨사와 함께 활을 쏘다. 밤 열 시쯤에 조카 봉 · 아들 회 · 울이 들어와 "체찰사 이원익이 이십 일 일에 진주성에 이르러 군사에 관한 일을 묻고자 체찰사의 군관이 들어왔다"고 하다.

8월 20일

맑다. 종일 체찰사의 전령을 기다렸으나 오지 않았다. 경상수사 권준 · 우수사 이억기 · 발포 만호 황정록이 와서 보고 돌아가다. 밤 열 시쯤에 전령이 들어오다. 한밤 자정에 배를 타고 곤이도[3]에 이르다.

8월 21일

흐리다. 저녁 나절에 소비포[4] 앞바다에 이르니, 전라 순찰사 홍세공의 군관 이준이 공문을 가지고 오다. 강응표 · 오계성이 같이 와서 함께 한 시간 남짓 이야기하다. 이억기 · 권언경 · 박

3) 통영시 산양면 곤리도.
4) 고성군 하이면 덕명포.

종남 · 신호에게 편지를 쓰다. 저물 무렵에 사천 땅 침도[1]에 이르러 자다. 밤에 몸이 몹시 차갑고 마음이 쓸쓸하다.

8월 22일

맑다. 이른 아침에 각종 공문을 만들어 체찰사에게 보내다. 아침밥을 먹은 뒤에 걸어서 사천현에 이르다. 오후에 진주 남강가에 이르니, 체찰사는 벌써 진주에 들어왔다고 하다.

8월 23일

맑다. 체찰사 있는 곳으로 가서 조용히 이야기하는 사이에 백성을 위하여 고통을 덜어 주어야겠다는 생각이 많이 나가다. 호남 순찰사는 헐뜯어 말하는 기색이 많으니, 한탄할 일이다. 저녁 나절에 김응서와 같이 촉석루에 이르러 장병들이 패전하여 죽은 곳을 보니, 비통함을 이기지 못했다. 이윽고 체찰사가 나더러 먼저 가라고 하므로 배를 타고 소비포로 돌아와 정박하다.

8월 24일

맑다. 새벽에 소비포 앞에 이르니, 고성 현령 조응도가 와서 알현(謁見)[2]하고서 소비포 앞바다에서 자다. 체찰사 · 부사 김륵과 종사관 노경임도 자다.

8월 25일

맑다. 일찍이 식사를 한 뒤에 체찰사와 부사 · 종사관은 함께

---

1) 삼천포 신수도.

2) 지체가 높고 귀한 사람을 찾아뵙는 일.

내가 탄 배를 타고, 오전 여덟 시쯤에 출항하여, 같이 서서 여러 섬과 진을 합병할 곳과 접전할 곳 등을 손가락으로 가리켜 보이면서 종일 의논하다. 곡포[3]는 평산포[4]에 합하고, 상주포[5]는 미조항[6]에 합하고, 적량[7]은 삼천포[8]에 합하고, 소비포[9]는 사량[10]에 합하고, 가배량[11]은 당포[12]에 합하고, 지세포[13]는 조라포[14]에 합하고, 제포[15]는 웅천에 합하고, 율포[16]는 옥포[17]에 합하고, 안골포[18]는 가덕진[19]에 합치기로 결정하다. 저녁에 진중에 이르러 여러 장수들이 교서에 숙배하고 공사례를 한 다음 헤어지다.

8월 26일

맑다. 저녁에 부사 김륵과 서로 만나 은밀히 이야기하다.

---

3) 남해군 이동면 화계리.
4) 남면 평산리.
5) 상주면 상주리.
6) 미조면 미조리.
7) 창선면 진동리 적량.
8) 사천시 삼천포.
9) 고성군 하이면 덕명포.
10) 통영시 사량면 금평리.
11) 거제시 도산면 노전동.
12) 통영시 산양면 삼덕리.
13) 일운면 지세포리.
14) 일운면 구조라리.
15) 진해시 웅천1동 제덕동.
16) 거제시 장목면 대금리.
17) 거제시 장승포시 옥포동.
18) 진해시 안골동.
19) 부산시 강서구 천가동.

8월 27일

맑다. 군사 오천 사백 팔십 명에게 밥을 먹이다. 저녁에 상봉에 이르러 적진이 있는 곳과 적이 다니는 길을 손가락으로 가리켜 보다. 바람이 몹시 사납다. 밤을 틈타 도로 내려오다.

8월 28일

맑다. 이른 아침에 체찰사 및 부사 · 종사관이 같이 다락 위에 앉아 여러 가지 폐단 되는 점을 의논하다. 식사를 하기 전에 배로 내려와서 배를 타고 나가다.

8월 29일

맑다. 일찍 나가 공무를 보다. 경상 수사가 체찰사 있는 곳에서 오다.

9월 1일

맑다. 새벽에 망궐례를 하다. 탐후선이 들어오다. 우후가 도양장에서 와서 영에 이르러 공문을 가치고 와 바치는데, 정사립을 해치는 뜻이 많이 있으니 우습다. 종사관 류공진도 병을 돌아가 치료하겠다고 하므로 결재해 보내다.

9월 2일

맑다. 새벽에 지휘선을 출항시키다. 재목을 끌어내릴 군사 천이백 팔십 삼 명에게 밥을 먹이고서 끌고 내려오다. 충청 수사 · 우수사 · 경상 수사 · 두 조방장과 함께 이르러 종일 이야기하고서 헤어지다.

9월 3일

맑으며 샛바람이 세게 불다. 아우 여필과 아들 울과 유헌이 돌아가다. 강응호가 도양장 추수할 일로 같이 돌아가다. 정항 · 우수 · 이섬이 정탐하고 들어와서, "영등포 적진은 초이틀에 소굴을 비우고 누각과 모든 소굴을 불살라 버렸다"고 하다. 웅천의 적에게 투항하여 붙었던 사람 공수복 등 열 일곱 명을 달래어 오다.

9월 4일

맑다. 경상 수사가 와 보기를 청해 종일 이야기하고 돌아가다. 아우 여필 · 아들 울 등이 잘 갔는지 알 수 없어 몹시 궁금하다.

9월 5일

맑다. 아침에 경상 수사 권준이 소고기를 조금 보내다. 충청수사 · 조방장 신호와 같이 식사를 하고 난 뒤에 신 조방장 · 충청 수사 선거이와 함께 같은 배로 경상 수사가 있는 곳으로 가서 종일 이야기하고 저물어서야 돌아오다. 이 날 체찰사의 공문이 왔는데, 순천 · 광양 · 낙안 · 흥양이 갑오년[1]의 전세(田稅)를 실어 오라는 것이었다. 그래서 곧 답장하다.

9월 6일

맑으나 바람이 세게 불다. 충청 수사가 술을 바치므로 우수사

1) 1594년.

· 두 조방장이 와서 같이 마셨다. 송덕일이 들어오다.

9월 7일

맑다. 식사를 한 뒤에 경상 수사가 오다. 충청도 병영의 배와 서산 · 보령의 배를 내어 보내다.

9월 8일

맑다. 나라 제삿날[1)]이라 공무를 보지 않다. 식사를 한 뒤에 아들 회와 송덕일이 같은 배로 나가다. 충청 수사 · 두 조방장이 와서 이야기하다.

9월 9일

맑다. 우수사 및 여러 장수들이 일제히 모여서 영내의 군사들에게 떡 한 섬을 골고루 나누어주고 이를 초저녁에 끝내고 돌아가다.

9월 10일

맑다. 오후에 나는 충청 수사 및 두 조방장과 함께 우수사 있는 데로 가서 같이 이야기하고 밤에 돌아오다.

9월 11일

흐리다. 몸이 몹시 불편하여 공무를 보지 못하다.

---

1) 세조의 제사를 말함.

9월 12일

흐리다. 아침에 충청 수사 및 두 조방장을 청해 같이 아침밥을 먹고 늦게 끝내고 돌아가다. 저녁에 경상 수사와 우후 및 정항이 술을 가지고 와서 같이 이야기하고서는 밤이 늦어서야 헤어지다.

9월 13일

맑다. 다락에 기대어 혼자 앉았으니 마음이 불편하다.

9월 14일

맑다. 저녁 나절에 나가 공무를 보다. 우수사 · 경상 우수사가 같이 와서 이별하는 술잔을 들고서 밤이 깊어서야 헤어지다. 수사 선거이와 작별하며 준 시는 이러하다.

북쪽에 갔을 때도 같이 일하고
남쪽에 와서도 죽사리같이 하더니
오늘 밤 이 달 아래 한 잔을 나누면
내일이면 우리 서로 헤어져야 하리

9월 15일

맑다. 수사 선거이가 와서 아뢰고 돌아가는데, 또 이별의 잔을 들고나서 헤어지다.

9월 16일

맑다. 나가 공무를 보다. 장계를 봉하는 것을 감시하다. 이날 저물 무렵 일식을 하여 밤이 되어서야 밝아졌다.

9월 17일

맑다. 식사를 한 뒤에 서울에 편지를 써 보내다. 김희번이 장계를 가지고 나가다. 유자 서른 개를 영의정에게 보내다.

9월 18일

저녁 나절에 조방장 정응운이 들어와서 같이 이야기하다.

9월 19일

맑다. 조방장 정응운이 들어왔다가 돌아가다.

9월 20일

밤 두 시쯤에 둑제를 지내다. 사도 첨사 김완이 헌관으로 행사하다. 아침에 우수사가 와서 보다.

9월 21일

맑다. 박 · 신 두 조방장과 같이 아침밥을 먹었다. 박 조방장을 작별하려 했으나, 그대로 경상 수사를 작별하고서 갔다가 그만 날이 저물었기 때문에 하지 못하다. 저녁에 이종호가 들어오다. 다만 목화만 가져 왔기로 모두 나누어주다.

9월 22일

맑다. 샛바람이 세게 불다. 박자윤 영감이 나가다. 경상 우수사도 와서 전별하다.

9월 23일

맑다. 나라 제삿날[1]이라 공무를 보지 않다. 웅천 사람인데, 사로잡혔던 박록수 · 김희수가 와서 알현하고 겸해 적정을 보고하다. 그래서 무명 한 필씩을 나누어주어 보내다.

9월 24일

맑다. 아침에 각처에 편지 열 통 남짓 썼다. 아들 울 · 면과 방익순 및 온개 등과 함께 나가다. 이날 저녁에 우수사 · 경상 수사가 와서 보다.

9월 25일

맑다. 오후 두 시쯤에 녹도의 하인이 실수로 불을 내어 대청 다락방 등이 모두 타 버렸다. 군량 · 화약 · 군기 등의 창고에는 불이 붙지 않았으나, 다락 위에 있던 장전과 편전 이백 여 개가 모두 타 버렸으니 애석하다.

9월 26일

맑다. 홀로 온종일 배 위에 앉아 있다가 앉았다 누웠다 하니, 마음이 편하지 않다. 이언량이 재목을 깎아 가지고 오다.

9월 27일

흐리다. 안골포 사람으로 왜적에게 붙었던 이백 삼십여 명이 오다. 배는 스물 두 척이라고 우수가 와서 보고하다. 식사를 한

---

1) 태조 신의왕후 한 씨의 제사를 말함.

뒤에 불난 데로 올라가 집 지을 만한 터를 손가락으로 가리켜 보이다.

9월 28일

맑다. 식사를 한 뒤에 집 짓는 곳으로 올라가다. 우수사 · 경상 수사가 와서 보다. 아들 회 · 울이 기별을 듣고 들어오다.

9월 29일

맑다.

9월 30일

맑다.

10월 1일

맑다. 조방장 신호와 함께 같이 아침 식사를 하고 그대로 작별하는 술자리를 베풀다. 저녁 나절에 신호가 나가다.

10월 2일

맑다. 대청에 대들보를 올리다. 또 지휘선을 연기로 그을리다. 우수사 · 경상 수사 및 이정충이 와서 보다.

10월 3일

맑다. 해평군 윤근수의 공문을 구례의 유생이 가지고 오다. "김덕령과 전주의 김윤선 등이 죄 없는 사람을 죽이고 수군 진영으로 도망하여 진으로 들어왔다"고 한다. 그래서 이들을 수색해 보니 구월 십 일경에 보리씨를 바꿀 일로 진에 왔다가 곧 돌아갔다고 한다.

10월 4일

맑다.

10월 5일

이른 아침에 다락에 올라가 역사하는 것을 보고서 다락 위 바깥쪽 서까래에 흙을 치올려 바르다. 투항해 온 왜놈들로 하여금 물건 나르는 일을 시키다.

10월 6일

식사를 한 뒤에 우수사 및 경상 수사가 와서 보다. 저녁에 웅천 현감 이운룡이 오다. 그 편에 명나라 사신 양방형이 부산으로 들어갔다고 하는 말을 듣다. 이날 사로잡혔던 사람 스물네 명이 나오다.

10월 7일

맑다. 화창하기가 봄날 같다. 임치 첨사 홍견이 와서 보다.

10월 8일

맑다. 조카 완이 들어오다. 진원과 조카 해의 편지도 오다.

10월 9일

맑다. 각처에 답장을 써서 보내다. 대청을 짓는 것을 다 마치다. 우우후 이정충이 와서 보다.

10월 10일

맑다. 저녁 나절에 대청으로 나가 공무를 보다. 우수사 · 경상 수사가 아울러 와서 조용히 이야기하다.

10월 11일

맑다. 일찍 다락방으로 올라가 종일 역사하는 것을 보다.

10월 12일

맑다. 일찍 다락 위로 올라가 역사하는 것을 보다. 서쪽 행랑을 만들어 세우다. 저녁에 송홍득이 들어왔는데, 미친 듯이 망령된 말이 많다.

10월 13일

맑다. 일찍 새로 지은 다락에 올라가 대청에 흙을 치올려 붙이는데 투항해 온 왜놈들에게 시켰다. 송홍득이 군관으로 따라 나가다.

10월 14일

맑다. 우수사 · 경상 수사 · 사도 첨사 · 여도 만호 · 녹도 만호 등이 와서 보다.

10월 15일

맑다. 새벽에 망궐례를 행하다. 저녁에 달빛을 타고 우수사 이억기에게 가서 전별하다. 경상 수사 · 미조항 첨사 · 사도 첨사도 오다.

10월 16일

맑다. 새벽에 새로 지은 다락방으로 올라가다. 우수사 · 임치 첨사 · 목포 만호 등이 나가다. 그대로 새 다락방에서 자다.

10월 17일

맑다. 아침에 가리포 첨사 · 금갑도 만호가 와서 같이 아침 식사를 하다. 진주의 하응구 · 류기룡 등이 계원미(繼援米) 스무 섬을 가지고 와서 바쳤다. 부안의 김성업 · 미조항 첨사 성윤문이 와서 보다. 정항이 아뢰고 돌아가다.

10월 18일

맑다. 경상 수사 권준과 우우후 이정충이 와서 보다.

10월 19일

맑다. 아들 회 · 면이 나가다. 송두남이 장계를 가지고 서울로 가다. 김성업도 돌아가다. 이운룡이 와서 보다.

10월 20일

맑다. 저녁 나절에 가리포 첨사 · 금갑도 만호 · 남도포 만호 · 사도 첨사 · 여도 만호가 와서 보기에 술을 먹여 보내다. 저물 무렵에 영등포 만호도 와서 저녁 식사를 하고 돌아가다. 이 날 밤바람은 몹시도 싸늘하고 차가운 달빛은 대낮 같아 잠을 이루지 못하고 밤새도록 뒤척이니 온갖 생각이 가슴을 치민다.

10월 21일

맑다. 이설이 휴가 신청을 했으나 허가하지 않다. 저녁 나절에 우우후 이정충 · 금갑도 만호 가안책 · 이진권관 등이 와서 보다. 바람이 몹시 싸늘하여 잠을 이룰 수 없어 공태원을 불러 왜적의 정황을 묻다.

10월 22일

맑다. 가리포 첨사 · 미조항 첨사 · 우후 등이 와서 보다. 저녁에 송희립 · 박태수 · 양정언이 들어오다. 전문(箋文)을 모시고 갈 유생도 들어오다.

10월 23일

맑다. 아침에 전문을 보낸 뒤에 대청으로 나가 공무를 보다.

10월 24일

맑다. 경상 수사가 와서 보다. 하응구도 와서 종일 이야기하고 저물어서 돌아가다. 박태수 · 김대복이 아뢰고 돌아가다.

10월 25일

맑다. 가리포 첨사 · 우후 · 금갑도 만호 · 회령포 만호 · 녹도 만호 등이 와서 보고 돌아가다. 저녁에 정항이 아뢰고서 돌아가므로 전별하다. 띠풀을 베어 올 일로 이상록 · 김응겸 · 하천수

·송의련·양수개 등이 군사 팔십 명을 거느리고 나가다.

10월 26일

맑다. 임달영이 왔다고 한다. 불러서 제주도 가는 일을 물었다. 방답 첨사가 들어오다. 송홍득·송희립 등이 사냥하러 가다.

10월 27일

맑다. 우우후·가리포 첨사가 오다.

10월 28일

맑다. 경상 우후 이의득이 와서 보다. 띠풀을 베러 갔던 배가 들어오다. 밤에 비가 오고 우레가 여름철같이 치니 괴상한 일이다.

10월 29일

맑다. 가리포 첨사 이응표·이진권이 관가로 돌아가다. 경상 수사 권준·웅천 현감 이운룡·천성보 만호 윤홍년도 오다.

11월 1일

새벽에 망궐례를 행하다. 느지막이 나가 공무를 보다. 사도 첨사가 나가다. 함평·진도·무장의 전선을 내어 보내다. 김희번이 서울에서 내려 와서 조정의 공문과 영의정의 편지를 바치다. 투항해 온 왜놈들에게 술을 먹이다. 오후에 방답 첨사와 활 일곱 순을 쏘다.

11월 2일

맑다. 곤양 군수 이수일이 와서 보다.

11월 3일

맑다. 황득중이 들어와서, "왜선 두 척이 청등[1]을 거쳐 흉도[2]에 이르렀다가 해북도[3]에 정박하여 불을 지르고 돌아가서는 춘원포[4] 등지에 이르렀다"고 전하고서, 그는 새벽에 지도로 돌아가다.

11월 4일

맑다. 새벽에 이종호 · 강기경 등이 들어와서 보다. 변존서의 편지와 조카 봉 · 해 형제가 본영에 이르렀다고 하다.

11월 5일

맑다. 남해 현령 · 금갑도 만호 · 남도포 만호 · 어란포 만호 · 회령포 만호 및 정담수가 와서 보다. 방답 첨사 · 여도 만호를 불러 와서 이야기하다.

11월 6일

맑다. 송희립이 들어오다. 띠풀 사백 동 · 칡 백 동을 베어서 실어 오다.

---

1) 거제시 사등면 청곡리.
2) 거제시 동부면.
3) 통영시 용남면.
4) 통영시 광도면 예승포.

11월 7일

맑다. 하동 현감 최기준이 교유서에 숙배하다. 경상 우수사가 순찰사 있는 곳에서 오다. 미조항 첨사 · 남해 현령도 오다.

11월 8일

맑다. 새벽에 조카 완과 종 경이 본영으로 돌아가다. 저녁 나절에 김응겸 · 경상도 순찰사의 군관 등이 오다.

11월 9일

맑다. 여도 만호 김인영이 들어오다.

11월 10일

맑다. 새벽에 경상도 순찰사의 군관이 돌아가다.

11월 11일

맑다. 새벽에 선조 임금의 탄신 축하례를 행하다. 본영 탐후선이 들어오다. 주부 변존서 · 이수원 · 이원룡 등이 왔는데, 그 편에 어머니께서 평안하시다고 하니 기쁘고 다행이다. 저녁에 이의득이 와서 보다. 금갑도 만호 · 회령포 만호가 나가다.

11월 12일

맑다. 발포가장(鉢浦假將)으로 이설을 정해 보내다.

11월 13일

맑다. 도양장에서 거둔 벼와 콩이 팔백 이십 섬이다.

11월 14일

맑다.

11월 15일

맑다. 아버지 제삿날이라 공무를 보지 않다. 홀로 앉았으니 그리워서 마음을 달랠 길 없다.

11월 16일

맑다. 투항해 온 여몬레니 · 야지로 등이 와서, "왜놈들이 도망가려 한다"고 보고하다. 그래서 우우후를 시켜 잡아다가 그 주모자 준시 등 두 명의 머리를 베다. 경상 수사 · 우후 · 웅천 현감 · 방답 첨사 · 남도포 만호 · 어린포 만호 · 녹도 만호가 왔는데, 녹도 만호는 곧 내어 보내다.

11월 17일

맑다.

11월 18일

맑다. 어응린이 와서, "소서행장이 그 무리를 거느리고 바다로 나갔는데 거처를 알 수 없다"고 전하다. 그래서 경상 수사에게 전령하여 이를 수륙으로 정탐하게 하다. 저녁 나절에 하응문이 와서 군량 잇대는 일로 보고하다. 조금 있으니 경상 수사 · 웅천 현감 등이 와서 의논하고 갔다.

11월 19일

맑다. 이른 아침에 도망갔던 왜놈이 제 발로 돌아오다. 밤 열 시쯤에 조카 분 · 봉 · 해와 아들 회가 들어오다. 어머니께서 평안하시다고 하니 기쁘고 다행이다. 하응문이 돌아가다.

11월 20일

맑다. 거제 현령 · 영등포 만호가 와서 보다.

11월 21일

맑다. 된바람이 종일 불었다. 새벽에 송희립을 내보내어 견내량에 있는 왜적선을 찾아내도록 하다. 이날 저녁에 반대좀(碧魚) 만 삼천 이백 사십 두름을 곡식과 바꾸려고 이종호가 받아 갔다.

11월 22일

맑다. 새벽에 동지 하례로 북향하여 임금께 숙배하다. 저녁나절에 웅천 현감 · 거제 현령 · 안골포 만호 · 옥포 만호 · 경상 우후 등이 오다. 변존서와 조카 봉이 모두 가다.

11월 23일

맑으나 바람이 세게 불다. 이종호가 하직하고 나가다. 이 날 견내량 순찰하는 일로 경상 수사를 정해 보냈으나, 바람이 몹시 사나워 출항하지 못하다.

11월 24일

맑다. 순라선이 나갔다가 밤 열 시쯤에 진으로 돌아오다. 변익성이 곡포 권관이 되어 오다.

11월 25일

맑다. 식사를 한 뒤에 곡포 권관의 공식 신고를 받았다. 저녁 나절에 경상 우후가 와서 투항해 온 왜놈 여덟 명이 가덕도에서 왔다고 전하다. 웅천 현감 · 우우후 · 남도포 만호 · 방답 첨사 · 당포 만호가 와서 보다. 조카 분과 이야기하다 보니 밤 열 시쯤이 되다.

11월 26일

아침에는 흐리다가 저녁 나절에야 개다. 식사를 한 뒤에 나가 공무를 보다. 광양도 훈도가 복병하러 나갔다가 도망간 자들을 잡아와서 처벌하다. 오정 때에 경상 수사가 와서 투항한 왜놈 여덟 명 및 그 인솔자 김탁 등 두 명이 오다. 그래서 술을 먹이고 김탁 등에게는 각각 무명 한 필씩을 주어서 보내다. 저녁에 류척과 임영 등이 오다.

11월 27일

맑다. 김응겸이 두 해 먹은 나무를 베어 올 일로 자귀장이 다섯 명을 데리고 가다.

11월 28일

맑다. 나라 제삿날[1]이라 공무를 보지 않다. 류척과 임영이 돌아가다. 조카들과 이야기하다 보니 밤이 깊어지다.

11월 29일

맑다. 나라 제삿날[2]이라 공무를 보지 않다.

11월 30일

맑다. 남해의 투항해 온 왜놈 야에몬·신지로 등이 오다. 경상 수사가 와서 보다. 체찰사의 세금으로 군량 서른 섬을 경상 수사가 받아 갔다.

12월 1일

맑다. 새벽에 망궐례를 행하다.

12월 2일

맑다. 거제 현령·당포 만호·곡포 만호 등이 와서 보다. 술을 먹였더니 취해 돌아가다.

12월 3일

맑다.

12월 4일

맑다. 순천 이 호 선과 낙안 일 호 선의 군사를 점검하고 내어 보냈으나 바람이 순조롭지 못해 출항은 못 하다. 조카 분·해가

---

1) 예종의 제사.
2) 인종 인성왕후 박 씨의 제사.

본영으로 갔다. 황득중 · 오수 등이 청어 칠천여 두름을 싣고 오다. 그래서 김희방의 곡식 사러 가는 배에 계산하여 주다.

12월 5일

맑으나 바람이 순조롭지 못하다. 몸이 불편한 것 같아 종일 나가지 않다.

12월 6일

맑다. 저녁 나절에 경상 수사가 와서 보다. 저녁에 아들 울이 들어오다. 어머니께서 평안하시다니, 기쁘고 만번 다행이다.

12월 7일

맑으나 바람이 순조롭지 못하다. 웅천 현감 · 거제 현령 · 평산포 만호 · 천성보 만호 등이 와서 보고 가다. 청주 이희남에게 답장을 써 부치다.

12월 8일

맑다. 우우후 · 남도포 만호가 와서 보다. 체찰사의 전령이 왔는데, 가까운 시일 안으로 만나자는 것이었다.

12월 9일

맑다. 몸이 불편하여 밤새도록 끙끙 앓다. 거제 현령 안위 · 안골포 만호 우수가 와서 왜적들이 물러갈 뜻이 없는 모양이라고 말하다. 하응구도 오다.

12월 10일

맑다. 충청도 순찰사 박홍로 및 충청 수사 선거이에게 공문을 작성하여 보내다.

12월 11일

맑다. 조카 해·분이 탈없이 본영에 이르렀다는 편지를 보니 기쁘고 다행이지만, 그 고생스러웠던 형상을 무엇이라 말로 나타낼 수가 없다.

12월 12일

맑다. 경상 수사가 와서 보다. 우후도 오다.

12월 13일

맑다. 왜놈 옷 오십 벌과 연폭(連幅)(이곳에 원문의 글이 빠졌음). 초저녁에 종 돌세가 와서 말하기를, "왜선 세 척과 소선 한 척이 등산[1] 바깥 바다에서 합포에 와 정박해 있다"고 한다. 이는 아마도 사냥하는 왜놈인 것 같아 곧 경상 수사·방답 첨사·우우후에게 찾아보게 하다.

12월 14일

맑다. 경상 수사 및 여러 장수가 합포로 나아가 왜놈들을 타일렀다. 미조항 첨사 및 남해 현령·하동 현감이 들어오다.

---

1) 마산시 합포구 진동면.

12월 15일

맑다. 체찰사에게로 갔던 진무가 와서, "십 팔 일에 삼천포에서 만나자"고 하므로 달려가기로 하다. 초저녁에 경상 수사가 와서 보다.

12월 16일

맑다. 새벽 네 시쯤에 출항하여 달빛을 타고 당포[1] 앞바다에 이르러 아침밥을 먹고 사량도[2] 뒷바다에 이르렀다.

12월 17일

비가 뿌리다. 삼천포진 앞에 이르니, 체찰사 이원익은 사천에 이르렀다고 한다.

12월 18일

맑다. 아침밥을 먹은 뒤에 삼천포 진으로 나아가다. 오정 때에 체찰사가 보(堡)에 이르러 같이 조용히 이야기하다. 초저녁에 체찰사가 또 같이 이야기하자고 청하므로 이야기하는데, 밤 두 시가 되어서야 헤어지다.

12월 19일

맑다. 아침밥을 먹은 뒤에 나가 공무를 보다. 군사들에게 음식을 실컷 먹이고 난 뒤에 체찰사가 떠나가다. 나는 배로 내려오니 바람이 몹시 사나워 출항하지 못하고 그대로 머물러서 밤

---

1) 통영시 산양면 삼덕리.

2) 통영시 사량면.

을 지내다.

12월 20일

맑다. 바람이 세게 불다.

병 신 년

1월 1일

맑다. 밤 한 시쯤에 어머니 앞에 들어가 뵈다. 저녁 나절에 남양 아저씨와 신사과(愼司果)[1]가 와서 이야기하다. 저녁에 어머니께 하직하고 본영으로 돌아오다. 마음이 매우 어지러워 밤새도록 잠을 자지 못하다.

1월 2일

맑다. 일찍 나가 병기(兵器)를 점검하다. 이날은 나라 제삿날[2]이다. 부장 이계가 비변사의 공문을 가지고 오다.

1월 3일

맑다. 새벽에 바다로 내려가니 아우 여필과 여러 조카들이 모

1) 오위(五衛)의 정6품의 군사직이며 부사직의 다음 벼슬.
2) 명종 인순왕후 심 씨의 제사를 말함.

두 배 위에 타 있었다. 날이 밝을 무렵에 출항하여 서로 작별하다. 오정에 곡포[3] 바다 가운데에 이르니, 샛바람이 약간 불었다. 상주포[4] 앞바다에 이르니 바람이 잤다. 노를 재촉하였더니, 자정에 사량에 이르러 자다.

1월 4일

맑다. 밤 두 시쯤에 첫 나발을 불다. 먼동이 틀 때에 출항하는데, 이여염이 와서 보다. 진중의 소식을 물으니, 모두 이전대로라고 하다. 오후 네 시쯤에 가랑비가 세차게 뿌리다. 걸망포에 이르니, 경상 수사가 여러 장수를 거느리고 나와 기다리다. 우후는 먼저 배 위로 왔으나, 몹시 취해 인사불성이어서 곧 그 배로 갔다고 한다. 송한련 · 송한 등이 말하기를, 청어 천여 마리를 잡아다 대강 늘었는데, 내가 나간 동안에 천 팔백여 마리를 잡았다고 한다. 비가 많이 와 밤새도록 그치지 않다. 장수들이 어둘 무렵에 떠났는데, 길이 질어서 자빠진 사람이 많았다고 하다. 기효근과 김축이 휴가를 받아 가다.

1월 5일

종일 비가 내리다. 먼동이 틀 때에 우후와 방답 첨사 · 사도 첨사가 와서 문안하다. 서둘러 세수하고 방 밖으로 나가 그들을 불러들여 지난 일을 물었다. 저녁 나절에 첨사 성윤문 · 우후 이정충 · 웅천 현감 이운룡 · 거제 현령 안위 · 안골포 만호 우수 · 옥포 만호 이담이 왔다가 캄캄해진 뒤에 돌아가다. 이몽상도 경

3) 남해군 이동면 화계리.
4) 남해군 상주면 상주리.

상 수사 권준의 심부름으로 와서 문안하고 돌아가다.

1월 6일

비가 내리다. 오수는 청어 천 백 삼십 마리를, 박춘양은 칠백 팔십 칠 마리를 바쳤는데, 하천수가 받아다가 말렸다. 황득중은 이백이 두름을 바치다. 종일 비가 내리다. 사도 첨사가 술을 가지고 오다. 군량 오백여 섬을 마련해 놓았다고 하다.

1월 7일

맑다. 이른 아침에 이영남과 좋아 지내는 여인이 와서 말하기를, 권숙이 제 욕심을 채우려고 하기에 피해 왔는데, 다른 곳으로 가겠다고 한다. 저녁 나절에 경상 수사 권준 · 우후 · 사도 첨사 · 방답 첨사가 오고 권숙도 오다. 낮 두 시쯤에 견내량의 복병장과 삼천포 권관이 달려와서 "투항한 왜놈 다섯 명이 애산에서 왔다고 하므로 안골포 만호 우수 · 공태원을 뽑아 보내다. 날씨가 몹시 춥고 하늬바람이 매섭게 불다.

1월 8일

맑다. 입춘인데도 날씨가 몹시 추워 마치 한겨울처럼 매섭다. 아침에 우우후와 방답을 불러 약밥을 같이 먹다. 일찍 투항한 왜놈 다섯 명이 들어오다. 그래서 그 온 까닭을 물으니, 저희네 장수가 성질이 모질고 일을 또 많이 시키므로 도망하여 와서 투항한 것이라고 하다. 그들이 가진 크고 작은 칼을 거두어 수루(戍樓) 위에 감추다. 그러나 실은 부산에 있던 왜놈이 아니고 가덕도의 심안돈의 부하라는 것이다.

1월 9일

흐리고, 추워서 살을 에는 것 같다. 오수가 청어 삼백 육십 마리를 잡은 것을 하천수가 싣고 가다. 각 처에 공문을 써 나누어 보내다. 저물 무렵에 경상 수사가 와서 방어 대책을 논의하다. 하늬바람이 불어 종일 배가 바다로 나가지 못하다.

1월 10일

맑으나 하늬바람이 세게 불다. 이른 아침에 적이 다시 나올지를 점쳤더니, 수레에 바퀴가 없는 것과 같다고 하다. 다시 점쳤더니, 임금을 보고 모두들 기뻐하는 것과 같다는 좋은 괘였다. 식사를 한 뒤에 대청으로 나가 공무를 보다. 우우후가 어란포에서 와서 보다. 사도 첨사도 오다. 체찰사가 여러 가지 물건을 나누어주도록 세 위장에게 알렸다. 웅천 현감 · 곡포 권관 · 삼천포 권관 · 적량 만호가 아울러 와서 보다.

1월 11일

맑다. 하늬바람이 밤새도록 세게 불어 한겨울보다 갑절이나 더 춥다. 몸이 몹시 불편하다. 저녁 나절에 거제 현령이 와서 보다. 그도 수사의 옳지 못한 일을 낱낱이 말하다. 광양 현감이 들어오다.

1월 12일

맑으나, 하늬바람이 세게 불다. 추위가 갑절이나 된다. 밤 두 시쯤의 꿈에, 어느 한 곳에 이르러 영의정과 같이 한 시간이 넘게 이야기하다가 의관을 다 벗어 놓고 앉았다 누웠다 하면서 나라를 걱정하는 생각을 서로 털어놓다가 끝내는 가슴에 메인 것까지 쏟아 놓다. 한참이 지나니 비바람이 억세게 퍼부었는데도 흩어지지 않았다. 조용히 이야기하는 동안 서쪽의 적이 급히 들어오고 남쪽의 적도 덤빈다면, 임금이 어디로 가시겠는가 하고 걱정만 되뇌며 할 말을 알지 못하다. 일찍 듣건대, 영의정이 담천으로 몸이 몹시 편찮다고 하는데, 나았는지 모르겠다. 글자로 점을 쳐보았더니, 바람이 물결을 일으키는 것과 같다고 하고, 또 오늘중에 길흉이 어떤지를 점쳤더니, 가난한 사람이 보배를 얻은 것과 같다고 하다. 이 괘는 매우 좋다. 엊저녁에 종 금을 본영으로 보냈는데 바람이 몹시 사납게 불어 염려가 된다. 저녁 나절에 나가서 각 처의 공문을 처리하여 보내다. 낙안이 들어오다. 웅천 현감이 보고한 내용에, "왜적선 열 네 척이 와서 거제 금이포에 정박해 있다"고 하였다. 그래서 경상 수사에게 삼도의 여러 장수를 거느리고 가보게 하다.

1월 13일

맑다. 아침에 경상 수사가 와서 보고하고 배를 타고 견내량으로 갔다. 저녁 나절에 대청으로 나가 공문을 처리하여 보내다. 체찰사에게 올리는 공문을 내보내다. 이날 바람이 잤고 날씨가 따사하다. 이날 저녁에 달빛은 낮과 같고, 바람 한 점 없다. 홀로 앉아 있으니, 마음이 어지러워 잠을 이룰 수가 없다. 신홍수를 불러 휘파람을 불게 하다. 밤 열 시쯤에 잠들다.

1월 14일

맑으나 바람이 세게 불다. 저녁 나절에야 바람이 약해지고 날씨는 따뜻한 것 같다. 흥양 현감이 들어오다. 정사립 · 김대복이 들어오다. 조기 · 김숙도 같이 오다. 이날 그 편에 연안옥의 외조모가 돌아가셨다는 말을 듣다. 밤늦도록 이야기하다.

1월 15일

맑고 따뜻하다. 밤 세 시에 망궐례를 행하다. 아침에 낙안 · 흥양을 불러 같이 일찍 밥을 먹다. 저녁 나절 대청으로 나가 공문을 써 나누어 보내다. 이어서 투항해 온 왜놈에게 술과 음식을 먹이다. 낙안과 흥양의 전선 · 병기 · 부속물 및 사부와 격군들을 점고하니 낙안의 것이 가장 엉성하다고 하다. 이날 저녁에 달빛이 몹시 맑으니 풍년이 듬직하다.

1월 16일

맑다. 서리가 눈처럼 내리다. 저녁 나절에 나가 공무를 보다. 가장 늦게 경상 수사 · 우우후 등이 와서 보다. 웅천 현감도 와서 취해 돌아가다.

1월 17일

맑다. 방답 첨사가 휴가를 받고서 변존서 · 조카 분 · 김숙 등과 같은 배로 나가다. 마음이 편안하지 않다. 오정에 나가 공무를 보다. 우후를 불러 활을 쏠 적에 성윤문과 변익성이 와서 보고는 같이 활을 쏘고서 돌아가다. 어둘 무렵 강대수 등이 편지를 가지고 들어왔는데, "종 금이가 십 육 일에 본영에 이르렀다"고 하다. 종 경은 돌아와서 말하기를, "아들 회가 오늘 은진으로 돌아간다"고 하다.

1월 18일

맑다. 아침부터 저녁까지 군복을 마름질[1]하다. 저녁 나절에 곤양 군수 이수일 · 사천 현감 기직남이 오다. 동래 현감 정광좌가 달려와서 보고하는데, "왜놈들이 많이 반역하는 눈치가 보이고, 심유경이 소서행장과 함께 일월 십 육 일에 먼저 일본으로 갔다"고 하다.

1월 19일

맑다. 저녁 나절에 나가 공무를 보다. 사도 첨사와 여도 만호가 오다. 우후 · 곤양 군수도 오다. 경상 수사가 오다. 우우후를 불러오다. 곤양 군수가 술을 차려 내므로 조용히 이야기하다. 부산에 들여 넣은 사람 네 명이 와서 전하기를, "심유경과 소서행장 · 현소 · 정성 · 소서비와 함께 일월 십 육 일 새벽에 바다를 건너갔다"는 소식이다. 그래서 양식 세 말을 주어 보내다. 이날 메주를 쑤다.

1월 20일

종일 비가 내리다. 몸이 몹시 피곤하여 낮잠을 반시간을 자다. 오후 두 시쯤에 메주 쑤는 것을 마치고 굴뚝에 넣다. 낙안 군수가 와서, "둔전에서 거둔 벼를 실어 왔다"고 보고하다.

1월 21일

맑다. 아침에 나가 공무를 보다. 체찰사에게 보낼 순천 공문

---

1) 옷감이나 재목 등을 치수에 맞추어 마르는 일.

을 작성하다. 밥을 먹은 뒤에 미조항 첨사 및 흥양 현감이 와서 보기에 술을 먹여 보내다. 미조항 첨사는 휴가를 신청하다. 저녁 나절에 대청으로 나가니 사도 첨사 · 여도 만호 · 사천 현감 · 광양 현감 · 곡포 권관이 와서 보고 돌아가다. 곤양 군수도 오다. 활 열 순을 쏘다.

1월 22일

맑다. 몹시 춥고 바람도 몹시 험해 종일 나가지 않다. 저녁 나절에 경상 우후가 와서 그의 수사 권준의 경솔한 짓을 전하다. 이날 밤은 바람이 차고도 매우니 아이들이 들어오기가 고생스러울 것이 걱정된다.

1월 23일

맑다. 작은 형님의 제삿날이라 나가지 않다. 마음이 몹시 어지럽다. 아침에 헐벗은 군사 열 일곱 명에게 옷을 주다. 종일 바람이 험하다. 저녁에 가덕에서 나온 김인복이 와서 현신(現身)[2]하므로 적의 정세를 물어 보다. 밤 열 시쯤에 아들 면 · 조카 완 및 최대성 · 신여윤 · 박자방이 본영에서 와서 어머니께서 평안하시다는 편지를 받아 보니 기쁘기 그지없다. 종 경도 오다. 종 금은 애수 및 금곡에 사는 종 한성 · 공석 등과 같이 오다. 한밤에야 잠들다. 눈이 두 치나 내리다. 근래에 없던 일이라고 한다. 이날 밤 몸이 몹시 불편하다.

---

2) 아랫사람이 윗사람에게 처음으로 뵈는 것.

1월 24일

맑다. 된바람이 세게 불어 눈보라를 치며 모래까지 휘날리니 사람이 감히 걸어 다닐 수가 없고 배도 운항할 수가 없다. 새벽에 견내량 복병장이 보고하기를, "어제 왜놈 한 명이 복병(伏兵)한 곳에 와서 투항하며 들어오기를 빌었다"고 하므로 보내라고 회답하다. 저녁 나절에 우우후 및 사도 첨사가 와서 보다.

1월 25일

맑다.

1월 26일

맑으나 바람이 고르지 못하다. 나가 공무를 보고 활을 쏘다.

1월 27일

맑고 따사롭다. 아침밥을 먹은 뒤에 나가 공무를 보다. 장흥 배흥립의 죄를 심의 한 뒤에 흥양과 같이 이야기하다. 저녁 나절에 경상 우도 순찰사 서성이 들어오다. 그래서 오후 네 시쯤에 우수사의 진으로 가서 보고, 한밤에 돌아오다. 사도의 진무가 화약을 훔쳤다가 붙잡히다.

1월 28일

맑다. 늦게 나가 공무를 보다. 오정 때에 순찰사가 오다. 활을 쏘고 같이 이야기하다. 순찰사가 나하고 활쏘기를 맞서서 겨루다가 칠 푼을 졌는데 섭섭한 빛이 없지 않다. 혼자 웃다. 군관 세 명도 다 지다. 밤이 든 뒤에 취해 돌아가다.

1월 29일

종일 비가 내리다. 일찍 식사를 한 뒤에 경상도 진으로 가서 순찰사와 같이 조용히 이야기하다. 오후에 활을 쏘았는데, 순찰사가 구 푼을 졌다. 김대복이 홀로 즐겁게 활을 쏘다. 피리 소리를 듣다가 한밤 자정에야 헤어져 진으로 돌아오다. 저물 무렵에 사도에서 화약 훔친 자가 도주하다.

1월 30일

비 오다가 저녁 나절에야 개다. 나가서 공무를 보고 군관이 활을 쏘다. 천성보 만호 윤홍년 · 여도 만호 김인영 · 적량 만호 고여우가 와서 보고서 돌아가다. 이날 저녁에 청주의 이희남이 종 네 명과 준복이 들어오다.

2월 1일

아침에 흐리다가 저녁 나절에 개다. 여러 장수와 함께 활을 쏘다. 권숙이 이곳에 왔다가 취해서 가다.

2월 2일

맑고 따뜻하다. 울과 조기가 같은 배로 나가다. 우후도 가다. 저녁에 사도 첨사가 와서 어사의 장계에 따라 파면(罷免)되었다고 전하다. 그래서 곧 장계를 초잡다.

2월 3일

맑고 바람이 세게 불다. 혼자 앉아서 자식의 떠난 것을 생각하니, 마음이 편하지 않다. 아침에 장계를 수정하다. 경상 수사가 와서 보다. 그 편에 적량 만호 고여우가 장담년에게 소송을 당해 순찰사가 장계를 올려 파면시키려 한다는 글을 보다. 어둘 무렵 어란 만호가 견내량 복병한 곳에서 보고하기를, "부산의 왜놈 세 명이 성주에서 투항해 온 사람들을 데리고 복병한 곳에 이르러 장사하겠다 한다"고 하였다. 그래서 곧 장흥 부사에게 전령하여 내일 새벽에 가서 타일러 보라고 시키다. 이런 왜적들이 어찌 장사를 하고자 하겠는가. 우리의 정황을 엿보려는 것이다.

2월 4일

맑다. 아침에 장계를 봉해 사도 사람 진무성에게 부치다. 영의정과 신식 두 집에 문안 편지도 부치다. 저녁 나절에 흥양 현감이 와서 보고 돌아가다. 오후에 활 열 순을 쏘다. 여도 만호 · 거제 현령 · 당포 만호 · 옥포 만호도 오다. 저녁에 장흥 부사가 복병한 곳에서 돌아와 왜놈들이 도로 들어갔다고 전하다.

2월 5일

아침에 흐리다가 저녁 나절에야 개다. 사도 첨사 · 장흥 부사가 일찍 오다. 그래서 같이 아침밥을 먹다. 권숙이 와서 돌아가겠다고 하므로 종이 · 먹 두 개와 대검을 주어 보내다. 저녁 나절에 삼도의 여러 장수를 불러모아 위로하는 음식을 먹이고, 겸해 활을 쏘고 풍악을 잡히다가 취해 헤어지다. 웅천 현감 이운룡이 손인갑의 애인을 데리고 오다. 그래서 여러 장수와 함께 가야금을 몇 곡조 듣다. 저녁에 김기실이 순천에서 돌아오다. 그 편에 안부를 물었더니 평안하시다는 소식을 들으니, 기쁘고도 다행이다. 우수사의 편지가 왔는데 기한을 늦추자고 하니 우습고도 한탄할 일이다.

2월 6일

흐리다. 새벽에 자귀쟁이 열 명을 거제로 보내어 배를 만드는 일을 시키다. 이날 침방에 천장 흙이 떨어진 곳이 있어서 수리하다. 사도 첨사 김완은 조도어사의 장계로써 파면되었다는 기별이 또 이르다. 본디의 포구[1]로 내어 보내다. 순천 별감 유와 군관 장응진 등을 처벌하고 곧 수루로 들어가다. 송한련이 숭어를 잡아왔기에 여도 · 낙안 · 흥양을 불러 같이 찢어 먹다. 적량 고여우가 큰 매를 가지고 왔으나 오른쪽 발가락이 다 얼어서 문드러졌으니 어찌하랴! 초저녁에 잠깐 땀을 흘리다.

2월 7일

아침에 흐리다가 샛바람이 세게 불다. 몸이 좋지 않다. 저녁나절에 나가 군사들에게 음식을 먹이다. 장흥 부사 · 우후 · 낙안 군수 · 흥양 현감과 이야기하다가 저물어서야 헤어지다.

2월 8일

맑다. 이른 아침에 녹도 만호가 와서 보다. 아침에 벚나무 껍질을 마름질하다. 저녁 나절에 손인갑의 애인이 들어와 한참을 있었다. 오철 · 현응원을 불러 군사에 대한 일을 묻다. 저녁에 군량에 대한 장부를 만들다. 흥양 현감이 둔전의 벼 삼백 쉰 두

---

1) 골사도.

섬을 바치다. 하늬바람이 세게 불어 배를 다니게 할 수가 없다. 류황을 내보내려 하는데 떠나지 못하다.

2월 9일

맑다. 하늬바람이 세게 불어 배가 다니지 못하다. 저녁 나절에 경상 수사 권준이 와서 이야기하고 활 열 순을 쏘다. 저녁에 바람이 잤다. 견내량과 부산의 왜적선 두 척이 나왔다는 말을 듣다. 그래서 웅천 현감 및 우후를 탐색하러 보내다.

2월 10일

맑고 따사하다. 이날 일찍이 박춘양이 대를 실어 오다. 저녁 나절에 나가 공무를 보고 태구생의 죄를 다스리다. 저녁에 몸소 곳집 짓는 곳을 보다. 아침에 웅천 · 우우후가 견내량에서 돌아와서, 왜놈들이 겁에 질려 두려워하는 모양을 보고하다. 어둘 무렵 창녕 사람이 술을 가져오다. 밤이 깊어서야 헤어지다.

2월 11일

맑다. 아침에 체찰사에게 공문을 만들어 보내다. 보성의 군량 보급 책임자인 계향유사 임찬이 소금 쉰 섬을 실어 가다. 임달영이 논산에서 돌아오다. 논산의 편지와 박종백 · 김응수의 편지도 가지고 오다. 장흥 부사와 우우후가 오다. 또 낙안 군수와 흥양 현감을 불러 활을 쏘다.

2월 12일

맑다. 창녕 사람이 일찍 웅천 별장으로 돌아가다. 아침에 살대 오십 개를 경상 수사에게 보내다. 저녁 나절에 수사가 와서 같이 이야기하다. 저녁에 활을 쏘다. 장흥 부사 · 흥양 현감도 같이 쏘다가 어둘 무렵에 헤어지다.

2월 13일

맑다. 식사를 한 뒤에 공무를 보다. 강진 현감 이극신이 기일 어긴 죄를 벌하다. 가리포 첨사는 보고하고 늦게 왔으므로 타일러 보내다. 영암 군수 박홍장을 파면할 장계를 초잡다. 저녁에 어란포 만호가 돌아가다. 임달영도 돌아가다. 제주 목사 이경록에게 청어 · 대구 · 화살대 · 곶감 · 삼색 부채를 봉해 보내다.

2월 14일

맑다. 저녁 나절에 나가 공무를 보고 장계 초잡은 것을 수정하다. 동복의 계향 유사 김덕린이 와서 인사하다. 경상 수사가 쑥떡과 초 한 쌍을 보내 오다. 새로 지은 곳집에 지붕을 이다. 낙안 군수 · 녹도 만호 등을 불러 떡을 먹다. 조금 있으니 강진 현감이 와서 인사하므로 위로하고 술을 먹이다. 저녁에 물을 부엌으로 끌어들이는데, 물긷는 수고를 편하게 하다. 이날 밤 바다의 달빛은 대낮 같고 물결은 비단결 같은데 홀로 높은 수루에 기대어 있으니 마음이 어지럽다. 밤이 깊어서야 잠자리에 들다. 흥양의 계향유사 송상문이 와서 쌀과 벼를 합해 일곱 섬을 바치다.

2월 15일

새벽에 망궐례를 하려 하였으나, 비가 몹시 내려 마당이 젖었기 때문에 거행하지 않다. 어둘 무렵 전라 우도의 투항해 온 왜놈과 경상도의 투항해 온 왜놈이 같이 짜고 도망갈 꾀를 낸다고 듣다. 그래서 전령을 내어 알리다. 아침에 화살대를 가려내어 큰 살대 백 열 한 개와 그 다음 대 백 쉰 네 개를 옥지에게 주다. 아침에 장계 초잡은 것을 수정하다. 저녁 나절에 나가 공무를 보는데, 웅천 현감 · 거제 현령 · 당포 만호 · 옥포 만호 · 우우후 · 경상 우후가 아울러 와서 보고 돌아가다. 순천 둔전에서 거둔 벼를 내가 직접 보는 앞에서 받아들이게 하다. 동복의 계향유사 김덕린 · 흥양의 계향유사 송상문 등이 돌아가다. 저녁에 사슴 한 마리, 노루 두 마리를 사냥하여 오다. 이날 밤 달빛은 대낮 같고 물결은 비단결 같아 자려 해도 잠잘 수가 없다. 아랫사람들은 밤새도록 술 마시고 노래하다.

2월 16일

맑다. 아침에 장계 초잡은 것을 수정하다. 저녁 나절에 나가 공무를 보다. 장흥 부사 · 우우후 · 가리포 첨사가 와서 같이 활을 쏘다. 군관들은 지난날 승부 내기에서 진 편이 한턱냈는데 몹시 취해 헤어지다. 이날 밤은 너무 취해 잠을 이룰 수가 없어 앉았다 누었다 하다가 새벽이 되다. 봄철 노곤한 기운이 벌써 이렇구나.

2월 17일

흐리다. 나라 제삿날[1]이라 공무를 보지 않다. 식사를 한 뒤에

---

1) 세종 제사.

아들 면이 본영으로 가다. 박춘양과 오수가 조기 잡는 곳으로 갔다가 어제의 취기가 아직도 심하니 불안하다. 저녁에 흥양 현감이 와서 이야기하다가 저녁 식사를 같이 하다. 미조항 첨사 성윤문의 문안 편지가 왔는데, "방금 관찰사 방백의 공문을 받고 진주성으로 부임하게 되어 나아가 인사드리지 못한다. 자기 대신으로 황언실이 되었다"고 하다. 웅천 현감의 답장이 오다. 임금의 유서는 아직 받지 못하였다고 하다. 이날 어둘 무렵에 하늬바람이 세게 불어 밤새도록 그치지 않는다. 아들이 떠나간 것을 생각하니 마음을 걷잡을 수가 없다. 아픈 가슴을 말할 수 없다. 봄철 기운이 사람을 괴롭혀 몹시 노곤하다.

2월 18일

맑다. 식사를 한 뒤에 나가 공무를 보다. 하늬바람이 세게 불다. 저녁 나절에 체찰사의 비밀 공문이 세 통 오다. 그 하나는 제주목에게 계속하여 후원하라는 것이고, 또 하나는 영등포 만호 조계종을 심문하는 일에 관한 것이고, 다른 하나는 진도 전선(戰船)을 아직은 독촉하여 모으지 말라는 것이었다. 저녁에 김국이 서울에서 들어와서 비밀 공문 두 통과 역서 한 권을 가지고 오다. 승정원의 기별도 오다. 황득중은 쇠를 싣고 와서 바치다. 절이 술을 가지고 오다. 땀이 온몸을 적시다.

2월 19일

맑고 바람이 세게 불다. 아들 면이 잘 갔는지 가지 못하였는지 몰라서 밤새도록 무척 걱정하다. 이날 저녁 소문에 낙안의 군량선이 바람에 막혀 사량에 대었다가 바람이 자야 떠날 것이라고 하다. 이날 새벽에 경상도의 진(陣)에 남아 있는 투항한 왜놈을 이곳에 있는 왜놈 난에몬 등을 시켜 묶어 와서 목을 베게 하다. 경상 수사 권준이 오다. 장흥 부사 · 웅천 현감 · 낙안 군수 · 흥양 현감 · 우우후 · 사천 현감 등과 같이 부안에서 온 술을 끝까지 다 마셔 없애다. 황득중이 가져온 총통 만들 쇠를 저울로 달아서 보관하다.

2월 20일

맑다. 일찍이 조계종이 현풍 수군 손풍련에게서 소송을 당하였으므로 서로 마주하여 공술하려고 여기에 왔다가 돌아가다. 저녁 나절에 나가 공무를 보고 공문을 적어 나누어 보내다. 손만세가 사사로이 입대(入隊)에 관한 공문을 만들었기에 그 죄를 처벌하다. 오후에 활 열 순을 쏘다. 낙안 군수 · 녹도 만호가 같이 오다. 비가 올 것만 같다. 새벽에 기운이 노곤하다.

2월 21일

궂은비가 새벽부터 세차게 오더니 저녁 나절에야 그치다. 그래서 나가지 않고 혼자 앉아 있었다.

2월 22일

맑고 바람이 없다. 일찍이 식사를 하고 나가 앉아 있으니, 웅천 현감 · 흥양 현감이 와서 보다. 흥양 현감은 몸이 불편하여 먼저 돌아가다. 우우후 · 장흥 부사 · 낙안 군수 · 남도포 만호 · 가리포 첨사 · 여도 만호 · 녹도 만호가 와서 활을 쏘다. 나도 활을 쏘다. 손현평도 와서 몹시 취해 헤어지다. 이날 밤 땀을 흘리다. 봄철 기운이 사람을 노곤하게 한다. 강소작지가 그물을 가지러 본영으로 가다. 충청 수사가 화살대를 와서 바치다.

2월 23일

맑다. 일찍 식사한 뒤에 나가 공무를 보다. 둔전의 벼를 다시 되어 세 곳간에 백 예순 일곱 섬을 쌓다. 없어진 것이 마흔 여덟 섬이다. 저녁 나절에 거제 현령 · 고성 현감 · 하동 현감 · 강진 현감 · 회령포 만호가 와서 보다. 하천수 · 이진도 오다. 방답 첨사가 들어오다.

2월 24일

맑다. 일찍 식사를 하고 나가 앉아서, 둔전의 벼를 다시 되는 것을 감독하다. 우수사가 들어오다. 오후 네 시쯤에 비바람이 세게 일다. 둔전의 벼를 다시 된 수량 백 일흔 섬을 곳간에 넣다. 없어진 것이 서른 섬이다. 낙안 군수 선의경이 갈렸다는 기별이 오다. 방답 첨사 · 흥양 현감이 와서 모이다. 배를 본영으로 보내려 할 적에 비바람 때문에 그만두다. 밤새 바람이 그치지 않다. 오래도록 노곤하다.

2월 25일

비가 내리다가 오정 때에 개다. 장계 초잡은 것을 수정하다. 저녁 나절에 우수사가 오다. 나주 판관도 오다. 장흥 부사가 와서, "수군을 다스리기 어려운 것은 관찰사가 방해하기 때문이다"고 하다. 이진이 둔전으로 돌아가다. 춘절 · 춘복 · 사화가 본영으로 돌아가다.

2월 26일

아침에 맑았는데 저물 무렵에는 비가 옴. 저녁 나절에 대청으로 나가다. 여도 만호 · 흥양 현감이 와서 영리들이 백성을 점점 움켜잡는 폐단을 말하다. 극히 해괴한 일이다. 양정언과 영리 강기경 · 이득종 · 박취 등을 중죄로 다스리고 곧 경상 · 전라 수사가 있는 영리를 잡아들이라고 전령을 내리다. 경상 수사가 와서 보다. 조금 있으니, 견내량 복병이 달려와서 보고하기를, "왜적선 한 척이 견내량을 거쳐 들어와 해평장에 이를 적에 머물지 못하게 하였다"고 하다. 둔전에서 거두어들인 벼 이백 서른 섬을 고쳐 백 아흔 여덟 섬으로 바로잡아 서른 두 섬이 줄었다고 한다. 낙안에게 이별 술을 대접해 보내다.

2월 27일

흐리다가 저녁 나절에 개다. 이날 녹도 만호 등과 함께 활을 쏘다. 흥양 현감이 휴가를 받아 돌아가다. 둔전에서 거두어들인 벼 이백 스무 섬을 고쳐서 바로잡으니 줄은 것이 여러 섬이었다.

2월 28일

맑다. 일찍 침을 맞다. 저녁 나절에 나가 앉아 있으니 장흥 부사와 체찰사의 군관이 이곳에 이르렀는데, 장흥 부사는 종사관이 발행한 전령으로 자기를 잡으러 온 일 때문에 왔다고 하다. 또 전라도 수군 안에서 우도의 수군이 전라 좌 · 우도를 왔다 갔다 하면서 제주와 진도를 성원한다고 하다. 우습다. 조정에서 꾀하는 정책이 이럴 수가 있나! 체찰사가 꾀를 내는 것이 이렇게도 알맹이가 없단 말인가! 나라의 일이 이러하니 어찌할꼬! 저녁에 거제 현령을 불러 와서 일을 물어 보고 나서 돌려보내다.

2월 29일

맑다. 아침에 공문 초잡은 것을 수정하다. 식사를 한 뒤에 나가 앉아 있으니, 우수사 및 경상 수사 · 장흥 부사 · 체찰사의 군관이 오다. 경상 우도 순찰사의 군관이 편지를 가지고 오다.

2월 30일

맑다. 아침에 정사립으로 하여금 보고문을 써서 체찰사에게 보내다. 장흥 부사도 체찰사에게 가다. 해가 저물 때 우수사가 보고하는데, "벌써 바람이 따뜻해졌으니 협동 작전할 계획이 시급하여 소속 부하를 거느리고 본도[1]로 가고자 한다"는 것이었다. 그 마음가짐이 몹시도 해괴하여 그의 군관 및 도훈도에게 곤장 일흔 대를 때리다. 저녁에 송희립 · 노윤발 · 이원룡 등이 들어오다. 희립은 술을 가지고 오다. 몸이 몹시 불편하여 밤새도록 식은땀을 흘리다.

3월 1일

맑다. 새벽에 망궐례를 행하다. 아침에 경상 수사가 와서 이야기하고 돌아가다. 저녁 나절에 해남 현감 류형 · 임치 첨사 홍견 · 목포 만호 방수경에게 기일을 어긴 죄로 처벌하다. 해남 현

---

1) 전라 우도.

감은 새로 부임해 왔으므로 곤장을 치지는 않다.

3월 2일

맑다. 아침에 장계 초잡은 것을 수정하다. 보성 군수가 들어오다. 몸이 몹시 불편하여 공무를 보지 않다. 몸이 노곤하고 땀이 배니, 이건 병이 날 원인이다.

3월 3일

맑다. 이원룡이 본영으로 돌아가다. 저녁 나절에 반관해가 오다. 정사립 등을 시켜 장계를 쓰다. 이날은 명절[1]이라 방답 첨사 · 여도 만호 · 녹도 만호 및 남도포 만호 등을 불러 술과 떡을 먹이다. 일찍이 송희립을 우수사에게 보내어 뉘우치는 뜻을 전하니, 은근하게 대답하더라고 하다. 땀이 배다.

3월 4일

맑다. 아침에 장계를 봉하다. 느지막이 보성 군수 안홍국을 기일을 어긴 죄로 처벌하다. 오정 때에 출항하여 곧바로 소근포 끝으로 돌아 경상 우수사가 있는 곳에 이르니, 좌수사 이운룡도 오다. 조용히 이야기하고서 그대로 자리도[2] 바다 가운데서 같이 자다. 덧없이 땀을 흘리다.

3월 5일

맑다가 구름이 끼다. 새벽 세 시에 출항하여 해가 뜰 무렵에

1) 삼짇날.

2) 진해시 웅천동.

견내량의 우수사가 복병한 곳에 이르니, 마침 아침 먹을 때였다. 그래서 밥을 먹고 난 뒤에 서로 보고서 다시 잘못된 것을 말하니 우수사 이억기는 사과를 마다하지 않았다고 하다. 그 일로 술을 마련하여 잔뜩 취해 돌아오다. 그 길에 이정충의 장막으로 들어가 조용히 이야기하는데 취해 엎어지는 줄도 깨닫지 못하다. 비가 많이 쏟아지므로 먼저 배로 내려가니, 우수사는 취해 누워서 정신을 차리지 못하므로 말을 하지 못하고 오다. 우습다. 배에 이르니, 회 · 해 · 면 · 울 및 수원 등이 함께 와 있었다. 비를 맞으며 진 안으로 돌아오니, 김혼도 오다. 같이 이야기하다가 자정이 되어 자다.

3월 6일

흐렸으나 비는 오지 않다. 새벽에 한대(漢代)를 불러 까닭을 묻다. 아침에 몸이 불편하다. 식사를 한 뒤에 하동 현감 신진 · 고성 현령 조응도 · 함평 현감 손경지 · 해남 현감 류형이 아뢰고 돌아가다. 남도포 만호 강응표도 돌아갔는데, 기일을 오월 십 일로 정하다. 우우후와 강진 현감 이극신에게는 팔 일이 지난 뒤에 나가도록 하다. 함평 현감 손경지 · 남해 현감 박대남 · 다경포 만호 윤승남 등이 칼을 쓰다. 땀이 이토록 흐르다. 사슴 세 마리를 사냥해 오다.

3월 7일

맑다. 새벽에 땀이 흐르다. 저녁 나절에 나가 공무를 보다. 가리포 첨사 · 여도 만호가 와서 보고 돌아가다. 머리카락을 오랫동안 빗다. 녹도 만호가 노루 두 마리를 사냥해 오다.

3월 8일

맑다. 아침에 안골포 만호 우수·가리포 첨사 이응표가 각각으로 큰 사슴 한 마리씩 보내 오다. 가리포 첨사도 보내 오다. 식사를 한 뒤에 나가 앉아 있으니, 우수사·경상 수사·좌수사·가리포 첨사·방답 첨사·평산포 만호·여도 만호·우우후·경상 우후·강진 현감 등이 와서 같이 종일 몹시 취해 헤어지다. 저녁에 비가 잠시 오다.

3월 9일

아침에 맑다가 저물 때에 비가 내리다. 우우후 및 강진 현감이 돌아가겠다고 하므로 술을 먹였더니 몹시 취하다. 우우후는 취해 쓰러져 돌아가지 못하다. 저녁에 좌수사가 왔기에 작별의 술잔을 나누었더니 취해 대청(大廳)에서 엎어져 자다.

3월 10일

비가 내리다. 아침에 다시 좌수사를 청하더니 와서 작별의 술잔을 나누니 온종일 무척 취해 나가지 못하다. 덧없이 땀이 흐르다.

3월 11일

흐리다. 해·회·완 및 수원은 계집종 세 명과 더불어 나가다. 이 날 저녁에 방답 첨사가 성낼 일도 아닌데 공연히 성을 내어 상선(上船)의 물긷는 자에게 곤장을 쳤다니, 참으로 놀랄 일이다. 곧 군관과 이방을 불러 군관에게는 스무 대, 이방에게는 쉰 대를 매로 볼기를 치다. 저녁 나절에 구 천성보 만호가 하직하고 돌아가고, 새 천성보 만호는 체찰사의 공문으로 병사에게 잡혀가다. 나주 판관도 왔기에 술을 먹여서 보내다.

3월 12일

맑다. 아침밥을 먹은 뒤에 몸이 노곤하여 잠깐 잠을 잤더니 처음으로 피로가 가신 듯하다. 경상 수사가 와서 같이 이야기하다. 여도 만호 · 금갑도 만호 · 나주 판관도 오다. 군관들이 술을 내었다. 저녁에 소국진이 체찰사에게서 돌아왔는데, 그 회답에 우도의 수군을 합해 본도로 보내라는 것은 본의가 아니라고 하다. 우습다. 그 편에 들으니 원균은 곤장 마흔 대를, 장흥 부사는 스무 대를 맞았다고 한다.

3월 13일

종일 비가 내리다. 저녁에 견내량 복병이 달려와 아뢰기를, "왜적선이 연이어 나오고 있다"고 한다. 그래서 여도 만호 · 금갑도 만호 등을 뽑아 보내다. 봄비가 오는 가운데 몸이 노곤하여 누워서 앓다.

3월 14일

궂은비가 걷히지 않다. 새벽에 삼도에서 급한 보고가 왔는데, "견내량 근처의 거제땅 세포[1]에 왜적선 다섯 척과 고성 땅에 다섯 척이 정박하여 뭍에 내렸다"고 한다. 그래서 삼도의 여러 장수들에게 배 다섯 척을 더 뽑아 보내도록 전령을 보내다. 저녁

1) 사등면 성포리.

나절에 나가 공무를 보고 각 처에 공문을 처리하여 보내다. 아침에 군량 회계하는 것을 마치다. 방답 첨사 · 녹도 만호가 와서 보다. 체찰사에게 공문을 보내려고 서류를 만들다. 봄철 노곤함이 이에 이르니 밤새도록 땀이 흐르다.

3월 15일

맑다. 새벽에 망궐례를 행하다. 가리포 첨사 · 방답 첨사 · 녹도 만호가 와서 참례하는데, 우수사와 다른 사람은 오지 않다. 저녁 나절에 경상 수사가 와서 이야기하다. 함께 술에 취해 가면서 덕과 아랫방에서 수군거렸다고 하다. 이날 저물 무렵 바다에 달빛이 어슴푸레 밝았다. 몸이 노곤하여 축 가라앉는다. 밤새도록 식은땀이 흐르다. 한밤에 비가 몹시 오다. 낮에는 노곤하여 머리를 빗었는데 덧없이 땀이 흐르다.

3월 16일

비가 퍼붓듯이 내리며 종일 그치지 않다. 오전 여덟 시쯤에 시마바람이 세게 불어 지붕이 뒤집힌 곳이 많고 문과 창이 깨지고 창호지도 찢어져 비가 방 안으로 새어 들어 와서 사람이 괴로워 견딜 수가 없다. 오정 때에야 바람이 자다. 저녁에 군관을 불러 와서 술을 먹이다. 한밤 한 시쯤에 비가 잠깐 그치다. 흐르는 땀이 어제와 마찬가지다.

3월 17일

종일 가랑비가 내리더니 밤새도록 그치지 않다. 저녁 나절에 나주 판관이 와서 보다. 그래서 취하게 하여 보내다. 어둘 무렵에 박자방이 들어오다. 이날 밤에 식은땀이 등에까지 흘러 두겹 옷이 흠뻑 다 젖고, 자는 이부자리도 젖다. 몸이 불편하다.

3월 18일

맑다. 샛바람이 종일 불고 날씨는 몹시 싸늘하다. 저녁 나절에 나가 앉아서 숫장을 처리해 주다. 방답 첨사 · 금갑도 만호 · 회령포 만호 · 옥포 만호 등이 와서 보다. 활 열 순을 쏘다. 이날 밤 바다의 달빛이 어슴푸레 비치고 밤 기운이 몹시 차다. 자려 해도 잠을 이룰 수 없어 앉았다 누었다 하기도 불편하고 다시 몸이 불편해지다.

3월 19일

맑다. 샛바람이 세게 불고 날씨는 몹시도 싸늘하다. 아침에 새로 만든 가야금에 줄을 매다. 저녁 나절에 보성 군수가 부침하는 것을 살펴볼 일로 휴가를 받다. 김혼이 같은 배로 나가다. 종 경도 같이 돌아가다. 정량은 볼일이 있어 여기 왔다가 돌아가다. 저녁에 가리포 첨사 · 나주 반자가 와서 보다. 술을 취하도록 먹여서 보내다. 어둘 무렵부터 바람이 몹시 사납다.

3월 20일

종일 바람 불고 비가 내리다. 바람이 사납게 불고 비가 와서 종일 밖에 나가지 않다. 몸이 몹시 불편하다. 바람막이를 두 개 만들어서 걸다. 밤새도록 비가 오다. 땀이 옷과 이불을 흠뻑 적시다.

3월 21일

종일 큰비가 내리다. 초저녁에 도와리를 만나 구토를 한 시간이나 하는데, 자정이 되니 조금 가라앉다. 몸을 이리저리 뒤척이며 앉았다 누웠다 하며 괜스레 일을 저지르는 것 같아 한스럽기 그지없다. 이날은 너무 심심해서 군관 송희립 · 김대복 · 오철 등을 불러 종정도(從政圖) 놀이를 하다. 바람막이 세 개를 만들어 걸었는데, 이언량과 김응겸이 감독하다. 한밤이 지나서 비가 잠깐 그치다. 밤 세 시에 이지러진 달빛이 비치어 방 밖으로 나가 거닐다. 그래도 몸은 몹시 노곤하다.

3월 22일

맑다. 아침에 종 금이를 시켜 머리를 빗게 하다. 저녁에 우수사는 경상 수사와 같이 와서 보므로 술을 먹여 보내다. 그 편에 들으니 작은 고래가 섬 위로 떠밀려 와서 죽었다고 하여 박자방을 보내다. 이날 어둘 무렵에 땀이 예사롭지 않게 흐르다.

3월 23일

맑다. 새벽에 정사립이 와서 물고기 기름을 많이 짜서 가져왔다고 하다. 새벽 세 시에 몸이 불편하여 금이를 불러 머리를 긁게 하다. 저녁 나절에 나가 앉아서 각 곳의 공문을 처리하여 나누어주다. 활 열 순을 쏘다. 조방장 김완 및 충청 수군의 배 여덟 척이 들어오고 우후도 오다. 종 금이가 편지를 가져 왔는데, 어머니께서 편안하시다고 하다. 초저녁이 지나 영등포 만호가 그의 어린 계집을 데리고 술을 가져왔다고 하다. 거들떠보지 않다. 밤 열 시쯤이 지나서 되돌아가다. 이날에 비로소 미역을 따다. 한밤에 잠이 들다. 땀이 흘러 옷을 적시다. 그래서 옷을 갈아입고 자다.

3월 24일

맑다. 아침에 미역을 따러 나갔다. 헌 활집은 베로 만든 게 여덟 장, 솜으로 만든 게 두 장인데, 활집 한 장은 고쳐서 만들려고 감을 내어 주다. 아침 식사를 한 뒤에 나가 앉아서, 마량 첨사 김응황 · 파지도 권관 송세응 · 결성 현감 손안국 등을 처벌하다. 저녁에 우후가 가져온 술을 방답 첨사 · 평산포 만호 · 여도 만호 · 녹도 만호 · 목포 만호와 같이 마시다. 나주 판관 어운급에게는 사월 십 오 일로 기한으로 휴가를 주다. 몸이 몹시 노곤하여 흐르는 땀이 예사롭지 않다. 이날도 비가 올 것 같다.

3월 25일

새벽부터 비가 내리다. 종일 퍼부어 잠시도 비가 끊이지 않다. 수루에 기대어 저녁까지 보내니 마음이 언짢다. 머리를 한참 동안 빗다. 낮에 땀이 옷을 적시다. 밤에는 두 겹 옷이 젖고 방 구들목까지 젖다.

3월 26일

맑고 마파람이 불다. 저녁 나절에 나가 앉아 있으니, 조방장 및 방답 첨사 · 녹도 만호가 와서 활을 쏘다. 경상 수사가 와서 이야기하다. 체찰사의 전령이 왔는데, "전일[1]에 우도의 수군을

---

1) 12일을 말함.

돌려보내라고 한 것은 회계(回啓)[1]를 잘못 본 탓이다"고 하다. 우습다.

3월 27일

맑다. 마파람이 불다. 저녁 나절에 나가 활을 쏘다. 우후 · 방답 첨사도 오다. 충청도 마량 첨사 · 임치 첨사 · 결성 현감 · 파지도 권관이 함께 오다. 술을 먹여서 보내다. 저녁에 신사과와 아우 여필이 들어오다. 그 편에 어머니께서 편안하시다는 말을 들으니 기쁘고 다행하기 이를 데 없다.

3월 28일

궂은비가 몹시 내리며 종일 개지 않다. 나가 앉아서 공문을 만들어 나누어 보내다. 충청도 뱃사람들이 다시 울짱[2]을 설치하여 방비하다.

3월 29일

궂은비가 걷히지 않다. 저녁 나절에 부찰사 한효순의 통지문(通知文)이 먼저 이곳에 왔는데, 성주에서 진으로 온다고 하다.

4월 1일

비가 많이 내리다. 신사과와 함께 이야기하다. 종일 비가 내리다.

---

1) 임금의 하문(下問)에 대해 심의하여 임금에게 말씀을 아뢰는 것.
2) 말뚝 같은 것을 죽 늘여 박은 울. 또는, 벌여 박은 긴 말뚝.

4월 2일

저녁 나절에 개다. 저물 녘에 경상 수사가 부찰사를 마중하는 일로 나가다. 신사과는 같은 배로 가다. 이날 밤 몸이 몹시 불편하다.

4월 3일

맑고 마파람에 종일 불다. 어제 저녁에 견내량 복병이 긴급 보고한 내용에, "왜놈 네 명이 부산에서 장사를 하며 이익을 늘리려 나왔다가 바람에 표류되었다"고 하다. 그래서 새벽에 녹도 만호 송여종을 보내어 그렇게 된 까닭을 묻고 빼내 오려고 보냈는데 그 정황을 살펴보니, 정탐한 것이었다. 그래서 이들의 목을 베었다. 우수사에게 가보려고 하다가 몸이 불편하여 가지 못하다.

4월 4일

흐리다. 아침에 오철이 나가다. 종 금이도 같이 가다. 아침에 체찰사의 공문에 도장을 찍어 벽에 붙이다. 여러 장수가 표신(標信)을 고치다. 우수사에게 가보고는 취해 이야기하고서 돌아오다. 충청도의 군대에 울짱을 치다. 초저녁이 지나서 저녁밥을 먹다. 속이 덥고 땀이 나다. 밤 열 시쯤에 잠깐 비가 그치다.

4월 5일

맑다. 부찰사 한효순이 들어오다.

4월 6일

흐렸으나 비는 오지 않다. 부찰사가 활쏘기를 시험하다. 저녁에 우수사 등과 들어가 앉아서 군사들에게 같이 마주하여 음식을 먹다.

4월 7일

맑다. 부찰사가 나가 앉아서 상을 나누어주다. 새벽에 부산 사람이 들어왔는데, "명나라 사신 이종성이 달아났다"고 하니 무슨 일인지 모르겠다. 부찰사가 입봉(立峯)에 올라가다. 점심을 먹은 뒤에 두 수사와 더불어 같이 이야기하다.

4월 8일

종일 비가 내리다. 저녁 나절에 들어가 마주앉아 부찰사와 같이 마주하여 술을 마시니 몹시 취하다. 초파일이라 등불을 켜 달고 헤어지다.

4월 9일

맑다. 이른 아침에 부찰사가 나가다. 그래서 배를 타고 포구로 나가 같이 배에서 이야기하고 헤어지다.

4월 10일

맑다. 아침에 들으니 암행어사가 들어온다고 하다. 그래서 포구로 나가 암행어사를 기다리다. 조붕이 와서 보다. 그 모습을 보니 학질을 오래 앓아 주린 모습이 무척 야위었다. 참으로 딱하다. 저녁 나절에 암행어사가 들어와서 같이 내려가 앉아서 이야기하다. 촛불을 밝혀 주고 헤어지다.

4월 11일

맑다. 아침을 먹고 어사와 같이 마주하여 조용히 이야기하다. 저녁 나절에 장병들에게 음식을 먹이다. 활 열 순을 쏘다.

4월 12일

맑다. 아침을 먹고 난 뒤에 어사가 밥을 지어 군사들에게 먹이게 한 뒤에 활 열 순을 쏘고 종일 이야기하다.

4월 13일

맑다. 아침을 먹고 어사와 함께 마주해 있다가 느지막이 포구로 나갔더니, 마파람이 세게 불어 출항하지 못하다. 선인암으로 가서 종일 이야기하고 저물 때 서로 헤어지다. 저물어서야 거망포에 이르렀는데 잘 갔는지 모르겠다.

4월 14일

흐렸다가 종일 비가 내리다. 아침을 먹고 나가 앉아 홍주 판관 박륜 · 당진 만호 조효열이 교서에 숙배한 뒤에 충청 우후 원유남에게 곤장 마흔 대를 치다. 당진포 만호도 같은 벌을 받다.

4월 15일

맑다. 단오절의 진상품을 봉해 곽언수에게 받아다 내보내다. 영의정 유성룡 · 영부사 정탁 · 판서 김명원 · 지사 윤자신 · 조사척 · 신식 · 남이공에게 편지를 쓰다.

4월 16일

맑다. 아침을 먹고 나서 나가 앉아서, 난에몬 등을 불러 불지른 왜놈 세 놈이 누구누구인지를 물어 본 뒤에 붙들어다가 죽이다. 우수사·경상 수사도 같이 앉아서 아우 여필이 가져온 술로 취하다. 가리포 첨사·방답 첨사가 같이 마셨는데, 밤이 되어서야 헤어지다. 이 날 밤바다에는 달빛이 차갑게 비치고 잔물결 한 점도 일지 않다. 다시 땀을 흘리다.

4월 17일

맑다. 아침밥을 먹고 나서 아우 여필 및 아들 면이 종을 데리고 돌아가다. 저녁 나절에 각 공문을 처리하여 나누어주다. 이 날 저녁에 울이 안위에게 가서 보고 오다.

4월 18일

맑다. 식사하기 전에 각 고을과 포구에 공문 및 솟장을 처리해 주다. 체찰사에게 갈 공문을 내보내다. 저녁 나절에 충청 우후·경상 우후·방답 첨사·조방장 김완과 더불어 활 스무 순을 쏘다. 마도의 군관이 복병한 곳에서 투항해 온 왜놈 한 명을 잡아오다.

4월 19일

맑다. 습열(濕熱)[1]로 침 이십여 곳을 맞다. 몸에 번열(煩熱)[2]이 나는 것 같아 종일 방에서 나가지 않다. 어둘 무렵 영등이

---

1) 습기로 일어나는 열.

2) 열이 나고 가슴이 답답함.

와서 보고 돌아가다. 종 목년과 금화 · 풍진 등이 와서 인사하다. 이 날 아침에 난에몬 편에 풍신수길이 죽었다는 말을 듣다. 뛸 것처럼 기쁘지만 믿을 수는 없다. 이 말은 진작부터 퍼졌지만 아직은 확실한 기별이 온 것은 아니다.

4월 20일

맑다. 경상 수사가 와서 내일 만나자고 청하다. 활 열 순을 쏘고 헤어지다.

4월 21일

맑다. 아침밥을 먹은 뒤에 경상도의 진으로 가는 길에 우수사의 진에 들러 같이 가다. 경상 수사를 맞아 주며 종일 활을 쏘다. 잔뜩 취해 돌아오다. 조방장 신호는 병으로 자기 집으로 돌아가다.

4월 22일

맑다. 아침밥을 먹은 뒤에 나가 앉아 있으니, 부산 허낸만이 보낸 편지에 이르기를, 명나라 사신 이종성이 달아나고 부사 양방형은 여전히 왜놈의 진영에 있는데, 사월 팔 일에 달아난 까닭을 상부에 아뢰었다고 하다. 김 조방장이 와서 아뢰기를, 노천기가 술을 먹고 주책없이 굴다가 본영 진무 황인수 · 성복 등에게서 욕을 먹었다고 하다. 그래서 곤장 서른 대를 때리다. 활 열 순을 쏘다.

4월 23일

흐렸다가 저녁 나절에 개다. 아침에 첨지 김경록이 들어오다. 일찍 아침밥을 먹고 나가 앉아 같이 술을 마시다. 저녁 나절에 군사들 중에서 힘센 자들을 뽑아 씨름을 시켰더니, 성복이란 자가 판을 독차지하다. 그래서 상을 주다. 활 열 순을 쏘다. 충청 우후 원유남 · 마량 첨사 김응황 · 당진 만호 조효열 · 홍주 판관 박윤 · 결성 현감 손안국 · 파지도 권관 송세응 · 옥포 만호 이담 등과 같이 쏘다.

4월 24일

맑다. 식사를 한 뒤에 목욕을 하고 나와 여러 장수들과 함께 이야기하다.

4월 25일

맑다. 마파람이 세게 불다. 일찍이 목욕하러 들어갔다가 한참 동안 있었다. 저녁에 우수사가 와서 보고 돌아가다. 아울러 목욕탕에 들어갔는데 물이 너무 뜨거워서 오래 있지 못하고 도로 나오다.

4월 26일

맑다. 아침에 체찰사의 군관이 경상도로 갔다는 말을 듣다. 밥을 먹 은 뒤에 목욕하다. 저녁 나절에 경상 수사가 와서 보고 돌아가다. 체찰사의 군관 오도 오다. 김양간이 소를 싣고 올 일로 본영으로 가다.

4월 27일

맑다. 저녁에 한 번 목욕하다. 체찰사의 공문 회답이 오다.

4월 28일

맑다. 아침 · 저녁으로 두 번 목욕하다. 여러 장수들이 모두 와서 보다. 경상 수사는 뜸 뜨느라고 오지 않다.

4월 29일

맑다. 저녁에 한 번 목욕하다. 투항해 온 왜놈 사고에몬을 난에몬에게 시켜 목을 베다.

4월 30일

맑다. 저녁에 한번 목욕하다. 우수사가 와서 보다. 충청 우후가 봐서 보고 돌아가다. 저녁 나절에 부산의 허낸만의 편지가 왔는데, 소서행장이 군사를 철수할 뜻이 있는 것 같다. 김경록이 돌아가다. 어머니께서 무사하다는 편지가 오다.

5월 1일

흐렸으나, 비는 오지 않다. 경상 수사가 와서 보고 돌아가다. 목욕하다.

5월 2일

맑다. 일찍 목욕하고 진으로 돌아오다. 총통 두 자루를 부어 만들다. 조방장 김완 및 조계종이 와서 보다. 우수사가 김인복의 목을 베어 효시(梟矢)하다. 이날은 공무를 보지 않다.

5월 3일

맑다. 가뭄이 너무 심하다. 근심되고 괴로운 마음을 어찌 다 말하랴! 공무를 보지 않다. 경상 우후가 와서 활 열 다섯 순을 쏘다. 저물어서 들어오다. 총통 두 자루를 녹여 만들다.

5월 4일

맑다. 이날은 어머니 생신인데 헌수하는 술 한 잔도 올려 드리지 못해 마음이 편하지가 않다. 나가지 않다. 오후에 우수사가 사무 보는 집에서 불이 나서 다 탔다. 이날 저녁에 문충공이 부요에서 오다. 조종의 편지를 가져 왔는데, 조정이 사월 초하루에 세상을 떠났다고 하다. 슬프고도 애달프다. 우후가 앞산 마루에서 여귀[1]에게 제사를 지내다.

5월 5일

맑다. 이 날 새벽에 여귀에게 제사를 지내다. 일찌기 아침밥을 먹고 나가 앉아 있고, 회령포 만호가 교서에 숙배한 뒤에 여러 장수가 와서 모이다. 그대로 들어가 앉아서 위로하고 술을 네 순 배를 돌리다. 경상 수사가 술이 거나하게 취하였으므로 씨름을 시켰더니, 낙안 군수 임계형이 으뜸이다. 밤이 깊도록 이들로 하여금 즐겁게 마시고 뛰놀게 한 것은 내 스스로에게 즐겁고자 한 것이 아니라, 오랫동안 고생한 장병들의 노고를 풀어 주고자 한 것이다.

---

1) 제사를 받지 못한 귀신.

5월 6일

아침에 흐렸다가 저녁 나절에 큰비가 오다. 이 비로써 농민의 소망을 흡족하게 채워 주니 기쁘고 다행한 마음을 이루 말할 수 없다. 비가 오기 전에 활 대여섯 순을 쏘다. 비가 밤새도록 그치지 않다. 땅거미가 질 무렵 총통 만들 때에 쓰는 숯을 쌓아 두는 창고에 불이 일어나 홀랑 다 타 버렸다. 이는 감독관 놈들이 삼가지 않은 탓이다. 새로 받아들인 숯에 묵은 불이 있는지 없는지 살피지 않아 이런 재난을 보게 된 것이다. 참으로 한탄할 일이다. 울과 김대복이 같은 배로 나가다. 비가 엄청나게 쏟아져 잘 갔는지 가지 못하였는지 모르겠다. 밤새도록 앉아서 걱정하다.

5월 7일

비가 내리다. 저녁 나절에 개다. 이날 걱정한 것은 울이 가다가 잘 도착하는지 아닌지였다. 앉아서 밤새도록 걱정하고 있을 적에 사람이 문을 두드리는 소리가 나기에 열고서 물어 보니 이영남이 들어오다. 불러 들여 조용히 지난 일을 이야기하다.

5월 8일

맑다. 아침에 이영남과 함께 이야기하다. 저녁 나절에 나가 공무를 보다. 경상 수사가 와서 보다. 활 열 순을 쏘다. 몸이 몹시 불편하여 두 번이나 구토하다. 이날 영산 이중의 무덤을 파낸다는 말을 듣다. 저녁에 조카 완이 들어오다. 김효성도 오다. 비인 현감 신경징이 들어오다.

5월 9일

맑다. 몸이 몹시 불편하다. 이영남과 함께 서관(西關)[1]의 일을 이야기하다. 초저녁에 비가 뿌리더니 새벽까지 오다. 부안 전선에서 불이 났으나, 심하게 타지 않았다니 다행이다.

5월 10일

맑다. 나라 제삿날[2]이라 공무를 보지 않다. 몸도 불편하여 종일 끙끙 앓다.

5월 11일

맑다. 새벽에 앉아서 이정과 함께 이야기하다. 식사를 한 뒤에 나가 공무를 보다. 비인 현감 신경징에게 기일을 어긴 죄로 곤장 서른 대를 치다. 또 순천 격군과 감관 조명에게 곤장을 치다. 몸이 불편하여 일찍 들어와 끙끙 앓다. 거제 현령 · 영등포 만호는 이영남과 같이 자다.

5월 12일

맑다. 이영남이 돌아가다. 몸이 불편하여 종일 신음하다. 김해 부사 백사림의 긴급 보고가 왔는데, "부산에서 왜놈에게 붙었던 김필동의 편지에서처럼 풍신수길이 비록 정사(正使)[3]는 없다지만 부사가 그대로 있으니, 곧 화친(和親)하고 군사를 철수하려고 한다"고 하다.

---

1) 황해도와 평안도.

2) 태종의 제사.

3) 사신 가운데 주가 되는 사람.

5월 13일

맑다. 부산의 허낸만의 편지가 왔는데, 가등청정이란 놈이 벌써 십 일에 그의 군사를 거느리고 바다를 건너갔고, 각 진의 왜놈들도 장차 철수해 갈 것이요, 부산의 왜놈은 명나라 사신을 모시고 바다를 건너가려고 아직 그대로 머물고 있다고 하다. 이날 활 아홉 순을 쏘다.

5월 14일

맑다. 김해 부사 김사림의 긴급 보고 내용에도 허낸만의 편지와 같다. 그래서 순천 부사에게 통보하여 그로 하여금 차례로 통보하게 하다. 활 열 순을 쏘다. 결성 현감 손안국이 나가다.

5월 15일

맑다. 새벽에 망궐례를 행하다. 우수사는 오지 않다. 식사를 한 뒤에 나가서 앉아 있다가 들으니 한산도 뒷산 마루로 달려 올라가 다섯 개의 섬과 대마도를 바라보았다고 하다. 그래서 혼자 말을 타고 올라가서 이를 보니 과연 다섯 개의 섬과 대마도가 보였다. 저녁 나절에 작은 개울가로 돌아오다. 조방장 · 거제 현령과 함께 점심을 먹다. 날이 저물어서야 진으로 돌아오다. 어두워서 따뜻한 물에 목욕하고서 자다. 밤바다에 달은 밝고 바람 한 점 없다.

5월 16일

맑다. 아침에 송한련 형제가 물고기를 잡아오다. 충청 우후 원유남 · 홍주 판관 박륜 · 비인 현감 신경징 · 파지도 권관 송세응 등이 오다. 우수사 이억기도 와서 보고 돌아가다. 이날 밤 비가 많이 올 것 같더니 한밤에 비가 오다. 이날 밤 정화수를 마시고 싶었다.

5월 17일

종일 비가 내리다. 농사에 아주 흡족하다. 점을 쳐보니, 풍년이 들 것 같다. 저녁 나절에 영등 만호 조계종이 들어와 보다. 혼자 읊조리며 수루에 기대어 있다.

5월 18일

비가 잠깐 개기는 하였으나, 바다의 안개는 걷히지 않다. 체찰사의 공문이 들어오다. 저녁 나절에 경상 수사가 와서 보다. 나가 앉았다가 활을 쏘다. 저녁에 탐후선이 들어와서 어머니께서 편안하시다고 하다. 그러나 진지를 전보다 줄어들었다고 하니 걱정되어 눈물이 난다. 봄철 누비옷을 가지고 오다.

5월 19일

맑다. 방답 첨사 장린이 모친상을 입었다는 말을 듣고 우후를 가장(假將)으로 정해 보내다. 활을 열 순을 쏘다. 땀이 온몸을 적시다.

5월 20일

맑고 바람도 없다. 대청 앞에 기둥을 세우다. 저녁 나절에 나가니 웅천 현감 김충민이 와서 보다. 양식이 떨어졌다고 한다. 그래서 벼 스무 말의 영수증을 주다. 사도 첨사가 돌아오다.

5월 21일

맑다. 나가 앉았다가 우후 등과 함께 활을 쏘다.

5월 22일

맑다. 충청 우후 원유남 · 좌우후 이몽구 · 홍주 판관 박륜 등과 함께 활을 쏘다. 홍우가 장계를 가지고 감사에게 가다.

5월 23일

흐렸으나 비는 오지 않다. 충청 우후 등과 함께 활 열다섯 순을 쏘다. 아침에 미조항 첨사 장의원이 교서에 숙배한 뒤에 장홍으로 부임하다. 춘절이 본영으로 돌아가다. 이날 밤 열 시쯤에 땀이 예사롭지 않게 흘렀다. 이날 저녁 내내 수루의 지붕을 다 잇지 못하다.

5월 24일

아침에 찌푸린 걸 보니 비가 많이 올 것 같다. 나라 제삿날[1]이라 공무를 보지 않다. 저녁에 나가 활 열 순을 쏘다. 부산 허낸만의 편지가 들어오다. 좌도의 각 진의 왜놈들이 모두 철수하고, 다만 부산에만 머물러 있다고 하다. 명나라 수석 사신이 갈려서 새로 정해진 사람이 온다는 기별이 이십 이 일 부사에게 왔다고 한다. 허낸만에게 술쌀 열 말, 소금 열 말을 주고서 마음껏 정보를 잘 탐지하라고 하였다. 어두워서 비가 오더니 밤새도록 퍼부었다. 박옥 · 옥지 · 무재 등이 화살대 백 오십 개를 처

1) 문종의 제사.

음으로 만들다.

5월 25일

종일 비가 내리다. 홀로 다락 위에 앉아 있으니, 온갖 생각이 다 일어난다. 우리나라 역사를 읽어보니 생각이 많이 난다.

5월 26일

짙은 안개가 걷히지 않다. 마파람이 세게 불다. 저녁 나절에 나가 앉아 있다가 충청 우후 등과 함께 활을 쏠 적에 경상 수사도 와서 같이 활 열 순을 쏘다. 이날 어둘 무렵 날씨가 찌는 듯하다. 땀이 줄줄 흐르다.

5월 27일

가랑비 종일 그치지 않다. 충청 우후 · 좌우후가 이곳에 와서 종정도 놀이를 하다. 이날 어둘 무렵에도 찌는 듯해 답답하다. 땀이 온몸을 적시다.

5월 28일

궂은비가 걷히지 않다. 전라 감사 홍세공이 파면되어 갈렸다고 한 말을 듣다. 가등청정이 부산으로 도로 왔다고 한다. 모두 믿을 수 없다.

5월 29일

궂은비가 저녁내 내리다. 장모의 제삿날이라 공무를 보지 않다. 고성 현령 · 거제 현령이 와서 보고는 돌아가다.

5월 30일

흐리다. 곽언수가 들어오다. 영의정 유성룡 및 상장군 · 우참찬판 부사 정탁 · 지사 윤자신 · 조사척 · 신식 · 남이공의 편지가 오다. 저녁 나절에 우수사에게 가서 보고 종일 무척 즐기다가 돌아오다.

6월 1일

종일 궂은비 내리다. 저녁 나절에 충청 우후 원유남 및 본영 우후 이몽구 · 홍주 판관 박륜 · 비인 현감 신경징을 불러 와서 술 마시며 이야기하다. 윤련이 자기 포구로 간다고 하다. 그래서 도양장의 콩 씨앗이 모자라거든 김덕록에게서 콩 씨앗을 가져가라고 영수증을 써 주다. 남해 현령이 도임장을 가지고 와서 바치다.

6월 2일

비가 그치지 않다. 아침에 우후가 방답 첨사에게 가다. 비인 현감 신경징이 나가다. 이날 아랫도리 속옷을 벗겨서 아래에 넣다. 저녁 나절에 나가 앉았다가 활 열 순을 쏘다. 편지를 써서 본영으로 보내다.

6월 3일

흐리다. 아침에 제포 만호 성천유가 교서에 숙배하다. 김량간이 농사짓는 소를 싣고 나가다. 새벽 꿈에 어린아이가 태어난 지 겨우 대여섯 달인데 몸소 안았다가 도로 내려놓았다. 금갑도만호가 와서 보다.

6월 4일

맑다. 식사를 한 뒤에 나가 앉았는데, 가리포 첨사·임치 첨사·목포 만호·남도포 만호·충청 우후 및 홍주 판관 등이 오다. 활 일곱 순을 쏘다. 우수사가 와서 다시 과녁을 그리고 활 열 두 순을 쏘다. 술에 취해 헤어지다.

6월 5일

흐리다. 아침에 박옥·무재·옥지 등이 연습용 화살 백 오십 개를 만들어 바치다. 나가 앉았다가 활 열 순을 쏘다. 경상 우도 감사의 군관이 편지를 가져왔는데, 감사는 혼사가 있어 서울로 올라갔다고 하다.

6월 6일

맑다. 사도(四道)의 여러 장수들이 모두 모여 활을 쏘고 술과 음식을 먹다. 또 활쏘기 내기를 하여 승부를 가리고서 헤어지다.

6월 7일

아침에 흐리다가 저녁 나절에 개다. 저녁 나절에 나가 충청 우후 등과 함께 활 열 순을 쏘다. 이날 왜놈의 조총 값을 주다.

6월 8일

맑다. 일찍 나가 활 열다섯 순을 쏘다. 남도포 만호의 본포 첩이 허 씨 집으로 뛰어 들어가서 강짜 싸움을 하였다고 한다.

6월 9일

맑다. 일찍 나가 충청 우후 · 당진 만호 · 여도 만호 · 녹도 만호 등이 활을 쏠 때에 경상 수사가 와서 같이 활 스무 순을 쏘다. 경상 수사가 잘 맞히다. 이날 일찍이 종 금이가 본영으로 가고 옥지도 가다. 이날 어둘 무렵 몹시 열이 나고 땀이 예사롭지 않게 흐르다.

6월 10일

비가 종일 쏟아지듯이 내리다. 오정 때에 부산에서 편지가 와서 바치는데, 평의지가 구 일에 대마도로 들어갔다고 한다.

6월 11일

비 오다가 저녁 나절에 맑게 개다. 활 열 순을 쏘다.

6월 12일

맑다. 심한 더위가 찌는 것 같다. 충청 우후 등을 불러 활 열다섯 순을 쏘다. 남해 현감의 편지가 오다.

6월 13일

맑으며, 몹시 덥다. 경상 수사가 술을 가지고 오다. 활 열 다섯 순을 쏘다. 경상 수사가 잘 맞혔는데 김대복이 으뜸이다.

6월 14일

맑다. 일찍 나가 활 열 다섯 순을 쏘다. 아침에 아들 회와 이수원이 같이 오다. 어머니께서 편안하시다고 한다.

6월 15일

맑다. 새벽에 망궐례를 행하다. 우수사 · 가리포 첨사 · 나주 판관 등은 배탈이 났는지 병으로 말미를 청하다. 저녁 나절에 나가 앉았다가 충청 우후 · 우후 · 조방장 김완 등 여러 장수들을 불러 활 열 다섯 순을 쏘다. 이날 일찍이 부산 허낸만이 와서 왜놈의 정보를 전하기에 군량을 주어서 돌려보내다.

6월 16일

맑다. 저녁 나절에 경상 수사가 와서 이야기하다. 나가 앉았다가 활 열 순을 쏘다.

6월 17일

맑다. 저녁 나절에 우수사가 오다. 활 열 다섯 순을 쏘고 헤어지다. 수사는 술을 마시지 않다. 충청 수사는 그 아버지의 제삿날이라 아뢰고 거망포[1]로 가다.

6월 18일

맑다. 저녁 나절에 나가 활 열다섯 순을 쏘다.

6월 19일

맑다. 체찰사에게 공문을 써 보내다. 저녁 나절에 나가 앉았다가 활 열 다섯 순을 쏘다. 이설에게서 황정록의 형편없는 말과 발포 보리밭에서 스물 여섯 섬이 났다는 말을 듣다.

---

1) 걸망포.

6월 20일

맑다. 어제 아침 곡포 권관 장후완이 교서에 숙배한 뒤에 평산 포만호에게 진작 진에 도착하지 않은 까닭을 문책할 적에, 기일을 정해 주지 않았기 때문에 오십여 일이나 물리게 된 것이라고 답하다. 그 답이 너무 해괴하여 곤장 서른 대를 치다. 바로 이날 오정에 남해 현령이 들어와서 숙배한 뒤에 이야기한 뒤 활을 쏘다. 충청 우후도 오다. 열 다섯 순을 쏘고 안으로 들어가 남해 현감 박대남과 자세히 이야기하다가 밤이 깊어서야 헤어지다. 임달영도 왔는데, 소를 무역한 서류와 제주 목사의 편지를 가지고 오다.

6월 21일

내일이 제삿날이므로 공무를 보지 않다. 아침에 남해 현령을 불러 같이 아침 식사를 하고서, 남해 현령은 경상 수사에게 갔다가 저녁에 되돌아와서 이야기하다.

6월 22일

맑다. 할머니의 제삿날이라 공무를 보지 않다. 남해 현령과 종일 이야기하다.

6월 23일

밤 두 시쯤부터 종일 비가 내리다. 남해 현령과 이야기하다. 저녁 나절에 남해 현령은 경상 수사에게 가다. 조방장 및 충청 우후·여도 만호·사도 첨사 등을 불러 술과 고기를 먹이다. 곤양 군수 이극일도 와서 보다. 저녁에 남해 현감이 경상 수사에게서 오다. 술에 취해 인사불성이다. 하동 현감도 왔는데 본현으로 도로 보내다.

6월 24일

맑다. 아침에 나가 충청 우후와 함께 활 열다섯 순을 쏘다. 경상 수사도 와서 같이 쏘다. 남해 현감은 자기 고을로 돌아가다. 투항해 온 왜놈 야에몬 등이 그의 동료 신시로를 죽이자고 청해서 죽이라고 명령하다.

6월 25일

맑다. 일찍 나가서 서류를 처리해 보내고서 조방장 및 충청 우후 · 임치 첨사 · 목포만 호 · 마량 첨사 · 녹도 만호 · 당포 만호 · 회령포 만호 · 파지도 권관 등이 오다. 철전(鐵箭)[1] 다섯 순, 편전(片箭)[2] 세 순, 활 다섯 순을 쏘다. 남원의 김굉이 아뢰고 돌아가다. 이날 어둘 무렵에 몹시 더워 땀을 흘리다.

6월 26일

바람이 세게 불고 잠시 비가 오다. 저녁 나절에 나가 앉았다가, 철전 및 편전을 각 다섯 순씩 쏘다. 왜놈 난에몬 등이 말하는 자귀쟁이의 아내에게 곤장을 치다. 이 날 낮에 망아지 두 필에 떨어진 편자[3] 네 개를 갈아 박다.

---

1) 무쇠로 만든 화살의 총칭.
2) 총통(銃筒)에 넣어서 쏘는, 하나로 된 화전(火箭).
3) 말굽에 대어 붙이는 쇳조각.

6월 27일

맑다. 나가 앉았다가, 조방장 김완 · 충청 우후 · 가리포 첨사 · 당진포 만호 · 안골포 만호 등과 함께 철전 다섯 순, 편전 세 순, 활 일곱 순을 쏘다. 이날 저녁에 송술을 가두다.

6월 28일

맑다. 명종의 나라 제삿날이라 공무를 보지 않다. 아침에 고성 현령이 달려와서 보고하기를, "순찰사의 행차가 어제 벌써 사천에 이르렀다"고 하다. 그러니 오늘은 응당 소비포에 이를 것이다. 수원이 돌아가다.

6월 29일

아침에 흐리다가 저녁 나절에는 개다. 저녁 나절에 나가 앉아서 공무를 본 뒤에 조방장 · 충청 우후 · 나주 통판과 함께 철전 · 편전 · 활을 열 여덟 순을 쏘다. 무더위가 찌는 듯하다. 초저녁에 땀이 줄줄 흘렀다. 남해 현감의 편지가 오고, 야에몬은 돌아가다.

7월 1일

맑다. 인종의 나라 제삿날이라 공무를 보지 않다. 경상우 순찰사 서성이 진에 이르렀으나, 이날은 서로 만나지 않았다. 그의 군관 라굉이 그의 장수의 말을 전하러 이곳에 오다.

7월 2일

맑다. 아침밥을 일찍 먹은 뒤에 경상 순찰사 영의 진으로 가서 순찰사와 함께 같이 이야기하다. 한참 시간이 지나서 새 정자로 올라가 앉다. 편을 갈라 활을 쏘았는데, 경상 순찰사 편이 진 것이 백 육십 이 점(劃)이다. 종일 몹시 즐거웠다. 등잔불을 밝히고서 돌아오다.

7월 3일

맑다. 아침밥을 일찍 먹은 뒤에 순찰사와 도사(都事)가 이 영에 와서 활을 쏘다. 순찰사 편이 또 진 것이 구십 육 점이다. 밤이 깊어서야 돌아가다. 아침에 체찰사의 공문이 오다.

7월 4일

맑다. 아침밥을 일찍 먹은 뒤에 경상도 영으로 가서 순찰사와 서로 만나 이야기하다. 조금 있다가 배로 내려가 같이 타고 포구로 나가니, 여러 배들이 밖으로 줄지어 있었다. 종일 이야기하고 선암 앞바다에 이르러 닻을 걷고 출항하여 나누어 가면서 바라보며 서로 읍하다. 그 길로 우수사 · 경상 수사와 함께 같은 배로 들어오다.

7월 5일

맑다. 저녁 나절에 나가 활을 쏘다. 충청 우후도 와서 같이 쏘다.

7월 6일

맑다. 일찍 나가 각 처의 공문을 처리하여 나누어주다. 저물무렵에 거제 현령 · 웅천 현감 · 삼천포 권관이 와서 보다. 이곤

변의 편지도 왔는데, 그 사연 속에는 입석의 잘못을 많이 말하다. 우습다.

7월 7일

맑다. 경상 우수사 및 우수사와 여러 장수들이 아울러 와서 잠깐 활 삼 관(貫)[1]을 쏘다. 종일 비는 오지 않다.

7월 8일

맑다. 충청 우후와 함께 활 열 순을 쏘다.

7월 9일

맑다. 아침에 체찰사에게 갈 여러 공문에 관인을 찍어서 이전이 받아 갔다. 저녁 나절에 경상 수사가 이곳에 와서 통신사가 탈 배에 풍석(風席)[2]이 마련하기 어렵다고 여러 번 말하다. 빌려 쓰고자 하는 뜻이 그 말하는 속에 보였다. 물을 끌어들일 대나무와 서울 가는 사람이 요구하는 부채 만들 대나무를 얻어 올 일로 박자방을 남해로 보내다. 오후에 활 열 순을 쏘다.

7월 10일

맑다. 새벽 꿈에, 어떤 사람이 멀리 화살을 쏘았고, 어떤 사람은 갓을 발로 차서 부수다. 스스로 이것을 점쳐 보니, 멀리 활 쏘는 것은 적들이 멀리 도망하는 것이요, 삭을 차서 부수는 것은 갓은 머리 위에 있는데 발길에 차 보이는 것으로서, 이는 적

---

1) 과녁의 한복판.
2) 돛 만드는 돗자리.

의 괴수를 모조리 잡아 없앨 징조라 하겠다. 저녁 나절에 체찰사의 전령에, "첨지 황신이 이제 명나라 사신을 따라가는 정사가 되고, 권황이 부사가 되어 가까운 시일에 바다를 건너 갈 것이니, 타고 갈 배 세 척을 정비하여 부산에 대어 놓아라"고 하다. 경상 우후가 여기 와서 흰무늬 돗자리 백 오십 닢을 빌려 가다. 충청 우후 · 사량 만호 · 지세포 만호 · 옥포 만호 · 홍주 판관 · 전 적도 만호 고여우 등이 와서 보다. 경상 수사가 달려와서 보고하기를, "춘원도[1]의 왜선 한 척이 도착하여 정박하였다"고 하다. 그래서 여러 장수를 뽑아 보내어 샅샅이 찾아내라고 전령하다.

7월 11일

맑다. 아침에 체찰사에게 행정선(通文船) 일로 공문을 써 관인을 찍어 보내다. 저녁 나절에 경상 수사가 와서 바다를 건너갈 격군과 뒤따라 갈 것을 의논하다. 바다를 건너갈 양식이 스물세 섬인데, 새로 찧으니 스물 한 섬이라 두 섬 한 말이 줄었다. 나가 앉았다가 몸소 활 삼 관을 쏘는 것을 보다.

7월 12일

새벽에 비가 잠시 뿌리다가 곧 그치고 무지개가 한참이나 서 있었다. 저녁 나절에 경상 우후 이의득이 와서 뜸 열 다섯 번을 빌려 가다. 부산으로 보낼 군량 흰쌀 스무 섬 · 중쌀〔中米〕 마흔 섬을 차사원 변익성과 수군절도사의 군관 정존극이 받아 가다.

1) 통영시 광도면.

조방장이 오고, 충청 우후도 와서 활을 쏘다. 같은 해에 과거에 급제한 남치온도 오다.

7월 13일

맑다. 명나라 사신을 따라 갈 우리나라 사신들이 탈 배 세 척을 정비하여 낮 열 시쯤에 떠나 보내다. 저녁 나절에 활 열세 순을 쏘다. 어둘 무렵 항복해 온 왜놈들이 광대놀이를 하다. 장수된 사람으로서 가만히 두고만 보고 있을 수는 없지만, 붙잡힌 왜놈들이 놀이를 간절히 바라기에 그냥 두다.

7월 14일

새벽에 비가 뿌리다. 이 날도 벌써 보름날이다. 저녁에 고성 현령 조응도가 와서 이야기하다.

7월 15일

새벽에 비가 뿌리다. 망궐례를 행하지 못하다. 저녁 나절에 활짝 개다. 경상 수사 · 전라 우수사가 함께 모여 활을 쏘고서 헤어지다.

7월 16일

새벽에 비 오다가 저녁 나절에 개다. 북쪽에 툇마루 세 칸을 만들었다. 이 날 충청도 홍주 격군으로 신평에 사는 사삿집[2] 종 엇복이 도망가다 붙잡혔으므로 목을 베어 내다 걸다. 하동 현감

---

2) 일반 개인의 살림집.

· 사천 현감이 오다. 저녁 나절에 활 삼 관을 쏘다. 이 날 어둘 무렵 바닷달이 너무도 밝아서 혼자 수루 위에 기대다. 밤 열 시쯤에야 잠자리에 들다.

7월 17일

새벽에 비가 뿌렸다가 곧 그치다. 충청도 홍산에서 큰 도둑들이 일어나서 홍산 현감 윤영현이 잡히고, 서천 군수 박진국도 잡혀갔다고 한다. 바깥 도둑도 없애지 못한 이 마당에 나라 안의 도둑들이 이러하니, 참으로 놀랍고도 놀라운 일이다. 남치온 및 고성 현령 · 사천 현감이 나가다.

7월 18일

맑다. 각 곳에 공문을 처리하여 나누어 보내다. 충청 우후 및 홍주 반자가 충청도 도둑들의 일을 듣고 와서 아뢰다. 저녁에 투항해 온 왜놈 레나기 · 야이 · 야몬 등이 난야몬을 해치려고 흉모를 꾸미고 있다고 하다.

7월 19일

맑으나 종일 바람이 세게 불다. 난야몬이 레나기 · 야이 · 야몬 등의 목을 베다. 우수사가 와서 보고 돌아가다. 경상 우후 이의득 및 충청 우후 원유남 · 다경포 만호 윤승남이 오다.

7월 20일

맑다. 경상 수사가 와서 보다. 본영 탐후선이 들어오다. 어머니께서 편안하시다니 기쁘고 다행이다. 그 편에 충청도 토적(土

賊) 이몽학이 순안 어사 이발의 포수에게 총을 맞아 즉사하였다고 한다. 다행이다.

7월 21일

맑다. 저녁 나절에 나가 앉아 있으니, 거제 현령 · 나주 판관 · 홍주 판관과 옥포 만호 · 웅천 현감 · 당진포 만호가 오다. 옥포에는 배 만드는 데 쓸 양식이 없다고 한다. 그래서 체찰사에 관계된 군량미 스무 말을 주고, 웅천 · 당진포에는 배 만들 쇠열 다섯 근을 함께 주다. 이 날 아들 회가 방자 수에게 곤장을 쳤다고 한다. 그래서 아들을 붙들어다가 뜰 아래에서 잘 타이르다. 밤 열 시쯤에 땀이 줄줄 흐르다. 통신사가 청하는 표범 가죽을 가지고 오려고 배를 본영으로 보내다.

7월 22일

맑으나, 바람이 세게 불다. 종일 나가지 않다. 홀로 수루 위에 앉아 있었다. 종 효대 · 팽수가 나가서 흥양의 군량선을 타다. 저녁에 순천 관리의 통지문(文狀)에, "충청도 도둑들이 홍산에서 일어난 것을 곧 죽였다고 하는데, 홍주 등 세 고을이 포위를 당하다가 간신히 면하였다"고 하다. 참으로 한심하다. 한밤에 비가 많이 오다. 낙안의 교대할 배가 들어오다.

7월 23일

큰비가 내리다. 오전 열 시쯤에 맑았다가 이따금 쏟아지다. 저녁 나절에 홍주 판관 박륜이 휴가를 얻어서 나가다.

7월 24일

맑다. 현덕왕후 나라 제삿날[1)]이다. 이날 우물을 고쳐 파는 데로 갔다. 경상 수사도 오다. 거제 현령 · 금갑도 만호 · 다경포 만호가 뒤따라오다. 샘 줄기가 깊이 들어가 있고 물의 근원도 길다. 점심을 먹은 뒤에 돌아와 활 삼 관을 쏘다. 어둘 무렵 곽언수가 표범 가죽을 가지고 들어오다. 이날 밤 마음이 답답하여 잠이 오지 않다. 인기척은 고요하여 앉았다 누웠다 하다가 밤이 깊어서야 잠들다.

7월 25일

맑다. 아침에 공리(工吏)가 사냥한 것을 헤아리니 뿔이 열 개라 창고에 넣게 하다. 표범 가죽 및 꽃 돗자리를 통신사에게 보내다.

7월 26일

맑다. 이전이 체찰사에게서 와서 표험(標驗) 세 벌을 가지고 오다. 하나는 경상 수사에게 보내고, 하나는 전라 우수사에게 보내다. 의금부의 나장이 다경포 만호 윤승남을 잡아 갈 일로 내려오다.

7월 27일

맑다. 저녁 나절에 활터로 달려가서 길 닦는 일을 녹도 만호에게 일러 주다. 종 경이 몹시 아프다. 다경포 만호 윤승남이

---

1) 문종의 왕후 권 씨의 제사를 말함.

잡혀가다.

7월 28일

맑다. 종 무학·무화·박수매·우롬금 등이 스물엿새 날에 여기 왔다가 오늘 돌아가다. 저녁 나절에 충청 우후와 더불어 활 삼 관을 같이 쏘다. 철전 삼십 육 푼, 편전 육십 푼, 보통 화살 이십 육 푼 모두 백 이십 이 푼이었다. 종 경이 많이 앓았다고 하니 걱정된다. 고향 아산으로 한가위 제물을 보낼 때에 홍·윤·이 등 네 군데에 편지를 부치다. 밤 열 시쯤에 꿈속에서까지 땀을 흘리다.

7월 29일

맑다. 경상 수사 및 우후가 와서 보다. 충청 우후도 아울러 와서 활 삼 관을 쏘았는데, 내가 쏘던 활은 고자[2]가 들떠서 곧 수리하라고 하였다. 체찰사에게서 과거보는 자리를 설치한다는 공문이 와 닿았다. 저녁에 점쟁이의 집을 맡아 지키던 아이가 세간을 몽땅 훔쳐 달아났다는 말을 듣다.

7월 30일

맑다. 새벽에 갈몰이 들어오다. 밤 꿈에 영의정과 같이 조용히 이야기하다. 아침에 이진이 본영으로 돌아가다. 춘화 등도 돌아가다. 김대인은 담제(禫祭)[3]를 지낸다고 휴가를 받아 가다. 저녁 나절에 조방장이 와서 활을 쏘다. 저녁에 탐후선이 들어오

1) 활의 양 끝 머리. 곧, 시위를 메는 부분. 활고자.

2) 대상(大祥), 즉 죽은 지 두 돌 만에 지내는 제사를 치른 그 다음 다음 달에 지내는 제사.

다. 어머니께서 편안하시다고 한다. 임금의 유지가 두 통이 내려오고 싸움에 쓸 말과 면의 말도 들어오다.

8월 1일

맑다. 새벽에 망궐례를 행하다. 충청 우후 · 금갑도 만호 · 목포 만호 · 사도 첨사 · 녹도 만호가 와서 참례하다. 저녁 나절에 파지도 권관 송세응이 돌아가다. 오후에 활터로 가서 말을 달리다가 저물어서 돌아오다. 부산에 갔던 곽언수가 돌아와서 통신사의 회답 편지를 전하다. 어둘 무렵 비 올 징후가 많다. 그래서 비 오기 전에 장만할 것들을 시켜 놓다.

8월 2일

아침에 비가 몹시 오다. 지이 등에게 새로 만든 활을 폈다가 굽혔다가 하게 하다. 저녁 나절에 광풍이 세게 일어 빗줄기는 삼대 같아서 대청 마루에 걸어 둔 바람막이가 날라 방마루 바람막이에 부딪쳐 한꺼번에 두 바람막이가 깨어져 조각나 버리다. 아깝다.

8월 3일

맑다가 이따금 비가 뿌리다. 지이에게 새로 만든 활을 펴게 하다. 조방장 · 충청 우후가 와서 보기에 그대로 나가 활을 쏘다. 아들들이 육냥궁을 쏘다. 이날 저녁 나절에 송희립과 아들들이 이름이 적힌 황득중 · 김응겸의 통행을 허락하는 증명서를 써서 주게 하다. 초저녁에 비가 내리기 시작하다가 밤 두 시쯤에야 그치다.

8월 4일

맑다. 샛바람이 세게 불다. 아들 회 · 면 · 조카 완 등이 아내의 생일술을 올리려고 나가다. 정선도 나가다. 정사립이 휴가를 받아서 가다. 저녁 나절에 수루에 앉아서 아이들을 보내는 것을 보느라고 술잔이 시어지는 줄도 모르다. 저녁 나절에 대청으로 나가 활 두세 순을 쏘다. 몸이 몹시 불편하여 활 쏘는 것을 멈추고 안으로 들어가다. 몸은 얼어 터지는 듯 떨려 곧 옷을 두껍게 입고 땀을 내다. 저물 무렵 경상 수사가 와서 문병하고 가다. 밤에는 낮보다 갑절이나 아프다. 끙끙 앓으며 밤을 지내다.

8월 5일

맑다. 몸이 불편하여 나가지 않고 앉아 있었다. 이의득 가리포 첨사가 와서 보다.

8월 6일

흐리되 비는 오지 않다. 아침에 조방장 김완 · 충청 우후 · 경상 우후 등이 문병을 오다. 당포 만호는 그 어머니의 병환이 심하다고 와서 알리다. 경상 수사 및 우수사 등이 와서 보다. 조방장 배흥립이 들어오다. 날이 저물어서 돌아가다. 밤에 비가 많이 오다.

8월 7일

비가 오다가 저녁 나절에 개다. 몸이 불편하여 공무를 보지 않다. 서울에 편지를 쓰다. 이날 밤 땀이 위 · 아래 두 옷을 적셨다.

8월 8일

흐리되 비는 오지 않다. 박담동이 서울로 올라가는데 혼수를 승지 서성에게 보내다. 저녁 나절에 강희로가 이곳에 와서 남해 현령의 병이 차츰 나아진다고 하다. 그와 함께 밤이 되도록 이야기하다. 중 의능이 생마 백 이십 근을 가져와서 바치다.

8월 9일

흐렸으나, 비는 오지 않다. 아침에 중 수인에게서 생마 삼백 삼십 근을 받아들이다. 하동 현감이 종이를 다시 두드려 만든다고 도련지 스무 권, 주지 서른 두 권, 장지 서른 한 권을 김응겸·곽언수 등에게 주어 보내다. 마량 첨사 김응황이 직무 평가에서 하등급을 맞고 나가다. 저녁 나절에 나가 앉아서 공문을 처리하여 나누어주다. 활 열 순을 쏘다. 몸이 몹시 불편하다. 밤 열 시쯤 되니 땀이 흐르다.

8월 10일

맑다. 아침에 충청 우후가 문병을 왔다가 그대로 조방장과 함께 같이 아침 식사를 하다. 아침에 송한련에게 생마 마흔 근을 그물을 만들도록 주어서 보내다. 몸이 몹시 불편하여 한참 동안이나 베개를 베고 누워 있었다. 저녁 나절에 두 조방장 및 충청 우후를 불러 상화(床花)[1]를 만드는 데 이를 같이 하다. 저녁에 체찰사에게 보낼 공문에 관인을 찍다. 어두워지니 달빛은 비단 같고, 나그네 회포는 만 갈래여서 잠을 이루지 못하다. 밤 열

1) 잔칫상 따위에 꽂는 조화(造花).

시쯤에 방에 들어가다.

8월 11일

맑으나 샛바람이 세게 불다. 아침에 체찰사에게 갈 여러 공문에 관인을 찍어 내보내다. 조방장 배흥립과 함께 같이 아침 식사를 하고 저녁 나절에 그와 같이 활터에 가서 말 달리는 것을 구경하고서 저물 무렵에 영으로 돌아오다. 초저녁에 거제 현령이 달려와서 보고하는 내용에, "왜적선 한 척이 등산[2]에서 송미포[3]로 들어온다"고 하다. 밤 열 시쯤에 또 보고하기를, "아자포로 옮겨 댔다"고 하다. 배를 정해 내어 보낼 즈음에 또 보고하여 말하기를, "견내량을 넘어갔다"고 하다. 그래서 복병장이 찾아서 잡다.

8월 12일

맑다. 샛바람이 세게 불어 동쪽으로 가는 배는 도저히 오갈 수가 없다. 오랫동안 어머니의 안부를 알지 못하였으니, 몹시 답답하다. 우수사가 와서 보다. 땀이 두 겹 옷을 적시다.

8월 13일

맑다가 흐리며 샛바람이 세게 불다. 충청 우후와 함께 활을 쏘다. 이날 밤 땀이 흘러 등을 적시다. 아침에 우(禹) 씨가 곤장에 맞아 죽었다는 말을 듣고 장사 지낼 물건을 약간 보내다.

---

2) 마산시 합포구 진동면.

3) 거제시 장목면 송진포.

8월 14일

흐리고 바람이 세게 불다. 샛바람이 계속 불어 벼가 상했다고 한다. 조방장 배흥립과 충청 우후와 같이 이야기를 중지시켰는데 땀이 나지는 않았다.

8월 15일

새벽에 비가 내리다. 망궐례를 못하다. 저녁 나절에 우수사 · 경상 수사 및 두 조방장과 충청 우후 · 경상 우후 · 가리포 첨사 · 평산포 만호 등 열 아홉 명의 장수가 모여서 이야기하다. 비가 종일 그치지 않다. 초저녁이 지나니 마파람이 불면서 비가 많이 오다. 밤 두 시쯤까지 세 번이나 땀을 흘리다.

8월 16일

잠깐 맑다가 마파람이 세게 불다. 강희로가 남해로 돌아가다. 몸이 불편하여 종일 누워 끙끙 앓았다. 저녁에 체찰사가 진주성에 왔다는 공문이 오다. 다시 비 갠 뒤의 달빛이 너무 밝아서 잠을 이루지 못하다. 밤 열 시쯤에 누워서 가랑비가 또 내리다가 잠시 후에 그치는 걸 보다. 땀이 흐르다.

8월 17일

맑고 흐림이 서로 섞여서 개기도 하고 비가 오기도 하다. 경상 수사가 와서 보다. 충청 우후 · 거제 현령이 아울러 와서 보다. 이날 샛바람이 그치지 않다. 체찰사 앞으로 사람을 찾으러 보내다.

8월 18일

비가 오락가락하다. 한밤 자정에 죄인에게 특사를 내리는 조칙문을 가지고 온 차사원 구례 현감 이원춘이 들어오다. 땀을 흘리는 게 예삿일이 아니다.

8월 19일

흐리다가 맑다가 하다. 새벽에 우수사와 여러 장수들과 함께 죄인에게 특사를 내리는 조칙문에 숙배하고 그대로 그들과 같이 아침 식사를 하다. 구례 현감이 아뢰고 돌아가다. 송의련이 본영에서 아들 울의 편지를 가지고 들어왔는데, "어머니께서 편안하시다"고 하다. 다행이다. 저녁 나절에 거제 현령과 금갑도 만호가 이곳에 와서 이야기하다. 초저녁부터 한밤까지 땀에 젖다. 어둘 무렵 자귀쟁이〔耳匠〕 옥지가 재목에 치어서 중상을 입었다는 보고를 받다.

8월 20일

샛바람이 세게 불다. 새벽에 전선(戰船)을 만들 재목을 끌어내리는 일로 우도 군사 삼백 명, 경상도 군사 백 명, 충청도 군사 삼백 명, 전라 좌도 군사 삼백 구십 명을 송희립이 거느리고 가다. 늦은 아침에 조카 봉 · 해와 아들 회 · 면 · 조카 완과 최대성 · 윤덕종 · 정선 등이 들어오다.

8월 21일

맑다. 식사를 한 뒤에 활터 정자에 가서 아들들에게 화살 쏘는 연습과 말 달리며 활을 쏘는 것을 시키다. 조방장 배흥립 ·

조방장 김완과 충청 우후가 아울러 오다. 같이 점심을 먹고 저물어서 돌아가다.

8월 22일

맑다. 외조모의 제삿날이라 나가지 않았다. 경상 수사가 와서 보다.

8월 23일

맑다. 활터에 가 보다. 경상 수사도 와서 같이 보다.

8월 24일

맑다.

8월 25일

맑다. 우수사 · 경상 수사가 와서 보고 돌아가다.

8월 26일

맑다. 새벽에 출항하여 사천에 이르러 머물러 자다. 충청 우후와 함께 종일 이야기하고 헤어지다.

8월 27일

맑다. 일찍 길을 떠나 사천현에 이르다. 점심을 먹은 뒤에 그대로 진주성으로 가서 체찰사 이원익을 뵙고 종일 의논하다. 저물 무렵에 진주 목사 나정언의 처소로 돌아와서 자다. 김응서도 왔다가 곧 돌아가다. 이날 어둘 무렵 이용제가 들어왔는데, 역적 도당의 편지를 지니고 있었다.

8월 28일

맑다. 이른 아침에 체찰사 앞으로 가서 종일 여쭙고 의논하여 결정하고, 초저녁이 지나서 진주 목사의 처소로 돌아오다. 진주 목사와 함께 밤이 깊도록 이야기하고 헤어지다.

8월 29일

맑다. 일찍 떠나 사천현에 이르러 아침밥을 먹은 뒤에 그대로 가서 선소리[1]에 이르다. 고성 현령 조응도도 오다. 삼천포 권관과 이곤변이 술을 가지고 뒤따라 도착하다. 밤 들도록 같이 이야기하고 구라량에서 자다.

윤8월 1일

맑다. 일식(日蝕)[2]을 하다. 이른 아침에 비망(飛望) 밑에 이르러 이곤변 등과 함께 같이 아침 식사를 하고 서로 헤어지다. 저물어서 진중에 이르니, 우수사 · 경상 수사가 나와서 기다리고 있다. 우수사와는 서로 만나서 이야기하다.

윤8월 2일

맑다. 여러 장수들이 와서 보다. 저녁 나절에 경상 수사 · 우수사가 와서 이야기하다. 경상 수사와 함께 활터 정자 마루로

---

1) 사천시 용남면 선진리.

2) 달이 태양을 가려 지구의 일부 지역에서 태양의 전부 또는 일부를 볼 수 없게 되는 현상.

가다.

윤8월 3일

맑다.

윤8월 4일

비가 내리다. 이날 밤 열 시쯤에 땀을 흘리다.

윤8월 5일

맑다. 활터 마루에 가서 아들들이 말 달리고 활쏘는 것을 구경하다. 하천수가 체찰사 앞으로 가다.

윤8월 6일

맑다. 아침밥을 먹은 뒤에 경상 수사 및 우수사와 함께 활터 마루로 가서 말 달리고 활쏘는 것을 구경하고 저물어서 돌아오다. 이날 밤 잠시 땀을 흘리다. 방답 첨사가 진에 이르다.

윤8월 7일

맑다. 아침에 아산의 종놈 상시가 들어오다. 가을보리는 소출(所出)[1]이 마흔 세 섬이고, 봄보리는 서른 다섯 섬이며, 물고기로 바꾼 쌀은 모두 열 두 섬 네 말인데, 또 일곱 섬 열 말이 나고, 또 네 섬이 났다고 하다. 이날 저녁 나절에 나가 공무를 보고 숫장을 처리하여 나누어주다.

---

1) 논밭에서 나는 곡식의 양.

윤8월 8일

맑다. 식사를 한 뒤에 활터 마루로 가서 말 달리고 활쏘는 것을 구경하다. 광양 현감 · 고성 현령이 시험관으로서 들어오다. 하천수가 진주에서 오다. 수하에 부리는 병졸 임정로가 휴가를 받아 나가다. 이날 밤 땀을 내다.

윤8월 9일

맑다. 아침에 광양 현감이 교서에 숙배하다. 조카 봉 · 아들 회 및 김대복이 교지에 숙배하고서 그대로 이들과 함께 이야기하다. 이날 밤에 우수사 · 경상 수사가 와서 이야기하다.

윤8월 10일

맑다. 이날 새벽에 과거 초시(初試)를 보다. 저녁 나절에 면이 쏜 것은 모두 서른 다섯 보이고, 봉이 쏜 것은 모두 서른 다섯 보이고, 해가 쏜 것은 모두 서른 보이고, 회가 쏜 것은 모두 서른 다섯 보이고, 완이 쏜 것은 스물 다섯 보라고 하다. 진무성이 쏜 것은 모두 쉰 다섯 보여서 합격하다. 어둘 무렵 우수사 · 경상 수사 · 조방장 배흥립이 같이 와서 밤 열 시쯤에 헤어져 돌아가다.

윤8월 11일

맑다. 체찰사를 기다릴 일로 출항하여 당포에 이르니, 초저녁에 체찰사에게 문안 갔던 사람이 돌아와서, "십 사 일에 떠난다"고 하다.

윤8월 12일

맑다. 종일 노를 바삐 저어 밤 열 시쯤에 어머니 앞에 이르니, 흰머리 카락이 에부수수하신데, 나를 보고는 놀라 일어나셨다. 기력은 숨이 곧 끊어질 듯해 아침저녁을 보전하시기 어렵겠다. 눈물을 머금고 서로 붙들고 밤새도록 위안하며 기쁘게 해 드리면서 그 마음을 풀어 드리다.

윤8월 13일

맑다. 아침 식사를 곁에서 모시고 드시게 하니 대단히 기뻐하시는 빛이다. 저녁 나절에 하직 인사를 여쭙고 본영으로 오다. 오후 여섯 시쯤 작은 배를 타고 밤새도록 노를 바삐 저다.

윤8월 14일

맑다. 새벽에 두치[1)]에 이르니, 체찰사와 부찰사가 어제 벌써 도착하여 잤다고 한다. 뒤미처 점검하는 곳으로 가서 소촌찰방을 만나고 일찍 광양현에 이르다. 지나온 지역이 한결같이 쑥대밭이 다 되어 그 참상은 차마 눈뜨고는 볼 수 없었다. 임시로나마 전선 정비하는 것을 면제해 주어 군사와 백성들의 마음을 풀어 주어야겠다.

윤8월 15일

맑다. 일찍 떠나 순천에 이르니 체찰사 일행이 순천부 청사에 들어갔다고 하다. 그래서 정사준의 집에서 묵다. 순찰사도 와서

---

1) 하동읍 두곡리.

같이 이야기하다. 저녁에 아들들이 참시관이 되었다는 말을 듣다.

윤8월 16일

맑다. 이 날은 그대로 거기서 머무르다.

윤8월 17일

맑다. 저녁 나절에 낙안으로 향하여 그 군에 이르니 이호문·이지남 등이 와서 보고 고치기가 어려운 폐단이 오로지 수군에 있다고 진술하다. 종사관 김용이 서울로 올라가다.

윤8월 18일

맑다. 일찍 떠나 양강역에 이르러 점심을 먹고 나서 산성[2]으로 올라가 멀리 바라보며 각 포구와 여러 섬을 손가락으로 짚어주다. 그 길로 흥양[3]으로 향하다. 저물 무렵에 흥양현에 이르러 향소청에서 자다. 어두워서 이지화가 제 물건을 뽐내려고 거문고를 가지고 오다. 영도 와서 보고 밤새도록 이야기하다.

윤8월 19일

맑다. 떠나서 녹도[4]로 가는 길에 도양[5]의 둔전을 살펴보다. 체찰사는 매우 기뻐하는 빛이 많다. 녹도에서 자다.

---

2) 고흥군 남양면 대곡리.
3) 고흥읍.
4) 고흥군 도양면 녹도.
5) 도덕면 도덕리.

윤8월 20일

맑다. 일찍 떠나 배를 타고 체찰사와 부찰사와 함께 같이 앉아 종일 군사일을 이야기하다. 저녁 나절에 백사정에 이르러 점심을 먹은 뒤에 그 길로 장흥부에 이르다. 관청의 동헌에서 자다. 김응남이 와서 보다.

윤8월 21일

맑다. 그대로 머물러 자는데 정경달이 와서 보다.

윤8월 22일

맑다. 저녁 나절에 병영[1]에 몸을 던져 원균과 서로 만나 보고 밤이 깊도록 이야기하다.

윤8월 23일

맑다.

윤8월 24일

부찰사 한효순과 같이 가리포[2]로 갔더니, 우우후 이정충도 먼저 와 있다. 남쪽 망대로 같이 올라가니, 좌우에는 적들이 다니는 길과 여러 섬을 역력히 헤아릴 수 있었다. 참으로 한 도(道)의 요충지이다. 그러나 형세가 외롭고 위태롭기 때문에 하는 수 없이 이진[3]으로 옮겨 합치기로 하다. 병영에 이르러서는

---

1) 해남군 병영면 성남리 병영.
2) 완도군 완도읍 군내리.
3) 해남군 북평면 이진리.

원균의 흉한 행동을 적지 않다.

윤8월 25일

일찍 떠나 이진에 이르러 점심을 먹은 뒤에 곧 해남으로 갔다. 도중에 김경록이 술을 차고 와서 보다. 어느 결에 날이 저물어 횃불을 밝히고 가니, 밤 열 시께에야 해남현에 이르다.

윤8월 26일

맑다. 일찍 떠나 우수영[4]에 이르다. 곧 태평정에서 자고서 우후와 함께 이야기하다.

윤8월 27일

맑다. 체찰사가 진도에서 영[5]으로 들어오다.

윤8월 28일

비가 조금 내리다.

윤8월 29일

비가 조금 내리다. 이른 아침에 남녀역[6]에 이르다. 점심을 먹은 뒤에 해남현에 이르렀다. 소국진을 본영[7]으로 보내다.

---

4) 해남군 문내면.
5) 우수영.
6) 해남군 황산면 남리리.
7) 전라좌수영.

9월 1일

비가 뿌리다. 새벽에 망궐례를 행하다. 일찍 떠나 석제원[1]에 이르다. 점심을 먹은 뒤에 영암에 이르러 향사당에서 자다. 정랑 조팽년이 와서 보다.

9월 2일

맑다. 영암에서 머무르다.

9월 3일

맑다. 아침에 떠나 나주의 신원에 이르다. 점심을 먹고 나서 나주 판관을 불러 고을의 일들을 물었다. 저물 무렵에 나주에 이르다. 별관의 종 억만이 와서 알현하다.

9월 4일

맑다. 나주에서 머무르다. 어둘 무렵 목사 이복남이 술을 가지고 와서 권하다. 일추도 술잔을 가져오다. 이날 아침에 체찰사와 함께 문묘(文廟)에 절하다.

9월 5일

맑다. 나주에서 머무르다.

9월 6일

맑다. 먼저 무안의 일로 가겠다고 체찰사에게 보고하고 일을

1) 강진군 성전면 성전리.

떠나다. 고막원[2]에 이르러 점심을 먹다. 나주 감목관 나덕준이 뒤좇아와서 서로 만나다. 이야기하는 중에 원통한 일이 많다. 그래서 그와 함께 오랫동안 이야기하다가 저물어서 무안에 이르러 자다.

9월 7일

맑다. 감목관 나덕준 및 무안 현감 남언상과 함께 민폐에 관한 이야기하다. 한참 있다가 정대청이 들어왔다고 하다. 그래서 그를 청해 앉아 이야기하다. 저녁 나절에 떠나 다경포[3]에 이르러, 영광 군수와 함께 밤 열 시쯤이나 되게 이야기하다.

9월 8일

맑다. 나라 제삿날[4]인데도 오늘 새벽에 아침 밥상에 고기를 올려놓았다. 그래서 먹지도 않고 도로 내놓았다. 아침밥을 먹은 뒤에 길을 나서서 감목관에 이르니 감목관과 영광 군수는 같이 있었다. 국화 떨기 가운데로 들어가서 술 두어 잔을 마시다. 저물어서 동산원[5]에 이르러 말을 먹이다. 말을 재촉하여 임치진[6]에 이르니, 이공헌의 딸 여덟 살짜리 아이와 그 사촌의 계집종 수경이 같이 와서 알현하다. 이공헌을 곰곰이 생각하니 참혹한 마음을 이길 수가 없었다. 수경은 곧 이염의 집에서 내다 버렸는데, 이공헌이 얻어다가 기른 아이이다.

---

2) 나주시 다시면 고막리.
3) 무안군 운남면 성내리.
4) 세조의 제사.
5) 무안군 현경면 옹산원.
6) 해제면 임수리.

9월 9일

맑다. 일찍 일어나서 임치 첨사 홍견을 불러 방비책을 물었다. 아침 식사를 한 뒤에 뒷성으로 올라가 형세를 살펴보고 동산원으로 돌아오다. 점심을 먹은 뒤에 함평현에 이르다. 도중에 한여경을 만났으나, 말 위에서는 만나 보기가 어려우므로 타일러 함평으로 들어가다. 함평 현감은 경차관을 마중하러 나갔다고 한다. 김억창도 같이 함평에 오다.

9월 10일

맑다. 몸도 노곤하고 말도 힘들 것 같아서 함평에 머물러 자다. 아침 식사를 하기 전에 무안의 정대청이 와서 함께 이야기하다. 고을 유생도 많이 들어와 폐단된 일을 진술하다.

9월 11일

맑다. 아침 식사를 하고 나서 영광으로 가다. 도중에 신경덕을 만나 잠깐 이야기하고 영광에 이르니, 영광 군수가 교서에 숙배한 뒤에 들어와 같이 이야기하다.

9월 12일

바람이 불고 비가 많이 내리다. 저녁 나절에 길을 떠나 십 리쯤 되는 냇가에 이르니, 이광보와 한여경이 술을 가지고 와서 나를 기다리고 있었다. 그래서 말에서 내려서 같이 이야기하는데 비바람이 그치지 않다. 안세희도 오다. 저물 무렵에 무장에 이르다.

9월 13일

맑다. 이중익 및 이광축도 와서 같이 이야기하다. 이중익이 말을 많이 하다가 막혀서 급하니 옷을 벗어 주고 종일 이야기하다.

9월 14일

맑다. 하루 더 묵다.

9월 15일

맑다. 체찰사가 현[1]에 이르렀다고 하므로 절하고 대책을 의논하다.

9월 16일

맑다. 체찰사 일행이 고창에 이르러 점심을 먹은 뒤에 장성에 이르러서야 자다.

9월 17일

맑다. 체찰사와 부찰사는 입암산성으로 가고, 혼자 진원현[2]에 이르러 진원 현감과 같이 이야기하다. 종사관도 오다. 저물어서 관청 안으로 들어가니 두 조카딸이 나와 앉아 있었다. 오랫동안 보지 못하였던 감회(感懷)를 풀고 도로 작은 정자로 나가 진원 현감 및 여러 조카들과 밤들도록 같이 이야기하다.

---

1) 무장현.
2) 장성군 진원면 석전리 진원.

9월 18일

비가 조금 내리다. 식사를 한 뒤에 광주에 이르러 광주 목사 최철견과 이야기하다. 비가 많이 오더니, 한밤에는 달빛이 대낮 같다. 밤 두 시쯤에 비바람이 세게 일다.

9월 19일

바람이 세게 불고 비가 많이 내리다. 아침에 행적이 와서 보다. 진원에 있는 종사관의 편지와 윤간 · 봉 · 해의 문안 편지도 오다. 이날 아침 광주 목사 최철견이 와서 같이 아침 식사를 하다. 이어서 술이 나와 밤을 먹지 않아서 취하다. 광주 목사의 별실에 들어가 종일 몹시 취하다.

9월 20일

비가 많이 내리다. 아침에 각가지 사무보는 색리(色吏)들의 죄를 논란(論難)[1]하다. 저녁 나절에 광주 목사를 보고 길을 떠나려 할 즈음에 명나라 사람 두 명이 이야기하자고 청하므로 술을 먹다. 길을 떠났으나 종일 비가 내려 멀리 갈 수가 없어 화순에 이르러 자다.

9월 21일

개다가 비오다가 하다. 일찍 능성[2]에 이르러 최경루에 올라가 연주산을 바라보다. 이 고을 원이 술을 청하다. 그래서 잠깐

---

1) 어떤 문제에 대해서, 또는 어떤 문제를 이러니저러니 옳으니 그르니 하며 시비를 따져 논하는 것.

2) 화순군 능주면.

취하고서 헤어지다.

9월 22일

맑다. 아침에 각가지의 죄를 논란하다. 저녁 나절에 나가 이양원[3]에 이르니, 해운 판관이 먼저 와 있었다. 내가 가는 것을 보고 이야기하고자 청하므로 그와 함께 이야기하다. 저물어서 보성군에 이르니 몸이 몹시 고단하여 자다.

9월 23일

맑다. 머무르다. 나라 제삿날[4]이라 공무를 보지 않다.

9월 24일

맑다. 일찍 떠난 병사 선거이의 집에 이르니, 선거이의 병이 매우 중태였다. 염려된다. 저물어서 낙안에 이르러 자다.

9월 25일

맑다. 색리 및 선중립의 죄를 논란하다. 순천에 이르러 순천 부사와 함께 같이 이야기하다.

9월 26일

맑다. 일이 있어 더 머무르다. 저녁에 순천부의 사람들이 소고기와 술을 차려 놓고 나오기를 청하다. 굳이 사양하였으나 부사의 간청으로 잠깐 나가 마시고서 헤어지다.

---

3) 화순군 이양면 이양리.

4) 태조의 신의왕후 한 씨의 제사를 말함.

9월 27일

맑다. 일찍 떠나가서 어머니를 뵈다.

9월 28일

맑다. 남양 아저씨의 생신이라 본영으로 오다.

9월 29일

맑다. 아침밥을 먹은 뒤에 동헌으로 나가 공문에 관인을 찍다. 종일 앉아서 사무를 보다.

9월 30일

맑다. 옷 담아 둔 농을 꺼내어 둘은 곰내로 보내고, 하나만 본영[1]에 남겨 두다. 저녁에 선유사(宣諭使)[2]의 군관 신탁이 와서 군사들을 위하여 위로연을 베풀 날짜를 말하다.

10월 1일

비가 오고 바람이 세게 불다. 새벽에 망궐례를 행하고 식사를 한 뒤에 어머니를 뵈러 가는 길에 신사과가 임시로 살고 있는 집에 들어가서 몹시 취해서 돌아오다.

10월 2일

맑으나 바람이 세게 불다. 배를 다니게 할 수가 없다. 청어 잡은 배가 들어오다.

---

1) 여수.
2) 나라에 병란이 있을 때, 임금의 명령을 받들어 백성을 훈유하는 임시 벼슬.

10월 3일

맑다. 배를 돌려 어머니를 모시고 일행과 더불어 배를 타고 본영[3]으로 돌아와 종일 즐거이 모시다. 이날도 다 갔는데, 흥양 현감이 술을 가지고 오다.

10월 4일

맑다. 식사를 한 뒤에 객사 동헌에 앉았다가 일어나 종일 공무를 보다. 저녁에 남해 현령이 오면서 그 첩을 데리고 오다.

10월 5일

흐리다. 남양 아저씨 집안에 제사라 일찍 부르기에 갔다가 오다. 남해 현령과 함께 이야기하다. 비 올 징조가 많다. 순천 부사는 석보창[4]에서 자다.

10월 6일

바람이 불고 비가 많이 내리다. 이날은 잔치를 차리지 못하고 이튿날로 물리다. 저녁 나절에 흥양 현감 · 순천 부사가 들어오다.

10월 7일

맑고 따사하다. 일찍 수연을 베풀고 종일 즐기니 참으로 다행이다. 남해 현감은 그 선대의 제삿날이어서 먼저 돌아가다.

---

3) 여수.

4) 여천시 석창.

10월 8일

맑다. 어머니께서 몸이 편안하시다니 참으로 다행이다. 순천 부사와 작별의 잔을 나누고 보내다.

10월 9일

맑다. 공문을 처리해 보내다. 종일 어머니를 모시다. 내일 진중[1]으로 들어갈 일로 어머니께서는 많이 서운한 빛이었다.

10월 10일

맑다. 어머니께 절하고 하직하다. 한밤 한 시쯤에 뒷방으로 갔다가 밤 두 시쯤에 수루의 방으로 돌아오다. 정오에 아뢰고 나가다. 오후 두 시쯤에 배를 타고 바람을 따라 돛을 달고 항해하면서 밤새도록 노를 재촉하다.

11월 기록에 없음.

12월 기록에 없음.

---

1) 한산도.

정 유 년

1월 기록에 없음.

2월 기록에 없음.

3월 기록에 없음.

4월 1일

맑다. 옥문(玉門)[1]을 나오다. 숭례문 밖 윤간의 종의 집에 이르니, 조카 봉·분과 아들 울이 윤사행·원경과 더불어 한 대청에 같이 앉아 오래도록 이야기하다. 지사 윤자신이 와서 위로하고 비변랑 이순지가 와서 보다. 더해지는 슬픈 마음을 이길 길이 없다. 지사가 돌아갔다가 저녁밥을 먹은 뒤에 술을 가지고

---

1) 임금과 그의 가족 및 그들의 생활을 돌보는 사람들이 사는 집. 궁전.

다시 오다. 윤기헌도 오다. 정으로 권하며 위로하기로 사양할 수 없어 억지로 마시고서 몹시 취하다. 이순신이 술병째로 가지고 와서 함께 취하며 위로해 주다. 영의정 유성룡이 종을 보내고 판부사 정탁 · 판서 심희수 · 우의정 김명원 · 참판 이정형 · 대사헌 노직 · 동지 최원 · 동지 곽영이 사람을 보내어 문안하다. 취해 땀이 몸을 적시다.

4월 2일

종일 비가 내리다. 여러 조카들과 이야기하다. 방업이 음식을 매우 풍성하게 차려 오다. 필공(筆工)[1]을 불러 붓을 매게 하다. 어둘 무렵 성으로 들어가 영의정과 밤 깊도록 이야기하다가 헤어져 나오다.

4월 3일

맑다. 일찍 남쪽으로 길을 떠나다. 금오랑 이사빈 · 서리 이수영 · 나장 한언향은 먼저 수원부에 이르다. 나는 인덕원[2]에서 말을 쉬게 하고 조용히 누워서 쉬다. 저물어서 수원에 들어가서, 경기 체찰사의 수하에서 심부름하는, 병졸의 이름을 알 수 없는 집에서 자다. 신복룡은 나의 임시로 사는 집에 이르러 내 지나가는 것을 보고는 술을 준비해 가지고 와서 나를 위로하다. 순천 부사 류영건이 나와서 보다.

---

1) 붓을 만드는 일을 업으로 삼는 사람.

2) 의왕시 인덕원.

4월 4일

맑다. 일찍 길을 떠나, 독성[3] 아래에 이르니, 조발이 술을 준비해 놓고 기다리고 있었다. 취하도록 마시고 길을 떠나 진위구로[4]를 거쳐 냇가에서 말을 쉬게 하다. 오산에 이르러 황천상의 집에서 점심을 먹다. 황천상이라는 사람은 내 짐이 무겁다고 말을 내어 실어 보내니, 고마울 뿐이다. 수탄을 거쳐 평택현 이낸손의 집에 투숙하였는데, 주인의 대접이 매우 은근하다. 자는 방이 몹시 좁은 데 따뜻하게 불까지 때어 땀을 흘리다.

4월 5일

맑다. 해가 뜨자, 길을 떠나 바로 선산[5]에 이르다. 나무들은 두 번이나 들불이 나서 불에 탄 꼴을 차마 볼 수 없다. 무덤 아래에서 절하며 곡하는데 한참 동안 일어나지 않다. 저녁이 되어 내려와 외가에 와서 사당에 절하다. 그 길로 조카 뇌의 집에 이르러, 조상의 사당에 곡하며 절하다. 남양 아저씨가 별세하였다는 소식을 듣다. 저물 무렵 우리 집에 이르러 장인 · 장모님의 신위(神位) 앞에 절하고 곧 작은형님 요신과 여필 우신의 처 제수의 사당에 다녀와서 잠자리에 들다. 마음이 좋지 않다.

4월 6일

맑다. 멀고 가까운 친구들이 모두 와서 모이다. 오랫동안 막혔던 정을 푹 풀고 가다.

---

3) 수원시 태안읍 양산리.
4) 평택군 진위면 봉남리.
5) 아산시 염치읍 백암리.

4월 7일

맑다. 금오랑 이사빈이 아산현에서 오므로, 나가 그윽하게 대접하다. 홍찰방 · 이별좌 · 윤효원이 와서 보다. 금오랑은 변흥백의 집에서 자다.

4월 8일

맑다. 아침에 자리를 깔고 남양 아저씨를 곡하고 상복을 입다. 저녁 나절에 변흥백의 집에 가서 이야기하다. 강설장이 세상을 떠났다고 하므로 나는 가서 문상하다. 그 길로 홍석견을 집에 들르다. 저녁 나절에 변흥백의 집에 이르러 금부도사에게 접대하다.

4월 9일

맑다. 동네 사람들이 술병 채로 가지고 와서 멀리 가는 길을 위로해 주므로 정의(情誼)상 거절하지 못하고 받아 마시니, 매우 취해서 헤어지다. 홍군우는 노래 부르고 이별좌도 노래 부르다. 나는 노래를 들어도 조금도 즐겁지 않다. 금부도사는 잘 마시면서도 실수함이 없다.

4월 10일

맑다. 아침밥을 먹은 뒤에 변흥백의 집에 이르러 도사와 함께 이야기하다. 저녁 나절에 홍찰방 · 이별좌 형제 · 변덕수 · 윤효원 형제가 와서 보다. 이언길 · 허제가 술을 가지고 오다.

4월 11일

맑다. 새벽 꿈이 매우 번거로워 다 말할 수가 없다. 덕이를 불러서 대충 말하고 또 아들 울에게 이야기하다. 마음이 몹시 불안하다. 취한 듯 미친 듯 마음을 건잡을 수 없으니, 이 무슨 징조인가! 병드신 어머니를 생각하니, 눈물이 흐르는 줄도 모르다. 종을 보내어 소식을 듣고 오게 하다. 금부도사는 온양으로 돌아가다.

4월 12일

맑다. 종 태문이 안흥량에서 들어와 편지를 전하는데, "어머니께서는 숨이 곧 끊어질 듯해도 구 일에 위 · 아래 모든 사람이 모두 무사히 안흥량[1]에 도착하였다"고 하다. 법성포[2]에 이르러 배를 대어 잘 적에 닻이 끌려 떠내려가서 배에 머물며 엿새나 서로 떨어졌다가 탈없이 만났다고 하다. 아들 울을 먼저 바닷가로 보내다.

4월 13일

맑다. 일찍 아침을 먹은 뒤에 어머니를 마중 가려고 바닷가로 가는 길에 홍찰방 집에 잠깐 들러 이야기하는 동안 아들 울이 종 애수를 보내면서 "아직 배 오는 소식이 없다"고 하였다. 또 들으니, "황천상이 술병을 들고 변흥백의 집에 왔다"고 한다. 홍찰방과 작별하고 변흥백의 집에 이르다. 조금 있으니, 종 순화가 배에서 와서 어머니의 부고(訃告)를 전하다. 뛰쳐나가 가

1) 서산시 근흥면 안흥..
2) 영광군 법성면 법성리.

슴을 치며 발을 동동 구르다. 하늘이 캄캄하다. 곧 갯바위[1]로 달려가니, 배는 벌써 와 있었다. 애통함을 다 적을 수가 없다. 뒷날에 대강 적다.

4월 14일

맑다. 홍찰방 · 이별좌가 들어와 곡하고 관(棺)을 장만하다. 관의 재목은 본영에서 마련해 가지고 온 것인데, 조금도 흠난 곳이 없다고 하다.

4월 15일

맑다. 저녁 나절에 입관(入官)[2]하다. 오종수가 점심으로 호상(護喪)[3]해 주니, 뼈가 가루로 될지언정 잊지 못하겠다. 관에 따른 것에는 아무런 유감이 없으니 이것만은 다행이다. 천안 군수가 들어와 치행(治行)[4]해 주고 전경복 씨가 연일 마음을 다해 상복 만드는 일 등을 돌보아 주니, 고마운 말을 어찌 다 하랴!

4월 16일

궂은비 오다. 배를 끌어 중방포 앞으로 옮겨 대고, 영구(靈柩)를 상여에 올려 싣고 집으로 돌아오면서 마을을 바라보니, 찢어지는 듯 아픈 마음이야 어찌 다 말할 수 있으랴! 집에 와서 빈소(殯所)를 차리다. 비는 퍼붓고, 나는 맥이다 빠진 데다가 남쪽

---

1) 아산시 염치읍 해암리.
2) 시체를 관 속에 넣는 것.
3) 초상 치르는 모든 일을 주장하여 보살피는 것.
4) 길 떠날 행장을 차리는 것.

으로 갈 날은 다가오니, 호곡(號哭)[5]하며 다만 어서 죽었으면 할 따름이다. 천안 군수가 돌아가다.

4월 17일

맑다. 금오랑의 서리 이수영이 공주에서 와서 가자고 다그치다.

4월 18일

종일 비가 내리다. 몸이 몹시 불편하여 머리를 내놓지 못하고, 다만 빈소 앞에서 곡만 하다가 종 금수의 집으로 물러 나오다. 저녁 나절에 계원들 중에서 나 있은 곳에 모여 와서 곗일을 논의하고서 헤어지다.

4월 19일

맑다. 일찍 길을 떠나며 어머니 영전에 하직을 고하며 울부짖다. 천지에 나와 같은 사정이 어디 다시 있으랴! 일찍 죽느니만 못하다. 조카 뇌의 집에 이르러 조상의 사당 앞에서 아뢰다. 금곡[6]의 강선전의 집 앞에 이르니 강정 · 강영수 씨를 만나 말에서 내려 곡하다. 그 길로 보산원[7]에 이르니, 천안 군수가 먼저 냇가에 와서 말에서 내려 쉬었다 가다. 임천 군수 한술은 중시(重試)[8]를 보러 서울로 가던 중에 앞길을 지나다가 내가 간다는

---

5) 소리를 내어 슬피 우는 것. 또는, 그 울음.

6) 연기군 광덕면 대덕리.

7) 연기군 광덕면 보산원리.

8) 고려 · 조선 시대, 과거에 급제하여 문무 당하관이 된 사람들에게 다시 보던 시험. 이에 합격한 사람에게는 품계를 올려 주었음.

말을 듣고 들어와 조문(弔問)하고 가다. 아들 회 · 면 · 울, 조카 해 · 분 · 완과 주부 변존서가 함께 천안까지 따라 오다. 원인남도 와서 보고 작별한 뒤에 말에 오르다. 일신역[1]에 이르러 자다. 저녁에 비가 뿌리다.

4월 20일

맑다. 아침에 공주 정천동에서 밥을 먹고, 저녁에 니산[2]에 가니, 이 고을 원이 극진하다. 군청 동헌에서 자다. 김덕장이 나의 임시로 거처하는 집에 왔다가 서로 만나다. 금부도사가 와서 보다.

4월 21일

맑다. 일찍 떠나 은원[3]에 이르니, 김익이 우연히 오게 되었다고 한다. 임달영이 곡식을 사러 배로 은진포에 왔다고 하는데, 그 꼴이 몹시 교묘하고 간사스럽다. 저녁에 여산[4] 관노의 집에서 자는데, 한밤에 홀로 앉았으니, 비통(悲痛)한 생각에 견딜 수가 없다.

4월 22일

맑다. 오전에 삼례역[5]의 역장과 역리의 집에 이르다. 저녁에 전주 남문 밖 이의신의 집에서 자다. 판관 박근이 와서 보다.

---

1) 공주시 장기면 신관리.
2) 공주시 노성면 읍내리.
3) 논산 은진면 연서리.
4) 익산군 여산면 여산리.
5) 완주군 삼례읍 삼례리.

부윤도 후하게 접대하다. 판관이 비 올 때 쓰는 기름 먹인 두꺼운 종이 · 생강 등을 보내 오다.

4월 23일

맑다. 일찍 떠나 오원역[6]에 이르러 아침밥을 먹다. 저물어서 임실현에서 자다. 임실 현감이 예(禮)에 따라 대우하다. 현감은 홍순각이다.

4월 24일

맑다. 일찍 떠나 남원 시오리쯤에서 정철 등을 만나서 남원부 오 리 안까지 이르러 우리 일행과는 헤어지고 곧바로 십 리 바깥에서 이리저리 돌아다니다가 이희경의 종의 집에 이르다. 슬픈 회포를 어찌하랴!

4월 25일

비가 많이 올 모양이다. 아침밥을 먹은 뒤에 길을 떠나 운봉[7]의 박롱의 집에 들어가니, 비가 많이 퍼부어 출두할 수가 없다. 여기서 들으니, 원수 권율이 벌써 순천으로 떠났다고 한다. 곧 사람을 금오랑 있는 곳으로 보내어 머물게 하다. 운봉 현감 남한은 병으로 나오지 않다.

4월 26일

흐리고 개지 않다. 일찍 아침밥을 먹고 길을 떠나 구례현 금

---

6) 임실군 관천면 선천리.

7) 남원군 운봉면.

부 도사가 먼저 와 있었다. 손인필의 집에 이르니, 구례 현감 이원춘이 급히 나와 보고는 대접하는 것이 매우 은근하다. 금부 도사 이사빈도 와서 보다. 나는 금부 도사에게 술을 권하라고 원에게 청하더니 원이 대접을 아주 잘하였다고 한다. 밤에 앉았으니 비통함을 어찌 다 말하랴!

4월 27일

맑다. 일찍 떠나, 송치[1] 밑에 이르니 구례 현감이 사람을 보내어 점심을 지어 보내다. 순천 송원[2]에 이르니, 이득종·정선이 와서 기다리다. 저녁에 정원명의 집에 이르니, 원수 권율은 내가 온 것을 알고, 군관 권승경을 보내어 조문하고, 안부도 묻는데, 그 위로하는 말이 못내 간곡하다. 저녁에 순천 부사가 와서 보다. 정사준도 와서 원균의 망령되고 전도된 상황을 많이 말하다.

4월 28일

맑다. 아침에 원수가 또 군관 권승경을 보내어 문안하고서 말하기를, "상중에 몸이 피곤할 것이니, 기운이 회복되는 대로 나오라"고 전하다. 또 말하기를, "통제사와 친한 군관이 있다 하니, 편지와 공문을 보내어 나오게 하여 데리고 가서 돌보라"고 하는 편지와 공문을 만들어 오다. 부사의 소실(小室)[3]이 세상을 떠났다고 한다.

---

1) 순천시 서면 학구리 바랑산.
2) 순천시 서면 학구리 신촌.
3) 작은집. 첩.

4월 29일

맑다. 사과 신 씨와 방응원이 와서 보다. 병마사 이복남도 원수와 의논할 일이 있다고 하여 순천부로 들어왔다고 한다. 신사과와 함께 이야기하다.

4월 30일

아침에 흐리고 저물 무렵에 비가 내리다. 아침밥을 먹은 뒤에 신사과와 함께 이야기하다. 병마사에게 남아서 술을 마셨다고 한다. 병마사 이복남이 아침밥을 먹기도 전에 와서 보며, 원균에 대한 일을 많이 말하다. 감사도 원수에게 왔다고 군관을 보내어 편지로 안부를 묻다.

5월 1일

비가 내리다. 사과 신 씨가 머물러서 이야기하다. 순찰사와 병마사는 원수가 머물고 있는 정사준의 집에 같이 모여 술을 마시며 무척 즐겁게 논하다.

5월 2일

저녁 나절에 비가 내리다. 원수 권율은 보성으로 가고, 병마사 이복남은 본영으로 가다. 순찰사 박홍로는 담양으로 가는 길에 와서 보고는 돌아가다. 순천 부사 우치적이 와서 보다. 진흥국이 좌영에서 와서 눈물을 뚝뚝 흘리면서 원균의 일을 말하다. 이형복·신홍수도 오다. 남원의 종 끝돌이가 아산에서 와서 어머니 영연이 평안하다고 한다. 또 변유헌은 식구를 데리고 무사히 금곡에 도착하였다고 하다. 홀로 빈 동헌에 앉아 있으니, 비통함을 어찌 참으랴!

5월 3일

맑다. 신 사과 · 응원 · 진홍국이 돌아가다. 이기남이 와서 보다. 아침에 차남 울을 열로 이름 고치다. '열' 자는 소리는 '기쁠 열(悅)' 과 같고 뜻은 '움이 돋아나다, 초목이 무성하게 자란다' 는 것으로 매우 좋은 글자이다. 저녁 나절에 강소작지이 와 보고서 곡하다. 오후 네 시쯤에 비가 뿌리다. 저녁에 부사가 와서 보다.

5월 4일

비가 내리다. 오늘은 어머니 생신날이다. 슬프고 애통함을 어찌 참으랴! 닭이 울 때 일어나 눈물만 흘릴 뿐이다. 오후에 비가 많이 내리다. 정사준이 오고, 이수원도 오다.

5월 5일

맑다. 새벽 꿈이 몹시 어수선하다. 아침에 부사가 와서 보다. 저녁 나절에 충청 우후 원유남이 한산도에서 원균의 못된 짓을 많이 전하고, 또 진중의 장병들이 군무를 이탈하여 반역질을 하니, 장차 일이 어찌 될지 헤아리지 못하겠다고 한다. 오늘은 단오절인데, 멀리와 천리나 되는 땅의 끝 모퉁이에서 종군하느라고 어머니 영전에 예를 하지 못하고 곡하며 우는 것도 내 뜻대로 하지 못하니 무슨 죄로 이런 보답을 받는고! 나 같은 사정은 고금(古今)을 통해도 없을 것이다. 가슴이 갈갈이 찢어지누나! 다만 때를 만나지 못한 것을 한탄할 따름이다.

5월 6일

맑다. 꿈에 돌아가신 두 분 형님을 만났는데, 서로 붙들고 우시면서 하는 말씀이, "장사를 지내기 전에 천리 밖으로 떠나와 군무에 종사하고 있으니, 대체 모든 일을 누가 주장해서 한단 말이냐. 통곡한들 어찌하리!"라 하셨다. 이것은 두 형님의 혼령이 천리 밖까지 따라 와서 근심하고 애달파 함을 이렇게까지 한 것이니 비통할 따름이다. 또 남원의 추수를 감독하는 일을 염려하시는데, 그것은 무슨 뜻인지 모르겠다. 연일 꿈자리가 어지러운 것도 아마 형님들의 혼령이 그윽하게 걱정해 주는 탓이라 슬픔이 한결 더하다. 아침저녁으로 그립고 서러운 마음에 눈물이 엉기어 피가 되건마는 아득한 저 하늘은 어째서 내 사정을 살펴주지 못하는고! 왜 어서 죽지 않는지. 저녁 나절에 능성 현령 이계명도 상제(喪制)의 몸으로 기용된 사람인데, 와서 보고 돌아가다. 홍양의 종 우롬금 · 박수매 · 조택과 순화의 처가 와서 인사하다. 이기윤과 몽생이 오다. 송정립 · 송득운도 왔다가 곧 돌아가다. 저녁에 정원명이 한산도에서 돌아와 원균의 하는 꼴을 많이 말하다. 또 부찰사 한효순이 좌영으로 나와서 병이라 하여 조리(調理)한다고 하다. 우수사 이억기가 편지를 보내 와 조문하다.

5월 7일

맑다. 아침에 정혜사의 중 덕수가 와서 미투리를 바치다. 거절하며 받지 않으니, 재삼 간절히 받으라고 하므로 값을 주어서 보내다. 미투리를 곧 정원명에게 주다. 저녁 나절에 송대기 · 류몽길이 와서 보다. 서산 군수 안괄도 한산도에서 오다. 음흉한 원균의 일을 많이 말하다. 저녁에 이기남이 또 오다. 이원룡은 수영에서 돌아오다. 안괄이 구례에 갔을 때 조사겸의 수절녀(守節女)와 몰래 정을 통하려 하였으나 뜻을 이루지 못하다고 한다. 놀랄 일이다.

5월 8일

맑다. 아침에 승장(僧將) 수인이 밥지을 중 두우를 데리고 오다. 일이 있어서 종 한경을 보성에 보내다. 흥양의 종 세충이 녹도에서 망아지를 끌고 오다. 활장이 이지가 돌아가다. 이 날 새벽 꿈에 사나운 범을 때려잡아서 가죽을 벗기고 휘두르다. 이건 무슨 징조인지 모르겠다. 조종이 이름을 연으로 고치고는 와서 보다. 조덕수도 오다. 낮에 망아지에 안장을 얹어서 정상명이 타고 가다. 음흉한 원균이 편지를 보내어 조문하다. 이는 곧 원수의 명령에 따른 것이다. 이경신이 한산도에서 와서 원균의 흉악한 일을 많이 말하다. 또 그가 데리고 온 서리를 곡식을 사오라는 구실로 육지로 보내 놓고 그 아내와 정을 통하려 하다. 그러나 그가 기를 써도 따라 주지 않고 밖으로 뛰쳐나가 고래고래 소리쳤다고 하다. 원균이란 자는 온갖 꾀로써 나를 모함하려 하니 이 또한 운수로다. 말에 실어 보내는 짐이 서울 길에 잇닿았으며, 그렇게 해서 나를 헐뜯는 것이 날이 갈수록 심하니, 그저 때를 만나지 못한 것을 한탄할 따름이다.

5월 9일

흐리다. 아침에 이형립이 와서 보고 곧 돌아가다. 이수원이 광양에서 돌아오다. 순천 급제 강승훈이 응모해 오다. 순천 부사가 좌수영에서 돌아오다. 종 경이 보성에서 말을 끌고 오다.

5월 10일

궂은비 내리다. 오늘은 태종의 제삿날이다. 옛날부터 이날에는 비가 온다더니, 저녁 나절에는 많은 비가 오다. 박줄생이 와서 인사하다. 주인이 보리밥을 지어서 들여오다. 장님 임춘경이 운수를 봐 가지고 오다. 부찰사도 조문하는 글을 보내다. 녹도 만호 송여종은 겸해 삼 종이 두 가지를 부의(賻儀)[1]로 보내 오고, 전라 순찰사는 흰쌀 · 중간 쌀 각 열 말과 콩과 소금도 얻어서 군관을 시켜서 보낸다고 말하다.

5월 11일

맑다. 김효성이 낙안에서 왔다가 곧 돌아가다. 전 광양 현감 김성이 체찰사의 군관이 되다. 화살대를 구하러 순천에 왔던 길에 왔다가 보다. 소문을 많이 전하는데, 소문이란 것은 모두 흉물이었다. 부찰사가 온다는 통지문이 먼저 오다. 장위가 편지를 보내다. 정원명이 보리밥을 지어서 내다. 장님 임춘경이 와서 운수 본 것을 말하다. 부찰사가 순천부에 도착하다. 정사립과 양정언이 전하기를 "부찰사가 와서 만나 보자"고 하는데, 내 몸이 불편하여 만나 보는 것을 거절하다.

5월 12일

맑다. 이원룡을 보내어 부찰사에게 문안하다. 부찰사는 또 김

1) 초상집에 부조로 보내는 돈이나 물품. 또는, 그 일.

덕린을 보내어 문안하다. 저녁 나절에 이기남 · 기윤이 와서 보고는 아뢰고 도양장으로 돌아간다고 하다. 아침에 아들 열을 부찰사에게로 보내다. 신홍수가 와서 보고 원균의 점을 쳤는데, 첫 괘가 수뢰둔[1]으로 변해 천풍구[2]가 되니 이 쓰임은 본체를 이기는 것이라 크게 흉하다. 남해 원이 조문 편지와 여러 가지 물건을 보내다. 저녁에 향사당으로 가서 부찰사와 함께 이야기하고, 자정에야 숙소로 돌아오다. 정사립 · 양정언 등이 왔다가 닭이 운 뒤에 돌아가다.

5월 13일

맑다. 어젯밤에 부찰사의 말이 "상사가 보낸 편지에 영감에 대한 일을 많이 탄식하더라"고 한다. 저녁 나절에 정사준이 떡을 만들어 오다. 순천 부사 우치적이 노자를 보내 오다. 너무 미안하다.

5월 14일

맑다. 아침에 순천 부사가 와서 보고 돌아가다. 부찰사는 부유[3]로 향하다. 정사준 · 정사립 · 양정언이 와서 모시고 가겠다고 한다. 아침밥을 일찍 먹고 길을 떠나 송치[4] 밑에 이르러 말을 쉬게 하다. 혼자 바위 위에서 한 시간이 넘도록 곤하게 자다. 운봉의 박롱이 오다. 저물 무렵 찬수강[5]에 이르러 말에서

---

1) 상괘 감(坎), 하괘 진(震)으로, '널리 형통하지만 기운은 최악으로 험난함'을 의미함.
2) 상괘 건(乾), 하괘 손(巽)으로 '흉사를 만나는 확률이 열에 아홉임.
3) 순천시 주암면 창촌리.
4) 순천시 서면 학구리 바랑산.
5) 순천시 환전면과 구례 사이의 강.

내려 걸어서 건너다. 구례현의 손인필의 집에 이르니, 현감 이원춘이 와서 보다.

5월 15일

개이다 비 오다 하다. 주인집이 너무 낮고 더러워 파리 떼가 벌처럼 모여 사람이 밥을 먹을 수가 없다. 동헌의 띠풀로 엮은 정자로 옮겨왔더니 마파람이 바로 들어오다. 구례 현감과 함께 종일 이야기하다. 거기서 그대로 자다.

5월 16일

맑다. 현감과 같이 이야기하다. 저녁에 남원의 탐후인이 돌아와서 고하되, "체찰사가 내일 곡성을 거쳐 이 구례현에 들어와 며칠 묵은 뒤에 전주로 갈 것이다"고 하다. 원이 주물상을 무척 융숭하게 차리다. 몹시 미안하다. 저녁에 정상명이 오다.

5월 17일

맑다. 현감과 같이 이야기하다. 저녁에 남원 탐후인이 돌아와서 전해 말하기를, "원수 권율이 운봉 길로 가지 않고 명나라 총병 양원을 영접하는 일로 완산[6]으로 달려갔다"고 하다. 내 여기 온 것이 헛걸음이라 민망스럽다.

5월 18일

맑고 샛바람이 세게 불다. 저녁에 김종려 영감이 남원에서 곧

6) 전주.

바로 와서 보다. 충청 수영 영리 이엽이 한산도에서 왔기로 집안에 편지를 부치다. 그러나 아침술에 취해 미친 듯 날뛰니 얄밉기만 하다.

5월 19일

맑다. 체찰사가 구례현에 들어올 것이다. 성안에 머물고 있기가 미안해서 동문 바깥 장세호의 집으로 옮겨 나가다. 명협정에 앉았는데 구례 현감 이원춘이 와서 보다. 저녁에 체찰사가 현으로 들어오다. 오후 네 시쯤에 소나기가 쏟아지더니 오후 여섯 시에 개다.

5월 20일

맑다. 저녁에 첨지 김경로가 와서 보다. 또 말하기를 무주 장박지리의 농토가 아주 좋다고 하다. 옥천에 사는 권치중은 첨지 김경로의 서출인데 옥천 양산창 근처에 있다고 하다. 체찰사 이원익이 내가 머물고 있다는 소식을 듣고 먼저 공생을 보내고 군관 이지각을 보내더니 조금 있다가 또 군관을 보내어 조문하기를, "일찍 상을 당하다는 소식을 듣지 못하였다가 이제야 비로소 듣고 놀라 애도한다"고 하고, 저녁에 만날 수 있는가를 묻다. 나는 대답하기를, "저녁에 마땅히 가서 뵙겠다"고 하다. 어둘 무렵에 가서 뵈니, 체찰사는 소복을 입고 접대하다. 조용히 일을 의논하고 체찰사가 개탄해 마지않았다. 밤이 깊도록 이야기하는 중에 임금의 유지가 있었는데 미안하다는 말이 많이 있었다는 바, 그 뜻을 알지 못하겠다고 하며, 또 원균의 하는 짓이 몹시도 그럴 듯하게 속이고 있음에도 하늘이 이를 살피지 못하니 나랏일을 어찌할꼬! 나올 때에 남 종사가 사람을 보내어 문안하다. 나는 밤이 깊어서 나가 인사하지 못한다고 대답해 보내다.

5월 21일

맑다. 박천 류해가 서울에서 내려와서는 한산도로 가서 공을 세우겠다고 한다. 또 말하기를, 은진현[1]에 이르니, 은진 원이 뱃길에 대한 이야기를 하더라고 하다. 해가 또 말하기를, 죄수의 우두머리 이덕룡을 고소한 사람이 옥에 갇혀 세 차례나 형장을 맞고 다 죽게 될 판이라고 하다. 놀랍고도 놀랍다. 또 과천의 좌수 안홍제 등이 이상공에게 말과 스무 살짜리 계집종을 바치고 풀려 나오는 것을 보고 나갔다고 하다. 안홍제는 본시 죽을죄도 아닌데도 여러 번 맞아 거의 죽게 되었다가 물건을 바치고서 석방이 되었다는 것이다. 안팎이 모두 바치는 물건의 많고 적음에 따라 죄의 경중이 달려 있다고 하니, 이러다가는 결말이 어떻게 될지 모르겠다. 이야말로 돈만 있으면 죽은 사람의 넋도 찾아온다는 것인가.

5월 22일

맑다. 마파람이 세게 불었다. 아침에 손인필의 부자가 와서 보다. 박천 류해가 승평으로 가서 그 길로 한산도로 간다 하므로, 전라 · 경상 두 수사와 가리포 첨사 등에게 문안 편지를 써 보내다. 늦게 체찰사의 종사관 김광엽이 진주에서 구례현으로

1) 논산군 은진면 연서리.

들어오고 배흥립 영감도 온다는 개인적인 편지도 오다. 그 동안의 정회를 풀 수 있겠다. 다행이다. 혼자 앉았으니 비통하여 견디기가 너무 어렵다. 어두워질 무렵 배흥립 동지와 이 구례 현감 이원춘이 와서 보다.

5월 23일

아침에 정사룡 · 이사순이 와서 보다. 원균의 일을 많이 전하다. 저녁 나절에 동지 배흥립이 한산도로 돌아가다. 체찰사가 사람을 보내어 부르므로 가서 뵙고 조용히 의논하는데, 시국의 그릇된 일에 대해 많이 분개하고 다만 죽을 날만 기다린다고 하다. 내일 초계로 간다고 하면서, 체찰사가 영수증을 주면서 이 대백이 모은 쌀 두 섬을 모아서 이를 성밖 주인 장세휘의 집으로 보내다.

5월 24일

맑다. 샛바람이 종일 세게 불었다. 아침에 광양의 고응명의 아들 고언선이 와서 보다. 한산도의 일을 많이 전한다. 체찰사가 군관 이지각을 보내어 안부를 묻고, 경상 우도의 연해안 지도를 그리고 싶으나 도리가 없으니, 본 대로 지도를 그려 보내주면 고맙겠다고 한다. 그래서 나는 거절할 수가 없어서 지도를 대강 그려서 보내다. 저녁에 비가 많이 오다.

5월 25일

비가 내리다. 아침에 길을 떠나려 하려다가 비에 막혀 가지 않다. 혼자 시골집에 기대어 있으니 회포가 그지없다. 슬프고 그리운 생각을 어찌하랴!

5월 26일

종일 많은 비가 내리다. 비를 무릅쓰고 길을 막 떠나려 하려는데, 사량 만호 변익성이 문초 받을 일로 체찰사 앞으로 왔는데 이종호가 잡아오다. 잠시 서로 마주 보고는 그 길로 석주관[1]에 이르니, 비가 퍼붓듯이 쏟아진다. 말을 쉬게 하지만, 엎어지고 자빠지며 간신히 악양[2] 이정란의 집에 이르렀으나, 문을 닫고 거절당하다. 김덕령의 아우 김덕린이 빌려 쓰는 집이다. 나는 아들 열로 하여금 억지를 대고서 들어가 자다. 행장이 흠뻑 젖다.

5월 27일

흐렸다가 개다. 아침에 젖은 옷을 바람에 걸어 말리다. 저녁나절에 떠나 두치 최춘룡의 집에 이르다. 류기룡이 와서 보다. 사량 만호 이종호가 먼저 오다. 변익성은 곤장 스무 대를 맞아 꼼짝도 하지 못한다고 하다.

5월 28일

흐리되 비는 오지 않다. 저녁 나절에 길을 떠나 하동에 이르니, 하동 현감 신진이 서로 만나 보는 것을 기뻐하면서 성 안 별채로 맞아들여 매우 간곡한 정을 베풀다. 또 원균의 하는 짓이 너무나 미쳤다고 말하다. 날이 저물도록 이야기하다. 변익성

---

1) 구례군 토지면 송정리.

2) 하동군 악양면 정서리.

도 오다.

5월 29일

흐리다. 몸이 너무 불편하여 길을 떠날 수가 없다. 그래서 그대로 머물러서 몸조리하다. 하동 현감 신진이 정다운 이야기를 많이 하다. 황생원이라는 사람이 나이가 일흔으로 하동에 왔는데, 서울에 있었으나 지금은 떠돌아다닌다고 하다. 나는 만나지 않다.

6월 1일

비가 내리다. 일찍 떠나 청수역[1] 시냇가 정자에 이르러 말을 쉬다. 저물 녘에 단성 땅과 진주 접경 지역에 있는 박호원이라는 농사짓는 종의 집에 투숙하려는데, 주인이 기꺼이 접대하기는 하나 잠잘 방이 좋지 못해 겨우겨우 밤을 지내다. 비가 밤새도록 내리다.

6월 2일

비가 오다 개이다 하다. 일찍 떠나 단계 시냇가에서 아침밥을 먹다. 저녁 나절에 삼가에 이르니, 삼가 현감이 산성으로 이미 가 버려 빈 관사에서 자다. 고을 심부름꾼이 밥을 지어먹으라고 한 것을 먹지 말라고 종들에게 타이르다. 삼가현 오 리 밖에 홰나무 정자가 있어 거기 앉아 있는데, 근처에 사는 노순일 형제가 와서 보다.

---

1) 하동군 옥종면 정수리.

6월 3일

비가 내리다. 아침에 떠나려다가 비가 이토록 오니 웅크리고 앉아 어떻게 할까 생각하고 있을 적에 도원수의 군관 류홍이 홍양에서 오다. 그와 같이 길 사정을 이야기하다. 비로 길을 떠날 수가 없어 그대로 묵다. 아침에 고을 사람에게 밥을 얻어먹었다고 하는 말을 듣다. 그래서 종들에게 매를 때리고 밥쌀을 도로 주다.

6월 4일

맑다. 일찍 떠나려는데, 삼가 현감 신효업이 문안의 글을 보내면서 노자까지 보내다. 낮에 합천 땅에 이르러 고을에서 십 리쯤 떨어진 홰나무 정자가 있는 곳에서 아침밥을 먹다. 너무 더워서 한참 동안 말을 쉬게 하고, 오 리쯤 가니, 길이 쌍 갈래이다. 한 길은 곧바로 합천군으로 들어가는 길이요, 또 한 길은 초계로 가는 길이다. 그래서 강을 건너지 않고 가다가, 거의 십 리쯤 가니, 원수 권율의 진이 바라보였다. 문보가 살고 있는 집에 들어가 자다. 고개를 끼고 넘어 오는데, 기암절벽이 천 길이나 되고, 강물은 굽이 돌며 깊고, 길은 험하고, 다리는 위험하다. 만일 이 험한 곳을 눌러 지킨다면, 만 명의 군사라도 지나가지 못하겠다.

6월 5일

맑다. 하늬바람이 세게 불었다. 아침에 초계 군수가 급히 달려오다. 곧 그를 불러 이야기하다. 식사를 한 뒤에, 중군 이덕필도 달려왔으므로 옛이야기를 하다. 조금 있으니 심준이 와서 보다. 같이 점심을 먹고 잠자는 방을 도배하다. 저녁에 이승서가 와서 파수병과 복병이 도피하던 일을 말하다. 이 날 아침에 구례 사람과 하동 현감이 보내 온 종과 말을 아울러 되돌려 보내다.

6월 6일

맑다. 잠자는 방을 다시 바르다. 군관이 쉴 마루 두 칸을 만들다. 저녁 나절에 모여 곡 주인 집의 이웃에 사는 윤감 · 문익신이 와서 보다. 종 경을 이대백에게 보냈더니 담당 아전이 나가고 없어서 받지 못하고 그냥 왔다고 한다. 어두워서 집에 들어갔는데 과부는 다른 집으로 옮겨가다.

6월 7일

맑다. 몹시 덥다. 원수 권율의 군관 박응사와 류홍 등이 와서 보다. 원수의 종사관 황여일이 사람을 보내어 문안하므로 곧 사례하는 답장을 보내다. 안방으로 들어가 자다.

6월 8일

맑다. 아침에 정상명을 보내어 황 종사관에게 안부를 묻다. 저녁 나절에 이덕필과 심준이 와서 보다. 고을 원과 그 아우가 와서 보다. 원수를 마중 갔는데 원수 일행 여덟 내지 아홉 명도 와서 보다. 점심을 먹은 뒤에 오후에 원수 권율이 진에 오므로 나도 나가 보다. 종사관은 원수 앞에 있었고 원수와 함께 이야기하다. 한 시간쯤 지나서 원수가 박성이 써 올린 사직서 초고를 보여 주는데, 박성이 원수의 처사가 소탈하다고 진술하니,

원수가 스스로 편안하지가 않아 체찰사 이원익에게 글을 올리다. 또 복병에 관한 일들을 낱낱이 아뢴 것을 보다. 저물어서야 돌아오다. 몸이 매우 불편하므로, 저녁밥을 먹지 않다.

6월 9일

개이지 않다. 저녁 나절에 정상명을 원수에게 보내어 문안하다. 다음에 종사관에게 문안하다. 처음으로 보수를 받다. 숫돌을 캐어 왔는데 질이 연일석(延日石)[1]보다 좋다고 하다. 윤감·문익신·문보 등이 와서 보다. 이날은 여필의 생일인데 혼자 수루터에 앉아 있으니 회포가 어떻겠는가!

6월 10일

맑다. 아침에 가라말·가라워라말·간자짐말·유짐말 등의 네 편자가 떨어진 것을 갈아 박다. 원수의 종사관이 삼척의 홍연해를 보내어 문안하면서 좀 늦게 와서 보겠다고 한다. 홍연해는 홍견의 삼촌 조카이다. 어려서 죽마고우(竹馬故友)[2] 서철이 합천 땅 동면 율진에 사는데, 내가 왔다는 소식을 듣고 와서 보다. 아이 때 이름은 서갈박지인데, 밥을 먹여 보내다. 저녁에 원수의 종사관 황여일이 와서 보고, 조용히 말하는 사이에 임진년에 왜적을 무찌른 일을 칭찬하지 않는 것이 없고, 또 산성에 험고한 요새를 쌓지 않은 데 대한 한탄과 당면한 토벌·방비에 관한 대책이 허술한 것 등을 말하는데, 밤이 깊은 줄도 모르고 돌아갈 것을 잊고서 이야기하다. 또 말하기를 내일은 원수가 산

---

1) 경북 영일에 나는 고운 돌.
2) 어릴 때부터 같이 놀며 지낸 오랜 벗.

성을 살펴보러 간다고 하다.

6월 11일

맑다. 중복날이라 쇠를 녹이고 구슬을 녹일 것처럼 땅이 찌는 듯하다. 저녁 나절에 명나라 차관 이문경이 와서 보므로, 부채를 선물로 보내다. 엊저녁에 종사관과 이야기할 때, 변홍백이 집안 편지를 가지고 와서 전하므로 어머니의 영연이 편한 줄은 알겠으나, 쓰라린 회포를 어찌 다 말하랴! 다만, 변홍백이 나를 만나볼 일로 여기까지 왔다가 그냥 청도로 갔다고 하니, 참으로 한이 된다. 이날 아침에 편지를 써서 변홍백에게 보내다. 아들 열이 토사(吐瀉)[1]로 밤새도록 신음하다. 지짐 굽듯 말할 수 없이 답답하다. 닭이 울어서야 조금 덜하여 잠이 들다. 이 날 아침에 한산도 여러 곳에 갈 편지 열 네 장을 쓰다. 경의 모친이 편지를 보냈는데, 지내기가 몹시 어렵다고 한다. 도둑이 또 일어났다고 한다. 작은 워라말이 먹지 않으니 이것은 더위를 먹은 것이다.

6월 12일

맑다. 종 경과 종 인을 한산도 진으로 보내다. 전라 우수사 이억기 · 충청 수사 최호 · 경상 수사 배설 · 가리포 첨사 이응표 · 녹도 만호 송여종 · 여도 만호 김인영 · 사도 첨사 황세득 · 동지 배흥립 · 조방장 김완 · 거제 현령 안위 · 영등포 만호 조계종 · 남해 현감 박대남 · 하동 현감 신진 · 순천 부사 우치적에게 편

---

1) 위로 토하고 아래로 설사함.

지를 쓰다. 저녁 나절에 승장 처영이 와서 보고 부채와 미투리[2]를 바치므로, 물건으로써 갚아 보내다. 또 적의 사정을 말하고 또 원균의 일도 말하다. 낮에 중군장 이덕필이 군사를 거느리고 적에게 갔다고 한다. 어떤 일인지 몰랐는데, 원수 권율에게 가 보니, 우병사 김응서의 보고에, "부산의 적은 창원 등지로 떠나려 하고, 서생포의 적은 경주로 진을 옮긴다"고 하다. 복병군을 보내어 길을 막고 적에게 위세를 뽐내려고 한 것이라고 하다. 병사의 우후 김자헌이 일이 있어 원수에게 뵈러 오다. 나도 원수를 보다. 새벽 일찍 돌아오다.

6월 13일

맑다. 저녁 나절에 가랑비가 뿌리다가 그치다. 저녁 나절에 병마사의 우후 김자헌이 와서 보다. 한 시간이나 넘도록 서로 이야기하다. 점심을 먹여서 보내다. 이날 낮에 왕골을 쪄서 말리다. 어둘 무렵 청주의 이희남의 종이 들어와서, 주인이 우병사의 부대에 들어갔기 때문에 지금 원수의 진 근처에까지 왔는데 날이 저물어서 묵고 있다고 하다.

6월 14일

흐리되 비는 오지 않다. 이른 아침에 이희남이 들어와서 아산의 어머니 영연과 위 · 아랫사람들이 두루두루 무사하다고 한다. 쓰리고 그리운 마음을 어이 다 말하랴! 아침밥을 먹은 뒤에 이희남이 편지를 가지고 우병사 김응서에게 가다.

---

2) 삼 · 노 따위로 삼은 신.

6월 15일

맑고 흐리기가 반반이다. 오늘은 보름인데, 군중(軍中)에 있으니, 어머니 영전에 잔을 올리어 곡하지 못하니, 그리운 마음을 어이다 말하랴! 초계 원이 떡을 마련하여 보내다. 원수의 종사관 황여일이 군관을 보내어 말하기를, "원수가 산성으로 가려고 한다"고 전하다. 나도 뒤를 따라 가서 큰 냇가에 이르렀다가 혹시 다른 계획이 있을까 염려되어 냇가에 앉은 채로 정상명을 보내어 병이라고 아뢰게 하고서 그대로 돌아오다.

6월 16일

맑다. 혼자 앉아 있었는데 아무도 들여다보는 이가 없었다. 아들 열과 이원룡을 불러 책을 만들어 변씨 족보(族譜)를 쓰게 하다. 저녁에 이희남이 편지를 보내어 말하기를, "병마사는 보내지 않았다"고 하다. 변광조가 와서 보다. 아들 열은 정상명과 함께 큰 내로 가서 전마(戰馬)를 씻고 오다.

6월 17일

흐리되 비는 오지 않다. 서늘한 기운이 쓸쓸하다. 밤 경치는 한없이 넓기만 한데 새벽에 앉았으니 쓰라린 그리움을 어찌 다 말하랴! 아침밥을 먹은 뒤 에 원수 권율에게로 가니, 원균의 정직하지 못한 짓을 많이 말하다. 또 비변사에서 내려온 공문을 보이는데, 원균의 장계에 수군과 육군이 함께 나가서 먼저 안골포의 적을 무찌른 연후에 수군이 부산 등지로 진군하겠다고 하니, 안골포의 적을 먼저 칠 수 없겠는가 하다. 또 원수의 장계에는 '통제사 원이라는 사람은 전진하려고 하지 않고 오직 안골포만 먼저 쳐야 한다'고 하다. 수군의 여러 장수가 대개 딴 마음을 품고 있을뿐더러 원이라는 사람은 안으로 들어가 나가지 않으니, 절대로 여러 장수와 대책을 합의하지 못할 것이라 일을 망쳐 버릴 것이 뻔하다는 것이었다. 원수에게 이희남과 변존서 · 윤선각 등에게 공문을 띄워 독촉해서 오게 하다. 올 때에 종사관 황여일이 머물고 있는 곳에 들어가 앉아서 한 시간이 넘게 이야기하다가 나의 임시로 사는 집에 와서 곧 이희남의 종을 의령산성으로 보내고, 청도에는 파발로 공문을 보내다. 초계 원을 보았더니 양심이 없다고 할 만하다.

6월 18일

흐리되 비는 오지 않다. 아침에 종사관 황여일이 종을 보내어 문안하다. 저녁 나절에 윤감이 떡을 만들어서 오다. 명나라 사람 섭위가 초계에서 와서 말하기를, "명나라 사람 주언룡이 일본에 사로잡혔다가 이번에야 비로소 나왔는데, 적병 십만 명이 벌써 사자마나 대마도에 이르렀을 것이며, 소서행장은 의령을 거쳐 곧장 전라도를 침범할 것이요, 가등청정은 경주 · 대구 등지로 옮겨 안동 등지로 갈 것이다"고 하다. 저물 무렵 원수가 "사천에 갈 일이 있다"고 알려 오다. 그래서 사복 정상명을 보내어 물어 보게 하였더니, 원수가 "수군에 관한 일 때문에 사천으로 간다"고 하다.

6월 19일

새벽에 닭이 세 번 울 때 문을 나서서 원수의 진에 이를 즈음에 동트는 빛이 벌써 밝다. 진에 이르니 원수와 종사관 황여일이 나와서 앉아 있었다 내가 들어가 뵈었더니 원수는 원균에 관한 일을 내게 말하는데, 통제사 원균의 하는 일이 말이 아니다. 흉물은 조정에 청해 안골포와 가덕도의 적을 모조리 무찌른 뒤에 수군이 나아가 토벌해야 한다고 하다. 이게 무슨 뜻인가? 질질 끌고 나아가지 않으려는 뜻이다. 그래서 내가 사천으로 가서 세 수사에게 독촉하다. 통제사 원균은 이를 지휘할 것이 없다고 하였다고 하다. 나는 또 조정에서 내려온 유지를 보니, "안골포의 적은 가벼이 들어가 칠 것이 못 된다"고 하다. 원수가 간 뒤에 황 종사관과 이야기하다. 조금 있으니 초계 원이 오다. 작별하면서 초계 원에게 하는 말이 진찬순에게 심부름시키지 말라고 하더니 원수부의 병방 군관과 원이 모두 그러겠다고 대답하다. 내가 돌아올 때 사로잡혔다가 도망해 되돌아온 사람이 나를 따라 오다. 이날은 땅이 찌는 듯하다. 저녁에 작은 워라말에게 풀을 적게 먹이다. 낮에 군사 변덕기 · 변덕장 · 변경완 · 변경남이 와서 보다. 진사 이일장도 와서 보다. 밤에 소나기가 많이 쏟아져 처마에서 떨어지는 물이 쏟아지는 것 같다.

6월 20일

종일 비가 오더니 밤에는 많이 내리다. 늦은 아침 서철이 와서 보다. 윤감 · 문익신 · 문보 등이 와서 보다. 변유가 와서 보다. 오후에 종과 말의 보수를 받아 오다. 병들었던 말이 조금 낫다.

6월 21일

비가 오락가락하다. 새벽 꿈에 덕과 율온과 대가 꿈에 보였는데, 다들 나를 보고 좋아하고 뵙고자 하는 기색이 많다. 아침에 영덕 현령 권진경이 원수께 뵈러 왔다가 원수가 이미 사천으로 갔으므로 나에게 와서 보고 좌도의 일을 많이 전하다. 좌병사 군관이 편지를 가져오다. 곧 회답 편지를 써서 보내다. 종사관 황여일이 문안을 보내다. 저녁에 변주부 · 윤선각이 여기에 들어와서 밤까지 이야기하다.

6월 22일

비가 오락가락하다. 아침에 초계 군수가 연포국[1]을 마련하여 와서 권하기는 하지만 오만한 빛이 많이 있었다. 그 처사가 체모 없음을 말해 무엇하랴! 저녁 나절에 이희남이 들어오다. 우병사의 편지를 전하다. 낮에 정순신 · 정사겸 · 윤감 · 문익신 · 문보 등이 와서 보다. 이선손이 와서 보다.

6월 23일

비가 오다가 개다가 하다. 아침에 대전(大箭)[2]을 다시 다듬다. 저녁 나절에 우병마사 김응서에게 편지를 보내고, 겸해 환도(環刀)[3]의 크고 작은 것을 보내다. 그러나 가지고 오는 사람이 물에 빠뜨려 장식과 칼집이 결딴나 버렸으니 아깝도다. 아침에 나굉의 아들 나재흥이 그 아버지의 편지를 가지고 와서 보다. 또 쪼들리는데도 노자까지 보내 주니 미안스럽다.

---

1) 무우 · 두부 · 다시마 · 고기를 맑은 장 에 끓인 국.
2) 조선 후기에 대형 총통으로 발사하던 화살.
3) 군복을 입고서 차는 칼.

6월 24일

이날은 입추이다. 새벽에 안개가 사방에 자욱하다. 골짜기를 분간할 수 없다. 아침에 수사 권언경의 종 세공 · 종 감손이 와서 무밭에 관한 일을 아뢰다. 무밭을 갈고 씨부침하는 일의 감독관으로 이원룡 · 이희남 · 정상명 · 문임수 등을 정해 보내다. 생원 안극가가 와서 보고 시국에 관해 이야기하다. 오후에 합천 군수가 조언형을 보내어 안부를 묻다. 더위가 찌는 듯하다.

6월 25일

맑다. 다시 무 씨를 부침하도록 시키다. 아침을 먹기 전에 종사관 황여일이 와서 보고는 해전에 관한 일을 많이 말하고, 또 원수가 오늘 내일 진으로 돌아온다고 하다. 군사를 토론하다가 저녁 나절이 되어서야 돌아오다. 저녁에 종 경이 한산도에서 돌아오다. 보성 군수 안홍국이 적탄에 맞아 죽었다고 듣다. 놀라워 슬픔을 이길 수가 없다. 놀랍고도 애석하며 놀라워 탄식하다. 한 놈의 적도 잡지 못하고 먼저 두 장수를 잃었으니 통탄하고 한탄할 일이다. 거제도 사람을 보내어 미역을 실어 오다.

6월 26일

맑다. 새벽에 순천의 종 윤복이 현신(現身)하기에 곧 곤장을 쉰 대 때리다. 거제에서 온 사람이 돌아가다. 저녁 나절에 중군장 이덕필과 변홍달 · 심준 등이 와서 보다. 종사관 황여일이 개벼루 강가의 정자로 갔다가 돌아가다. 어응린과 박몽삼 등이 와서 보다. 아산 종 평세가 들어와서 어머니 영연이 평안하고, 집집이 위 · 아랫사람들이 다 평안하다고 하다. 다만 석 달이나 가

물어서 농사는 틀려 가망이 없다는 것이다. 장삿날은 칠월 이십칠 일이나 팔 월 사 일 중에서 날을 잡는다고 하다. 그리운 생각에 슬픈 정회를 어찌 다 말하랴! 저녁에 우병마사 김응서가 체찰사 이원익에게, "아산의 이방과 청주의 이희남이 복병하기 싫어서 원수 권율의 진영 곁으로 피해 있다"고 말해, 체찰사가 원수에게 공문을 보내니, 원수는 무척 성내어 공문을 다시 작성하여 보내다. 이날에 작은 워라말이 죽어서 내다 버리다.

6월 27일

맑다. 아침에 어응린 · 박몽삼 등이 돌아가다. 이희남과 이방이 체찰사의 행차가 도착하는 곳으로 갔다. 저녁 나절에 황여일이 와서 보고 한참 동안 이야기하다. 오후 세 시에 소나기가 많이 쏟아져 잠깐 사이에 물이 흘러 넘쳤다고 하다.

6월 28일

맑다. 저녁 나절에 황해도 백천에 사는 별장 조신옥 · 홍대방 등이 와서 보다. 초계 아전의 편지에, "원수가 내일 남원으로 간다"고 하다. 이날 새벽 꿈이 몹시도 뒤숭숭하다. 종 경이 물건을 사러 가서 돌아오지 않다.

6월 29일

맑다. 변주부가 마흘방으로 가다. 종 경이 돌아오다. 이희남 · 이방 등이 돌아오다. 중군장 이덕필과 심준이 와서 유격 심유경을 잡아가는데, 총병관 양원이 삼가에 이르러 꽁꽁 묶어 보내더라고 전하다. 문림수가 의령에서 와서 전하기를 체찰사가 벌써 초계역에 이르렀다고 한다. 새로 급제한 양간이 황천상의 편지를 가지고 오다. 변주부가 마흘방에서 돌아오다.

6월 30일

맑다. 새벽에 정상명을 시켜 체찰사에게 문안하다. 이 날 몹시 더워 땅이 찌는 듯하다. 저녁에 홍양의 신여량 · 신제운 등이 와서, 연해의 땅은 비가 알맞게 왔다고 전하다.

7월 1일

새벽에 비 오다가 저녁 나절에 개다. 명나라 사람 3명이 왔다가 부산으로 간다고 하다. 송대립과 송득운이 함께 오다. 안각도 와서 보다. 저녁에 서철 및 방덕수와 그 아들이 와서 자다. 이 날 밤 가을 기운이 몹시 서늘하여 슬프고 그리움을 어찌하랴! 그대로 송득운은 원수의 진에 갔다가 왔는데, 종사관 황여일이 큰 냇가에서 피리를 불렀다고 하니 놀랍고 놀랄 일이다. 오늘은 인종의 제삿날이기 때문이다.

7월 2일

맑다. 아침에 변덕수가 돌아오다. 저녁 나절에 신제운과 평해에 사는 정인서가 종사관의 심부름으로 문안하러 여기 오다. 오늘이 곧 돌아가신 아버지의 생일인데, 멀리 천리 밖에 와서 군복을 입고 있으니 사람의 일이 어찌 이러냐!

7월 3일

맑다. 새벽에 앉아 있으니 싸늘한 기운이 뼛속으로 스민다.

비통한 마음이 한층 더하다. 제사에 쓸 유과와 밀가루를 장만하다. 저녁 나절에 정읍의 군사 이량 · 최언환 · 건손 등 세 사람을 심부름시키라고 보내 왔다. 저녁 나절에 장준완이 남해에서 와서 보고 남해 원의 병이 중하다고 전하다. 몹시 민망하다. 조금 있으니 합천 군수 오운이 와서 보고, 산성의 일을 많이 말하다. 점심을 먹은 뒤에 원수의 진으로 가니, 황 종사관과 이야기하다. 종사관은 전적(典籍)[1] 박안의와 활을 쏘다. 이 때 좌병마사의 군관이 항복한 왜놈 두 명을 잡아 왔는데, 가등청정의 부하라고 하다. 날이 저물어서 돌아오다. 그때 고령 원이 성주에 갇혔다는 말을 듣다.

7월 4일

맑다. 종사관 황여일이 정인서를 보내어 문안하다. 저녁 나절에 이방과 류황이 스스로 군사를 모집하러 오다. 홍양의 양점 · 찬 · 기 등이 오다. 변여량 · 변회보 · 황언기 등이 모두 벼슬한다고 와서 보다. 변사증과 변대성 등도 와서 보다. 점심을 먹은 뒤에 비가 뿌리다. 아침밥을 먹을 때 안극가가 와서 보다. 어두워서 비가 많이 내리더니 밤새도록 그치지 않다.

7월 5일

비가 내리다. 이른 아침에 초계원이 체찰사의 종사관 남이공이 경내를 지나간다고 하면서 산성에서부터 영문을 지나가다. 저녁 나절에 변덕수가 오다. 변존서가 마흘방으로 가다.

---

1) 조선 시대, 성균관의 정6품 벼슬.

7월 6일

맑다. 꿈에 윤삼빙을 보았는데 나주로 귀양간다고 하다. 저녁 나절에 이방이 와서 보다. 홀로 빈방에 앉았으니 그리움과 비통함을 어찌 말로 다하랴! 저녁에 바깥채에 나가 앉다. 변존서가 마흘방에서 돌아와서 안으로 들어갔다. 안각 형제도 변흥백을 따라 오다. 이날 제사에 쓸 중배끼[1] 다섯 말을 꿀에 반죽하여 시렁에 얹다.

7월 7일

맑다. 오늘은 칠석이다. 슬픔과 그리움을 어찌하랴! 꿈에 원균과 같이 모이다. 내가 원균의 윗자리에 앉아 음식상을 받자 원균이 기쁜 빛이 있는 것 같다. 무슨 징조인지 알 수가 없다. 박영남이 한산에서 와서 그 주장의 잘못으로 대신 죄를 받으러 원수에게 잡혔다고 하다. 초계 현감이 햇[2] 물건을 마련하여 보내 오다. 아침에 안각 형제가 와서 보다. 저물어서 홍양의 박응사가 와서 보다. 심준 등이 와서 보다. 의령 현감 김전이 고령에서 와서 병마사의 잘못된 일을 많이 말하다.

7월 8일

맑다. 아침에 이방이 왔기에 밥을 먹여 보내다. 그에게서 들으니, 원수가 구례에서 이미 곤양에 이르렀다고 하다. 저녁 나절에 집주인 이어해와 최태보가 와서 보다. 변덕수가 또 오다. 저녁에 송대립 · 류홍 · 박영남이 오다. 송과 류 두 사람은 밤이

1) 밀가루를 꿀과 기름으로 반죽하여 네모지게 잘라 기름에 지져 만든 유밀과.
2) 농작물이나 가축 등이 그 해에 새로 수확되었거나 나왔거나 태어난 것임을 나타내는 말.

깊어서야 돌아가다.

7월 9일

맑다. 내일 아들 열을 아산으로 내려보내고자 한다. 제사에 쓸 과일을 봉하는 것을 살펴보다. 저녁 나절에 윤감 · 문보 등이 술을 가지고 와서 열과주부 변존서 등에게 전별하고 돌아가다. 이날 밤 달빛이 대낮 같다. 어버이를 생각하니, 슬퍼서 울면서 밤늦도록 잠을 자지 못하다.

7월 10일

맑다. 열과 변존서를 보내려고 앉아서 날 새기를 기다렸다가 일찍이 아침밥을 먹는데 정회를 스스로 억누르지 못해 통곡하며 보내다. 내가 무슨 죄를 지었기에 이렇게까지 되었는가! 구례에서 온 말을 타고 가니 더욱 걱정이 된다. 열 등이 막 떠나자 종사 관 황여일도 와서 한 시간이 넘게 이야기하다. 저녁 나절에 서철이 와서 보다. 정상명이 싸움터에 나가 살아서는 돌아오지 않겠다는 결의를 종이로써 만들기를 마치다. 저녁에 홀로 빈집에 앉았으니, 마음이 끓어올라 밤이 깊도록 잠을 이루지 못하고 밤새도록 뒤척거리다.

7월 11일

맑다. 열이 어떻게 갔는지 생각하고 있으니 견딜 수 없다. 더위가 너무도 심해 걱정뿐이다. 저녁 나절에 변홍달 · 신제운 · 임중형이 와서 보다. 홀로 빈 대청에 앉았으니 그리움을 어찌하랴! 너무도 비통하다. 종 태문과 종이가 순천으로 가다.

7월 12일

맑다. 아침에 합천이 햅쌀과 수박을 보내다. 점심밥을 지을 적에 방응원 · 현응진 · 홍우공 · 임영립 등이 박명현이 있는 곳에서 와서 같이 밥을 먹다. 종평세는 열을 따라갔다가 돌아오다. 잘 갔다고 하니 다행이다. 그러나 슬퍼서 탄식함을 어찌 말로써 하랴! 이희남이 사철쑥[1] 백 묶음을 베어 오다.

7월 13일

맑다. 아침에 남해 현령이 편지를 보내고, 음식물도 많이 보냈다고 하고, 싸움말을 몰고 가라고 하다. 저녁 나절에 이태수 · 조신옥 · 홍대방이 와서 보고, 또 적을 토벌할 일을 말하다. 송대립 · 장득홍도 오다. 장득홍은 스스로 마련한 것이라고 아뢰다. 그래서 양식 두 말을 내주다. 이날 칡을 캐어 오다. 이방도 와서 보다. 남해 아전과 심부름꾼 두 명이 오다.

7월 14일

맑다. 이른 아침에 정상명과 종 평세 · 종 귀인이 짐말 두 필을 남해로 보내다. 정상명은 싸움말을 끌고 올 일로 보낸 것이다. 새벽 꿈에 나는 체찰사와 같이 어느 곳에 이르니, 송장들이 쫙 깔려 있었는데 혹은 밟기도 하고 혹은 목을 베게도 하다. 아침밥을 먹을 때 문인수가 와가채[2]와 동아선[3]을 가져오다. 방응

1) 입추 때에 베어 말려 냉 · 황달 · 습열 · 간장염 등의 한약재로 씀.
2) 모시조개 음식.
3) 박과의 한해살이 덩굴식물인 동아를 기름에 볶아 잣가루를 묻혀 겨자를 찍어 먹는 술안주.

원 · 윤선각 · 현응진 · 홍우공 등과 함께 이야기하다. 홍이라는 사람은 제 아버지의 병으로 종군하고 싶지 않아 팔이 아프다고 핑계를 대니 엄청 놀랍다. 오전 열 시쯤에 종사관 황여일은 정인서를 보내어 문안하다. 또 김해 사람으로 왜놈에게 부역하던 김억의 편지를 보이는데, "칠 일 왜선 오백여 척이 부산에서 나오고, 구 일 왜선 천 척이 합세하여 우리 수군과 절영도[4] 앞바다에서 싸웠는데, 우리 전선 다섯 척이 표류하여 두모포에 닿았고, 또 일곱 척은 간 곳이 없다"고 하다. 그 말을 듣고는 분함을 이기지 못해 곧 종사관 황여일이 군사 점호(點呼)하는 곳으로 달려나가서 황 종사관과 상의하다. 그대로 앉아서 활 쏘는 것을 구경하다. 조금 있으니 내가 타고 간 말을 홍대방더러 달려 보라고 하더니 잘 달리다. 날씨가 비 올 것 같아 돌아와 집에 이르자마자 비가 마구 쏟아지다. 밤 열 시쯤에야 맑게 개이니 달빛이 낮보다 훨씬 더 밝다. 쌓이는 그리움을 말할 수 없다.

7월 15일

비가 오락가락하다. 저녁 나절에 조신옥 · 홍대방 등과 여기 있는 윤선각까지 아홉 명을 불러 떡을 차려 먹다. 가장 늦게 중군 이덕필이 오다. 저물어서 돌아가다. 그에게서 우리 수군 이십 여 척이 적에게 패하였다는 소식을 듣다. 참으로 분통이 터진다. 한스럽기 짝이 없는 것은 왜적을 막아 낼 방책이 없다는 것이다. 어두워서 비가 많이 내리다.

---

4) 부산시 영도구 영도.

7월 16일

비 오다 걷혔다 하면서 종일 흐리고 맑지 않다. 아침밥을 먹은 뒤에 손응남을 중군 이덕필에게 보내어 수군의 소식을 알아보게 하더니 돌아와서 중군의 말을 전하는데, 좌병사의 긴급 보고로 보아 불리한 일이 많다고 하면서 갖추 다 말하지 않았다고 하였다. 탄식할 일이다. 저녁 나절에 변의정이란 사람이 수박 두 덩이를 가지고 오다. 그 꼬락서니가 어리석고도 용렬하다. 두멧골에 묻혀 사는 사람인지라 배우지 못하고 가난하다 보니 저절로 그렇게 되는가 보다. 이 역시 거짓 없고 인정이 두터운 태도이다. 이날 낮에 이희남에게 칼을 갈게 하더니, 너무 잘 들어 괴수 맨머리로 깎을 만하다. 소나기가 갑자기 쏟아지다. 아들 열이 가는 길을 많이 생각하니 씁쓰레하다. 마음속으로만 빌 뿐이다. 저녁에 영암군 송진면에 사는 사삿집 종 세남이 서생포에서 알몸으로 오다. 그 까닭을 물으니, 칠월 사 일에 전 병마사의 우후가 탄 배의 격군이 되어 오 일에 칠천도에 이르러 정박하고, 육 일 옥포에 들어왔다가, 칠 일에는 날이 밝기 전에 말곶을 거쳐 다대포에 이르니, 왜선 여덟 척이 정박하고 있었다. 우리의 여러 배들이 곧장 돌격하려는데, 왜놈들은 몽땅 뭍으로 올라가고 빈 배만 걸려 있어, 우리 수군이 그것들을 끌어내어 불질러 버리고, 그 길로 부산 절영도 바깥 바다로 향하다가, 마침 적선 천 여 척이 대마도에서 건너와서 서로 맞아 싸우려는데, 왜선이 흩어져 달아나서 끝까지 섬멸할 수가 없었다. 세남이 탔던 배와 다른 배 여섯 척은 배를 제어할 수가 없어 표류되어 서생포 앞바다에 이르러 상륙하려다가 모두 살육(殺戮)을 당하였다. 다행히 세남만은 혼자 숲 속으로 기어들어가 간신히 목숨을 보존하여 여기까지 왔다고 한다. 듣고 보니, 참으로 놀라운 일이다. 우리나라에서 미더운 것은 오직 수군뿐인데, 수군마저 이와 같이 희망이 없게 되었으니, 거듭 생각할수록 분해 간담이 찢어지는 것만 같다. 선장 이엽이 왜적에게 묶여 갔다고 하니, 더 더욱 원통하다. 손응남이 집으로 돌아가다.

7월 17일

가끔 비가 내리다. 아침에 이희남을 종사관 황여일에게 보내어 세남의 말을 전하다. 저녁 나절에 초계원이 벽견산성에서 와서 보고 돌아가다. 송대립 · 류황 · 류홍 · 장득홍 등이 와서 보고 날이 저물어서 돌아가다. 변대헌 · 정운룡 · 득룡 · 구종 등은 초계 아전인데, 어머니 쪽의 같은 파 사람들로서 와서 보다. 큰비가 종일 내리다. 이름을 적지 않은 사령장을 신여길이 바다 가운데서 잃어버린 일로 심문 받으러 가다. 경상 순변사가 그 기록을 가져가다.

7월 18일

맑다. 새벽에 이덕필 · 변홍달이 전해 말하기를, "십 육 일 새벽에 수군이 몰래 기습 공격을 받아 통제사 원균 · 전라 우수사 이억기 · 충청 수사 최호 및 여러 장수와 많은 사람들이 해를 입었고, 수군이 대패하였다"고 하다. 듣자니 통곡함을 참지 못하다. 조금 있으니, 원수 권율이 와서 말하되, "일이 이 지경으로 된 이상 어쩔 수 없다"고 말하고, 오전 열 시가 되어도 마음을 정하지 못하다. 나는 "내가 직접 연해안 지방으로 가서 보고 듣고 난 뒤에 이를 결정하는 것이 어떻겠는가?"라고 말하니, 원수가 기뻐하여 마지않다. 나는 송대립 · 류황 · 윤선각 · 방응원 · 현응진 · 임영립 · 이원룡 · 이희남 · 홍우공과 함께 길을 떠나 삼가현에 이르니, 삼가 현감이 새로 부임하여 나를 기다리다. 한치겸도 오다. 오랫동안 이야기하다.

7월 19일

종일 비가 내리다. 오는 길에 단성의 동산산성에 올라가 형세를 살펴보니, 매우 험해 적이 엿볼 수가 없을 것 같다. 그대로 단성현에서 자다.

7월 20일

종일 비가 내리다. 아침에 권문임의 조카 권이청이 와서 보다. 단성 현감도 와서 보다. 오정 때에 진주 정개산성 아래 강정에 이르니, 진주 목사가 와서 보다. 굴동[1]의 이희만의 집에서 자다.

7월 21일

맑다. 일찍 떠나 곤양군에 이르니, 군수 이천추가 군에 있고, 백성들도 많이 본업에 힘써, 혹 이른 곡식을 거두어들이기도 하고, 혹 보리밭을 갈기도 하다. 낮에 점심을 먹은 뒤에 노량에 이르니, 거제 현령 안위 · 영등포 만호 조계종 등 여덟 내지 아홉 명이 와서 통곡하였으며, 피해 나온 군사와 백성들이 울부짖지 않는 이가 없었다. 경상 수사 배설은 도망가 보이지 않고,

---

1) 옥종면 문암리.

우후 이의득이 와서 보므로 패하던 정황을 물었더니, 사람들이 모두 울면서 말하되, "대장 원균이 적을 보고 먼저 뭍으로 달아났다. 장수들 여럿도 힘써 뭍으로 가서 이 지경에 이르렀다"는 것이었다. 그것은 대장의 잘못을 말한 것인데 입으로는 형용할 수가 없고 그 살점이라도 씹어먹고 싶다고들 하였다. 거제 배 위에서 자면서 거제 현령 안위와 함께 이야기하다. 밤 세 시가 되어도 조금도 눈을 붙이지 못하다. 그 바람에 눈병이 생기다.

7월 22일

맑다. 아침에 경상 수사 배설이 와서 보고, 원균의 패망(敗亡)하던 일을 많이 말하다. 식사를 한 뒤에 남해 현감 박대남이 있는 곳에 이르니, 병세가 거의 구할 수 없게 되었다. 싸움말을 서로 바꿀 일을 다시 이야기하다. 종 평세와 군사 한 명을 데리고 왔다고 하다. 오후에 곤양에 이르니, 몸이 불편하므로 자다.

7월 23일

비가 오락가락하다. 아침에 노량에서 하던 공문을 송대립에게 부쳐 먼저 원수부에 갖다 주게 하고, 곧 뒤따라 떠나 십오리원[2]에 이르니, 백기 배흥립의 부인이 먼저 와 있었다. 말에서 내려 잠깐 쉬다. 진주 굴동의 전에 묵었던 곳에 이르러 자다. 백기 배흥립도 와서 자다.

---

2) 곤명면 봉계리.

7월 24일

비가 그침없이 내리다. 한치겸 · 이안인이 부찰사에게로 돌아가다. 정씨의 종 예손과 손씨의 종이 같이 돌아가다. 식사를 한 뒤에 이홍훈의 집으로 옮기다. 방응원이 정개산성에서 와서, "종사관 황여일이 정개산성에 이르렀다"고 전하고, 연해안 사정을 듣고 본대로 전하더라는 것이다. 군량 스무 말, 말먹이 콩 스무 말, 말 대갈 일곱 벌을 가져오다. 이날 저녁에 조방장 배경남이 와서 보기에 술로써 위로하다.

7월 25일

저녁 나절에야 맑다. 종사관 황여일이 편지를 보내어 문안하다. 조방장 김언공이 와서 보고서는 그 길로 원수부로 갔다. 배수립이 와서 보고, 이곳 주인 이홍훈이 와서 보다. 남해 현령 박대남이 자기의 종 용산을 보내어 내일 들어오겠다고 전하다. 저녁에 가서 백기 배홍립의 병을 보니, 고통이 극도로 심하다. 걱정이다. 송득운을 보내어 황 종사관에게 문안하다.

7월 26일

비가 오락가락하다. 일찍 밥을 먹고 정개산성 아래에 있는 송정 아래로 가서 종사관 황여일과 진주 목사와 함께 이야기하다. 날이 늦어서야 숙소로 돌아오다.

7월 27일

종일 비가 내리다. 이른 아침에 정개산성 건너편 손경례의 집으로 옮겨가서 머무르다. 저녁 나절에 동지 이천과 판관 정제가 체찰사에게서 와서 전령을 전하다. 같이 저녁밥을 먹다. 이 동지는 배 조방장에게 가서 자다.

7월 28일

비가 내리다. 이희량이 와서 보다. 초저녁에 동지 이천 및 진주 목사와 소촌 찰방 이시경이 와서 왜적과 맞서 싸울 대책을 논의하다. 밤에 이야기하다가 자정이 지나서 돌아가다. 의논한 것은 모두 계책을 돕는 일이었다.

7월 29일

비가 오락가락하다. 아침에 이군거 영감과 함께 밥을 먹고 체찰사 앞으로 보내다. 저녁 나절에 냇가로 나가 군사를 점검하고, 말을 달리는데, 원수가 보낸 자들은 모두 말도 없고 또 활과 화살도 없으니, 아무 쓸데가 없으니, 참으로 탄식할 일이다. 저녁에 돌아올 때 배 동지와 남해 현령 박대남에게 들러 보다. 밤 내내 큰비가 오다. 찰방 이시경에게 사람을 보내어 안부를 묻다.

8월 1일

큰비가 와서 물이 넘치다. 저녁 나절에 소촌찰방 이시경이 와서 보다. 조신옥 · 홍대방 등이 와서 보다.

8월 2일

잠시 개다. 홀로 수루의 마루에 앉았으니 그리움을 어찌하랴! 비통할 따름이다. 이날 밤 꿈에 임금의 명령을 받을 징조가 있었다.

8월 3일

맑다. 이른 아침에 선전관 양호가 뜻밖에 교유서를 가지고 오다. 명령은 곧 겸 삼도 수군 통제사의 임명이다. 숙배한 뒤에 다만 받들어 받았다는 글월을 써서 봉하고, 곧 떠나 두치로 가는 길로 곧바로 가다. 초저녁에 행보역[1]에 이르러 말을 쉬고, 한밤 열 두 시에 길을 떠나 두치에 이르니, 날이 새려 하다. 남해 현령 박대남은 길을 잘못 들어 강정[2]으로 들어가다. 그래서 말에서 내려 기다렸다가 불러와서, 쌍계동에 이르니, 길에 돌이 어지러이 솟아 있고, 비가 와 물이 넘쳐흘러 간신히 건너다. 석주관[3]에 이르니, 이원춘과 류해가 복병하여 지키다가 나를 보고 적을 토벌할 일을 많이 말하다. 저물어서 구례현에 이르니, 일대가 온통 쓸쓸하다. 성 북문[4] 밖에 전날의 주인집으로 가서 잤는데, 주인은 이미 산골로 피난을 갔다고 하다. 손인필은 바로 와서 볼 겸해 곡식까지 가져오다. 손응남은 올감(早柹)을 바치다.

8월 4일

맑다. 아침밥을 먹은 뒤에 압록강원[5]에 이르러 점심밥을 짓고 말의 병을 고치다. 고산 현감 최진강이 군인을 교체할 일로

---

1) 하동군 횡천면 여의리.
2) 하동읍 서해량 홍수 통제소 서쪽 섬진 강가.
3) 구례군 토지면 송정리.
4) 구례읍 북봉리.
5) 곡성군 오곡면 압록리.

와서 수군의 일을 많이 말하다. 낮에 곡성[6]에 이르니, 곡성 현감 최충검과 여염집이 한결같이 비어 있고, 사람 사는 기척이 끊어졌다. 이 일대에는 온통 비어 있고 말을 먹일 풀도 구하기 어렵다. 그 현청에서 자다. 남해 현령 박대남은 곧장 남원으로 가다.

8월 5일

맑다. 거느리고 온 군사를 인계할 곳이 없다고 하면서 이제 이원에 이르러 병마사가 경솔히 물러난 것을 원망하는 것이었다. 아침을 먹은 뒤에 옥과[7] 땅에 이르니, 피난민이 길에 가득 차다. 남자와 여자가 부축하고 걸어가는 것이 차마 볼 수 없다. 울면서 말하기를 "사또가 다시 오셨으니 우리들은 이제야 살았다"고 한다. 길가에 큰 홰나무 정자가 있기에 말에서 내려 타이르다. 옥과현에 들어갈 때, 순천에서 이기남의 부자를 만나 함께 현에 이르니, 정사준·정사립이 와서 마중하다. 옥과 현감 홍요좌는 병을 핑계삼아 나오지 않다. 잡아다 죄주려 하니 그제야 나와서 보다.

8월 6일

맑다. 이날은 옥과에서 머무르다. 초저녁에 송대립이 적을 정탐하고 오다.

---

6) 곡성군 곡성읍 읍내리.
7) 곡성군 옥과읍.

8월 7일

맑다. 일찍 길을 떠나 곧장 순천으로 가다. 고을에서 십 리쯤 되는 길에서 선전관 원집을 만나 임금의 유지를 받다. 길 옆에 앉아서 읽어보니 병마사가 거느렸던 군사들이 모두 패해 돌아가는 길이 줄을 이었다는 것이다. 그래서 말 세 필과 활과 살을 약간 빼앗아 오다. 곡성현 석곡 강정[1]에서 자다.

8월 8일

곧바로 부유창으로 가다가 중도에서 이형립을 병마사에게로 보내다. 새벽에 떠나 부유창[2]에서 아침밥을 먹는데, 이곳은 병마사 이복남이 이미 부하들에게 명령하여 불을 지르다. 다만 타다 남은 재만 있어 보기에도 처참하다. 광양 현감 구덕령 · 나주판관 원종의 · 옥구 원 홍요좌 등이 창고 바닥에 숨어 있다가 내가 왔다는 말을 듣고 배경남과 함께 구치[3]로 급히 달아나다. 내가 말에서 내려 곧 전령을 내렸더니, 한꺼번에 와서 절을 하다. 나는 피해 돌아다니는 것을 들추어서 꾸짖었더니, 다들 그 죄를 병사 이복남에게로 돌리다. 곧 길을 떠나 순천에 이르니, 성 안팎에 사람 발자취가 하나도 없어 적막하다. 오직 절에 있는 중 혜희가 와서 알현하므로 의병장의 사령장을 주다. 저물어서 순천에 이르니 관사와 곳간의 곡식 및 군기 등 물건은 옛날과 같다. 병마사가 처치하지 않은 채 달아나다. 참으로 놀랄 일이다. 총통 같은 것은 옮겨 묻고, 장전과 편전은 군관들이 져 나르게

---

1) 석곡면 능파2구 능암리 3490번지 일대.
2) 순천시 주암면 창촌리.
3) 순천시 주암면 행정리 접치마을.

하고, 총통과 운반하기 어려운 것들은 깊이 묻고 표를 세우다. 그대로 순천 부사가 있는 방에서 머물러 자다.

8월 9일

맑다. 일찍 떠나 낙안군에 이르니, 오 리까지나 사람들이 많이 나와 환영하다. 백성들이 달아나고 흩어진 까닭을 물으니, 모두 하는 말이, "병마사가 적이 쳐들어온다고 퍼뜨리며 창고에 불을 지르고 달아났다. 그 때문에 이와 같이 백성들도 뿔뿔이 흩어졌다"고 한다. 관청에 들어가니 적막하여 사람의 소리가 없었다. 순천 부사 우치적 · 김제 군수 고봉상 등이 와서, 산골에서 내려와서, 병마사의 처사가 뒤죽박죽이었다고 말하면서 하는 짓을 짐작하였다고 하니, 패망한 것을 알 만하다. 관청과 창고가 모두 다 타 버리고 관리와 마을 사람들이 흐르는 눈물을 가누지 못하고서 말하다. 점심을 먹은 뒤에 길을 떠나 십 리쯤 오니, 길가에 동네 어른들이 늘어서서 술병을 다투어 바치는데, 받지 않으면 울면서 억지로 권하다. 저녁에 보성군 조양창[4]로에 이르니, 사람은 하나도 없고, 창고에는 곡식이 묶인 채 그대로이다. 그래서 군관 네 명을 시켜 지키게 하고, 나는 김안도의 집에서 자다. 그 집 주인은 벌써 피난 가 버리다.

8월 10일

맑다. 몸이 몹시 불편하여 그대로 김안도의 집에 머무르다. 동지 배흥립도 같이 머무르다.

---

4) 조성면 조성리.

8월 11일

맑다. 아침에 박곡 양상원의 집으로 옮기다. 이 집 주인도 벌써 바다로 피란을 갔고 곡식은 가득 쌓여 있었다. 저녁 나절에 송희립 · 최대성이 와서 보다.

8월 12일

맑다. 아침에 장계를 초잡고 그대로 머무르다. 저녁 나절에 거제 현령 안위 · 발포 만호 소계남이 들어와 명령을 듣다. 그들 편에 경상 수사 배설의 겁내던 꼴을 들으니, 더욱 한탄스러움을 이길 길이 없다. 권세 있는 집안에 아첨이나 하여 감당해 내지도 못할 지위에까지 올라 나랏일을 크게 그릇치건만 조정에서 살피지 못하고 있으니 어찌하랴, 어찌하랴. 보성 군수가 오다.

8월 13일

맑다. 거제 현령 안위 및 발포 만호 소계남이 와서 인사하고 돌아가다. 수사 배설과 여러 장수 및 피해 나온 사람들이 머무는 곳을 듣다. 우후 이몽구이 전령을 받고 들어왔는데, 본영의 군기를 하나도 옮겨 실어 오지 않은 죄로 곤장 여든 대를 쳐서 보내다. 하동 현감 신진이 와서, "삼 일에 내가 떠난 뒤에 진주 정개산성과 벽견산성도 풀어 흩어지니 병마사가 바깥 진을 제 손으로 불을 질렀다"고 전하다. 참으로 통탄할 일이다.

8월 14일

아침에 각각으로 장계 일곱 통을 봉해 윤선각으로 하여금 지니고 가게 하다. 저녁에 어사 임몽정을 만나러 보성에 갔다가 열선루에서 자다. 밤에 큰비가 쏟아지듯 내리다.

8월 15일

비 오다가 저녁 나절에 맑게 개다. 식사를 하고 난 뒤에 열선루 위에 앉아 있으니, 선전관 박천봉이 임금의 유지를 가지고 왔는데, 그것은 팔월 칠 일에 만들어진 공문이었다. 영의정은 경기 지방으로 나가 순시중이라고 하다. 곧 잘 받들어 받았다는 장계를 쓰다. 보성의 군기(軍器)를 검열하여 말 네 마리에 나누어 싣다. 저녁에 밝은 달이 수루 위를 비추니 심회(心懷)가 편치 않다. 술을 너무 많이 마셔 잠을 자지 못하다.

8월 16일

맑다. 아침에 보성 군수와 군관 등을 굴암으로 보내어 도피한 관리들을 찾아오게 하다. 선전관 박천봉이 돌아가다. 그래서 나주 목사와 어사 임몽정에게 답장을 부치다. 박사명의 집에 심부름꾼을 보냈더니, 박사명의 집은 이미 비어 있었다고 한다. 오후에 활장이 지이와 태귀생 · 선의 · 대남 등이 들어오다. 김희방 · 김붕만이 뒤따라오다.

8월 17일

맑다. 아침 식사를 하고 나서, 장흥땅 백사정[1]에 이르러 말을 먹이다. 점심을 먹은 뒤에 군영구미[2]에 이르니, 일대가 모두 무인지경이 되어 버리다. 수사 배설은 내가 탈 배를 보내지 않았

1) 장흥읍 원도리.
2) 장흥군 안양면 해창리.

다. 장흥의 군량 감관과 색리가 군량을 맘대로 모조리 훔쳐 나누어 갈 적에 마침 그때 이르러 잡아다가 호되게 곤장을 치다. 거기서 자다. 배설의 약속을 어기는 것이 괘씸하다.

8월 18일

맑다. 늦은 아침에 곧바로 회령포에 갔더니, 경상 수사 배설이 멀미를 핑계를 대므로 보지 않았다. 다른 장수는 보다. 회령포 관사(官舍)에서 자다.

8월 19일

맑다. 장수들 여럿이 교서에 숙배를 하는데, 경상 수사 배설은 받들어 숙배하지 않았다. 그 업신여기고 잘난 체하는 꼴을 말로 다 나타낼 수 없다. 너무도 놀랍다. 이방과 그 영리에게 곤장을 치다. 회령포 만호 민정붕이 그 전선(戰船)에서 받은 물건을 사사로이 피란인 위덕의 등에게 준 죄로 곤장 스무 대를 치다.

8월 20일

맑다. 앞 포구가 몹시 좁아서 진을 이진[1]으로 옮기다. 창고로 내려가니 몸이 몹시 불편하여 음식도 먹지 않고 앓다.

8월 21일

맑다. 날이 채 새기 전에 도와리가 일어나 몹시 앓다. 몸을 차

1) 해남군 북평면 이진리.

게 해서 그런가 싶어 소주를 마셨더니 한참 동안 인사불성이 되었다. 하마터면 깨어나지 못할 뻔하다. 토하기를 십여 차례나 하고 밤을 앉아서 새우다.

8월 22일

맑다. 도와리가 점점 심해 일어나 움직일 수가 없다.

8월 23일

맑다. 병세가 무척 심해져서 정박하여 배에서 지내기가 불편하므로 배를 타는 것을 포기하고 바다에서 나와서 자다.

8월 24일

맑다. 아침에 도괘 땅[2]에 이르러 아침밥을 먹다. 낮에 어란 앞바다에 이르니, 가는 곳마다 텅텅 비었다. 바다 위에서 자다.

8월 25일

맑다. 그대로 어란포에서 머무르다. 아침밥을 먹은 뒤에 당포의 보자기가 놓아둔 소를 훔쳐 끌고 가면서 "적이 쳐들어온다. 적이 쳐들어온다"고 헛소문을 내다. 나는 이미 그것이 거짓말일 줄 알고 헛소문을 낸 두 사람을 잡아다가 곧 목을 베어 효시하니, 군중 인심이 크게 안정되다.

---

2) 도괘포.

8월 26일

맑다. 그대로 어란 바다에 머무르다. 저녁 나절에 임준영이 말을 타고 와서 급히 보고하는데, "적선이 이진에 이르렀다"고 한다. 전라 우수사가 오다. 배의 격군과 기구를 갖추지 못하였으니 그 꼬락서니가 놀랍다.

8월 27일

맑다. 그대로 어란 바다 가운데 있다. 경상 우수사 배설이 와서 보는데, 많이 두려워하는 눈치다. 나는 불쑥 "수사는 어디로 피해 갔던 게 아니오!"라고 말하다.

8월 28일

맑다. 새벽 여섯 시쯤에 적선 여덟 척이 뜻하지도 않았는데 들어오다. 여러 배들이 두려워 겁을 먹고, 경상 수사 배설은 피해 물러나려 하였다. 나는 꼼짝하지 않고 적선이 바짝 다가오자 호각을 불고 깃발을 휘두르며 따라 잡도록 명령하니, 적선이 물러갔다. 뒤쫓아 갈두[1]까지 갔다가 돌아오다. 적선이 멀리 도망하기에 더 뒤쫓지 않다. 뒤따르는 배는 오십여 척이라고 하다. 저녁에 진을 장도[2]로 옮기다.

8월 29일

맑다. 아침에 건너오다. 벽파진[3]에 대다.

---

1) 해남군 송지면 갈두리.
2) 노루섬.
3) 진도군 고군면 벽파리.

8월 30일

맑다. 그대로 벽파진에서 머무르다. 정탐꾼을 나누어 보내다. 저녁 나절에 배설은 적이 많이 올 것을 염려하여 달아나려고 하였으나, 그 관할 아래의 장수들이 찾기도 하고, 나도 그 속뜻을 알고 있지만, 딱 드러나지 않은 것을 먼저 발설하는 것은 장수로서 할 도리가 아니므로 참고 있을 즈음에, 배설이 제 종을 시켜 솟장을 냈는데, 병세가 몹시 중해 몸조리 좀 해야 하겠다고 하였다. 나는 뭍으로 내려 몸조리하고 오라고 공문을 써 보냈더니, 배설은 우수영에서 뭍으로 내리다.

9월 1일

맑다. 그대로 벽파진에 머무르다. 내려가 벽파정 위에 앉았는데, 점세가 탐라에서 나와서 소 다섯 마리를 싣고 와서 바치다.

9월 2일

맑다. 오늘 새벽에 경상 수사 배설이 도망가다.

9월 3일

아침에 맑았다가 저녁에 비가 뿌리다. 밤에는 된바람이 불었다. 봉창 아래에서 머리를 웅크리고 있으니 그 심사가 어떠하랴!

9월 4일

맑은데, 된바람이 세게 불다. 배가 가만히 있지 못해서 각 배들을 겨우 보전하다. 천행(天幸)이다.

9월 5일

된바람이 세게 불다. 각 배를 서로 보전할 수가 없었다.

9월 6일

바람은 조금 자는 듯하였으나 물결은 가라앉지 않았다. 추위가 엄습하니 격군들 때문에 걱정이다.

9월 7일

맑다. 바람이 비로소 그치다. 탐망 군관 임중형이 와서 보고하기를, "적선 쉰 다섯 척 가운데 열 세 척이 이미 어란 앞바다에 도착하였다. 그 뜻이 우리 수군에 있는 것 같다"고 하다. 그래서 각 배들에게 엄중히 일러 경계하였다. 오후 네 시쯤에 적선 열 세 척이 곧장 진치고 있는 곳으로 우리 배로 향해 오다. 우리 배들도 닻을 올려 바다로 나가 맞서서 공격하여 급히 나아가니, 적들이 배를 돌려 달아나 버리다. 뒤쫓아 먼바다에까지 갔지만, 바람과 조수가 모두 거슬러 흘러 항해할 수가 없어 복병선이 있을 것을 염려하여 더 쫓아가지 않고 벽파진으로 돌아오다. 이 날 밤에 여러 장수를 불러모아 약속하며 말하기를, 오늘밤에는 반드시 아무래도 적의 야습이 있을 것 같아, 여러 장수는 미리 알아서 준비할 것이며, 조금이라도 명령을 어기는 일이 있으면 군법대로 시행할 것이라고 재삼 타일러 분명히 하고서 헤어졌다. 밤 열 시쯤에 적선이 포를 쏘며 기습해 오다. 우리의 여러 배들이 겁을 집어먹는 것 같아 다시금 엄명을 내리고, 내가 탄 배가 곧장 적선 앞으로 가서 지자포를 쏘니 강산이 진동하다. 그랬더니 적의 무리는 당해 내지 못하고 네 번이나 나왔다 물러났다 하면서 포를 쏘아 댔다. 밤 한 시가 되니 아주 물러갔다. 이들은 전에 한산도에서 승리를 얻은 자들이다.

9월 8일

맑다. 적선이 오지 않다. 여러 장수를 불러 대책을 논의하다. 우수사 김억추는 겨우 만호깜이나 맞을까 대장으로 쓰일 재목은 못 되는데도 좌의정 김응남이 서로 친밀한 사이라고 해서 억지로 임명하여 보내다. 이러고서야 조정에 사람이 있다고 할 수 있는가! 다만 때를 만나지 못한 것을 한탄할 뿐이다.

9월 9일

맑다. 오늘이 곧 구 일[1]이다. 군대 전부에게도 좋은 명절이다. 나는 복재기〔喪制〕이지만 여러 장병들에게야 먹이지 않을 수 없다. 그래서 제주에서 나온 소 다섯 마리를 녹도와 안골포 두 만호에게 주어서 장병들에게 음식을 먹이고 있는데, 저녁 나절에 적선 두 척이 어란포에서 바로 감보도[2]로 들어와 우리 배의 많은지 적은지를 정탐하다. 영등포 만호 조계종이 끝까지 따라 갔더니, 적들은 어리둥절하여 배에 실었던 물건을 몽땅 바다 가운데로 던져 버리고 달아나다.

9월 10일

맑다. 적선들이 멀리 달아나다.

---

1) 중양절.
2) 진도군 고군면.

9월 11일

흐리고 비가 올 것 같다. 홀로 배 위에 앉았으니, 그리운 생각에 눈물이 흐르다. 세상에 어찌 나 같은 사람이 있겠는가! 아들 회는 내 심정을 알고 심히 언짢아하다.

9월 12일

종일 비가 뿌리다. 봉창 아래에서 심회를 이루 건잡을 수가 없다.

9월 13일

맑은데 된바람이 세게 불다. 배가 가만있지 못하다. 꿈이 이상하다. 임진년[1]에 대첩(大捷)할 때와 얼추 같다. 이 징조를 모르겠다.

9월 14일

맑다. 벽파정 맞은편에서 연기가 오르기에 배를 보내어 싣고 오니 바로 임준영이 육지를 정탐하고 와서 말하기를, "적선 이백여 척 가운데 쉰 다섯 척이 이미 어란 앞바다에 들어오다"고 하였다. 또 말하기를, "적에게 사로잡혔던 김중걸이 전하는데, 이 달 육 일에 달마산으로 피난 갔다가 왜놈에게 붙잡혀 묶여서는 왜선에 실렸다. 김해에 사는 이름 모르는 한 사람이 왜장에게 빌어서 묶인 것을 풀어 주었다. 그날 밤에 김해 사람이 김중걸의 귀에다 대고 말하기를, 왜놈들이 모여 의논하는 말이, '조

---

1) 1592년.

선 수군 십여 척이 왜선을 추격하여 사살하고 불태웠으므로 할 수 없이 보복해야 하겠다. 극히 통분하다. 각 처의 배를 불러모아 조선 수군들을 모조리 죽인 뒤에 한강으로 올라가겠다'고 하였다"는 것이었다. 이 말은 비록 모두 믿기 어려우나, 그럴 수도 없지 않으므로, 전령선을 우수영으로 보내어 피난민들을 타일러 곧 뭍으로 올라가라고 하였다.

9월 15일

맑다. 조수를 타고 여러 장수를 거느리고 우수영 앞바다로 진을 옮기다. 벽파정 뒤에는 울돌목이 있는데 수가 적은 수군으로써 명량을 등지고 진을 칠 수 없기 때문이다. 여러 장수를 불러모아 약속하면서 이르되, "병법(兵法)에 '반드시 죽고자 하면 살고 살려고만 하면 죽는다'고 하였으며, 또 '한 사람이 길목을 지키면 천 사람이라도 두렵게 한다'고 함은 지금 우리를 두고 한 말이다. 너희 장수들 여럿이 살려는 생각은 하지 마라. 조금이라도 명령을 어기면 군법으로 다스릴 것이다. 조금이라도 너그럽게는 용서하지 않을 것이다" 하고 재삼 엄중히 약속하다. 이 날 밤 신인(神人)이 꿈에 나타나, "이렇게 하면 크게 이기고, 이렇게 하면 지게 된다"고 일러 주다.

9월 16일

맑다. 아침에 별망군이 나와서 보고하는데, 적선이 헤아릴 수 없을 만큼 많이 울돌목을 거쳐 곧바로 진치고 있는 곳으로 곧장 온다고 하다. 곧 여러 배에 명령하여 닻을 올리고 바다로 나가니, 적선 백 서른 세 척이 우리의 여러 배를 에워싸다. 대장선이 홀로 적진 속으로 들어가 포탄과 화살을 비바람같이 쏘아 대건만 배 여럿은 관망만 하고 진군하지 않아 사태가 장차 헤아릴 수 없다. 여러 장수가 적은 군사로써 많은 적을 맞아 싸우는 형세임을 알고 돌아서 피할 궁리만 하다. 우수사 김억추가 탄 배는 물러나 아득히 먼 곳에 있었다. 나는 노를 바삐 저어 앞으로 돌진하여 지자 총통·현자총통 등 각종 총통을 어지러이 쏘아 대니, 마치 나가는 게 바람 같기도 하고 우레 같기도 하다. 군관들이 배 위에 빽빽이 서서 빗발치듯이 쏘아 대니, 적의 무리가 감히 대들지 못하고 나왔다 물러갔다 하곤 하다. 그러나 적에게 몇 겹으로 둘러싸여 앞으로 어찌 될지 한 가진들 알 수가 없다. 배마다의 사람들이 서로 돌아보며 얼굴빛을 잃다. 나는 침착하게 타이르면서, "적이 비록 천 척이라도 우리 배에게는 감히 곧바로 덤벼들지 못할 것이다. 일체 마음을 동요하지 말고 힘을 다해 적선에게 쏘라"고 하고서, 여러 장수를 돌아보니, 물러나 먼 바다에 있었다. 나는 배를 돌려 군령을 내리자니 적들이 더 대어들 것 같아 나아가지도 물러나지도 못할 형편이었다. 호각을 불어서 중군에게 명령하는 깃발을 내리고 또 초요기를 돛대에 올리니, 조항 첨사 김응함의 배가 차차로 내 배에 가까이 오고, 거제 현령 안위의 배가 먼저 오다. 나는 배 위에 서서 몸소 안위를 불러 이르되, "안위야, 군법에 죽고 싶으냐? 네가 군법에 죽고 싶으냐? 도망간다고 해서 어디 가서 살 것 같으냐?"고 하니, 안위가 황급히 적선 속으로 돌입하다. 또 김응함을 불러 이르되, "너는 중군장으로서 멀리 피하고 대장을 구하지 않으니, 그 죄를 어찌 면할 것이냐? 당장 처형할 것이로되, 적세 또한 급하므로 우선 공을 세우게 한다"고 하니, 두 배가 곧장 쳐들어가 싸우려 할 때, 적장이 그 휘하의 배 두 척을 지휘하여 한꺼번에 개미 붙듯이 안위의 배로 매달려 서로 먼저 올라가려고 다투다. 안위와 그 배에 탔던 사람들이 죽을힘을 다해 몽둥이로 치기도 하고, 긴 창으로 찌르기도 하고, 수마석 덩어리로 무수히 어지러이 싸우니 배 위의 사람들은 기진맥진하게 된 데다가, 안위의 격군 일곱 내지 여덟 명이 물에 뛰어들어 헤엄치는데, 거의 구하지 못할 것 같다. 나는 배를 돌려 곧장 쳐들어가 빗발치듯 어지러이 쏘아 대니, 적선 세 척이 얼추 엎어지고 자빠지는데 녹도 만호 송여종·평산포 대장 정응두의 배가 줄이어 와서 합력하여 적을 쏘아 한 놈도 몸을 움직이지 못하다. 항복한 왜놈 준사란 놈은 안골포의 적진에서 투항해 온 자이다. 내 배 위에서 내려다보며, "저 무늬 있는 붉은 비단옷을 입은 놈이 적장 마다시다"고 하다. 나는 김돌손으로 하여금 갈고리를 던져 이물로 끌어올리다. 그러니 준사는 펄쩍 뛰며, "이게 마다시다"고 하다. 그래서 곧 명령하여 토막으로 자르게 하니, 적의 기운이 크게 꺾여 버리다. 이 때 우리의 여러 배들은 적이 다시는 침범해 오지 못할 것을 알고 일제히 북을 치며 나아가면서 지자 총통·현자 총통 등을 쏘고, 또 화살을 빗발처럼 쏘니, 그 소리가 바다와 산을 뒤흔들다. 우리를 에워싼 적선 서른 척을 쳐부수자, 적선들은 물러나 달아나 버리고 다시는 우리 수군에 감히 가까이 오지 못하다. 그곳에 머물려고 하였으나 물살이 무척 험하고 형세도 또한 외롭고 위태로워 건너편 포구로 새벽에 진을 옮겼다가, 당사도[1]로 진을 옮기어 밤을 지내다.

---

1) 무안군 암태면.

이것은 참으로 천행이다.

9월 17일

맑다. 어외도[1]에 이르니, 피난선이 무려 삼백여 척이 먼저 와 있었다. 임치 첨사는 배에 격군이 없어 나오지 못한다고 하다. 나주 진사 임선 · 임환 · 임업 등이 와서 보다. 우리 수군이 대첩한 것을 알고 서로 앞다투어 치하하고, 또 많은 양식을 가져와 군사들에게 주다.

9월 18일

맑다. 그대로 어외도에서 머무르다. 임치 첨사가 오다. 내 배에서 는 순천 감목관 김탁과 본영의 종 계생이 탄환에 맞아 죽고, 박영남과 봉학 및 강진 현감 이극신도 탄환에 맞았으나, 중상에 이르지는 않다.

9월 19일

맑다. 일찍 떠나 출항하다. 바람도 순하고 물살도 순조를 타 무사히 칠산[2] 바다를 건너다. 저녁에 법성포[3] 선창에 이르니, 흉악한 적들이 육지로 해서 들어와 사람 사는 집과 창고에 불을 지르다. 해질 무렵에 홍농[4] 앞에 이르러, 배를 정박시키고 자다.

---

1) 무안군 지도면.
2) 영광군 낙월면.
3) 영광군 법성면.
4) 영광군 홍농면.

9월 20일

맑고 바람도 순조롭다. 새벽에 출항하여 곧장 위도[5]에 이르니, 피난선이 많이 정박해 있었다. 황득중과 종 금이 등을 보내어 종 윤금을 찾아서 잡아오라고 하더니, 과연 위도 밖에 있었다. 그래서 묶어다가 배 안에 싣다. 이광축 · 이광보가 와서 보다. 이지화 부자가 또 와서 보다. 날이 저물어서 자다.

9월 21일

맑다. 일찍 떠나 고군산도[6]에 이르니, 호남 순찰사가 내가 왔다는 말을 듣고 배를 타고 급히 옥구로 갔다고 하다. 저녁 나절에 광풍(狂風)이 세게 불다.

9월 22일

맑은데, 된바람이 세게 불다. 그대로 머무르다. 나주 목사 배응경 · 무장 현감 이람이 와서 보다.

9월 23일

맑다. 승첩한 장계의 초본을 수정하다. 정희열이 와서 보다.

9월 24일

맑다. 몸이 불편하여 신음하다. 김홍원이 와서 보다.

---

5) 영광군 위도면.
6) 옥구군 미면 선유도.

9월 25일

맑다. 이날 밤에 몸이 몹시 불편하고, 식은땀이 흘러 온몸을 적시다.

9월 26일

맑다. 몸이 불편하여 종일 나가지 않다. 이 날 밤에는 식은땀이 온몸을 적시다.

9월 27일

맑다. 송한 · 김국 · 배세춘 등이 승첩 장계를 가지고 뱃길로 올라가다. 정제는 충청 수사에게 부찰사로 보낼 공문을 가지고 같이 가다. 몸이 몹시 불편하여 밤새 아프다.

9월 28일

맑다. 송한과 정제가 바람에 막혀 되돌아오다.

10월 1일

맑다. 아들 회를 보내서 제 어미를 보고 여러 집안의 생사(生死)를 알아 오게 하다. 심회가 몹시 안달이 나서 편지를 쓸 수 없었다. 병조의 역꾼이 공문을 가지고 내려 왔는데, "아산 고향의 한 집안이 이미 적에게 불타 잿더미가 되어 남은 게 없다"고 한다.

10월 2일

맑다. 아들 회가 집안 사람들의 생사를 알아볼 일로 배를 타고 올라갔으나, 잘 갔는지 가지 못하였는지 알 수가 없다. 내 심정을 어찌 다 말하랴. 홀로 배 위에 앉았으니 심회가 만 갈래다.

10월 3일

맑다. 새벽에 출항하여 변산을 거쳐 곧바로 법성포로 되돌아가는데 바람은 부드러워 따뜻하기가 봄날 같았다. 저물어서 법성포 선창 앞에 이르다.

10월 4일

맑다. 그대로 머물러 자다. 임선 · 업 등이 사로잡혔다가 적에게 빌어 임치로 돌아와서 편지를 보내다.

10월 5일

맑다. 그대로 머물면서 마을집 아래로 내려가 자다.

10월 6일

흐렸다가 비가 뿌리다. 눈비가 세차게 오다.

10월 7일

바람이 고르지 않고 비가 오락가락하다. 소문에 호남 안팎에는 적선이 없다고 한다.

10월 8일

맑으며, 바람이 살랑거리다. 출항하여 어외도에 이르러 자다.

10월 9일

맑다. 일찍 출항하여 우수영에 이르니, 성 밖에는 집에 사람이 살지 않고, 인적이 하나도 없다. 보이는 것은 참혹함뿐이다. 그러나 저녁에 "해남에서 흉악한 적들이 진치고 있다"는 소문을 듣다. 초저녁에 김종려 · 정조 · 백진남 등이 와서 보다.

10월 10일

비가 뿌리고 된바람이 세게 불다. 항해할 수가 없어 그대로 머무르다. 밤 열 시쯤에 중군장 김응함이 와서 전하는데, 해남에 있던 적들이 많이 물러 간 모양입니다. 이희급의 부친이 적에게 사로잡혔다가 빌어서 놓여 왔습니다"고 한다. 마음이 언짢아서 앉았다 누웠다 하다가 새벽이 되었다. 우우후 이정충이 왔는데, 배가 보이지 않은 것은 바깥 섬으로 달아나 있었기 때문이다.

10월 11일

맑다. 밤 두 시쯤에 바람이 자는 것 같았다. 그래서 닻을 올려 바다 가운데에 이르러, 정탐인 이순 · 박담동 · 박수환 · 태귀생을 해남으로 보내다. 해남에는 연기가 하늘을 찌른다고 한다. 이는 반드시 적의 무리들이 달아나면서 불을 지른 것이다. 오정에 안편 · 발음도[1]에 이르니, 바람도 좋고 날씨도 화창하다. 육상에 내려 산마루로 올라가서 배 감출 곳을 찾아보니, 동쪽에는 앞에 섬이 있어 멀리 바라볼 수는 없고, 북쪽으로는 나주와 영

1) 안창도 · 팔금도.

암 월출산으로 뚫렸으며, 서쪽에는 비금도로 통해 눈앞이 툭 터였다. 잠깐 있으니, 중군장과 우치적이 올라오고, 조효남 · 안위 · 우수가 잇따라 오다. 날이 저물어 산봉우리에서 내려와 언덕에 앉았으니, 조계종이 와서 왜적의 형편을 말하고, 왜놈들이 우리 수군을 몹시 싫어한다고 하다. 이희급의 부친이 와서 알현하고 또 사로잡혔던 경위를 말하는데, 아픈 마음을 견딜 수가 없다. 저녁에는 따뜻하기가 봄 같아 아지랑이가 하늘에 아른거려 비 올 징조가 많다. 초저녁에 달빛이 비단결 같아 홀로 봉창에 앉았으니 심사가 만 갈래다. 밤 열 시쯤에 식은땀이 몸을 적시다. 한밤에 비가 오다. 이날 우수사가 군량선에 있는 사람에게 장딴지를 몹시 때렸다고 하다. 놀랄 일이다.

10월 12일

비가 내리다. 오후 한 시에 맑게 개다. 아침에 우수사가 와서 절하기에 하인의 장딴지를 때린 죄를 용서하다. 가리포 첨사 이응표 · 장흥 부사 전봉 등 장수들 여럿이 와서 절하고 종일 이야기하다. 탐후선이 나흘이 지나도 오지 않으니 걱정이 된다. 아마 생각하건대, 흉악한 적들이 멀리 도망가기에, 그 뒤를 쫓아가느라 돌아오지 않는 것이리라. 그대로 발음도에 머무르다.

10월 13일

맑다. 아침에 조방장 배흥립과 경상 우후 이의득이 와서 보다. 조금 있으니, 탐망선이 임준영을 싣고 오다. 그 편에 적의 소식을 들으니, "해남에 들어와 웅거해 있던 적들은 칠 일에 우리 수군이 내려오는 것을 보고, 십 일 일에 몽땅 도망가 버렸는데, 해남의 향리 송언봉 · 신용 등이 적 속으로 들어가 왜놈들을 꾀어 내어 선비들을 죽였다"고 하다. 통분함을 이길 길이 없다. 곧 순천 부사 우치적 · 금갑도 만호 이정표 · 제포 만호 주의수 · 당포 만호 안이명 · 조라포 만호 정공청 및 군관 임계형 · 정상명 · 봉좌 · 태귀생 · 박수환 등을 해남으로 보내다. 저녁 나절에 내려가 언덕에 앉아 윗자리에서 조방장 배흥립 · 장흥 부사 전봉 등과 함께 이야기하다. 이날 우우후 이정충이 뒤떨어진 죄를 다스리다. 우수사의 군관 배영수가 와서 아뢰기를, 수사의 부친이 외해에서 살아서 돌아왔다고 하다. 이날 새벽 꿈에 우의정을 만나 조용히 이야기하다. 낮에 선전관 네 명이 법성포에 이르러 내려왔다는 말을 듣다. 저녁에 김응함에게서 섬 안에 알지 못하는 어떤 사람이 산골에 깊숙하게 숨어서 소와 말을 잡는다는 말을 듣다. 그래서 황득중 · 오수 등을 보내어 염탐하게 하다. 이날 밤 달빛은 비단결 같고 잔잔한 바람도 일지 않다. 홀로 뱃전에 앉았으니 마음을 건잡을 수 없다. 이리 뒤척이고 저리 뒤척이며 앉았다 누웠다 하면서 밤새도록 잠을 이루지 못하고 하늘을 우러러 탄식할 따름이다.

10월 14일

맑다. 밤 두 시쯤 꿈에, 내가 말을 타고 언덕 위로 가는데, 말이 발을 헛디뎌 냇물 가운데로 떨어졌으나, 쓸어 지지는 않고, 막내아들 면이 끌어안고 있는 것 같은 형상이었는데 깨었다. 이것은 무슨 징조인지 모르겠다. 저녁 나절에 배 조방장과 우후 이의득이 와서 보다. 배 조방장의 종이 영남에서 와서 적의 형세를 전하다. 황득중 등이 와서 아뢰기를 내수사의 종 강막지라는 자가 소를 많이 기르기 때문에 열 두 마리를 끌고 갔다고 하다. 저녁에 어떤 사람이 천안에서 와서 집안 편지를 전하다. 봉한 것을 뜯기도 전에 뼈와 살이 먼저 떨리고 정신이 아찔하고 어지러웠다. 대충 겉봉을 뜯고 둘째 아들인 열의 편지를 보니, 겉에 통곡 두 글자가 씌어 있어 면이 전사함을 짐작하다. 어느새 간담이 떨어져 목놓아 통곡, 통곡하다. 하늘이 어찌 이다지도 인자하지 못하는고! 간담이 타고 찢어지는 것 같다. 내가 죽고 네가 사는 것이 이치가 마땅하거늘, 네가 죽고 내가 사니, 이런 어그러진 이치가 어디 있는가! 천지가 캄캄하고 해조차 빛이 변하였구나. 슬프다, 내 아들아! 나를 버리고 어디로 갔느냐? 남달리 영특하여 하늘이 이 세상에 머물러 두지 않은 것이냐? 내 지은 죄가 네 몸에 미친 것이냐? 내 이제 세상에 살아있어 본들 앞으로 누구에게 의지할꼬! 너를 따라 같이 죽어 지하에서 같이 지내고 같이 울고 싶건마는 네 형 · 네 누이 · 네 어머니가 의지할 곳이 없으니, 아직은 참으며 연명이야 한다마는 마음은 죽고 형상만 남아 있어 울부짖을 따름이다. 울부짖을 따름이다. 하룻밤 지내기가 일 년 같구나. 이날 밤 열 시쯤에 비가 오다.

10월 15일

비바람이 종일 불다. 누웠다 앉았다 하면서 종일 이리 뒤척이고 저리이다. 여러 장수들이 와서 문안하니 얼굴을 들고 어찌 맞으랴! 임홍 · 임중형 · 박신이 적을 정탐하려고 작은 배를 타고, 홍양 · 순천 등지의 바다로 나가다.

10월 16일

맑다. 우수사와 미조항 첨사를 해남으로 보내다. 해남 현감도 보내다. 나는 내일이 막내아들의 죽음을 들은 지 나흘째가 된다. 마음놓고 통곡할 수도 없으므로, 영 안에 있는 강막지 집으로 가다. 밤 열 시쯤에 순천 부사 · 우후 이정충 · 금갑도 만호 · 제포 만호 등이 해남에서 돌아오다. 왜놈 열 세 명과 투항하던 송원봉 등의 목을 베고서 오다.

10월 17일

맑은 날씨인데 바람도 종일 세게 불다. 새벽에 향을 피우고 곡을 하는데, 하얀 띠를 두르고 있으니, 비통함을 정말 참을 수가 없다. 우수사가 와서 보다.

10월 18일

맑다. 바람이 자는 것 같았으나 우수사는 배를 출항할 수 없어 바깥 바다에서 자다. 강막지가 와서 알현하다. 임계형 · 임준영이 들어오다.

10월 19일

맑다. 새벽 꿈에, 고향집의 종 진이 내려왔기에 나는 죽은 아들을 생각하여 통곡하였다. 저녁 나절에 조방장과 경상 우후가 와서 보다. 백 진사가 와서 보다. 임계형은 와서 알현하다. 김신웅의 아내 · 이인세 · 정억부를 붙잡아 오다. 거제 · 안골 · 녹도 · 웅천 · 제포 · 조라포 · 당포 · 우우후가 와서 보다. 적을 잡은 공문을 와서 바치다. 윤건 등의 형제가 왜적에게 붙었던 두 명을 잡아오다. 어둘 무렵 코피를 되 남짓이나 흘리다. 밤에 앉아 생각하니 눈물이 나다. 어찌 다 말하랴! 이승에서의 영령이라 마침내 불효가 여기까지 이를 줄을 어찌 알랴! 비통한 마음 찢어지는 듯해 억누를 수가 없다.

10월 20일

맑다. 이른 아침에 미조항 첨사 · 해남 현감 · 강진 현감이 해남현의 군량을 운반하려고 여쭙고 돌아가다. 안골포 만호 우수도 여쭙고 돌아가다. 저녁 나절에 김종려 · 정수 · 백진남이 와서 보고, 또 윤지눌의 못된 짓을 말하다. 김종려를 소음도 등 열 세 곳 섬의 염전(塩田)의 감독관으로 정해 보내다. 영의 둔덕에서 일하는 사화의 모친이 배 안에서 죽었다고 한다. 그래서 곧 묻어 버릴 일로 군관에게 시키다. 남도포 · 여도 두 만호가 와서 알현하고서 돌아가다.

10월 21일

밤 두 시쯤에 비 오다 눈이 오다 하다. 바람이 몹시 춥다. 뱃사공이 추워 얼까 걱정되어 마음을 잡지 못하다. 오전 여덟 시부터 바람이 불고 눈이 펑펑 내리다. 정상명이 와서 아뢰기를 무안 현감 남언상이 들어왔다고 하다. 남언상은 원래 수군에 소속된 관리인데, 사사로 이 목숨만 보존할 꾀를 부려 수군에 오지 않고, 산골에 숨어서 달포쯤 관망하다가, 적이 물러간 뒤에는 무거운 형벌을 받을까 두려워 비로소 이제야 나타나니, 그 하는 꼬락서니가 참으로 괘씸하다. 저녁 나절에 가리포 및 배조방장과 우후가 와서 절하다. 바람이 불고 눈이 종일 내리다.

장흥 부사가 와서 자다.

10월 22일

아침에 눈 오다가 저녁 나절에 개다. 장흥과 같이 식사를 하다. 오후에 군기사장(軍器査長) 선기룡 등 세 사람이 임금의 유지와 의정부의 방문을 가지고 오다. 해남 현감 유형이 적에게 붙었던 윤해 · 김언경을 묶어서 올려 보내 오다. 그래서 나장이 있는 곳에 단단히 가두다. 무안 현감 남언상은 가리포의 전선에 가두다. 우수사가 황원에서 와서 말하기를, 김득남이 처형되었다고 하다. 진사 백진남이 와서 보고 돌아가다.

10월 23일

맑다. 저녁 나절에 김종려 · 정수가 와서 보다. 배 조방장과 우후 · 우수사 우후도 와서 보다. 적량 · 영등포 만호가 잇따라 왔다가 저녁에 돌아가다. 이날 낮에 윤해 · 김언경을 처형하다. 대장장이 허막동을 나주로 보내려고 밤 아홉 시에 종을 시켜 불렀더니 배가 아프다고 하다. 싸움말의 떨어진 편자를 갈다.

10월 24일

맑다. 해남에 있던 왜의 군량 삼백스물두 섬을 실어 오다. 초저녁에 선전관 하응서가 임금의 유지를 가지고 왔는데, "그것은 우후 이몽구를 처형하라"는 것이었다. 그 편에 들으니, "명나라 수군이 강화도에 이르렀다"고 한다. 밤 열 시쯤에 병을 다스리려고 땀을 내니 등을 적시고 밤 한 시에야 그치다. 밤 세 시에 또 선전관과 금오랑이 왔다고 한다. 날이 밝자 들어오는데, 선전관은 권길이요, 의금부 도사 주부인 금오랑과 홍지수였다. 무안 현감 남언상 · 목포 만호 방수경 · 다경포 만호 윤승남을 잡으러 여기 오다.

10월 25일

맑다. 몸이 몹시 불편하다. 윤련이 부안에서 오다. 종 순화는 아산에서 배를 타고 오다. 집안의 편지를 받아 보니 심회가 불편하여 이리 뒤척이고 저리 뒤척이다가 혼자 앉아 있었다. 초저녁에 선전관 박희무가 임금의 유지를 가지고 왔는데, 그것은 명나라 수군이 배를 정박하기에 알맞은 곳을 골라서 장계하라는 것이었다. 양희우가 장계를 가지고 서울로 갔다가 되돌아오다. 충청 우후가 편지를 보내고 또 홍시 한 접을 보내 오다.

10월 26일

새벽에 비를 뿌리다. 조방장 등이 와서 보다. 김종려 · 백진남 · 정수 등이 와서 보다. 이날 밤 열 시에 자는데 식은땀이 나서 몸을 적시다. 온돌이 너무 따뜻한 탓이다.

10월 27일

맑다. 영광 군수 전협의 아들 전득우가 군관이 되어 알현하다. 곧 그 부친이 있는 곳으로 돌려보냈더니 홍시 백 개를 가지고 오다. 밤에 비가 뿌리다.

10월 28일

맑다. 아침에 여러 가지 장계를 봉해 피은세에게 주어서 보내다. 저녁 나절에 강막지의 집에서 대장선으로 옮겨 타다. 저녁에 소금밭의 서원 도걸산이 큰 사슴을 잡아 바치다. 그래서 군관 등에게 주어 나누어 먹게 하다. 이날 밤에는 잔잔한 바람도 일지 않다.

10월 29일

맑다. 밤 두 시쯤에 첫 나발을 불고 출항하여 목포로 향하는데 벌써부터 비와 우박이 섞여 내리고 샛바람이 살살 불다. 목포에 이르러 보화도[1]로 옮겨 정박하니, 된 하늬바람을 막을 만하고 배를 감추기에 아주 알맞다. 그래서 뭍에 내려 섬 안을 둘러보니, 형세가 매우 좋으므로, 보화도에서 진을 치고 집 지을 계획을 하다.

10월 30일

맑으나 샛바람이 불고, 꼭 비 올 것 같다. 아침에 집 지을 곳으로 내려가 앉았으니, 여러 장수들이 와서 알현(謁見)하다. 해남 현감 류형도 와서 적에게 붙었던 사람들의 소행을 전하다. 일찍이 황득중으로 하여금 자귀쟁이를 데리고 섬 북쪽 봉우리로 가서 집 지을 재목을 베어 오게 하다. 저녁 나절에 해남에 있던 적에게 붙었던 정은부 및 김신웅의 부인이 왜놈에게 지시하여 우리나라 사람을 죽인 자 두 명과, 선비 집 처녀를 강간한 김애남을 아울러 목을 베어 효시하다. 저녁에 양밀이 도양장의 벌레 먹은 곡식을 멋대로 나누어준 일로 곤장 예순 대를 치다.

---

1) 목포시 고하도.

11월 1일

비가 내리다. 아침에 얇은 사슴 가죽 두 장이 물에 떠내려 오다. 그래서 명나라 장수에게 보내 주기로 하다. 기이한 일이다. 오후 두 시에 비는 개었으나 된바람이 몹시 불다. 뱃사람들은 추위에 괴로워하며, 나는 선실에서 웅크리고 앉아 있으니, 마음이 무척 불편하다. 하루를 보내는 것이 일 년 같다. 비통함을 말할 수 없다. 저녁에 된바람이 세게 불어 밤새도록 배가 흔들려 사람이 제대로 안정시킬 수가 없다. 땀이 나서 몸을 적시다.

11월 2일

흐렸는데 비는 오지 않다. 일찍 우수사의 전선이 바람에 표류되어 암초에 걸려 깨졌다고 한 말을 듣다. 참으로 통분하다. 병선의 군관 당언량에게 곤장 여든 대를 치다. 선창에 내려가 앉아서 다리 놓는 일을 감독하다. 그 길로 새 집 짓는 곳으로 올라갔다가 어두워서야 배로 내려오다.

11월 3일

맑다. 일찍 새 집 짓는 곳으로 올라가 선전관 이길원이 배설을 처단할 일로 들어오다. 배설은 벌써 성주 본집으로 갔는데, 그곳으로 가지 않고 곧장 본가로 오다. 그 사정을 봐주는 이길원의 죄가 더 크다. 녹도의 배에 보내다.

11월 4일

맑다. 일찍 새 집 지어 세우는 곳으로 올라가다. 이길원이 머무르다. 진도 군수 선의문이 오다.

11월 5일

맑다. 따뜻하기가 봄날 같다. 새 집 짓는 곳으로 올라갔다가, 날이 저물어서 배로 내려오다. 영암 군수 이종성이 밥을 서른 말이나 지어 일꾼들에게 먹이고, 이어 말하되, "군량미 이백 섬을 준비하고, 중간 벼 칠백 섬을 마련하였다"고 한다. 이날 보성 군수와 흥양 현감으로 하여금 군량 창고 짓는 것을 보살피게 하다.

11월 6일

맑다. 일찍 새 집 짓는 곳으로 올라가 종일 어슬렁거리니 해가 저무는 것도 모르다. 새 집에 이엉으로 지붕을 잇다. 군량 곳간도 짓다. 전라 우우후가 나무 베어 올 일로 황원장으로 가다.

11월 7일

맑고 따뜻하다. 해남 의병이 왜놈의 머리 하나와 환도 한 자루를 가지고 와서 바치다. 이종호와 당언국을 잡아오다. 그래서 거제의 배에 가두다. 저녁 나절에 전 홍산 현감 윤영현 · 생원 최집이 와서 보고, 또 군량에 쓸 벼 마흔 섬과 쌀 여덟 섬을 부쳐 오다. 며칠 동안의 양식으로 도움이 될 만하다. 본영의 박주생이 왜놈의 머리 두 개를 베어 오다. 전 현령 김응인이 와서 보다. 이대진의 아들 순생이 윤영현을 따라오다. 저녁에 새 집의 마루를 다 놓다. 수사마다 와서 보다. 이날 밤 자정에 꿈에 면이 죽는 것을 보고 구슬프게 울다. 진도 군수가 돌아가다.

11월 8일

맑다. 밤 두 시쯤 꿈에 물에 들어가 물고기를 잡다. 이날은 따뜻하고 바람도 없다. 새 방 벽에 흙을 바르다. 이지화 부자가 와서 보다.

11월 9일

맑다. 따뜻하기가 봄날 같다. 우수사가 와서 보다. 강진 현감이 현으로 돌아가다.

11월 10일

일눈과 비가 섞여 오다. 된 하늬바람이 세게 불다. 간신히 배를 구호하다. 이정충이 와서 말하기를, "장흥의 적들이 달아났다"고 하다.

11월 11일

맑으나 바람이 약간 불다. 식사를 한 뒤에 새 집 짓는 곳으로 올라가다. 평산포의 새 만호가 부임 명령서를 바치다. 그는 하동 현감 신진의 형 신훤이다. 전하는 말이 숭정으로 가자 하는 것이 이미 발행되었다고 한다. 장흥 부사와 배 조방장이 와서 보다. 저녁에 우후 이정충이 왔다가 초저녁에 돌아가다.

11월 12일

맑다. 이 날 저녁 나절에 영암 · 나주 사람에게 배메기를 하지 못하게 한다고 하여 묶어서 오다. 그래서 그중 주모자를 가려 처형하고 나머지 네 명을 각 배에 가두다.

11월 13일

맑다.

11월 14일

맑다. 남해 현감 류형이 와서 윤단중의 무리한 일을 많이 전하다. 또 말하기를, 해남의 아전이 법성포로 피난 갔다가 돌아올 때 바람을 만나 배가 뒤집어지는데, 바다 가운데서 만나도 구조하기는커녕 도리어 배 안의 물건을 빼앗아 갔다고 하다. 그래서 중군선에 가두다. 김인수를 경상도 수영의 배에 가두다. 내일은 돌아가신 아버지의 제삿날이라 나들이는 하지 않아야겠다.

11월 15일

맑다. 따뜻하기가 봄날 같다. 새 집으로 올라가다. 저녁 나절에 임환과 윤영현이 와서 보다. 저녁에 송한이 서울에서 들어오다.

11월 16일

맑다. 아침에 조방장 · 장흥 부사 및 진중에 있는 여러 장수가 아울러 와서 보다. 군공마련기(軍功磨鍊記)[1]를 하나씩 점고하더니 거제 현령 안위가 통정대부가 되고, 나머지도 차례차례 벼슬을 받고, 은 스무 냥을 내게로 보내다. 명나라 장수 경리양호는 붉은 비단 한 필을 보내면서, "배에 이 붉은 비단을 걸어 주고

---

1) 개인별 전공 조사 기록.

싶으나, 멀어서 할 수 없다"고 하다. 영의정의 회답 편지도 오다.

11월 17일

비가 내리다. 경리 양호의 차관이 초유문(招諭文)[2]과 면사첩(免死帖)[3]을 가지고 오다.

11월 18일

맑다. 따뜻하기가 봄날 같다. 윤영현이 와서 보다. 정한기도 오다. 땀이 나다.

11월 19일

흐리다. 조방장 배흥립과 장흥 부사가 와서 보다.

11월 20일

비가 내리고 바람이 불다. 임준영이 와서, "완도를 정탐하니 적들이 없습니다"고 전하다.

11월 21일

맑다. 송응기 등이 산의 일꾼을 거느리고 해남에 소나무 있는 데로 갔다. 이날 저녁에 순생이 와서 자다.

---

2) 적이나 적에게 붙었던 자들을 너그러운 조건으로 포용한다는 포고문.
3) 사형을 적용하지 않을 것을 보증하는 증서.

11월 22일

흐렸다가 개다가 하다. 저녁에 김애가 아산에서 돌아오다. 임금의 유지를 가지고 왔는데, 이 달 십 일에 아산에 들러 편지를 가져오다. 밤에 비가 오고 눈이 내렸으며 바람이 세게 불었다. 장흥에 있던 적들이 이십 일에 달아났다는 보고가 오다.

11월 23일

바람이 세고 눈이 많이 오다. 이날 승첩한 장계를 쓰다. 저녁에 얼음이 얼었다고 한다. 아산의 집으로 편지를 쓰자니 죽은 아들 생각에 눈물이 흘러 거둘 수가 없다.

11월 24일

눈과 비가 내리다. 된 하늬바람이 계속 불었다.

11월 25일

눈이 내리다.

11월 26일

비와 눈이 내리다. 얼어서 막힌 게 갑절이나 혹독하다.

11월 27일

맑다. 장흥의 승첩 계본을 수정하다.

11월 28일

맑다. 장계를 봉하다. 무안에 사는 진사 김덕수가 군량에 쓸 벼 열 다섯 섬을 가져와 바치다.

11월 29일

맑다. 유격 마귀의 부하인 왕재가, “물길을 따라 명나라 군사가 내려온다”고 하다. 전희광 · 정황수가 오다. 무안 현감도 오다.

12월 1일

맑다. 맑고 따뜻하다. 아침에 경상 수사 입부 이순신이 진에 오다. 나는 배가 아파서 저녁 나절에야 수사를 보고, 그와 종일 이야기하며 대책을 의논하다.

12월 2일

맑다. 날씨가 너무 따뜻하여 봄날 같다. 영암의 향병장 류장춘이 적을 토벌한 사유를 보고하지 않았으므로, 곤장 쉰 대를 치다. 홍산 현감 윤영현 · 김종려 · 백진남 · 정수 등이 와서 보다. 밤 열 시쯤에 땀이 배어 젖다. 된바람이 몹시 불다.

12월 3일

맑다. 바람이 세게 불다. 몸이 불편하다. 경상 수사가 와서 보다.

12월 4일

맑다. 몹시 추웠다. 저녁 나절에 김윤명에게 곤장 마흔 대를 치다. 장흥 교생 기업이 군량을 훔쳐 실은 죄로 곤장 세 대를 치다. 거제 현령 및 금갑도 만호 · 천성보 만호는 배메기[1]하는 데서 돌아왔다. 무안 현감 및 전희광 등이 돌아가다.

12월 5일

맑다. 아침에 공로를 세운 여러 장수에게 상품과 직첩을 나누어주다. 봉제가 김돌손을 데리고 함평 땅으로 가다. 보자기를 수색하는 정응남이 점세를 데리고 진도로 가다. 배를 새로 만들 때 나쁜 일이 있는지 없는지를 알아볼 일로 아울러 나가다. 해남의 독동을 처형하다. 전 익산 군수 고종후가 오고 김억창이 오다. 광주의 박자가 오다. 무안의 나덕명이 오다. 도원수의 군관이 임금의 유지를 가지고 왔는데, "이번 선전관 편에 들으니, 통제사 이순신이 아직도 상제라 하여 방편을 따르지 않아 여러 장수가 민망히 여긴다고 한다. 사정이야 비록 간절하지만, 나랏일이 한창 바쁘다. 옛사람의 말에도 '전쟁에 나아가 용맹이 없으면, 효가 아니다'고 하였다. 전쟁할 때의 용감이란 소찬으로 기운이 없는 자는 해낼 수 없는 것이다. 《예기(禮記)》에도 '원칙과 방편'이 있으니, 꼭 원칙대로만 지킬 수는 없는 것이다. 경은 내 뜻을 짐작하여 소찬에 더해 방편을 좇도록 하라"고 하면서 고기 반찬을 하사하셨으니, 더욱 비통하다. 해남의 강간 · 약탈한 죄인을 함평에서 자세히 다스리다.

12월 6일

나덕준 · 정대청의 아우 정응청이 와서 보다.

---

1) 지주가 소작인에게 소작료를 수확량의 절반으로 매기는 일. 반타작.

12월 7일
맑다.

12월 8일
맑다.

12월 9일
맑다. 종 목년이 들어오다.

12월 10일
맑다. 조카 해 · 아들 열 및 진원이 윤간 · 이언량과 함께 들어오다.

12월 11일
맑다. 경상 수사와 조방장이 와서 보다. 우수사도 와서 보다.

12월 12일
맑다.

12월 13일
가끔 눈이 오다.

12월 14일
맑다.

12월 15일

맑다.

12월 16일

맑다. 저녁 나절에 눈이 오다.

12월 17일

눈바람이 몹시 섞여 치다. 조카 해와 헤어지다.

12월 18일

눈이 오다. 새벽에 해는 어제 취한 술이 깨지 않았는데도 오늘 새벽에 출항하다. 마음이 편하지가 않다.

12월 19일

종일 눈이 내리다.

12월 20일

진원의 어머니와 윤간이 올라가다. 우후가 교서에 숙배하다.

12월 21일

눈이 오다. 아침에 윤홍산이 목포에서 와서 보다. 저녁 나절에 배 조방장과 경상 수사가 와서 보고 몹시 취해 돌아가다.

12월 22일

눈비가 섞여 내리다. 함평 현감 손경지가 들어오다.

12월 23일

눈이 세 치나 내리다. 순찰사가 진에 온다는 기별이 먼저 오다.

12월 24일

눈이 오다 개이다 하다. 아침에 이종호를 순찰사에게 보내어 문안하다. 오늘밤 나덕명이 와서 이야기하는데, 머무르고 있는 걸 싫어한다는 것을 모르니 한심하다. 밤 열 시에 집에 편지를 쓰다.

12월 25일

눈이 오다. 아침에 열이 돌아가다. 제 어머니 병 때문이다. 저녁 나절에 경상 수사 · 배 조방장이 와서 보다. 오후 여섯 시에 순찰사가 진에 왔으므로, 함께 군사에 관한 일을 의논하고, 연해안 열아홉 고을을 수군에 전속하게 하다. 저녁에 방 안으로 들어가 편안하게 이야기하다.

12월 26일

눈이 오다. 방백과 함께 방에 앉아서 은밀히 군사 대책을 논의하다. 저녁 나절에 경상 수사 이순신과 조방장 배흥립이 와서 보다.

12월 27일

눈이 오다. 아침을 먹은 뒤에 순찰사가 돌아가다.

12월 28일

맑다. 경상 수사와 조방장 배흥립이 와서 보다. 비로소 경상 수사가 지니고 있던 물건이 왔다는 말을 듣다.

12월 29일

맑다. 김인수를 놓아 보내다. 영암 좌수는 문초를 받고 놓아 주다. 두우가 종잇감으로 백지 · 상지를 아울러 오십 장을 가져 오다. 초저녁에 다섯 명이 뱃머리에 왔다고 하다. 그래서 종을 보내다.

12월 30일

입춘. 눈보라가 몹시 휘날리다. 여러 장수들이 와서 보다. 평산포 만호 · 영등포 만호는 오지 않다. 부찰사의 군관이 편지를 가지고 오다. 오늘밤이 일 년의 마지막 날이 되는 그믐밤이라 비통한 생각이 한결 더하다.

무 술 년

1월 1일

맑다. 저녁 나절에 비기 잠깐 내리다. 경상 수사 · 조방장 및 여러 장수가 다 와서 모이다.

1월 2일

맑다. 나라 제삿날[1]이라 공무를 보지 않다. 새로 만든 배의 진수식(進水式)을 하다. 해남 현감 류형이 와서 보고 돌아가다. 송대립 · 송득운 · 김붕만이 각 고을로 나가다. 진도 군수 선의경이 와서 보고 돌아가다.

1월 4일

맑다. 무안 현감 남언상에게 곤장을 치다.

---

1) 명종 인순왕후 심 씨 제사를 말함.

2월 기록에 없음.

3월 기록에 없음.

4월 기록에 없음.

5월 기록에 없음.

6월 기록에 없음.

7월 기록에 없음.

8월 기록에 없음.

9월 15일

맑다. 명나라 도독 진린과 함께 일제히 항해하여 나로도에 이르러서야 자다.

9월 16일

맑다. 나로도에 머물다. 도독과 함께 술을 마시다.

9월 17일

맑다. 나로도에 머물다. 진과 함께 술을 마시다.

9월 18일

맑다. 낮 두 시에 행군하여 방답진[1]에 이르러 자다.

9월 19일

맑다. 아침에 좌수영 앞바다에 옮겨 대니, 눈앞의 전경이 참담하다. 한밤에 달빛을 타고 하개도[2]로 옮겨 댔다가 채 밝기도 전에 출항하다.

9월 20일

맑다. 오전 여덟 시쯤에 유도[3]에 이르니, 명나라 제독 유정이 벌써 진군하다. 수륙(水陸)으로 한데 어울려 조여드니, 적의 기세가 크게 꺾이다. 많이 겁내는 빛이다. 수군이 드나들며 대포를 쏘아 대다.

9월 21일

맑다. 아침에 진군(進軍)하여 화살을 쏘기도 하고 화포를 쏘기도 하여 종일 싸웠으나, 물이 밀려 나가 매우 얕아 진격해 들어갈 수가 없다. 남해의 적이 가벼운 배를 타고서 들어와 정탐하려 할 즈음 허사인 등이 추격하니, 왜적들은 뭍으로 올라가 산으로 도망가다. 그리하여 왜놈들의 배와 여러 잡된[4] 물건을 빼앗아 도독 유정에게 바치다.

---

1) 여천군 돌산읍 군내리.
2) 남해군 남면 대정리 목도.
3) 여천군 율촌면 여흥리 송도.
4) 여러 가지가 뒤섞여 순수하지 않음.

9월 22일

맑다. 아침에 진군하여 나갔다 들어갔다 하면서 싸웠는데, 유격 마귀가 어깨에 적탄을 맞았으나 중상은 아니다. 명나라 군사 열 한 명이 적탄에 맞아 죽고, 지세포 만호 · 옥포 만호가 적탄에 맞다.

9월 23일

맑다. 도독이 화를 내다. 서천 만호 및 홍주 대장 · 한산 대장 등에게 각각 곤장 일곱 대를 치다. 금갑도 만호 · 제포 만호 · 회령포 만호에게도 아울러 곤장 열 다섯 대씩 때리다.

9월 24일

맑다. 진대강이 돌아가다. 원수 군관이 공문을 가지고 오다. 충청 병사의 군관 김정현이 오다. 남해 사람 김득유 등 다섯 명이 다녀와서, 그 고을의 상황을 전하다.

9월 25일

맑다. 진대강이 도로 와서 제독 유정의 편지를 전하다. 이 날 육군은 비록 공격을 하려고 하나 기구가 완전하지 못하다. 김정현이 와서 보다.

9월 26일

맑다. 육군의 기구가 갖추어지지 않았다. 저녁에 정응룡이 와서 북도의 일을 말하다.

9월 27일

아침에 잠시 비를 뿌리더니 히늬바람이 세게 불다. 아침에 명나라 군문 형개가 글을 보내어 수군이 재빨리 진군한 것을 가상히 여기다. 식사를 한 뒤에 도독 진린을 보고 조용히 이야기하다. 종일 바람이 세게 불다. 저녁에 신호의가 와서 보고 자다.

9월 28일

맑다. 하늬바람이 세게 불어 배들이 드나들 수가 없다.

9월 29일

맑다.

9월 30일

맑다. 오늘 저녁 명나라 유격 왕원주 · 유격 복승 · 파총 이천상이 백여 척을 거느리고 진으로 오다. 이날 밤 등불을 밝히니, 휘황찬란하여 적들은 간담이 써늘할 것이다.

10월 1일

맑다. 도독 진린이 새벽에 제독 유정에게 가서 잠깐 서로 이야기하다.

10월 2일

맑다. 아침 여섯 시쯤에 진군하는데, 우리 수군이 먼저 나가 정오까지 싸워 적을 많이 죽이다. 사도 첨사 황세득이 적탄에 맞아 전사하고, 이청일도 죽다. 제포 만호 주의수 · 사량 만호 김성옥 · 해남 현감 류형 · 진도 군수 선의문 · 강진 현감 송상보가 적탄에 맞았으나 죽지는 않다.

10월 3일

맑다. 도독 진린이 제독 유정의 비밀 서신에 따라 초저녁에 진군하여 자정에 이르기까지 사선(沙船) 열 아홉 척, 호선(虎船) 이십여 척에 불을 지르니, 도독의 엎어지고 자빠지는 꼴을 이루 말할 수 없다. 안골포 만호 우수는 적탄에 맞다.

10월 4일

맑다. 아침에 출항하여 적을 공격하는데 종일 싸우니 적들은 허둥지둥 달아나다.

10월 5일

맑다. 하늬바람이 세게 불어, 배들을 간신히 구호(救護)하고 날을 보내다.

10월 6일

맑다. 하늬바람이 세게 불다. 도원수 권율이 군관을 보내어 편지를 전하는데, "제독 유정이 달아나려 했다"고 하니, 참으로 통분(通分)할 일이다. 나랏일이 앞으로 어찌 될 것인지!

10월 7일

맑다. 아침에 송한련이 군량 네 되, 조 한 되, 기름 다섯 되, 꿀 세 되를 바치다. 김태정은 쌀 두 섬 한 말을 바치다.

작품 해설

작품 해설

《난중일기》는 임진왜란 때 이순신이 진중(陣中)에서 적은 일기로, 1592년부터 1598년 사이인 7년 동안의 전쟁중에 쓴 것이다.

《난중일기》는 연도별로 7권으로 나누며, 이순신이 임진왜란이 일어난 다음달에서 시작되어 순국한 전달까지의 기록을 담고 있다. 그중 현재까지 보존된 것을 추려 보면 다음과 같다.

임진년 일기 : 선조 25년(1592) 5월 1일부터 다음해 3월까지 (총 27매)

계사년 일기 : 선조 26년(1593) 5월 1일부터 9월 15일까지 (총 30매)

갑오년 일기 : 선조 27년(1594) 1월 1일부터 7월 28일까지 (총 52매)

병신년 일기 : 선조 29년(1596) 1월 1일부터 10월 11일까지

(총 41매)

정유년 일기 : 선조 30년(1597) 4월 1일부터 10월 8일까지 (총 27매)

정유년 일기 : 선조 30년(1597) 8월 4일부터 31년(1598) 1월 4일까지 (총 20매)

무술년 일기 : 선조 31년(1598) 9월 15일부터 10월 7일까지 (총 8매)

《난중일기》에는 두 가지가 있다. 하나는 이순신의 친필 초고본(국보 76호)으로, 충청남도 아산의 현충사에 보관되어 있고, 다른 하나는《이 충무공 전서》이다. 본래 이순신은 일기만 썼을 뿐 거기에 어떤 이름을 붙이지 않았다. 정조 때에 이르러《이 충무공전서》를 편찬하면서 편의상 《난중일기》라는 이름을 붙여, 권5에서 권8에 걸쳐 수록한 다음부터 이 이름으로 불린다.

《이 충무공 전서》는 1795년인 정조 19년에 완성되었는데, 그 편찬 작업은 윤행임과 유득공이 맡았다. 그런데 이순신의 친필 초고본과 《이 충무공 전서》에 수록된 내용과는 많은 차이가 있다. 그 까닭은 전서의 편찬자들이 이순신의 친필 초고를 가져다가 정자로 베껴 판각에 올릴 때 생략해 버렸기 때문이다. 그 대신 전서에 수록되어 있는 부분이 정작 이순신의 친필 초고본에는 빠진 부분도 있다. 임진년 정월 1일부터 4월 22일까지, 그리고 을미년 1년 동안과 무술년 10월 8일부터 12일까지가 누락되었는데, 이것은 편찬 작업 과정이나 아니면 그 뒤에 없어진 것으로 여겨진다.

친필 초고본은 별책 부록까지 합해 8책에 이르며, 제5책과 제6책은 두 책이 모두 정유년 일기여서, 8월 4일부터 10월 8일까지가 중복되어 있다. 그 까닭은 분명히 알 수 없으나, 제5책에 간지가 잘못 적혀 있는 곳이 많고, 내용을 보아도 제6책이 비교

적 자세하게 적혀 있는 점으로 미루어, 나중에 이순신이 여유를 틈타 앞의 간지의 잘못을 바로잡는 한편 기억을 더듬어 보완한 것이 아닌가 추측된다.

이러한 누락과 오류로 인해 《난중일기》의 가치가 훼손되는 것은 절대 아니다.

《난중일기》 안에는 국난을 극복한 수군 사령관으로서 이순신의 엄격하고도 지적인 전쟁 생활이 그려져 있을 뿐만 아니라, 그의 인간적인 고뇌와 애민(愛民) 의식이 강하게 흐르고 있다. 아울러 당시 당파 싸움에만 치중하고 있던 조정 신하들에 대한 비판과 함께 국가 운영에 대한 그의 솔직한 생각, 군사 행동에 있어서의 비밀 엄수의 중요성 강조, 전투 상황의 정확한 기록, 가족 · 친지 · 부하 장졸 · 내외 요인들의 내왕 관계, 정치 · 군사에 관한 서신 교환 등이 수록되어 있다. 이런 기록은 임진왜란

시기의 역사를 이해하는 데 중요한 자료가 되고 있기도 하다.

그뿐 아니다. 어머니의 안부를 걱정하며 눈물로 밤을 지새고, 자신이 없는 빈자리를 채워 가며 고생하는 아내에 대한 미안함, 아들 면의 죽음으로 인해 겪었을 고통이 솔직하게 드러나 있어, 명장으로만 알려졌던 이순신의 인간적인 모습을 발견할 수 있는 중요한 자료이다.

이러한 《난중일기》의 가치를 간략하게 정리해 보자.

첫째, 임진왜란 7년 동안의 상황을 가장 구체적으로 알려주는 일기로서, 임진왜란 전반을 살피는 역사적 자료로서의 가치와 나라의 위급을 구해 낸 영웅의 인간상을 연구할 수 있는 자료라 할 수 있다.

둘째, 목숨을 걸고 싸우던 당시의 진중 일기(陣中日記)로서 그 생생함이 돋보이며, 단순한 전쟁사 이상의 가치가 있다.

셋째, 당시의 정치 · 경제 · 사회 · 군사 등 여러 부문에 걸친 기록, 특히 수군의 연구에 도움을 준다.

넷째, 이순신의 꾸밈없는 충(忠) · 효(孝) · 의(義) · 신(信)을 보여 주는 글이라는 점에서 후세 사람들에게 큰 귀감이 되고 있다.

다섯째, 무인의 글답게 간결하고도 진실성이 넘치는 문장과 함께 그 인품을 짐작하게 하는 필치는 예술적 가치도 뛰어나다.

작가 연보

1545년 서울 건천동에서 덕수 이씨 이정의 셋째 아들로 태어남.

1556년 《논어》, 《맹자》 등 사서삼경을 읽고 이해함. 유성룡과 가까이 지냄.

1566년 보성 군수 방진의 딸과 결혼함.

1567년 아들 회가 태어남.

1571년 아들 열이 태어남.

1572년 훈련원에서 별과 무과 시험을 치르다가 말에서 떨어져 다리를 다침.

1576년 무과에 급제함.

1577년 첫 벼슬에 나가 국경 지대를 경비함. 아들 면이 태어남.

1579년 훈련원 봉사가 됨. 이어 충청도 병마 절도사의 군관이 됨.

1580년　전라도 발포의 수군 만호가 됨.
1582년　발포 만호에서 파면됨. 다시 훈련원 봉사가 됨.
1583년　함경도 남병사의 군관, 건원보의 권관에 이어 훈련원 참군이 됨.
1585년　사복시 주부가 됨. 함경도 조산보의 만호가 됨.
1586년　함경도 조산보의 만호가 되어 국경을 지킴.
1587년　8월 녹둔도 둔정관을 겸함. 그러나 병사 이일의 모함으로 파직되고 백의종군함.
1588년　집으로 돌아옴.
1589년　전라도 순찰사 이광의 군관이 됨. 같은해 12월, 정읍 현감에 오름.
1591년　전라 좌수사에 오름.
1592년　거북선을 완성함. 옥포 해전에서 첫 승리를 거둔 데 이어 사천에서 거북선을 이용해 승리함. 당항포 해

	전에서도 크게 이김. 한산대첩으로 장헌 대부가 됨.
1593년	삼도 수군통제사가 됨.
1594년	당항포 해전에서 크게 이김.
1597년	원균의 모함으로 옥에 갇힘. 삼도 수군통제사에 다시 오름. 명량해전에서 왜선을 전멸시킴.
1598년	노량 앞바다에서 적의 총탄에 맞고 숨짐.
1613년	영의정에 추증됨.
1604년	선무공신 1등에 추증됨.

▌구 인 환▌
서울대학교 사범대학 국어교육과 졸업
서울대학교 대학원 국어국문과 수료(문학 박사)
서울대학교 사범대학 교수
국어국문학회 대표이사 및
한국소설가협회 이사
문학과문학교육연구소 소장
서울대학교 명예교수

우리 고전 다시 읽기 38
난중일기

초판 1 쇄 발행 2004년 6월 30일
초판 6 쇄 발행 2011년 11월 25일

지 은 이 이 순 신
엮 은 이 구 인 환
펴 낸 이 신 원 영
펴 낸 곳 (주)신원문화사

주 소 서울시 영등포구 당산동 121-245 신원빌딩 3층
전 화 3664-2131~4
팩 스 3664-2130

출판등록 1976년 9월 16일 제5-68호

* 잘못된 책은 바꾸어 드립니다.

ISBN 89-359-1193-3 04810